미드나잇 칠드런

미드나잇 칠드런

The Midnight Children

댄 거마인하트 장편소설 이나경 옮김

다섯 책방

혈육이든 선택이든, 내가 가족이라고 부르는 모든 이를 위해
그리고 아직도 가족을 찾고 있는 모든 이를 위해

차례

글머리에
9

1부 **아주 큰 비밀** ◦ 11
2부 **라바니의 선택** ◦ 155
3부 **언제나 그리고 영원히** ◦ 301

감사의 글
384

일러두기

1. 본문의 주석은 모두 옮긴이 주다.
2. 본문 중 고딕체는 원서에서 이탤릭체로 강조한 부분이다.

모든 사람은, 한 명도 빠짐없이, 가정을 이루고 가족과 함께할 자격이 있습니다. 여러분까지도. 아니, 특히 여러분은. 모든 사람은 사랑받고 우정을 나눌 자격이 있습니다. 여러분도 마찬가지입니다. 모든 사람은 자신이 속한 곳을 찾을 자격이 있습니다. 모든 새에게 둥지가 있듯 말이죠. 조금은 찾아야 할지라도 모든 새는 결국 둥지를 갖게 됩니다. 아마도 모든 이야기의 참된 주제는 그것이 아닐까 싶습니다.

이 이야기도 다르지 않습니다.

1부

아주 큰 비밀

01

그 아이들이 왔을 때, 슬러터빌 사람은 거의 다 잠들어 있었다.

방문객을 환영하는 표지판은 없었다. 슬러터빌에 오는 건 주로 소였고, 좋아서 찾아오는 소는 없었다. 슬러터빌을 떠날 때는 더욱 즐거울 리 없었다.

하지만 바로 그날 밤에는 방문객이 있었다. 그들은 조용히, 아무에게도 들키지 않길 바라며 왔다. 그리고 거의 들키지 않았다.

은색 달빛만 빼면 슬러터빌은 캄캄했다.

스키니스터 스트리트에 건물 몇 채가 모인 곳을 슬러터빌 시내라고 불렀다. 보안관은 거기서 사무실을 지키고 있었다. 하지만 책상에 발을 올리고 고개를 젖히고 눈을 감고 입을 벌린 채, 레코드 플레이어에서 흘러나오는 오페라 음악에 잠겨 꿈을 꾸고 있었다.

그 옆집 빵집 주인인 친 씨는 깨어 있었다. 아이들이 지나가는 모습을 볼 뻔했지만 허리를 숙이고서 둥글고 커다란 사워도 빵을 오븐에 넣느라 놓치고 말았다. 아슬아슬하게.

　다른 가게에는 모두 불이 꺼져 있었고 아무도 없었다. 맨 끝 교회 탑의 종이 고요히 지켜보는 가운데, 아이들은 스키니스터 스트리트를 따라서 시내를 지나 반대편으로 향했다.

　이 소도시에 슬러터빌이란 이름을 지어준 도축 공장은 고요했다. 기계는 말이 없었고, 칼날은 쉬면서 다음 일을 기다리고 있었으며, 물로 깨끗이 씻어낸 도축실은 텅 비어 있었다. 대롱거리는 고기 갈고리 끝을 달빛이 비췄다. 진흙탕 우리 안에서 졸고 있던 소들은 이튿날 무슨 일이 기다리는지 조금도 궁금해하지 않았다. 어쩌면 그게 나았다.

　도축장을 지나친 뒤, 트럭은 카커스 개울을 가로지르는 좁다란 다리를 덜컹덜컹 건넜다.

　다리를 건넌 트럭은 첫 번째 왼쪽 길로 접어들었고, 전조등 불빛이 기우뚱한 오팔 로드 표지판을 잠시 비췄다.

　숲 앞에서 끊어지는 오팔 로드에는 집이 두 채뿐이었다. 두 집 모두 불이 꺼져 있었고, 그중 한 집에만 사람이 살았다. 왼쪽 집은 비어 있었다. 적어도 그때까지는 그랬다. 그리고 길 건너 오른쪽 집 2층에는 남자아이가 침대에 누워 있었다. 거리 쪽을 내다보는 방 창문은 새집이 에워싸고 있었다. 갖가지 모양과 크기와 색깔로 꾸민 새집이 수십 개였다. 모두 남자아이가 만든 거였다……

이 소년이 이 이야기의 주인공이다. 아니, 주인공 중 한 명이다. 이 말을 들으면 누구보다 그 아이가 더 놀랄 것이다. 그 애는 주인공과는 거리가 너무나 멀었으니까.

하지만 자신이 얼마나 대단한지 모르는 사람도 있다. 알게 되기 전까지는.

소년의 이름은 라바니 포스터였다.

라바니의 어머니와 아버지는 자고 있었다. 하지만 라바니는 깨어 있었다. 천장을 보고, 울고 있었다.

라바니는 잠에서 깼다. 소리나 꿈 때문이 아니라 어떤 느낌 때문에. 너무 강렬한 느낌이라 잠에서 깨어나 어둠 속에서 멍하니 눈을 뜨고 있었다. 달빛이 비추는 이 밤, 라바니 포스터를 깨운 느낌? 그건 외로움이었다.

너무 외로워 자다가 깨본 사람이 있는지 모르겠다. 없길 바란다.

하지만 재미있지 않은가? 바로 이 아이가 이날 밤, 바로 그런 느낌 때문에 깨어났다는 것이? 바로 그 트럭이 바로 그 길에 들어섰을 때? 그건 그저 우연 같지는 않다.

거의 마법이랄까.

외로움에 깨어난 아이는 어떤 소리를 들었다. 나지막하게 그르렁거리는 듯한 소리를.

아이는 뺨에 흐른 눈물을 닦고 침대에서 내려와 살금살금 오팔 로드가 내려다보이는 창가로 갔다. 커다란 흰 트럭이 길 건너 빈집 앞에 서 있었다.

라바니는 믿을 수 없어 눈을 비볐다. 트럭이 있다니 이해가 안 됐다. 몇 주 전 크로워드 씨가 허리를 다쳐 아이언바우로 떠난 이후, 그 집에는 아무도 살지 않았다. 그리고 밤에 슬러터빌에 찾아오는 사람은 없었다. 슬러터빌에서는 밤에 아무 일도 일어나지 않았으니까.

하지만 그럼에도 트럭은 거기 있었다.

엔진이 계속 부르릉거리고 있을 때 몸이 크고 울룩불룩한 남자가 운전석에서 내렸다. 입술 사이에서 굵직한 시가가 타고 있었다. 남자는 용처럼 연기를 내뿜으며 거리를 훑어봤다.

충분히 조용하다 여겼는지 남자는 트럭 뒤로 걸어가 걸쇠를 풀고 덜그럭거리며 뒷문을 올려 열었다. 그리고 옆으로 비켜서서 트럭에 기대 스키니스터 스트리트를 돌아봤다.

위층에서 라바니는 그 모습을 지켜보며 기다렸다. 그리고 천천히 입을 벌렸다.

트럭에서 아이들이 내린 것이다.

하나. 둘. 셋. 넷. 다섯. 여섯. 여섯 아이가. 나이가 제일 많은, 달빛 비추는 거리를 휙휙 돌아본 검은 머리의 남자아이는 열여섯이나 열일곱 살로 보였다. 나이가 제일 어린, 흰 원피스를 입고 하품을 하는 여자아이는 겨우 대여섯 살 정도. 나머지 여자아이 둘과 남자아이 둘은 그 중간쯤 되어 보였다.

여섯 아이가 소리 없이 달빛 속으로 내려왔다. 저마다 가방을 들고서. 하지만 가구도, 스탠드도, 매트리스도, 의자도 없었다.

여섯 아이가 갑자기 뚝 떨어졌다. 그들끼리만 함께.

아니, 잠깐.

라바니가 지켜보고 있을 때, 한 아이가 캄캄한 트럭에서 또 나타났다. 라바니 또래의, 열두 살이나 열세 살쯤 된 여자아이였다. 그 애는 트럭 뒤에 잠시 서서 오팔 로드를 둘러봤다.

검은 리본으로 묶은 그 애 머리카락은 달빛에 은색처럼 보였다. 하지만 라바니는 그 머리카락이 햇빛을 받으면 금색일 거라고 생각했다. 그 애는 청바지와 흰 티셔츠를 입었다. 한 손에는 아이들과 같은 가방을 들었지만, 한 손에는 다른 것을 들고 있었다. 흰 우산이었다. 세련된 부인들이 경마나 야외 피크닉 같은 화려한 행사에서 드는 레이스 달린 것.

"파라솔." 라바니가 그걸 가리키는 이름이라고 생각하며 작게 중얼거렸다. 그 말이 맞았다.

여자아이는 어깨에 파라솔을 척 걸쳤다. 아이는 왼쪽, 오른쪽을 살피더니 위를 올려다봤다.

한순간, 라바니는 그 애가 자신을, 창가에 상의를 벗고 선 모습을 봤다고 믿었다. 라바니는 놀라 숨을 들이쉬고 물러섰다. 그렇다 해도 여자아이가 창문을 봤다면 이미 눈에 띄었을 것이다.

하지만 여자아이는 시선을 내렸고, 나이 많은 남자아이가 그 애 손을 잡자 거리로 내려섰다.

남자는 트럭 뒷문을 닫더니 운전석에 다시 탔고, 트럭은 움직이기 시작해 어둠 속으로 덜컹거리며 사라졌다. 일곱 명의 소리 없는 아이를 남겨두고서.

여섯 아이는 함께 길 건너 빈집 앞 좁다란 길을 걸어갔다. 파라솔을 든 여자아이만 남았다.

라바니는 그 애가 보도에 혼자 서 있는 모습을 봤다. 그리고 라바니가 지켜보는 동안, 여자아이는 짐 가방을 내려놓았다. 그리고 손등으로 뺨을 닦았다. 우선 한쪽, 그리고 나머지 한쪽을. 라바니는 입술을 깨물었다. 익숙한 동작이었다. 여자아이가 한 층 아래, 길 건너에 있어도, 달빛밖에 비추지 않아도, 등을 돌리고 있어도 알 수 있었다. 은빛 머리카락의 소녀는 눈물을 닦고 있었다. 라바니는 보지 않아도 알 수 있었다.

다른 여섯 아이는 현관 계단을 올라가 짐 가방을 내려놓고 현관문을 마주했다. 그들은 손을 내밀어 서로 손을 잡았다.

나이 많은 남자아이가 뭐라고 말했다. 길 건너 2층 창가까지 들리지는 않았지만, 양쪽을 돌아보며 입술을 움직이고 있었다. 그 옆의 다섯 아이도 고개를 숙이고 뭐라고 말했다.

그리고 그들은 가방을 들고 현관문을 열더니 안으로 사라졌다.

라바니는 눈을 깜빡였다. 그러다가 파라솔을 든 여자아이에게 눈길이 가자 심장이 덜컹했다.

그 애가 달빛 속에 서서 고개를 들어 라바니를 똑바로 쳐다보고 있었다.

라바니는 자신이 왜 거기에 그렇게 반응했는지 알 수 없었다. 실은 커튼 뒤로 숨고 싶었는데도.

하지만 그 여자아이에게는, 그 애의 침묵과 한밤중에 혼자 서 있는 모습에는 무언가가 있었다. 남몰래 흘린 눈물에도.

이 이야기는, 모든 이야기가 그렇듯, 선택에 관한 이야기다.

그리고 라바니는 그 순간, 숨지 않기로 선택했다.

대신, 손을 들어 말없이 흔들었다.

때로 외로운 두 영혼이 서로를 발견하면 손을 내밀기도 한다.

여자아이도 손을 들었다. 하지만 흔들지는 않았다. 그 애는 한 손가락을 입술에 댔다. 소리는 내지 않았지만 그 애가 하는 말을 잘못 알아들을 순 없었다. 쉬이이잇.

라바니는 오싹했다. 그 밤에 새로운 느낌이 들어섰다. 위험.

여자아이는 손을 내렸다.

나이 많은 남자아이가 초조하고 긴장한 몸짓으로 현관 계단에 다시 나왔다. 남자아이는 두 손을 오므려 입가에 가져다 대더니 소리를 냈다. 부엉이 소리였다. 여자아이는 짐 가방을 들고 어깨에 걸친 파라솔을 돌리면서 올라갔다. 소년은 한쪽 발에서 다른 쪽 발로 체중을 옮겼다. 여자아이가 다 올라서자, 남자아이가 손목을 잡더니 안으로 당겼다.

문이 닫혔다. 거리는 다시 텅 비었다. 라바니 포스터는 창가에 서서 달빛 비추는 거리를 내려다봤다. 어디선가 나타났다가 사라진 소녀를 향해 손을 든 채로.

이튿날 아침, 라바니의 어머니는 밝은 주방에 서서 접시를 닦고 있었다. 라바니는 커피와 달걀 냄새를 풍기는 아침 식사 접시를 보고도 식탁을 지나쳐 식당으로 갔다.

"일어났니. 잘 잤어?" 어머니가 말했다.

"네." 라바니는 앞쪽 창문으로 밖을 내다보며 말했다.

창문을 통해 길 건너 집을 살폈다. 텅 비고 어두워 보였다.

배에서 꼬르륵 소리가 났지만, 라바니를 괴롭히는 건 호기심이었다. 한밤중에 도착한 아이들을 정말로 본 걸까? 꿈이었을까? 둘 다 불가능한 일 같았다.

"무서운 꿈은 안 꿨고?"

라바니는 어머니 질문에 대답하려고 입을 벌렸다. 트럭이랑 아이들이랑 흰 우산을 든 여자아이 이야기를 하려고. 그때 느꼈던 위험한 분위기가 기억났다. 당연히 어머니에게 알려야 했다.

하지만 달빛 속에 서서 말없이 비밀을 지켜달라던 여자아이도 떠올랐다. 라바니는 그 애의 소리 없는 눈물도 기억했다. 입이 말랐다. 속이 메슥거렸다. 하지만 라바니는 선택을 했다.

"아뇨, 엄마. 아침까지 잘 잤어요."

02

라바니 포스터는 아침을 먹으면서 길 건너 집을 지켜봤다. 마당 주위에 놓아둔 새 모이통을 채우면서 지켜봤다. 이를 닦으면서 욕실 창문으로 지켜봤다.

그 집은 내내 조용했다. 문이 열리지도 커튼이 움직이지도 않았다. 아무도 보이지 않고, 목소리도 들리지 않았다. 그 집은 크로워드 씨가 떠난 이후 날마다 그랬던 것처럼 텅 빈 듯 보였다.

결국, 라바니는 호기심을 이기지 못했다.

라바니는 현관문으로 나가 두근거리는 가슴으로 햇빛이 비치는 길을 건넜다. 숨을 한번 들이쉬고 그 집의 그늘진 현관으로 향했다. 왜인지는 모르지만 살금살금 걸었다. 삐걱거리는 현관 계단을 올랐다. 현관문을 지나 큰 창문 쪽으로 갔다. 침을 꿀꺽 삼키고 눈 주위로 손을 모으고는 유리창에 바짝 다가갔다.

집은 인기척도 없고 텅 빈 것 같았다. 크로워드 씨의 칙칙한 가구는 여전히 그 자리에 있었지만 먼지가 쌓인 채였고, 누가 사용한 흔적도 없었다.

"거기 있어?" 라바니가 속삭였다. "아니면 꿈이었던 거야?"

라바니는 돌아서서 가려다가 그것을 봤다. 옷장 손잡이에 걸려 있는 그것을.

예쁜 흰색 파라솔.

라바니는 가슴이 덜컹했다. 미소가 떠올랐다.

"뭐 하니?"

그 목소리에 라바니는 깜짝 놀라 숨을 들이쉬며 창가에서 멀어졌다.

그러나 그 소리는 알 수 없는 아이가 아니라, 영문을 모르는 어머니의 목소리였다. 라바니의 어머니가 집 마당에 나와 있었다.

"아무것도 아니에요." 라바니가 재빨리 대답했다. 그러고는 파라솔을 한 번 더 돌아본 뒤 내키지 않는 발걸음으로 천천히 현관에서 내려갔다.

어머니가 금속제 도시락을 내밀었다. "네 아빠가 또 도시락을 두고 가셨구나."

라바니는 속이 메슥거렸다. 아버지 직장에 가는 것이 싫었다. 입을 열어 안 간다고 말하려고 했지만 기회가 없었다.

"아빠 점심을 챙겨야 하는데 엄마는 빨래를 해야 해. 어서 가."

라바니는 끄응 소리를 내며 도시락을 받았다.

라바니는 카커스 개울의 다리를 건너는 동안 긴장해서 배 속이 울렁거렸다. 한 걸음 내디딜 때마다 심장이 조금씩 더 빠르게 뛰었다. 주위 나무에서 날아다니는 새에 집중해 보려고 했다. 갈색 동고비, 멕시코양지니, 까마귀 여럿이 보였다. 하지만 관심을 딴 데로 분산시켜봤자 헛수고였다. 어느새 도착해, 철커덕철커덕 음산한 소음을 내는 스키니스터 도축장의 커다란 철조 건물을 올려다보고 있었다. 안에서는 죽음의 기계가 윙윙거리고 철컥거리고 쉭쉭거렸다. 컨베이어벨트. 도축용 총. 기계 칼날.

한쪽에는 소가 대기하는 진흙탕 우리가 있었다. 소들이 진흙에 발목이 묻힌 채 라바니를 내다보고 있었다. 라바니는 소들의 눈을 마주 보지 못했다. 한 마리가 희망 없는 소리로 음머 울었다. 라바니는 무슨 말인지 알 수 없었다. 아마도, 도와달라고? 우리 안쪽에는 건물 안으로 연결되는 경사로가 있었다. 건장한 남자 둘이 소리를 지르며 팔을 흔들어 가엾은 소들을 하나씩 몰아갔다. 건물 반대편에서는 옆면에 '스키니스터 고급육'이라고 적힌 트럭이 흰 종이로 싼 상자를 싣고 있었다. 상자에는 무시무시한 도장이 찍혀 있었다. 간 어깨살······ 갈비······ 구이용 우둔살······ 우설.

라바니는 송아지 잡는 날이 아니라서 다행이라고 생각했다.

건물 안은 볼 수 없었다. 작은 유리창이 높은 데만 있었다. 하지만 라바니는 안에서 무슨 일이 벌어지는지 알고 있었다. 모두 다 알았다. 소들이 들어갔다. 숨을 쉬고 생각하고 느끼면서. 그다음에는 고기가 나왔다.

라바니는 몸을 떨었다. 그리고 출입구로 걸어갔다.

한 걸음 내디딜 때마다, 소음은 더 커졌고 라바니는 속이 더 울렁거렸다. 안에서 들리는 소리가 더 또렷해졌다. 요란하게 쉬익거리고 소름 끼치게 덜컹거리고 애처롭게 음머 하는 소리에 라바니는 손에서 식은땀이 났다. 전기톱날이 뼈를 자를 때만 들리는 쉬익쉬익 소리. 그 모든 소음 아래 북소리처럼 어두운 배경음이 들려온다. 쉭 소리가 나고 놀라서 음머 우는 소리가 들리다가 쿵 소리와 함께 뚝 끊어졌다. 쉭-음머쿵! 쉭-음머쿵! 쉭-음머쿵!

라바니의 발이 자갈 깔린 진입로에서 멈칫거렸다. 바로 앞의 우리에서 소 한 마리가 울타리 밖으로 머리를 내밀고 있었다. 애원하는 눈으로 라바니를 바라보고 있었다.

"미안." 라바니가 속삭였다. 쉭-음머쿵! 소는 한숨을 쉬었다.

문밖 안내판에는 직원들에게 알리는 공지사항이 붙어 있었다. '주의…… 바닥이 미끄러움. 마지막 사고가 있은 지 사흘째입니다. 도시를 후원합시다. 육류 소비를 늘립시다!'

그리고 한가운데에는 라바니가 이미 시내 곳곳에서 본 전단지도 있었다. '제50회 레드강 뗏목 경주! 7월 4일 해 질 때! 슬러터빌에 사는 12세 이하 모두 참가 가능! 상금 100달러!' 글귀 아래로 보트에서 활짝 웃으며 신나게 노를 젓는 두 아이가 그려져 있었다. 라바니는 눈살을 찌푸렸다.

그리고 문을 열고 안으로 들어갔다.

도축실 앞에 사무실이 있었다. 사무실 안에는 넘치도록 가득 찬 책장, 서너 개의 서류 캐비닛, 거대하고 거무스름한 나무 책상과 거기 앉아서 손에 든 서류를 보며 눈살을 찌푸리는 거대한 남자가 있었다. 그가 바로 스터지스 스키니스터 씨, 스키니스터 고급육 공장의 사장이자 지역 판사였다. 라바니가 들어간 방은 도축장의 본부면서 이따금 법정으로 쓰이는 곳이었다. 책상 뒷벽에는 음울하고 엄격한 눈빛만 빼면 스키니스터 씨와 거의 똑같이 생긴, 검은 정장 차림에 목이 두꺼운 남자가 그려진 커다란 액자가 걸려 있었다. 라바니는 그 사람이 스키니스터 고급육 공장의 창업주이자 책상에 앉은 남자의 할아버지인 스트레이혼 스키니스터임을 알고 있었다.

"포스터 군!" 스키니스터 씨가 굵은 바리톤의 목소리로 외쳤다. "아버지가 점심을 또 잊고 왔나?"

"네, 사장님. 성가시게 해드려 죄송합니다."

"아니, 아니야. 괜한 소리." 평소처럼 스키니스터 씨는 일을 방해받는 것을 반가워했다.

다행히 사무실에는 도축실이 보이는 창문이 없었다. 하지만 얇은 벽을 통해 소리는 더욱 크고 실감 나게 들렸다.

쉭−음머쿵!

스키니스터 씨는 얼굴을 찡그리더니 라바니가 들고 있는 도시락을 봤다. "오, 음, 오늘은 어머니가 뭘 싸주셨지? 물어봐도 된다면 말이야."

라바니는 스키니스터 씨의 책상 위에 도시락을 올린 다음 뚜껑을 열었다.

"엠파나다네요." 스키니스터 씨가 눈을 가늘게 뜨자 라바니가 설명했다. "속을 채운 작은 파이 같은 거예요." 라바니는 바삭한 파이를 하나 들어 스키니스터 씨에게 건넸다. "하나는 사장님 드리라고 하셨어요."

스키니스터 씨는 눈을 반짝이며 입술을 핥고는 흔쾌히 받았다. "작은 칼조네 같군! 안에 뭐가 들었지?"

라바니는 어머니가 알려준 걸 기억하려고 천장을 올려다봤다.

"음, 파랑 고구마랑 마늘이랑…… 구운 할라페뇨 고추요."

"고기는 안 들었고?"

"네."

스키니스터 씨는 고개를 저었지만, 실망해서가 아니라 놀라서였다.

"상상해 보거라, 고기 없는 식사라니. 희한하군……. 어머니께 고맙다고 전해주렴."

"네, 사장님. 사장님은 뭘 가져오셨어요?" 라바니는 책상 위에 있는 스키니스터 씨의 도시락을 보고 물었다.

"아. 스파게티야. 물론 미트볼이랑." 그의 눈이 조금 흐려졌다. "80퍼센트는 간 소고기, 20퍼센트는 간 돼지고기지."

쉭—음머쿵!

"하지만 소스는 내가 직접 만들었단다! 텃밭에서 키운 토마토와 바질을 듬뿍 넣고 파르메산 치즈를 더해서 천천히 끓였지. 집안에 대대로 내려오는 조리법이야."

"맛있겠네요, 스키니스터 씨."

라바니는 아버지의 도시락 뚜껑을 덮은 뒤 도축실 문을 바라봤다. 안에 들어가고 싶지 않았다.

쉭—음머쿵!

스키니스터 씨는 도축실 문을 바라보는 라바니의 우울한 표정을 봤다. 그도 거의 라바니만큼이나 내키지 않는 마음으로 그 문을 보더니 이해한다는 듯 입을 꾹 다물었다.

"나도 알지. 고개를 숙이고 노란 선 안으로 들어가지 마라. 무엇과도 눈을 마주치지 말도록."

라바니는 한숨을 쉬고 도축실 문으로 가려다가 뒤에서 현관문이 열리는 소리에 멈췄다.

누가 들어왔는지 알아챈 라바니의 피가 싸늘하게 식었다. 그 아이의 비웃는 소리에 얼굴까지 하얗게 질렸다.

"어, 라비올리." 소년은 한껏 신이 나서 번들거리는 목소리로 말했다.

"자네도 아버지 도시락을 가지고 왔나, 카터 군?" 스키니스터 씨가 살짝 인상을 쓰며 물었다.

도니 카터는 라바니를 향해 씩 웃으며 고개를 끄덕였다.

벽 반대쪽에서는 끔찍한 소리가 멎었다.

"아, 잘됐군. 점심시간이다." 스키니스터 씨가 라바니에게 고개를 살짝 끄덕이며 말했다. "피가 튈 일은 없겠군. 그럼 들어가. 아버지들이 시장하실 테니."

라바니는 상어처럼 웃고 있는 도니를 불안한 표정으로 흘긋 봐라봤다.

"먼저 들어가, 라비올리."

라바니는 비참한 심정으로 돌아서서 도축실로 들어가는 나무 문을 열었다. 도니의 뜨거운 입김이 뒷덜미에서 느껴질 정도였다.

라바니는 고개를 숙이고 발밑 시멘트 바닥에 시선을 꽂았다. 바닥에는 벽돌 벽을 따라 그어진 노란 선이 흔들거리는 시체와 휘두르는 칼날이 닿지 않는 길을 표시했다. 라바니는 선을 따라 빠르게 걸었다.

라바니는 입으로 빠르게 얕은 숨을 쉬었다. 도축실의 악취가 피 냄새인지, 내장 냄새인지, 단순히 죽음의 냄새인지는 알 수 없었지만, 속이 뒤집혀 구역질이 날 것만 같았다.

라바니는 도니 카터보다 앞서가려고 빠르게 움직였지만 소용없었다. 짐승 같은 녀석이 라바니의 귀에 더러운 소리를 지껄일 만큼 바짝 다가와 있었다.

"무슨 일이쥐 와비오위? 피가 너무 많은 고야? 무셔워? 불쌍한 소 때문에 울고 시퍼?" 그 애는 라바니의 어깨를 거칠게 찔렀다. "아이고! 저것 좀 봐! 뒤집힌 거 같눼!"

라바니는 도니가 가리키는 건 물론이고, 발밑 바닥 말고는 그 무엇도 보지 않았다. 인상을 찌푸리며 노란 선 너머로 퍼져 번쩍이는 진홍색 웅덩이를 밟지 않고 건넜다.

건물 모퉁이에 거의 닿았다. 거기서 왼쪽으로 가면 작은 벽감에 점심 식사 자리가 있을 것이고 그러면 곧 자유였다. 라바니는 두근거리는 가슴속에 작은 희망의 불을 켰다.

저런.

"발 조심해!" 도니가 으르렁거리더니 라바니가 재촉하던 다리를 걸어찼다.

두 발이 얽혔다. 좀 더 운동신경이 좋은 아이라면 균형을 되찾고 도니를 노려봤을 것이다.

하지만 라바니 포스터는 운동신경이 좋은 편이 아니었다. 사실, 슬러터빌 전체에서 라바니보다 운동신경이 나쁜 아이는 찾기 어려울 정도였다.

라바니는 바닥에 엎어졌다. 꿍 소리와 함께 숨도 들이쉬지 못하고 노란 선을 넘어 젖은 시멘트 위로 미끄러졌다. 가슴이 뜨뜻하고 축축했다. 오른손은 여전히 도시락을 쥐고 있었지만, 왼손에는 뭔가…… 털 뭉치가 잡혔다.

라바니는 한쪽 눈을 질끈 감고 천천히 이마를 바닥에서 들었다. 그리고 곧장 후회했다.

손가락이 움켜쥔 것은 소의 다리였다. 아니, 정확히는 소 다리의 일부분이었다. 발굽, 긴 갈색 털, 그리고 불쑥 나온 고깃덩이.

라바니는 헛구역질을 하면서 벌떡 일어났다.

도니가 이미 깔깔대며 비웃고 지나간 뒤였다.

"저런. 셔츠에 뭐 묻었다, 라비올리."

라바니가 내려다봤다. 셔츠 앞에 진홍색 피가 묻어 있었다. 음, 대부분은 피였다. 자세히 보고 싶지 않은 갈색 조각도 있었다. 차라리 소골이면 좋겠어. 라바니는 다른 선택지를 떠올리며 비참하게 생각했다. 그러고는 잠시 서서 아침 식사를 배 속에 붙잡아 두는 데 집중했다.

도니와 마주쳐서 피투성이가 되어 헐떡인 건 처음이 아니었다. 적어도 라바니 자신의 피가 아니니 다행이라고 해야 할까. 라바니는 눈물을 참으며 계속 걸었다.

모퉁이를 돌자 도축장 직원들이 안쪽에 딸린 작은 방 작업대에 모여 있었다. 피 묻은 작업복, 우물거리는 입, 축 늘어진 어깨, 낮게 웅성거리는 대화.

근육질에 체구가 우람한 아버지가 가장 가까운 작업대에 직원

서너 명과 함께 앉아 있었다. 도니의 아버지인 도축팀장 칼 카터가 그 옆에 앉아 있었고 도니는 으스대며 다가갔다.

도니 뒤에서 아버지는 라바니를 찾느라 두리번거리다가 피 묻은 셔츠를 발견하고는 도니와 라바니를 빠르게 번갈아 봤다. 아버지와 눈이 마주친 라바니는 아버지만큼 강한 모습을 보이고 싶었다. 하지만 다시 수치심이 차올라 눈길을 돌렸다.

라바니는 다가가며 카터 씨가 굵은 목소리로 말하는 걸 들었다.

"늦었구나, 도니. 보트 만들었어?"

"네, 아버지." 도니는 목소리에서 비웃음을 싹 빼고 대답했다. 아버지 곁에 서자 몸집이 상당히 작아졌다.

"올해도 우승할 거냐, 도니?" 다른 직원이 물었다.

"물론이지." 카터 씨가 말했다. "삼 년 연속으로, 제 아버지처럼. 못 이기면 닭장에서 자야 하는 걸 알고 있거든!" 그는 농담처럼 말했고 직원들은 그 말에 맞장구치듯 크게 웃어댔지만, 도니는 어색한 미소를 지었다.

카터 씨가 라바니를 봤다. 눈이 번득였다.

"아, 자네 아들도 왔구먼, 포스터. 올해 시합 나가나?" 칼 카터는 라바니에게 직접 말을 거는 법이 없었다.

라바니의 아버지가 아들을 봤다.

"글쎄." 아버지가 나직이 말했다. "나가니, 아들?"

라바니는 보트를 띄우는 모습을 상상했다. "물론이죠. 도니가 상금 타려면 고생 좀 할걸요!"라고 말하고 눈을 찡긋하면서 당당히 웃는 자신의 모습을 상상했다. 슬러터빌의 모든 아이는 매년 레드강 뗏목 경주를 기다리며 살았고 온 마을 사람들 앞에서 우승자가 되는 꿈을 꾸면서 밤새 뒤척였다. 라바니만 빼고 모든 아이가. 라바니는 작년에도, 재작년에도 경주에 나가지 않았고 올해도 그럴 생각이었다. 레드강 뗏목 경주는 혼자 나갈 수 없으니까. 경주에 나가려면 보트가, 그리고 친구가 있어야 했다.

라바니 포스터에게는 둘 다 없었다.

"전……." 라바니는 아버지와 카터 씨를 번갈아 흘끔거리며 말했다. 말이 목에 걸려 나오지 않았다. "안 나가요……."

카터 씨가 이맛살을 찌푸렸다. 라바니의 아버지를 향해 눈썹을 치켜올렸다.

"음? 그래? 경주에 안 나가겠다는 사내애라니? 전 우승자와 싸워 이기고 싶지 않은가?" 카터 씨가 어깨를 하도 세게 치는 바람에 도니는 고꾸라질 뻔했다.

라바니는 대답하려고 입을 열었다. 아버지가 눈살을 찌푸리며 바닥을 내려다봤다. 라바니는 그저 고개만 저었다.

"음." 카터 씨가 이죽거리며 말했다. "아마 그게 낫겠지. 다치는 걸 보고 싶진 않으니." 그는 돌아서서 도니의 어깨에 팔을 얹고는 직원들과 이야기하기 시작했다.

라바니는 아버지에게 다가가 도시락을 내밀었다.

"고맙다, 아들." 나직이 웅얼거리는 소리였다. "셔츠는 어떻게 된 거니?"

라바니는 아버지와 눈을 마주치지 못하고 아버지의 거친 주먹과 피투성이가 된 작업복, 우람한 팔뚝 근육, 310밀리 사이즈의 튼튼하고 각진 부츠만 봤다. 아버지는 라바니보다 모든 면에서 훨씬 커 보였다.

"넘어졌어요." 라바니가 말했다. 사실이었다. 어느 정도는 그랬다. 몇 가지는 생략했지만.

아버지는 한숨을 쉬고 고개를 끄덕였다.

라바니는 계속 아래만 보고 있었다. 아버지에게 실망을 안기는 게 이번이 처음은 아니었다.

"집에 가 있으렴." 아버지 말에 라바니가 고개를 들었다. 아버지의 시선은 직원들을 보며 웃는 도니를 향하고 있었다. 라바니가 도니의 괴롭힘 없이 돌아갈 수 있는 기회였고, 아버지는 그것을 알았다. 아버지는 누가 소고 누가 도축자인지 알고 있었다.

"네." 라바니가 중얼거렸다. 그리고 달아났다.

나무가 늘어선 곳까지 가던 길에 라바니는 그 소를 봤다. 여전히 울타리 앞에서 애원하는 눈길로 라바니를 바라보는 아까 그 소를.

라바니는 걸음을 멈췄다. 그리고 무슨 이유에서인지, 곧 죽게 될 외로운 소에게 다가가기로 선택했다. 따지고 보면 이야기란 선택에 관한 것이니까.

소는 다가오는 라바니를 지켜봤다. 귀를 쫑긋 세웠다.

라바니는 곧 죽을 동물 앞에 섰다. 철조망에 손을 얹고 소의 눈을 들여다봤다. 거기에는 빛이 있었다. 따뜻한 빛이었다.

소는 온몸이 짙은 갈색이었지만, 이마엔 흰색 클로버 무늬가 또렷하게 나 있었다. 눈을 가늘게 뜨고 보면 클로버 잎이 네 개였다. 라바니에게 소의 이름이 떠올랐다. 자기 소라면 뭐라고 부를지.

"안녕, 럭키." 라바니가 나직이 말했다.

손에 닿는 소의 숨결이 따뜻했다.

빠져나갈 희망 없는, 괴물의 소굴에 갇힌 소였다.

"너랑 나랑은 비슷한 점이 많다. 럭키." 라바니가 속삭였다. "어쩌면 친구가 될 수 있겠어." 럭키는 철조망 사이로 머리를 내밀었다. 부드러운 턱을 라바니의 손에 얹었다. 또 긴 속눈썹을 깜빡였다.

외로운 두 영혼이 서로를 발견하면 손을 내밀기도 한다.

라바니는 곧 잃게 될 친구를 사귈 때 느끼는 온갖 감정에 휩싸여 침을 꿀꺽 삼켰다.

하지만 그때 라바니는 깨달았다. 럭키는 울타리 옆에만 서 있는 게 아니었다. 문 옆에 서 있기도 했다.

문은 걸쇠로 닫혀 있었다. 하지만 자물쇠는 없었다. 따지고 보면, 소는 문을 열지 못하니까.

라바니는 재빨리 주위를 살폈다. 아무도 보이지 않았다.

라바니의 손이 걸쇠에 닿았다가 멈췄다. 너무나 어리석은 짓이었다. 크게 혼날 짓이었다. 아버지가 직장을 잃을 수도 있었다.

하지만 라바니는 다시 럭키의 눈을 들여다봤다.

선택을 했다. 실수일지 모르지만, 확실한 선택이었다.

라바니는 걸쇠를 열었다. 문을 활짝 열었다. 경첩이 끼익거리는 소리에 움츠리면서. 럭키는 자유로 향하는 길을 보더니 라바니를 돌아봤다.

"어서 가."

늘 원하던 것을 손에 넣을 기회가 다가와도 붙잡을 용기가 없을 때가 있다.

하지만 소에게는 용기가 있었다. 아니면 그저 심심했는지도 모른다. 소의 속마음은 알기 어렵다.

소는 문을 통과해, 라바니를 지나 개울 옆 나무들이 드리운 그림자 쪽으로 걸어갔다. 진흙 풀밭에 발굽을 조용히 내려놓으며.

"행운을 빌게." 라바니가 속삭이고 문을 닫고는 숲의 안전한 그늘 속으로 달려갔다. 한 번 뒤돌아보니 소가 긴 풀을 뜯고 있었다.

결과적으로는 다를 바 없을 것이다. 소는 멀리 달아나지 않을 것이고 몇 분 뒤에 발견될 테니까. 하지만 아무것도 안 하는 것보다는 낫다고 라바니는 생각했다.

적어도 그렇게 하면 토막 나기 전에 잠시 자유를 누릴 수 있으니까.

03

집으로 돌아가는 길에 라바니는 궁금한 새 이웃을 살펴보려고 한 번 더 찾아갔다. 도니가 뒤따라오지 않는지 두 번 확인한 뒤, 아주 찾기 어려운 오솔길로 접어들었다. 이끼가 자라는 삼나무 사이를 돌아 덩굴 단풍의 널따란 이파리를 뚫고 나가자 거기가 나왔다. 비밀의 안식처.

오래된 나무들 사이, 고사리가 자라는 빈터였다. 옆에서 햇빛이 비스듬히 비쳤다. 그리고 주위의 나뭇가지 위에 라바니가 더해놓은 것이 있었으니, 바로 새집이었다. 하나, 둘, 셋, 넷 정도가 아니었다. 열둘 그 이상이었다. 생김새도 색깔도 크기도 달랐다. 어떤 것은 높게, 어떤 것은 낮게, 사방을 향하고 있었다. 라바니만의 작은 마을이자 새들을 위한 동네였다. 라바니는 그곳에 비밀 쉼터라는 이름을 붙였다.

새들이 드나들며 지저귀고 노래하고 날개를 파닥이고 집 속에서 아기 새들이 울어대는 그곳은 활기 넘쳤다. 라바니는 그곳에 가면 늘 미소를 지었다. 비밀 쉼터는 아무도 알지 못했다……. 아버지도, 어머니도, 당연히 도니도.

"안녕, 참새야." 라바니는 가운데 서서 눈을 들고 속삭였다. "딱따구리야. 그리고 황금방울새야." 라바니에게 친구는 새들이면 됐다. 아니, 적어도 라바니는 자신에게 늘 그렇게 말해왔다. 하지만 모든 사람이 그렇듯이 라바니는 다른 사람들보다 자신에게 거짓말하는 데 더 능숙했다.

그곳에 일이 분간 머무른 뒤 라바니는 비밀 쉼터에 작별 인사를 하고 조용히 걸어 나왔다. 그사이 새들은 두려움 없이 깃털이 닿을 정도로 다가오기도 했다.

카커스 개울에 도착해, 라바니는 신발을 벗고 물속으로 들어가 상류로, 집 쪽으로 걸어갔다.

집에 거의 도착했을 때 속삭임이 들렸다.

속삭이는 소리는 바로 앞 개울 굽이 근처에서 들려왔다. 예전에 크로워드 씨가 살던 집이 있는 자리였다. 개울은 잡초가 무성한 뒷마당 끝에 닿아 있었다.

라바니는 물 위로 한쪽 발을 들어 올리다가 그대로 멈췄다.

무슨 말인지 또렷이 들리지는 않았지만 목소리에서 긴장감이 느껴졌다.

"조심해!"라는 소리 같았다. 그리고 아마도 "조용히!"도.

라바니는 통나무를 따라 조심조심 소리 없이 걸었다. 굽이 너머가 보일 만큼 다가갔다.

그러자 말소리가 거미줄에 맺힌 이슬처럼 또렷이 들려와 라바니는 팔에 소름이 돋았다.

"잡으면 죽여버릴 거야!"

라바니는 얼어붙었고 침이 말랐다. 뒤로 한 걸음 물러났다.

"그러면 내가 영원히 미워할 거 알고 있지?"

"아유, 뭐. 농담이란다, 동생. 생일 선물로 정말 개구리를 받고 싶으면 개구리를 구해줄게."

라바니가 안도감에 어깨에서 힘을 뺐다.

"그럼 수다 그만 떨고 잡아. 우리가 없어진 걸 알기 전에 돌아가야 해."

여자아이 목소리였다. 은발의 여자아이일까?

"그러고 있어. 개구리가 너무 빨라서 그렇지." 소년의 목소리가 분명했다.

누군가 무릎 깊이 물에서 첨벙거리며 뛰어가는 소리와 숨죽인 욕설이 들려왔다.

라바니는 미소를 지었다. 개구리 잡기는 대부분 어려워한다. 특히 코뿔소처럼 물속에서 뛰어다니는 사람들은.

라바니는 한 걸음, 또 한 걸음 내디디며 모퉁이를 돌아 속삭이는 개구리잡이들을 엿보려고 했다.

하지만 엉뚱한 곳을 보며 걸어다니면 나쁜 일이 생긴다. 특히 통나무를 밟으며 걸을 때는. 라바니의 발끝이 옹이에 걸렸다. 바람에 날아가는 굴뚝새처럼, 라바니는 양팔을 휘두르며 균형을 잡으려고 싸웠다.

그렇지만 그 싸움에서 지고 말았다.

휙 소리와 짧은 비명, 그리고 풍덩 소리가 났다.

차가운 물에 라바니는 숨이 멎었다가 무릎 깊이의 개울에서 엎드린 채 몸을 일으켰다. 그리고 들려오는 소리에 얼어붙었다.

달아나는 발소리. 처음에는 얕은 물에서, 다음에는 마른 땅을 쿵쿵거리며.

라바니는 벌떡 일어나 물을 뚝뚝 흘리면서 그들을 따라갔다. 모퉁이를 돌자 햇빛을 받은 금발이 크로워드 씨네 쪽으로 달려가는 모습이 겨우 보였다.

"잠깐만!" 라바니가 외쳤다. 이유는 알 수 없었다. 뒤쫓기보다는 숨는 데 더 익숙한 처지인데도.

라바니는 사라지는 발걸음을 따라 빠르게 달렸다. 크로워드 씨네 뒷마당으로. 그리고 크로워드 씨네 뒷문이 닫히는 것을 보았다.

라바니는 헉헉거리며 호기심에 가득 찬 채 서 있었다.

라바니는 혼자 있기 좋아하는 조용한 영혼을 지닌 아이였다. 하지만 보통 때라면 조용하던 영혼이 외치고 있었다. 대답을 꼭 알아야 하는 질문을 던졌다. 대체 이 낯선 아이들은 누굴까?

그날 밤 아버지가 퇴근했을 때, 라바니는 현관 그늘에 앉아 책을 읽으며 길 건너 집을 지켜보고 있었다.

"안녕, 아들." 아버지가 말했다.

"다녀오셨어요."

"아들…… 오늘 하루 잘 보냈니?"

라바니는 아버지가 무엇을 묻는지 알고 있었다. 집에 무사히 돌아온 거니? 도니에게 또 얻어맞거나 코피가 나지 않고?

"네, 아버지." 라바니가 대답했다.

아버지가 고개를 끄덕였다.

"난, 음, 난……." 아버지는 자주 말끝을 흐렸다. 어떤 사람들은 개구리 잡기를 어려워하지만 아버지는 적절한 말을 잡는 걸 더 어려워하는 듯했다. 우람한 어깨가 한숨과 함께 들썩였다. "그래." 아버지는 한참 만에 말하고는 안으로 들어갔다.

라바니는 어머니가 아버지를 맞이하고, 두 사람이 인사를 나눈 뒤 짧게 키스하는 소리를 들었다. 라바니에게 잘 들리지 않는 몇 마디 말이 나직이 오고 갔다. 하지만 라바니는 그 말이 자기 이야기란 걸 알았다. 슬프고 염려스러운 어조를 들으면 알 수 있었다.

어머니 목소리가 들렸다. "나도. 하지만 쟤도 제자리를 찾을 거야. 친구도 생길 테고."

아버지의 대답도 들렸다. "저런 애가 어떻게 친구를 사귀겠어."

라바니의 얼굴이 뜨겁게 달아올랐다.

아버지의 말은 잔인하지 않았다. 진실이었다. 하지만 진실이 더 잔인할 때가 있다.

그 잔인하도록 진실한 말이 저녁 식사 내내 라바니의 가슴에 메아리쳤다. 접시 위에 놓인 스테이크가 매시트포테이토에 분홍색 육즙을 흘리는 모습을 멍하니 쳐다봤다. 아버지가 직장에서 가져온 고기였다. 라바니는 럭키를 떠올렸다.

"오…… 오늘 공장에서 달아난 소 없었어요?" 라바니가 아버지에게 물었다.

아버지가 등심을 씹으며 눈살을 찌푸렸다. "없었는데."

라바니의 속이 뒤집혔다.

"미안, 친구야." 라바니가 스테이크에 속삭였다. 소가 무사하기를 바랐지만 결국 미디엄 레어가 되어버렸다. 럭키는 전혀 운이 좋지 못했다. 라바니는 접시를 밀어냈다. "배고프지 않아요."

저런 애가 어떻게 친구를 사귀겠어.

피아노를 치는 어머니 옆에서 아버지가 졸고 있을 때, 라바니는 설거지를 하며 그 말을 떠올렸다. 햇빛이 옅어지며 낮에 숨어 있던 그림자가 길게 뻗어 나왔다. 바깥에 있는 나무들 사이에서 깜빡이는 반딧불이 부엌 창문을 통해 보이기 시작했다. 공중에 떠다니던 반딧불이 빛이 깜빡깜빡 살아날 때, 라바니의 영혼 속에서도 아이디어 하나가 깜빡였다.

라바니는 한밤의 아이들, 은빛 머리카락의 소녀, 뺨으로 흘러내린 눈물, 잡지 못한 생일 선물을 떠올렸다. 외로움에 잠에서 깨어났던 일을 떠올렸다.

그리고 길 건너 집에, 어두운 창문 뒤에 자신만큼 조용하고, 외롭고, 슬퍼 보이는 여자아이가 있다는 사실을 떠올렸다.

두려운 건 괜찮다. 외로운 건 괜찮다. 슬픈 건 괜찮다. 따지고 보면, 어둠과 주먹질과 도살장과 잔인한 진실로 가득한 세상이니까.

하지만 그것과 다른 것이 존재한다는 희망이 있으려면 손을 내밀어야 한다.

라바니는 고개를 끄덕였다.

다시 한번 선택을 했다.

대부분의 사람에게 개구리 잡기는 어려웠다. 하지만 라바니에겐 그렇지 않았다.

잠시 후 라바니는 현관문을 통해 어둑어둑한 바깥으로 나갔다. 양손에 유리병을 하나씩 들고 서 라바니는 앞만 보고 걸었다. 개울을 향해서.

라바니는 신발과 양말을 벗고 물로 걸어 들어가 반대편 둑 근처,

물살이 느린 곳으로 갔다. 개울이 깊고 물살은 느려 늘어진 부들과 연잎이 가득한 곳이었다. 개구리는 거기 살았다.

라바니가 다가가자 개구리 노랫소리가 멈췄지만, 소리가 없어도 찾을 수 있었다.

오래 걸리지 않았다. 잠시 조용히 있다가 재빨리 손을 움켜쥔 뒤 라바니는 버둥거리는 통통한 개구리를 쥐고 물가로 다시 나왔다. 개구리는 3센티 정도 되는 개울물과 함께 유리병 속으로 들어갔다.

다음은 더 어려운 일이었지만, 그것 역시 라바니는 능숙하게 해냈다. 몇 번 뛰어오르고 물에 들어가고 손뼉을 치고 얽힌 나무뿌리에 한 번 걸린 다음, 라바니는 그것들을 잡았다. 반딧불이 일곱 마리가 다른 유리병에서 반짝였다.

라바니는 크로워드 씨네 뒷문으로 갔다. 진흙이 조금 묻었고 몹시 두려웠지만 의지만큼은 굳세었다. 따지고 보면, 그 애의 영혼은 목말라 있었으니까.

라바니는 현관의 흰 마룻바닥 위에 병을 내려놓고 주머니 양쪽에서 뭔가를 꺼냈다. 한쪽에서는 흰 양초 하나가, 한쪽에서는 성냥 한 갑이 나왔다.

라바니가 탁 치자 불꽃이 일렁이더니 불이 붙었다. 불빛이 어둠 속에서 손을 내밀었다.

라바니는 개구리가 든 병 위로 초를 들어 올려 뜨거운 촛농이 뚜껑의 공기 구멍 사이로 흐르게 했다. 그다음 초를 촛농 위에 세워 고정시켰다.

라바니는 뒷문 앞에서 내려갔다. 선물을 쳐다봤다.

개구리는 양초 아래 병 안에 앉아 눈을 끔뻑이면서 반짝이며 춤추는 불빛을 부러운 듯 바라보고 있었다.

촛불은 멋있었다. 누가 뭐래도, 생일 선물이었으니까.

저런 애가 어떻게 친구를 사귀겠어.

라바니는 미소를 지었다. 어쩌면 이렇게요. 미소가 말했다.

라바니는 몸을 앞으로 숙이고서 문을 두드렸다. 한 번, 두 번, 세 번.

그러고는 돌아서서 어둠 속을 걸어 집으로 향했다. 자신이 거기서 있으면 그 아이들이(정말 존재한다면) 문을 열지 않으리라는 생각에.

그날 밤 늦게, 라바니는 잠들기 전 방 창문을 열어 바람이 들어오게 했다. 창문 주위의 새집에서 밤을 보내려고 모인 새 가족들이 조그맣게 파닥이며 삐익거렸다.

하늘은 검고 구름이 끼어 달빛도 없는 밤이었다.

길 건너 집은 종일 그 모습 그대로였다. 소리 없고, 어둡고, 비어 있었다. 그러나 작은 변화가 하나 있었다.

2층 라바니 방 바로 건너편의 창문 하나가 열려 있었다. 흰 커튼이 유령처럼 흔들렸다.

창틀에서 윙윙거리는 반딧불이 가득한 병의 희미한 빛이 발하고 있었다.

작은 차이는 사실 꽤 큰 차이를 만들기도 한다.

라바니는 미소를 지었다.

"고맙긴, 뭘." 라바니가 속삭였다.

04

가끔, 어쩌면 자주, 한 사람의 이야기 속에서 그 사람이 보지도, 알지도 못하는 일들이 일어나기도 한다. 그 사람의 이야기에 다른 이야기들이 시계 톱니바퀴처럼 연결되어 조용히, 멀리서 돌아간다. 그리고 시곗바늘이 천천히 돌아가다 보면 다른 이야기들이 아주, 아주 중요해지기도 한다. 그 이야기들이 시계 종을 칠 수도 있다. 혹은 시계를 멈추게 할 수도 있다.

라바니와 슬러터빌에서 멀리멀리 떨어진 곳에서, 한 남자가 어두운 방 안에 앉아 있었다. 그는 거의 항상 불을 켜지 않았다. 사냥에 대비해서 눈을 어둠에 적응시키기 위해서였다. 그는 거의 항상 밤에 사냥했다.

남자는 매우 창백했다. 머리카락은 매우 짧고 매우 하얬다. 매우 동그란 안경을 쓴 눈은 매우 파랬다. 매우로 이뤄진 남자였다.

남자는 손톱을 다듬고 있었다. 매끄럽고 절도 있는 동작으로. 남자가 하는 일은 모든 것이 매우 매끄럽고 매우 절도 있었다.

끽 하고 손톱 줄에서 소리가 났다. 끽. 끽. 끽. 남자는 손톱이 예리

한 것이 좋았다. 매우 예리한 것이.

남자는 사실 자신이 보통 사람이라고 생각하지 않았다. 사냥꾼
이라고만 생각했다.

남자는 손톱 줄을 오른손에서 왼손으로 옮겨 쥐었다.

끽 하고 손톱 줄에서 또 소리가 났다. 끽. 끽. 끼—

따르릉!

전화벨 소리가 손톱 갈기를 방해했다. 남자는 놀라지 않았다. 사
냥꾼은 언제나 매우 침착했다.

그는 손톱 줄을 내려놓았다. 그리고 의자에서 일어났다.

따르릉!

벽에 걸린 전화기로 걸어갔다.

따르릉!

검은 수화기를 집었다. 치아가 매우 곧고 매우 하얀 입을 수화기
에 매우 가까이 댔다.

"여보세요." 그가 매우 부드럽고 매우 매끄러운 목소리로 말했다.

"의뢰할 일이 있어요." 어떤 여자 목소리가 수화기에서 흘러나
왔다. 목소리가 낮았고 화가 난 상태였다.

"그러," 사냥꾼이 말했다. "시겠죠."

왜냐면, 그의 전화가 울리는 까닭은 그것뿐이었으니까.

"어젯밤 그들이 달아났어요. 오늘은 나타나리라 생각했어요."

"몇 명," 사냥꾼이 물었다. "이죠?"

"일곱 명이에요." 여자가 말했다. 여자는 그 숫자에 어떤 의미가

있는 것처럼 말했고, 실제로 그랬다.

사냥꾼이 눈을 깜빡였다. 창백한 입술에 미소가 서서히 퍼졌다. "그들," 그가 속삭였다. "이군요."

"네."

사냥꾼은 그 일곱 명을 전에도 쫓은 적이 있었다. 잡기도 했었다. 한 번. 그리고 몇 번은 놓쳤다.

그들은 사냥꾼이 놓친 유일한 사냥감이었다.

사냥꾼은 항상 한 종류의 사냥감만을 쫓았다. 사람들. 하지만 그 한 가지 사냥감은 가지각색이었다. 아이들, 가끔은…… 가출한 아이들, 유괴당한 아이들. 어른들도 마찬가지로, 도망자들, 범죄자들. 탈출한 죄수. 나쁜 사람에게 빚을 지고 겁먹은 사람들.

특별한 의도가 있는 것은 아니나, 사냥꾼은 사냥감을 다치게 하지 않는다. 하지만 사냥감을 해칠 사람들에게 넘기는 경우는 많았다. 사냥꾼은 자신이 쫓는 사냥감을 왜 찾는지, 나중에 그들에게 무슨 일이 생기는지 신경 쓰지 않았다. 사냥에만 신경 썼다.

"대금은 지불하겠어요." 여자가 말했다. "기꺼이."

"으으음." 사냥꾼이 중얼거렸다. 그는 돈 생각은 하지 않았다. 물론 돈을 받겠지만 돈은 신경 쓰지 않았다. 사냥꾼은 사냥을 좋아했다.

"내가," 사냥꾼이 말했다. "그들을," 사냥꾼이 말했다. "찾을 겁니다."

매우 당연한 사실이라는 말투였다.

05

아침에 길 건너 창문은 비어 있었다.

하지만 라바니는 간밤에 본 것을 기억했다.

그들이 거기 있었다. 그 애가 거기 있었다. 누굴까? 어디서 온 걸까? 왜 숨어 지낼까?

그들은 알 수 없는 존재만이 아니었다. 다른 존재였다. 그리고 다른 존재란 라바니가 그토록 원하던 것이었다. 뭔가 다르다면, 더 나은 존재일 희망이 늘 있으니까.

아래층에서 어머니는 식탁에 앉아 커피를 마시고 있었다. 머리를 뒤로 넘겨 대충 묶고 그림이 그려진 앞치마를 두르고 있었다.

"그림 그리는 날이에요?" 라바니가 물었다.

"그렇지." 어머니가 미소 지었다. "영감을 기다리는 중이란다. 주제도."

라바니의 머릿속에서 불꽃이 튀었다. 길 건너 집을 생각했다.

"부들은 어때요?" 라바니가 물었다.

몇 분 뒤, 라바니는 입에서 토스트 부스러기를 털며 문밖으로 나갔다. 주머니에 접는 나이프를 넣어뒀다. 크로워드 씨네 마당을 천천히 가로지르며 들으라는 듯 휘파람을 불었다. 목을 죽 뽑고 지나가며 창문 안을 들여다봤다. 응답하는 휘파람 소리도, 창문으로 내다보는 얼굴도 없었다.

개울 반대쪽, 라바니가 전날 밤 개구리를 잡았던 깊은 곳에는 길고 가는 부들이 물 밖으로 솟아 나와 있었다. 신을 벗고 바지 자락을 걷고 칼을 뽑은 뒤, 라바니는 물속으로 들어갔다.

물이 무릎 위로 차오르자 라바니는 몸을 떨었지만, 곧 풀 사이로 들어가 가장 굵은 것을 줄기에서 잘랐다. 하나, 둘, 셋. 넷, 다섯, 여섯. 하나 더. 그리고 한 발자국 옆에 제일 큰, 소시지보다 굵은 것이 있었다. 개구리 한 마리가 그 옆 수련 잎에 앉아 라바니를 보고 수상하다는 듯 눈을 끔뻑였다.

"괜찮아." 라바니가 개구리에게 말했다. "오늘은 너 잡으러 온 게 아냐."

라바니가 한 발 다가가 부들 쪽으로 손을 내미는데 뒤에서 누가 말했다.

"그 칼 조심해."

라바니는 놀라서 펄쩍 뛰며 물속으로 칼을 퐁당 빠뜨렸다.

라바니가 돌아섰다. 그러자 그 애가 있었다.

은빛 머리카락의 소녀. 첫날 밤에 라바니가 생각한 게 옳았다. 햇빛 속에서 머리카락은 금빛이었고, 달빛 속에서처럼 검은 리본으로 묶고 있었다. 그 애는 맨발에다 구멍이 난 청바지를 무릎까지 올리고 전처럼 지저분한 흰 티셔츠를 입고 있었다.

라바니는 입을 열었지만 아무 말도 나오지 않았다.

여자아이는 근엄한 눈빛으로 라바니를 봤다.

"고마워. 개구리 말이야. 그리고 반딧불이도." 여자아이의 말투는 특이하게 높낮이가 없었다. 목소리에 오르내림이 별로 없었다.

다가와서 상대를 끌어안는 목소리가 아니었다. 상대에게 거리를 두고, 약간 찌푸리는 소리였다.

라바니는 "고맙긴, 뭘"이라고 대답해야 하는 걸 알면서도 목소리가 심장과 목구멍 사이 어딘가에 걸린 듯 나오지 않았다. 달빛 속에서 본 아이들이 현실이 아닌 꿈인가, 하고 있던 와중에 그 애가 눈앞에 나타난 것이다.

그래서 말없이 고개만 끄덕였다.

여자아이는 한쪽 눈썹을 치켜올렸다. 그리고 라바니에게 다가왔다. 천천히 물속으로 첨벙 들어서더니 개울을 가로질러 왔다.

"말 못 하니?" 아이가 물었다. 라바니가 미처 대답하기 전에, 그 애가 말했다. "못 해도 괜찮아. 어차피 들을 가치가 있는 말을 하는 사람은 별로 없거든." 그 애 표정은 진지하고 사려 깊었으며 낮은 목소리에는 살짝 긁히는 소리가 났다. 캠프파이어 냄새 같은 목소리였다. 눈은 녹색이 섞인 파랑이었지만 너무 옅어 거의 회색 같았다.

아이의 입가가 아래로 처지고 눈이 가늘어졌다. "하지만 네가 개구리에게 말하는 건 들었는데. 그러니까 말할 수 있지. 그럼, 사람에게만 말 안 하는 거니?" 여자아이는 다가와 라바니의 눈을 가만히 들여다봤고 그다음에는 속삭이듯 말했다. "그래도 우리한테는 말해도 돼. 네가 원하면. 우리는 진짜 사람이 아니니까. 우린 유령이야."

라바니의 팔에 소름이 끼쳤다. 맨다리를 훑는 차가운 물 때문만은 아니었다.

금발의 여자아이는 미쳤다. 라바니는 그 애 뺨을 비추는 햇빛과 그 애 머리카락을 흔드는 바람, 그 애 다리 주위에 흐르는 물결을 볼 수 있었다. 라바니가 정말로 존재하듯이 그 애도 존재했다.

라바니는 목청을 가다듬었다.

"말할 수 있어."

"아." 여자아이는 한 걸음 물러섰다. 실망한 것 같았다. "그럼 쉽겠네. 이름이 뭐니?"

라바니는 입술을 핥았다. 라바니는 평생 가지가지 이유로 여러 차례 도니와 많은 아이에게서 놀림을 받았다. 하지만 가장 많이 놀림을 받은 건 이름이었다.

"내 이름은 라바니야." 한숨을 쉬고는 그다음에 겪게 될 비웃음과 조롱을 기다렸다. "하지만 보통 라브라고 불러."

소녀는 코웃음을 치지도, 눈을 굴리지도 않았다.

"라바니. 처음 듣는 이름이네." 짓궂은 말투가 아니었다. 그저 사실을 말한 거였다. "라바니. 흠. 마음에 들어." 소녀가 그렇게 말할 때, 라바니는 심장이 조금 두근거렸다. 미소를 지을 뻔했다. 라바니도 실은 자기 이름이 좋았다. "그런 이름은 어디서 났어?"

"그게, 어머니가 지어주셨어." 사실이었다.

"왜?"

라바니는 머릿속이 복잡했다.

"어, 라바니는 가족에게서 물려받은 이름이야. 외할아버지 이름을 땄어."

소녀는 고개를 갸우뚱했다. 입을 꾹 다물었다.

"거짓말." 어찌 된 일인지 몰라도 그렇게 말하는 소녀의 말투는 전혀 심술궂지 않았다. 그저 사실이라는 말투였다. 그리고 그건 사실이었다. "사실대로 말해줘."

이 넓고 우울한 세상 속에서 라바니 포스터가 그 이상하고 근엄한 소녀에게 이름의 진실을 말하고 싶을 리 없었다. 하지만 그 애의 차분함, 그 애의 눈빛, 그 애의 목소리가 낡은 코듀로이처럼 거칠면서 동시에 부드러운 데에는 뭔가 특별한 점이 있었다.

"그…… 그건 그리스의 디저트 종류라나 봐." 라바니가 말했다. "어머니는 항상 그리스에 가고 싶었대. 내가 태어났을 때, 어머니가 그러는데……." 라바니는 너무 많은 이야기를 했다는 걸 깨닫고 멈췄다. 대체 왜 이러지? 하지만 너무 늦었다.

소녀는 눈을 깜빡였다.

"어머니가 뭐라고 하셨어?"

라바니는 침을 꿀꺽 삼켰다. 개울을 내려다봤다.

"어머니는, 어, 내가…… 어머니가 본 것 중에 제일 달콤했대. 그래서 그 디저트 이름을 붙인 거야."

라바니는 움츠리고는 웃음 혹은 조롱 소리를 기다렸다.

하지만 또다시, 그런 소리는 들리지 않았다.

대신 소녀는 손을 내밀어 라바니의 손을 잡았다. 그리고 자기 얼굴 앞으로 들었다. 라바니는 낚시에 걸린 물고기처럼 입만 뻐끔거렸다.

그때 소녀가 라바니의 손등을 핥았다.

"뺑이네." 소녀는 딱 잘라 말했다. "넌 하나도 안 달콤해. 짜. 네 어머니는 네 이름을 피클이라고 지었어야 해."

라바니는 씩 웃으며 다시 숨을 쉬었다.

"아니면…… 감자튀김이라든가." 라바니가 이렇게 말하자 소녀가 처음으로 웃었다. 아니, 웃을 뻔했다. 작은 미소였고 오래가지도 않았다. 나무 사이를 지나가는 황금방울새같이 스치고 지나갔다. 하지만 웃었다. 소녀는 라바니의 손을 놓았다.

"너희를 봤어." 라바니가 말했다. "그날 밤에 그 트럭에서—"

하지만 소녀가 말을 잘랐다.

"저것도 우리 줄 거니?" 라바니가 들고 있는 부들을 가리켰다.

"아니. 어머니 거야. 어머니가 그릴 거야."

소녀는 고개를 끄덕였다.

"멋진 그림이 되겠다."

바로 그때 소녀 뒤에 있는 집 쪽에서 소리가 울려 퍼졌다. 라바니가 전에도 들었던 소리였다. 부엉이 소리.

소녀가 눈을 찡그렸다.

"가야 해." 소녀는 라바니의 눈을 가만히 진지하게 들여다보며 작게 말했다.

"잠깐." 소녀가 한 걸음 내디딜 때 라바니가 말했다. 하지만 누군가가 그들을 향해 외쳤다. 나무 옆에 숨어 있었지만 권위가 느껴지는 목소리였다. 그 애 아버지일 거라고, 라바니는 확신했다.

"버지니아! 어서 들어와!"

라바니는 가슴이 두근거렸지만 소녀는 눈만 굴렸다.

"네 이름이야?" 라바니가 물었다. "버지니아?"

"응." 소녀는 대답하고 허리를 굽혀 손을 물에 담갔다. 그리고 일어나더니 라바니가 떨어뜨린 칼을, 개울물을 뚝뚝 떨어뜨리며 건넸다.

"고마워." 라바니가 말했다.

"버지니아!" 다시 외치는 소리가 들렸다.

"잠깐 여기 있어. 보이지 않는 자리에서." 소녀는 여전히 라바니의 눈을 진지하게 들여다보며 말했다. "아직은 너랑 이야기하면 안 되거든."

라바니가 이마를 찌푸렸다.

"왜?" 라바니가 말했다. "어째서―"

하지만 버지니아는 처음 본 그날 밤처럼 손가락을 입술에 댔다. 천천히 고개를 저었다. "아직은 아냐." 소녀가 속삭였다. 그리고 돌아서서 걸어갔다. 개울을 다시 건너 버지니아가 반대편에 닿아 철썩이는 물소리가 사라지자 라바니는 문득 무언가를 기억해 냈다.

"있잖아!" 라바니는 최대한 큰 속삭임으로 소녀를 불렀다. "생일 축하해!"

소녀는 어깨 너머로 돌아봤다. 잠시 웃을 것 같았다. 하지만, 대신 눈살을 찌푸렸다.

"난 친구를 찾는 게 아니야." 소녀가 말했다.

라바니는 침을 꿀꺽 삼켰다. 온몸이 싸늘해졌다.

"나도야." 거짓말이었다.

소녀는 눈썹을 치켜올리더니 입을 조금 벌렸다. 거기 잠깐 서서 라바니를 봤다.

"안녕, 라바니." 소녀가 말하고는 걸어가 버렸고 라바니에게는 젖은 손, 그리고 어째서인지 전보다 더 많아진 질문만 남았다.

06

이튿날 아침이 되어서도 라바니의 머릿속에는 궁금한 것이 가득했다. 유령과 목소리가 거친 여자아이와 부엉이 소리를 내는 괴물이 나오는 어렴풋한 꿈도 꿨다. 원하는 것은 해답이었지만, 그날은 금요일. 신문 배달을 하는 날이었다.

작년에 어머니와 아버지는 창밖에다 새 수십 마리가 살 집을 짓고 먹이를 주려면 거기 드는 돈은 라바니더러 마련하라고 했다. 바로 그다음 주에, 신문 배달을 하던 소년이 택배 트럭에 치여 두 다리가 모두 부러졌다. 소년은 그 사고로 신문의 헤드라인을 장식했지만 대신 신문 배달 일을 잃게 됐다. 자전거와 성한 두 다리를 가진 라바니가 그 일을 넘겨받았고 그 후로 매주 사흘씩 소도시 곳곳에 신문을 배달했다.

"새 소식 있나요?" 라바니는 《슬러터빌 스펙테이터》 신문사 사장이자 관리인이자 기자이자 편집자인 호텐스 월런바크에게 물었다. 그녀는 사무실 책상 위에 두 발을 올리고 의자에 기대앉아 커피를 마시고 있었다. 신문사에 들어갈 때마다 라바니는 그렇게 물었고 그녀는 평소와 같은 대답을 했다.

"직접 읽고 알아보렴."

라바니는 신문 더미 옆에 무릎을 꿇고 앉아서 한 부씩 돌돌 말아 고무줄로 묶어 배달 가방에 담으면서 1면 헤드라인을 훑어보았다. '스키니스터 육가공에서 신제품 다짐육 생산.'

"흠. 대단한 기사는 아니네요, 월런바크 씨."

"그러게 말이다. 내가 쓴 기사는 아니란다, 꼬마야. 그저 받아 적어 찍어낸 것뿐이지."

"스키니스터 씨가 정말 새로운 일을 한다면 더 좋은 기사가 되겠네요. 예를 들어…… 버펄로윙이나 연어버거를 만드는 거라든지요. 그렇지 않아요?" 라바니는 호텐스가 미끼를 물 수밖에 없다는 것을 알고 기대하는 눈빛으로 올려다봤다.

호텐스의 눈이 반짝였다.

"그렇지. 스키니스터 노인이 유랑서커스의 공중그네 곡예사와 열렬히 사랑에 빠진다면 훨씬 더 좋은 기사가 되겠지. 게다가 그 여자는 성질 급하고 질투심 많은 사자 사육사와 이미 결혼을 했다면 말이야……. 그런데 그 사자 사육사가 갑자기 사라지고, 다음 날 누군가가 그의 결혼반지를 스키니스터 육가공 햄버거 패티에서 발견한다면. 하지만 경찰관이 집에 찾아가 체포하려니 스키니스터는 이미 사랑하는 곡예사와 브라질로 도주한 뒤라면. 그러면 훨씬 좋은 기사가 되겠지." 그녀는 커피를 한 모금 홀짝이고 어깨를 으쓱이더니 졸린 표정으로 눈을 껌뻑였다. "하지만…… 그건 기사가 아니야. 난 사실밖에 못 쓴단다, 꼬마야. 그리고 사실은, 여긴 흥미진진한 일이 벌어지는 그런 도시가 아니란 거지."

라바니는 한밤중에 나타난 아이들을 떠올리고 호텐스의 말에 반박할 뻔했지만 입을 다물었다.

월런바크 씨는 하품을 했다.

"바보 같은 기사 이야기는 됐고. 그 신문 가지고 가렴. 다짐육이 궁금해서 죽어가는 사람들이 있잖니."

라바니는 평소와 똑같은 길로 자전거를 타고서 대부분 잠들었지만 막 깨어나고 있는 소도시를 가로지르며 집집마다 신문을 던졌다.

졸고 있는 이웃에게 신문 배달을 마친 뒤 라바니는 시내로 돌아갔다. 그 무렵 해는 이미 떴고 종달새와 어치도 깨어서 노래했다. 슬러터빌 거리에는 라바니 혼자가 아니었다.

라바니는 카페로 가서 옥외 테이블에 앉아 있는 퀴글리 보안관에게 커피를 따라주는 프레드 프로섬에게로 다가갔다.

"안녕, 라바니." 프레드가 평소처럼 무료하지만 따뜻한 말투로 인사했다.

"오늘 뭐 보여줄 거 없어요, 프로섬 씨?" 라바니는 한 발을 땅에 짚고 신문을 건네며 물었다. "전에 보여준 사랑에 빠진 선원은 어때요?"

프레드는 한쪽 입꼬리만 올리며 웃었다. 스물다섯쯤으로 젊은 축에 속하는 그는 송골매의 날개 깃털처럼 피부가 짙은 갈색이었다. 전등을 달기 전부터 그 카페를 운영했던 할머니에게서 그곳을 물려받았다. 메뉴도 쭉 그대로였다.

프레드는 보안관의 테이블에 신문을 내려놓더니 목청을 가다듬었다. 한쪽 눈을 감고 허리를 숙였다.

"어이, 녀석아!" 그는 목소리를 한 옥타브 낮추고 소금기 가득한 선원 억양으로 으르렁거렸다. 완전히 딴사람이 된 듯했다. "나처럼 처량한 인간 앞에서 사랑 이야기는 왜 꺼내나? 그래, 내 사랑은 저 멀리 바다 건너에 있다. 참 어여쁜 아가씨지! 그렇지만 이 바다를 건너야 하다니 나는 참 저주받은 놈이야. 그 여자의 따뜻한 품에서 이렇게 떨어져서 말이야. 꺼져라, 이 사악한 세이렌아!"

라바니는 웃었다.

"대단하네!" 퀴글리 보안관이 감탄했다.

"괜찮죠?" 프레드는 허리를 펴며 씩 웃었다. "슬러터빌 고등학교 연극에서 해마다 주연을 맡았었고—"

"응? 아니, 이 이야기 말이야!" 보안관이 테이블에 펼친 신문을 손가락으로 찔렀다. "신제품 다짐육? 이런 날이 올 줄이야!"

프레드의 미소가 사라졌다. 그는 라바니를 보고 한숨을 쉬었다.

"신문 고맙다, 라브." 프레드가 말했다. "늘 드시는 베이컨과 소시지로 할까요, 보안관님?"

"물론이지."

가방에는 신문이 한 부 남았고, 라바니는 마지막으로 브레드 앤드 버터 빵집을 향해 자전거 페달을 밟았다. 리 친이 카운터 뒤에서 너덜거리는 책을 보며 눈을 껌뻑이고 있었다.

"안녕, 라브." 라바니가 들어서며 문 위에 달린 종이 딸랑거리자 그가 말했다. "오븐에서 갓 꺼낸 뉴스 있냐?"

그날의 빵이 갈색 종이에 포장되어 바구니 안에서 배고픈 손님을 기다리고 있었다. 하얀 샌드위치빵, 갈색 사워도빵, 껍질이 바삭한 날씬한 바게트. 이전 금요일과 똑같은 빵이었고 이튿날도 같은 빵일 터였다.

라바니는 신문을 건넸다.

"어머니에게 안부 전해주렴." 친 씨는 이렇게 말하고 다시 책으로 눈길을 돌렸다.

빈 가방을 돌려주러 신문사에 잠시 들른 뒤, 라바니는 집으로 향했다.

메인 스트리트의 보도를 따라가며 새로운 새집 모양을 생각했다. 여섯 개의 방에 각기 둥근 문이 달린 새 호텔에 가까운 집이었다. 그러다가 어느 골목에 눈길을 보냈다.

그곳에서 도니 카터를 보았다. 그 애는 골목길로 9~12미터쯤 들어간 곳의 쓰레기통 뒤에 웅크리고 있었다. 그 옆에는 스티비 뮬러가 무릎을 꿇고 있었다. 스티비는 도니의 가장 지저분하고 믿음직한 조수였다. 그들의 자전거가 옆의 벽에 기대어 있었다.

라바니는 곧 도니가 들고 있는 끈을 봤다. 끈에는 막대기가 붙어 있고, 막대기에는 상자가 달려 있으며 그 아래에는 소시지 반쪽이 놓여 있었다. 그리고 앙상하고 초라한 길 잃은 고양이가 덫에 다가가고 있었다.

라바니는 도니가 잡은 고양이에게 무슨 짓을 할 속셈인지 알 수 없었지만, 폭죽이나 강과 관련이 있으리란 건 확신했다.

고양이는 이미 상자 밑에 절반은 들어갔다. 1초 뒤면 상황 종료였다.

선택.

라바니는 선택을 했다.

재빨리 허리를 숙였다. 길에서 찌그러진 탄산음료 캔을 들었다. 팔을 뒤로 뻗었다.

골목에서는 도니가 고개를 들고 라바니를 봤다. 둘의 눈이 마주쳤다.

도니는 눈을 가늘게 뜨며 고개를 저었다. 라바니는 침을 삼켰다. 그리고 던졌다.

라바니의 계획은 캔으로 상자를 맞혀 막대기에서 떨어뜨려서 고양이가 놀라 안전한 곳으로 달아나게 하는 거였다.

하지만 라바니의 머리가 계획한 것과 몸이 실제로 한 일은 매우 다르고 연관성이 거의 없는 경우가 많았다.

캔이 라바니의 손에서 떠난 순간, 공중으로 날아오르더니 표적에서 벗어났다. 캔은 한쪽 골목 벽에 맞고 튀어 화재 피난 사다리를 스치고는, 유감스럽게도 똑같이 단단한 것에 툭 맞았다. 바로 도니 카터의 옆통수였다.

라바니는 심장이 잠시 멎는 듯했다.

고양이는 이야옹 하며 듬성듬성한 털을 세우고 달아났다.

도니는 무시무시하게 단호한 표정으로 일어섰다. 콧김을 내뿜고 있었는데, 라바니는 그간의 경험으로 그것이 좋은 징조가 아님을 알았다.

"너…… 이제…… 죽었어!" 도니가 으르렁거렸다.

라바니는 자전거 페달을 밟으며 달아났다. 근육이 터질 듯이 다리를 휘저어 거리를 내달렸다. 도니와 스티비가 등 뒤의 골목에서 나오는 소리가 들렸다. 라바니는 더 열심히 페달을 밟았다. 심장이 망치질하고 폐가 부풀어 올랐다.

라바니는 참새가 황조롱이에게 사냥당하는 것을 한 번 본 적이 있다. 황조롱이는 파닥거리며 달아나는 참새에게 무시무시하게, 채찍처럼 빠르게 달려들었다. 참새는 힘껏 날아봤지만, 그곳은 나무 한 그루 없는 텅 빈 들판 위였다. 참새, 그리고 황조롱이. 라바니는 결국 피가 튀기고 깃털이 후드득 떨어지며 끝날 것임을 알고 있었다. 실제로도 그랬다.

그때도 마찬가지로 라바니는 잘 알고 있었다. 가망은 없었다. 포식자들이 얼마나 빠른지, 아니, 자신이 얼마나 느린지 잘 알고 있으니까. 하지만 희망이란 우스운 것이다. 느껴지지 않아도 품게 된다. 그리고 희망이 적을수록 희망이 있다는 것을 더 간절히 믿고 싶어진다.

그래서 라바니는 기도하듯이 페달을 밟았다. 하지만 현실을 알고 있었다.

도축장을 가로지를 때, 쉭-음머쿵! 소리가 달리는 다리와 박자를 맞췄다.

다급하게 어깨 너머를 돌아보니, 도니는 겨우 6미터 떨어진 곳에서 점점 더 따라붙고 있었다. 집이 있는 오팔 로드에 들어서려면 적어도 140미터는 더 가야 했다. 성공할 수 없었다.

몸을 숨길 곳을 찾는 것만이 유일한 방법이었다. 라바니는 도니와 스티비보다 숲의 구불거리는 오솔길과 은신처를 잘 알았다. 거기에 희망을 걸었다.

다리를 건너는 라바니의 시야 끝에 바짝 다가붙는 도니의 자전거가 들어왔다. 지금 아니면 기회는 없었다.

다리 난간 끝을 지나는 순간, 라바니는 옆으로 방향을 홱 틀어 길에서 벗어나 숲 가장자리에 있는 나뭇가지와 덤불 속으로 뛰어들었다. 라바니는 자전거에서 펄쩍 뛰어내려 달렸다. 도니가 등 뒤의 숲속으로 달려가고 스티비가 외치는 소리가 들려왔다.

라바니는 통나무를 뛰어넘어 사냥용 오솔길로 접어든 뒤 몸을 옆으로 돌려 빽빽한 나무 사이를 지나쳤다.

그러자 나무 사이로 그것이 보였다. 햇볕이 가득 내리쬐는 크로워드 씨네 넓은 뒷마당이. 성공할 것 같았다. 거기 닿으면 자기 집이 보이는 곳으로 내달리거나 버지니아의 현관문을 두드려—

저런.

이 세상에는 황조롱이와 참새가 있고 희망과 진실이 있고 뿌리와 발이 있다.

라바니의 희망에 찬 발이 전나무의 울퉁불퉁한 뿌리라는 진실에 걸렸고, 그러자 붕 날아올랐다. 참새처럼 빠르게. 그리고 라바니는 고꾸라지며 흙과 솔잎에 얼굴을 처박았다. 입 안 가득 흙이 들어왔고, 황조롱이의 발톱이 등에 박혔다.

땀투성이가 되어 헉헉거리는 도니가 가슴을 무릎으로 짓누르려고 라바니를 뒤집었다. 분노에 이마를 찌푸리고, 얼굴을 붉힌 채로 눈을 가늘게 뜨고서.

"잡았다, 라비올리!" 도니가 이를 악물고서 내뱉었다.

스티비는 헉헉대면서도 괴물처럼 웃어대며 도니 뒤로 다가왔다.

"이것 참 너무한걸." 도니가 말했다. "재미 좀 보려는데 이 자식이 망쳤잖아. 그치, 스티비?"

"응!" 스티비가 받아쳤다. "이 자식이 망쳤지!"

라바니는 힘없이 버둥거렸고 도니는 무릎에 체중을 실어 라바니를 찍어 눌렀다.

"사과를 해야 하지 않겠어?" 도니가 비아냥거렸다.

"그렇고말고!"

도니가 어찌나 가까이 다가왔는지, 입에서 검정 젤리빈 냄새가 풍겨왔다.

"잘못했다고 말해." 도니가 이를 악물고 씩씩거렸다. "잘못했다고 하면 놔준다."

라바니의 눈에 뜨거운 눈물이 고였다. 도니의 무릎에 눌린 곳이 아팠고 입에는 흙이 가득했고 잔인함과 외로움이 지겨웠고 무엇보다도 다 소용없음을 알기에 눈물이 났다. 어떻게 하더라도, 사죄하든 안 하든, 자신은 늘 황조롱이의 발톱에 잡힌 참새였다. 라바니는 자신이 열린 문에 꾀여 들어갔다가 매시트포테이토와 함께 차려지는 소라는 것을, 그리고 그 사실에는 변함이 없으리란 것을 알았다.

라바니는 뜨거운 눈물을 깜빡이며 중얼거렸다.

"뭐? 안 들려, 라비올리."

"잘못했어." 라바니가 더 크게 말했다. 말에서 쉰 피클 맛이 났다.

도니의 악취 나는 입이 크게 벌어졌다.

"거봐. 어렵지 않잖아?"

도니는 라바니를 짓눌렀지만 눈을 마주 보지 않고 허리를 폈다. 라바니는 잠시 그걸로 끝일 수도 있다고 생각했다. 하지만 이내 도니의 눈이 가늘어지면서 표정이 어두워졌다.

"아이고 저런." 도니는 염려하는 척 말했다. "입에 흙이 들어갔네, 친구야. 내가 씻어내게 도와주지." 도니는 라바니의 머리 양쪽에 손을 짚고서 라바니의 얼굴 바로 앞에 더러운 얼굴을 들이밀었다. "입 벌려."

라바니의 피가 카커스 개울물보다 더 차갑게 식었다. 입을 꾹 다물었다.

"말했지, 입 벌리라고."

"그래, 벌려라!" 스티비가 신이 나서 외쳤다.

라바니는 있는 힘껏 고개를 저었다. 팔꿈치로 밀어냈지만 도니가 라바니의 손목을 잡아버렸다. 한쪽 손목은 두툼한 손으로 붙잡아 바닥에 밀어붙이고, 한쪽 손목은 무릎으로 찍어 눌렀다. 남은 한 손으로는 라바니의 뺨을 꽉 쥐더니 서서히 비틀어 입을 열었다.

"호이이이익!" 도니가 가래침을 모았다. 그러더니 제 입을 벌렸다. 퉷.

라바니는 아슬아슬하게 고개를 젖혔다. 뜨뜻하고 축축한 침이 뺨에 떨어졌다. 구역질이 났다.

도니가 콧구멍을 벌름거렸다.

"진짜 열받게 하네." 도니가 부글거렸다. "잠자코 입 벌려. 안 그러면 더 힘들어져." 도니의 손아귀 힘이 더 강해졌다. 도니가 무릎을 더 세게 찍어 누르자 라바니는 손목에 화끈거리는 통증이 올라와 숨이 멎을 것 같았다.

호이익!

라바니는 눈을 꾹 감고, 모든 것을 포기한 채 도니 카터의 시큼한 가래침을 기다렸다.

대신, 툭 소리가 들렸다. 도니의 몸뚱이가 살짝 흔들리는 게 느껴졌다. 도니가 입 안에 모았던 침을 꿀꺽 삼키는 소리가 들렸다. 라바니는 눈을 떴다.

"왜 던졌어?" 도니가 스티비 쪽으로 고개를 홱 돌리며 물었다.

"뭘 던져?"

"저 돌멩이!"

"안 던졌는—"

스티비의 말이 작은 땅 소리에 가로막혔고, 그때는 세 명 모두 돌멩이가 도니의 벨트 버클에 맞더니 땅에 떨어지는 것을 봤다. 스티비가 던진 것이 아니었다. 반대쪽 무성한 잡목 쪽에서 날아왔다. 크로워드 씨네 쪽에서.

"야!" 도니가 외쳤다. "누가—"

돌멩이 하나가 어두컴컴하게 얽힌 나뭇가지와 잎 속에서 다시 튀어나와 도니의 귀를 때렸다. 도니는 고개를 숙이더니 욕을 했다.

"거기 누구냐!" 도니가 라바니를 잡았던 손을 놓고 허리를 펴고는 떨어진 나무와 가지에 걸린 덩굴, 변하는 그림자, 쓰러진 나무 둥치 쪽을 살폈다. 몸을 웅크리고 숨을 자리가 백 군데는 있었다.

"야, 있지, 도니, 우리, 으." 스티비는 한 걸음 물러서며 더듬댔다.

"닥쳐, 스티비. 야! 거기 누구냐! 후회할 거다, 내가 장담해!"

라바니는 그게 누구인지, 누구일 수밖에 없는지 알고 있었다.

라바니는 눈을 꾹 감고 눈물을 삼켰다. 그리고 뭐라고 말했다.

"뭐라고 했냐?" 도니가 돌아서며 내뱉었다.

라바니는 목청을 가다듬었다.

"유령이야."

도니는 눈을 가늘게 뜨고 경멸했다. 하지만 놀란 눈빛이기도 했다. 그리고 조금 두려워하는 눈빛이었다고, 라바니는 믿었다.

"뭐라고?" 스티비가 기어들어 가는 소리로 물었다.

"무슨 소리야?" 도니가 헉헉거리며 말했다. "세상에—"

하지만 그 순간 돌멩이 세 개가 각기 다른 방향에서 날아왔다. 하나는 스티비의 배를 맞혔고, 하나는 도니의 신발에서 튕겨져 나왔고, 또 하나는 그들 사이 바닥에서 튀었다.

"유령이라고." 라바니가 다시, 더 크게 말했다.

"난 그만 가볼래, 도니." 스티비가 소리 높여 말했다.

도니가 뭐라 외치려고 입을 여는데, 돌 하나가 공중에서 날아와 뒤통수를 맞혔다. 다치게 할 만큼 큰 돌은 아니었지만 아플 정도는 됐다.

"아얏!"

도니는 뒤통수를 문지르며 입술을 핥고 주위를 둘러봤다. 반항과 분노가 서린 표정이었지만, 눈은 깜빡이며 여기저기 살피고 휘둥그레졌다 가늘어지길 반복했다.

도니 카터가 겁을 먹었다.

"이걸로 끝난 게 아니야, 라비올리." 도니가 일어나며 말했다. "너 나한테 고양이 한 마리 빚졌어!" 하지만 도니는 스티비를 따라 어깨를 움츠리고 주먹을 쥐고서 달려갔다.

잠시 후 라바니는 일어나 앉았다.

돌멩이가 날아온 쪽을 보지는 않았다. 그쪽에서 유령들이 자신을 지켜보고 있을 테니까. 입에는 흙이, 얼굴에는 침이, 눈에는 눈물이 고여서 그쪽을 볼 수 없었다. 부끄러워 양쪽 뺨이 달아올랐다. 그 애들이 봤다. 이런 꼴을 그 애가 봤다. 그 애는 이제 라바니가 어떤 아이인지 알게 됐다. 첫날 밤 그 애를 보고 품었던 실낱같은 희망이 이제는 촛불처럼 꺼져버렸다.

저런 애가 어떻게 친구를 사귀겠어.

고마워라든가 (이유는 잘 몰라도) 미안해라든가 안녕이라고 말해야 할 것 같았다.

대신 라바니는 아무 말도 하지 않았다. 일어나서 숲을 가로질러 집으로 갔다. 땅만 보면서.

07

그날 오후, 라바니는 자전거를 찾으러 돌아갔다.

창고로 터덜터덜 돌아오는데, 누군가의 목소리가 불러 세웠다.

"얘, 라바니." 돌아보니 그 애가 크로워드 씨네 집 마당 나무 그늘에 서 있었다. 숨어 있는 것처럼. "이리 와."

라바니는 이맛살을 찌푸렸다. 라바니의 영혼은 여전히 수치심에 떨고 있었다. 하지만 자전거를 눕혀 놓고 걸어갔다.

그 애는 전날과 같은 옷을 입고 똑같이 엄숙한 표정을 짓고 있었다.

"네 도움이 필요해." 그 애가 말했다. 라바니는 자신이 누군가에게 도움이 될 일이 있다는 것을 상상할 수 없었다. 어떤 새인지 식별하는 일이라면 모를까. 하지만 그런 도움을 청할 리는 없었다.

"무슨······ 도움?"

"네가 개구리를 줬잖아." 버지니아는 특유의 진지한 표정으로 말했다. "물고기를 한 마리 주면 하루를 먹을 수 있지만 물고기 잡는 법을 알려주면 평생을 먹을 수 있을 것이다.* 나는 하루만 먹고 싶지 않아. 네가 개구리 잡는 법을 알려주면 좋겠어."

라바니는 가슴이 철렁했다. "내······ 내가 준 개구리를 먹었어?" 버지니아가 눈을 깜빡였다. "아니. 세상에나. 이건 비유야. 그러니까 도와줄래?"

아마도 그날 아침 도니에게서 라바니를 구해준 건 버지니아였을 것이다. 한 번 신세를 진 셈이었다.

"그러지, 뭐."

그 애는 라바니의 팔을 잡더니 햇볕에서 당겨 자기 집과 스키니스터 스트리트 사이에 제멋대로 나무가 자란 숲속으로 들어갔다.

관목을 헤집고 지나가면서, 어깨 너머로 말했다. "생각보다 어렵더라고. 개구리 잡기 말이야. 우린 오후 내내 잡으려고 했는데 안 됐어."

숲에서 벗어나 개울둑으로 나서자, 라바니는 '우리'가 누군지 알 수 있었다.

또 한 명의 남자아이가 물에 들어가 있었다. 청바지를 걷어 올리고 있었지만, 굳이 왜 그랬는지 라바니는 영문을 알 수 없었다. 온

---

* 탈무드의 격언.

몸이 흠뻑 젖어 있었으니까. 라바니보다 나이가 조금 많은 아이였다. 열셋이나 열넷쯤으로 보였다. 그보다 어린 여자아이는 개울가에 앉아 지켜보고 있었다. 대여섯 살쯤 돼 보이는 그 애는 도착했던 날 들고 있던 기린 인형을 역시 또 안고 있었다. 낮에 보니 솔기가 뜯어지고 유리 눈알 하나가 없어진 낡고 해진 인형이었다.

"아이고 고마워라." 남자아이가 둘을 보더니 씩 웃으며 외쳤다. "백마 탄 기사가 왔네! 버지니아가 또 불쌍하게 실패하는 꼴을 보면 가슴이 아파 죽을 거야!"

"저긴 오빠야." 버지니아가 말했다. "보기에 비호감일 텐데, 실제로는 그보다 훨씬 더 심해."

소년은 물을 첨벙거리며 다가와서 진흙투성이 팔로 이마의 물을 닦아 갈색 얼룩을 남겼다. 소년이 라바니에게 한 손을 내밀었다.

"안녕. 나는 어메이징 씨라고 해……. 그냥 어메이징이라고 불러도 돼."

"아냐!" 어린 소녀가 외쳤다. "오빠 이름은—"

"콜트." 소년이 재빨리 꺼들었다. "내 이름은 콜트야. 그리고 잰 막내, 어글리."

"아냐!" 소녀가 벌떡 일어나며 말했다. "내 진짜 이름은—"

"애너벨." 버지니아가 콜트를 노려보며 말을 맺었다.

"안녕." 소녀가 찌푸렸던 얼굴에 곧바로 미소를 떠올리며 말했다.

"안녕." 라바니가 눈을 끔뻑이며 그 애들을 돌아보면서 말했다. 콜트의 젖은 손이 여전히 기다리고 있는 것을 보고 악수를 했다.

"나는 라바니야. 라브."

"만나서 반갑다, 라브." 콜트가 고개를 끄덕이면서 말했다. "우리한테 꼭 필요한 친구지."

라바니는 양쪽 뺨이 붉게 달아오르는 것을 느꼈다. 어머니가 아닌 사람에게서 이런 친절한 말을 듣는 건 새로운 느낌이었다.

콜트가 허리를 짚고는 라바니를 보며 말했다. "우린 꼬리를 묶은 수달처럼 뛰어다니고 물속에 뛰어들기까지 했는데 젖기만 했어. 요령이 뭐냐, 라브?"

"음…… 뭐. 사실 요령은 없어. 우선 어디 있는지 알아야 해."

"그건 내가 도와줄 수 있어!" 애너벨이 노래하듯 말했다. 그 애가 목에서 뭔가 떼어내더니 라바니에게 내밀었다. 망원경이었다. 싸구려 플라스틱으로 만든 장난감이었다. 라바니가 필요 없다고 하려는데 콜트와 눈이 마주쳤다. 눈빛이 진지했다. 단 한 번 고개를 살짝 저었을 뿐이지만 라바니는 알아차렸다.

"아." 라바니가 망원경을 받으며 말했다. "이게…… 딱이네." 눈에 대고 앞을 살폈다. "아. 맞아. 이제 보여. 저기 수련 잎이랑 잡초 있는 곳." 라바니는 애너벨에게 망원경을 돌려주며 미소를 지었다. "고마워. 대단한걸."

애너벨은 눈을 반짝이며 환히 웃었다. 콜트는 살짝 고개를 숙여 고맙다고 인사했다.

"개구리 잡기는 속도가 중요한 게 아냐. 가만히 있는 게 중요하지." 콜트의 얼굴에 의심하는 듯한 표정이 떠올랐다. "개구리에게 달려들면 매번 뛰어올라 헤엄쳐 가버릴 거야. 천천히, 손을 들고 다가가서 가까이 가면 재빨리 잡는 거야."

콜트가 훌쩍였다. "어떻게 하는지 보여줘, 친구."

그래서 라바니는 시범을 보였다. 콜트와 버지니아도 뒤따라 물속으로 들어왔고, 사냥이 시작됐다.

라바니는 먼저 한 마리를 잡았다. 손쉽게 보이도록 해냈다.

몇 분 뒤, 콜트는 커다란 미소를 지으면서 손에 물을 뚝뚝 흘리는 트로피, 즉 묵직한 개구리를 붙잡고 당당히 섰다. 애너벨이 물가에서 환호했다.

그러나 버지니아는 자꾸만 빈손으로 나왔다. 실패할 때마다 몸이 굳고 얼굴이 붉어졌다. 포기 직전이었다. 하지만 라바니는 그늘에서 날아오던 돌멩이를 기억했다. 신세를 갚아야 했다.

"할 수 있어." 짜증이 가득한 버지니아의 얼굴이 자기 쪽을 향할 때, 라바니가 눈을 보며 나직이 말했다.

버지니아는 콧구멍을 벌름거리며 숨을 내쉬더니 굳은 표정으로 고개를 끄덕이고 돌아서서, 과연 해냈다. 천천히, 물이 튀지 않게 움직이고…… 손이 재빨리, 텀벙하고는 일어서서 돌자 개구리 한 마리를 들고 있었다.

"잘했다, 동생!" 콜트가 외쳤고 애너벨은 손뼉을 치며 환호했다.

버지니아와 라바니의 눈이 마주쳤다. 라바니가 웃자 버지니아도 웃을 듯했다. 하지만 말없이 이야기를 나누는 때도 있는 법이다. 그 애 눈은 고마워라고 말하고 있었다.

너도 전에 도와줬잖아. 라바니는 어깨를 으쓱이며 말했다. 그러자 버지니아는 정말로 웃었다. 단 일 초뿐이었지만.

그 후엔 모두 풀이 우거진 개울 둑에 드러누웠다.

"너 진짜 기술 좋다, 라브." 콜트가 말했고 라바니는 콜트가 멀찌감치 있어 자기 뺨이 붉어지는 것을 보지 못해 다행이다 싶었다.

"맞아." 애너벨이 말했다. "잘 가르쳐주네."

아이들의 말이 라바니에게 설탕처럼 밀려들었다.

콜트가 손바닥을 킁킁거렸다.

"윽. 손에서 개구리 냄새가 나."

"그럼 오빠 몸 나머지에서 나는 것보단 좋은 냄새네." 버지니아가 말했다.

아이들은 잠시 누워 따뜻한 햇볕을 느끼고 소나무 냄새를 맡았다.

그러다가 애너벨이 마법을 깨뜨렸다. "오늘 아침에 괴롭히던 애들은 누구야?"

라바니가 느끼던 좋은 기분이 전부 펄쩍 뛰어 달아났다.

"닥쳐라, 동생." 버지니아가 나직이 빠르게 말했다.

"닥치란 말은 하지 마." 콜트가 잘라 말했다.

잠시 어색한 침묵이 흘렀다. 라바니는 눈이 따끔거렸다.

"그냥…… 학교 애들이야." 그 말은 사실이었다. 어느 정도는.

"왜 고양이를 빗겼어?" 애너벨이 물었다.

"아. 이야기가 길어." 라바니가 말했다. 사실은 그렇지 않았지만.

"늘 그런 식이야?" 콜트가 물었다.

라바니는 어깨를 으쓱이고 젖은 눈을 감추려고 시선을 돌렸다. 잠시 동안 라바니는 전과 다른 사람이었다. 좀 더 나은 사람이었달까. 그 좋은 기분이 영영 계속되지 못할 줄은 알았다. 영원히 날 수는 없는 법이니까.

"있지, 우리 앞에서는 걔들이 너한테 그런 짓 못 할 거야." 버지니아가 말했다.

"우린 남을 괴롭히는 애들이 싫거든." 애너벨이 덧붙였다.

라바니는 침을 삼키고 눈을 깜빡였다. 마음속에서 온갖 감정이 몰아쳤다. 대체로 좋은 감정이었지만, 혼란 그리고 약간의 불신도 있었다. 의심도 살짝 있었다. 한밤에 찾아온 이 애들은 누굴까? 어떻게 이런 약속을 할 수 있을까? 어째서 이런 약속을 하는 걸까?

"그래?" 라바니는 대답보단 질문에 가까운 말투로 웅얼거렸다.

"다음에 그 애들이 오면 돌멩이를 던지지 않을 거야." 콜트가 말했다. "개구리를 던지지."

아이들이 모두 웃었다. 콧소리를 내면서 요란하게⋯⋯ 억울한 감정이 후련해지는 웃음이었다.

그리고 아이들은 초록 잎사귀와 솔잎 사이로 흘러드는 햇볕 속에 누워 이야기를 했다. 중요한 이야기는 아니었다. 개울가에 누워 나누는 여름날 오후의 수다 정도였다. 아이스크림 이야기, 라디오 프로그램 이야기, 영화와 새, 학교, 누가 가장 멀리 던지는지 내기 따위. 우스갯소리와 키득거리는 웃음도 있었다.

대부분의 아이에게, 대부분의 장소에서 그건 가장 평범한 일 중

하나였을 것이다.

하지만 슬러터빌에 사는 라바니에겐 딴 세상 일처럼 느껴졌다. 친구가 생긴다면 어떤 기분일까, 늘 상상했던 그 느낌이었다.

그러니 라바니는 호기심을 꾹 누르고 있었다. 이 낯선 아이들에게 물어보고 싶은 것이 열 개, 백 개쯤 있었지만…… 그 순간의 마법을 깨뜨리고 싶지 않았다. 그때만큼은 해답보다는 친구를 선택한 것이다.

애너벨이 한숨을 내쉬었다. "여긴 괜찮은 곳 같아." 아쉽다는 말투였다. "좋은 곳이야."

"두고 보자고." 버지니아가 조용히 말하더니 쯧, 혀를 찼다. "너무 큰 기대는 하지 마, 동생아."

라바니는 구름을 향해 눈살을 찡그렸다. "무슨 말이야?"

"우린 이사를 많이 다니거든." 잠시 침묵이 흐른 뒤 버지니아가 말했다. 하품을 하며 지루하다는 듯이. 수상쩍게도 라바니는 그 애가 지루해한다는 걸 믿지 않았지만 왜 그런지는 알 수 없었다. "아빠 일 때문에."

"아. 무슨 일을 하시는데?"

"트럭 운전사야." 콜트가 말했다. "맨날 차를 몰고 계시지."

라바니는 고개를 끄덕였다. 그럼 아이들을 내려주고 시가를 피우던 사람은 아버지였던 것이다. 그러다가 라바니는 이맛살을 찌푸렸다.

"아버지가 차를 모시는데 왜 이사를 다녀야 해?"

"사정이 복잡해." 버지니아가 말했다.

"무슨 뜻이야?" 라바니의 맥박이 빨라졌다. 질문이 줄지어 떠올랐다. 왜 한밤중에 온 거지? 어째서 하루 종일 숨어 지내지? 어머니는 어디 계시지? 하지만 물어볼 기회가 없었다.

"남의 일에 신경 끄란 뜻이다." 뒤에서 엄한 목소리가 들려왔다. 모두 깜짝 놀라 일어나 앉았다.

그러자 그 애가 보였다. 가장 나이 많은 소년. 화난 몸집으로 달빛 아래 있던 아이. 까만 머리의 그 애가 근엄한 얼굴로 입을 꾹 다문 채 서 있었다.

"들어갈 때가 됐어."

"트리스탄!" 애너벨이 서둘러 일어나며 외쳤다. "그거 알아? 우리 개구리 잡으려고 했는데 버지니아가 완전 못해서 가서 라브를 데려와서 그래서—"

"어서. 엄마가 저녁 먹게 씻으래." 소년이 애너벨의 흥분한 목소리를 자르며 말했다. 애너벨에게 말할 때는 목소리가 조금 더 부드러웠다. 하지만 조금뿐이었다.

애너벨은 라바니에게 살짝 웃어 보이고는 "안녕"이라고 속삭이고 집 쪽으로 걸어갔다. 콜트도 뒤따라가면서 재빨리 웅얼거렸다. "잘 있어, 개구리 마스터."

트리스탄은 팔짱을 끼고 서서 기다렸다. "어서, 동생."

버지니아는 허리를 숙이고 손을 뻗어 라바니가 일어서는 것을 도왔고, 손을 잡고 일어서는 라바니의 귓가에 대고 속삭였다. "오늘 밤. 열두 시. 옛날 묘지."

라바니는 눈을 깜빡였다. 하지만 그 애 눈빛은 대답을 기다리고 있었다. 그래서 고개를 한 번, 작고 빠르게 끄덕였다. 그 애만 볼 수 있도록.

"도와줘서 고마워." 버지니아가 부루퉁한 목소리로 더 크게 말했다. "정말 대단했어."

트리스탄이 조급하고 침울한 표정으로 노려보고 있었다. 버지니아는 라바니의 손을 놓고 느긋이 트리스탄을 지나쳐 걸어갔다.

버지니아가 현관 계단을 올라 안으로 들어간 뒤, 덧문이 철컥 닫혔다.

그러자 라바니는 혼자 서서…… 혼자 서 있는 트리스탄을 마주보게 됐다. 혼자란 느낌이 강하게 들었지만, 함께라는 느낌이 더욱 강했다.

라바니는 자기 손을 한 번 봤다. 그리고 발도. 그리고 그들 사이의 잡초도.

"그럼." 라바니가 말했다.

트리스탄을 지나쳐서 집으로 가려던 라바니를 그 애가 불러 세웠다.

"길 건너 살지?" 트리스탄의 말은 질문 같지 않았다. 그래도 라바니는 눈을 내리깔고 고개를 끄덕였다.

트리스탄은 숨을 깊이 들이쉬더니 코로 내뿜었다. 턱을 벅벅 긁고는 개울을 내려다봤다. 그리고 아주 놀라운 말을 했다. "고마워.

쟤들 도와줘서."

라바니는 아무 말도 못 하고 서 있었다. 트리스탄의 고마워는 천만에를 기다리는 것 같지 않았다.

트리스탄은 냉정한 눈으로 라바니를 보고 있었다. "가봐. 여기 있지 말고." 그 애 목소리는 다시 겨울처럼 차가워졌다.

가라는 말에 고마워진 라바니는 돌아서서 걷기 시작했다. 하지만 트리스탄의 말에 또다시 걸음을 멈췄다.

"이젠 여기 안 왔으면 좋겠다. 무슨 말인지 알겠어?"

라바니는 그 애를 돌아봤다.

"쟤 건드리지 마. 우리 모두 건드리지 마." 그 말과 함께 트리스탄은 돌아서더니 잔디밭을 가로지르고 계단을 올라 안으로 들어갔다.

하지만 그 애 말은 라바니의 가슴속에 남아 있었다. 갈고리에 매달린 죽은 동물처럼.

쟤 건드리지 마.

날카로운 말이었다. 위협적인 말. 만지면 차가운 말.

하지만 라바니의 마음속에 울리는 건 그 말뿐이 아니었다. 마음속에서 이리저리 날아다니는 것이 몇 가지 있었다. 그것들은 낮고 부드럽고 살짝 긁히는 소리를 냈다. 캠프파이어 냄새처럼.

그건 오늘 밤이었다.

그리고 열두 시.

그리고 옛날 묘지.

08

라바니는 현관 계단에서 발을 떼어내며 떨었다.

거의 열두 시였다.

아직 선택을 하지 못했다. 몰래 빠져나가 어둠 속에서 혼자 숲을 가로질러 가 옛날 묘지에서 모르는 여자아이를 만날 것인지. 마음이 내키지 않았다. 만난 지 얼마 되지도 않은 여자아이가 급히 속삭인 소리만 믿고 나가자니 걸리는 것이 많았다.

하지만.

그 애들이 처음 왔던 날, 라바니는 너무 외로워 잠에서 깰 정도였다.

외로운 것이 지겨웠다. 그리고 이런 생각을 한 지도 너무 오래됐다. 언젠가는. 언젠가는 나도 행복해질 거야. 언젠가는 나도 친구가 생길 거야.

따지고 보면, 그 언젠가는 낮이 아닐 수도 있었다. 어쩌면 밤일 수도 있었다.

두 영혼이 어둠 속에서 서로를 발견하면 손을 내밀기도 한다. 그리고 뛰어오르기도 한다.

라바니는 뛰어올랐다.

뒷문 계단 세 개를 뛰어서 넘었다. 그 계단들은 삐걱거렸고, 바로 위가 부모님 방이라는 것을 고려한 것이었다. 라바니는 차가운 밤하늘을 향해 날아올라 달빛이 비추는 풀밭에 착지해 잔디밭을 살금살금 걸어 숲가로 갔다.

라바니는 옛날 묘지가 어딘지도, 거기로 가는 길도 다 알았다. 하지만 그 애가 어떻게 아는지는 알 수 없었다……. 거긴 찾기가 쉽지 않은 곳이었다. 아마도 혼자서 찾아다닌 게 분명했다. 오래전에 생겨나 숲과 웃자란 풀 속에서 모두가 잊어버린, 사라진 곳이었다.

라바니는 숲을 살그머니 가로지르며 통나무를 뛰어넘고 나뭇가지를 피했다. 밤이라 세상은 조용했지만 고요하지는 않았다. 매미가 울고 벌레가 윙윙거리고 작은 생물이 사방에서 쪼르르 뛰어다녔다.

마침내 위로 올라가니 그곳이 보였다. 무덤들이 기다리고 있는 빈터가. 라바니는 통나무를 한 번 더 뛰어넘고 멈췄다. 묘지였다. 밤에 본 건 처음이었다.

긴 풀 속에 솟은 무덤 표지가 달빛을 받아 비뚤어진 치아처럼 빛났다. 몇 개는 십자가였고, 몇 개는 둥근 묘비였고, 몇 개는 조각상이었고, 몇 개는 나무였고, 몇 개는 돌이었다. 모두 무너져 내리고, 기울어지고, 썩어가고 있었다. 은색 달빛과 새카만 어둠 속에서 으스스해 보였다.

라바니는 소름이 끼쳤고 팔이 따끔거렸다.

묘지 가장자리 어둠 속에서 버지니아를 찾으며 두리번거렸다.

라바니는 땅에서 발을 떼다 무슨 소리가 들리자 그대로 굳었다.

발자국이나 나뭇가지 부러지는 소리가 아니었다.

딱 하고 깨지는 소리였다. 묘지에서 난 소리가 아니라, 옆쪽 깊은 숲속에서 들려온 소리였다. 라바니는 얼어붙은 채 서 있었다. 그 소리가 또 들렸다. 그리고 웅얼거리는 목소리도 들렸다.

버지니아일 거야. 라바니는 생각했다. 다가오는 거라고. 아마도 길을 잃고 헤매다가 묘지를 찾아서. 라바니는 귀를 쫑긋 세우고 그쪽으로 걸어갔다. 소리가 더 커졌다.

그때 그 냄새가 났다. 그리고 보였다. 연기가, 그리고 노란 불꽃이. 타닥타닥 타오르는 모닥불이.

라바니는 재빨리 몇 걸음 더 다가갔다. 불은 왜 피웠을까?

하지만 그때, 분명 버지니아의 것이 아닌 우람한 그림자가 불빛 속에서 튀어나왔다. 라바니는 어디에서나 그 그림자의 잔인한 모습을 알아볼 수 있었다.

도니 카터.

라바니는 온몸의 피가 멎는 것 같았다.

뒷걸음질 치려고 했지만 손 하나가 라바니의 입을 막더니 귀에 대고 낮게 말했다. "꼼. 짝. 하. 지. 마."

09

라바니 포스터는 그 손에 붙잡혀 그 소리를 들었을 때 **꼼짝** 안 한 게 아니었다. 온몸을 버둥거렸다.

망아지처럼 뛰어다니면서 소리를 질렀다. 아니, 입을 막힌 채 지를 수 있는 소리는 다 지르려고 했다.

얼굴을 틀어막은 손아귀에 힘이 들어갔고, 귓전에 또 뜨거운 입김이 느껴졌다.

"가만있어. 안 그러면 쟤들한테 들킬 거야." 그리고 이번에는 그 목소리를 알아들었다. 그래서 버둥거리기를 멈추고 숨을 들이쉬었다. 버지니아였다.

하지만 너무 늦었다.

라바니는 눈을 휘둥그레 뜨고서 불 옆의 그림자가 자신들 쪽으로 홱 도는 걸 봤다. 또 하나의 형체가 둥근 불빛 속으로 튀어나왔다. 장작을 가득 든 스티비 뮬러였다.

"뭐지?" 도니가 어둠 속을 노려보며 물었다.

라바니와 버지니아는 숨도 쉬지 않고 가만히 서 있었다. 도니는 아직 그들을 보지 못했다. 둘은 나무가 빽빽이 우거진 숲속에 서 있었고, 도니는 불빛에 적응된 눈으로 보고 있었다.

하지만 시간문제였다. 라바니는 심장이 가슴에서 방망이질 치고 등 뒤에서 버지니아의 심장이 두근거리는 것을 느꼈다.

"달려." 라바니가 입을 막은 손에 대고 버지니아가 들을 수 있을 만큼 최대한 크게, 그러면서 최대한 작게 말했다. "어서."

그들은 달렸다.

처음에는 조용히, 살그머니 달아나려고 했는데…… 버지니아가 통나무를 밟았고 라바니가 어깨로 나뭇가지를 꺾는 바람에 뒤에서 도니가 외치는 소리가 들렸다. "염탐꾼이 있다! 잡자!" 그러고고,

그 애들이 숨소리를 헉헉거리고 발소리를 쿵쿵거리며 뒤쫓는 소리가 분명하게 들려왔다.

라바니는 숲을 가로지르며 뛰어오르고 내달리는 버지니아의 머리카락 빛을 뒤따랐다. 하지만 숲길을 아는 건 라바니고 버지니아는 숲길을 몰라서 오팔 로드 쪽으로 향하고 있었다. 겨우 10미터 뒤에서 쫓고 있는 도니를 이끌고 달빛 속으로 튀어 나가면 잡힐 게 분명했다. 그래서 버지니아가 발을 헛디뎌 비틀거리다가 땅을 짚었을 때, 라바니는 그 애를 부축해 일으키며 힘겹게 속삭였다. "따라와." 라바니는 찾지 않는 사람에겐 보이지 않는 사슴 길을 찾았다. 숲속으로 돌아가는 길이었다.

라바니는 어둠 속에서 최대한 빠른 속도로 달렸다.

도니와 거리가 멀어지는 것 같았다. 가슴속에서 희망이 파닥였지만 버지니아가 외치는 소리가 들려왔다. 돌아보니, 묶은 머리가 나뭇가지에 걸려 있었다. 버지니아가 머리를 젖혀 떼어내고 돌아서서 계속 달리려는 순간, 그것이 보였다.

어둠이 드리운 텅 빈 공간. 방금 뛰어넘은 통나무 아래. 한 사람이 숨을 만한 공간이었다.

버지니아가 통나무를 뛰어넘어 라바니 쪽으로 내달리려는데, 라바니가 돌아가서 버지니아를 세웠다.

"저기." 라바니는 그곳을 가리키며 버지니아를 밀어 넣었다.

버지니아는 망설이지 않았다. 납작 엎드려 통나무 아래로 기어 들어가 어둠 속으로 사라졌다.

"들어와." 버지니아가 다급하게 속삭였다. "자리 있어." 달빛이 비쳐 유령처럼 하얀 그 애 손이 라바니 쪽으로 뻗어 나왔다. 라바니는 망설이며 멈춰 섰다. 하지만 기껏해야 6미터 남짓한 거리에서 도니가 숲을 가로질러 달리며 으르렁거리는 소리가 들렸다. "이쪽으로 갔다고."

라바니는 땅바닥으로 몸을 던져 버지니아의 손을 잡았고, 버지니아는 힘껏 끌어당겼다. 라바니는 버둥거리면서 굴러 들어가 버지니아 옆에 꼭 붙었다.

둘은 거기, 어둠 속에서 꼭 붙어 숨을 참고 심장을 진정시켰다.

돌이 옆구리를 찌르고 뭔가 따가운 것이 뺨을 긁었지만 라바니는 꿈쩍도 안 했다.

버지니아는 몸을 살짝 움직여 라바니의 귀에 대고 속삭였다.

"안녕. 왔네."

들릴 듯 말 듯한 소리였지만 말투는 무심했다. 마치 그저 만나서 놀고 있는 것처럼. 숲속 구덩이에 숨어들어 총을 든 악당에게서 숨어 있는 것이 아니라.

라바니는 버지니아가 그걸로 대화를 끝내기를 바라며 고개를 끄덕였다.

"올 줄 몰랐는데." 버지니아가 말했다. 라바니는 찡그렸다. 그 순간 유일한 희망은 소리 없이 숨어서 도니와 스티비가 고개를 숙이거나 소리를 듣지 않기를 바라는 것뿐이었다.

그래서 라바니는 어깨를 으쓱이고 그것으로 답이 되길 바랐다.

머리 위의 통나무가 움직였다. 미세한 먼지가 잠시 소나기처럼 쏟아졌다.

"어딜 간 거야?" 도니가 헉헉거리며 물었다. 바로 위 통나무에서 나는 소리였다.

"모르겠어." 스티비가 초조하게 떨리는 목소리로 속삭였다. "곰은 확실히 아니야?"

도니가 콧소리를 냈다.

"곰이라면 훨씬 시끄러웠겠지." 통나무가 떨리더니 도니가 땅으로 뛰어내렸다. 라바니가 흠칫하자 버지니아의 팔이 라바니를 꼭 끌어안았다. 도니의 신발이 라바니의 얼굴 바로 앞, 한 발자국도 안 되는 거리에 있었다. "어느 미친놈이 우릴 염탐하고 있어."

라바니는 뺨이 간질거리는 것을 느꼈고, 그 정체를 깨닫자 공포에 사로잡혔다. 거미 한 마리가 뺨을 가로질러 기어가고 있었다. 라바니는 침을 꿀꺽 삼키고 눈을 꼭 감고서 흐느끼는 소리를 참으려고 이를 악문 채 가만히 있었다.

"손전등 있어?" 도니가 한 걸음 나와 몸을 숙이며 물었다. 라바니의 피가 얼어붙었다. 손전등 불빛이라면, 도니가 곧바로 숨어 있는 자신들을 발견할 것 같았다.

"아니. 모닥불 쪽에 있어."

"에이. 그럼 가자." 도니는 권총을 겨눈 채 고개를 흔들며 걸어갔다. "이쪽으로 갔어."

"그냥 돌아가면 안 돼, 도니? 그냥—"

"뭐, 겁나냐, 스티비?"

"아니." 스티비가 재빨리 대답했지만, 통나무 밑에 있는 사람조차도 거짓말인 걸 알 수 있었다.

"그럼 그렇게 여자애처럼 굴지 마." 버지니아의 손가락이 라바니의 팔을 꽉 움켜쥐며 파고들었다. "난 안 무서워. 가자. 저기로 가서 저쪽으로 가. 그럼 있을 거야."

스티비는 수풀을 꺾으며 오른쪽으로 한참 떨어진, 더 깊은 숲속으로 갔다. 잠시 후 도니의 신발도 뒤따랐다.

버지니아와 라바니는 도니가 빽빽한 수풀 속으로 사라져 보이지 않을 때까지 기다렸다. 라바니는 한 시간쯤 숨을 참은 느낌이었다. 안도감에 긴장이 풀리면서 몸이 땅에 축 늘어졌다.

"재수. 없는. 녀석." 버지니아의 속삭임에 담긴 냉랭한 분노가 느껴졌다.

라바니는 도니가 멀리 갔으니 속삭여도 될 것 같았다.

"맞아. 걘—"

"가자, 빨리." 버지니아가 속삭이지 않고 말을 잘랐다. 양손으로 라바니의 등을 슬쩍 밀었다. "이렇게 가까이 있기엔 너가 땀을 너무 많이 흘리잖아."

"잠깐! 숨어 있어야 해. 쟤들이—"

"아니." 버지니아가 차분히, 반론의 여지 없이 말했다. "더 좋은 생각이 있어."

버지니아가 주먹으로 등을 누르자, 라바니는 밖으로 버둥거리며 나올 수밖에 없었다. 도니가 돌아오는 소리가 들리는지 귀를 쫑긋 세우고서. 버지니아도 밖으로 나와 귀를 기울이며 라바니 옆에 꿇어앉았다. 아주 멀리서 도니와 스티비가 서로 부르며 멀어지는 소리가 들렸다.

둘은 서로의 눈을 들여다봤다. 놀랍게도, 라바니는 자기 얼굴에 미소가 떠오르는 걸 느꼈다.

"아슬아슬했어." 라바니가 속삭였다.

버지니아도 입꼬리가 올라갔다.

"응." 버지니아가 눈을 가늘게 떴다. "네 얼굴에 거미가 있어."

라바니는 흠칫해 히익 소리를 내면서 얼굴에 불이 붙은 듯 손으로 쳐냈다.

"진정해, 라브. 거미라고 했지, 방울뱀이 아니라. 가자." 버지니아가 라바니의 셔츠 자락을 잡더니 달아나던 방향으로 잡아당겼다. 버지니아는 매처럼 빠르고 소리 없이 내달리며 뛰어오르고 몸을 숙였다. 어디로 가는 건지 라바니로선 알지 못했지만, 곧 나무 사이로 활활 타는 모닥불이 보였다. 라바니가 불가에서 멈췄다.

"여긴 왜 왔어?" 악당들은 그 무렵 800미터쯤 떨어져 있었을 테지만, 라바니는 작은 소리로 물었다. 버지니아는 모닥불에 다가가더니 돌아서서 진지한 눈빛으로 라바니를 봤다.

"정의 구현." 버지니아는 당연하다는 듯 말했다.

라바니는 도니의 캠프에 내키지 않는 발걸음을 내디뎠다. 침낭 두 개, 그 사이 바닥에 배낭이 있었다. 음식 포장지가 몇 개 굴러다니고 손전등이 통나무에 기대어 있었다.

"무슨 소리야? 걔들은 아무 짓도 안 했는데."

버지니아는 우울한 표정을 지었다.

"여자애처럼 굴지 말라고?" 버지니아가 말했다. "그게 무슨 뜻이지? 소리 잘 들어." 버지니아는 배낭을 열더니 안을 뒤지기 시작했다. 찰랑거리는 물통을 꺼냈다. "여자애는 욕이 아니야, 라바니 포스터. 여자애를 욕으로 쓰는 사람에겐 교육이 필요해."

버지니아는 손을 뻗어 손전등을 잡더니 허리를 펴고 특유의 근엄한 눈빛으로 라바니를 노려봤다.

"난 여자애야. 그리고 난 걔 못지 않게 용감해." 버지니아는 당연하게 말했다, 그 말이 사실인 듯……. 사실이긴 했고, 라바니도 그걸 알았다. "그리고 개가 무섭지 않다고 한 건 거짓말이었어."

"어떻게 알아?"

버지니아는 입술을 꼭 다물었다.

"그냥 알아. 그리고 난 걔 못지 않게 강해. 걔 못지 않게 똑똑하고." 라바니는 고개를 끄덕였다. 똑똑한 걸로 따지면 버지니아가 적어도 도니의 두 배는 된다고 확신했다. 버지니아 등 뒤의 불씨보다 두 배는 뜨거운 불길이 그 애 눈에서 타오르고 있었지만, 목소리만큼은 여전히 근엄하고 높낮이가 없었다. "나를 기죽이려는 사람들이 싫어. 너도 알아둬, 라바니."

"알았어."

"여자애가 돼서 나쁜 건 저런 남자애를 상대하는 것뿐이야."

라바니는 침을 삼켰다. 그러고는 버지니아의 빛나는 눈에서 시선을 돌렸다.

"나도 저런 남자애를 상대해야 해." 라바니가 말했다.

고요에 가까운 순간이 지나갔다. 나무가 타닥거리고 솔잎과 잎사귀가 나뭇가지에서 흔들리는 소리뿐이었다.

"그래." 버지니아가 한참 뒤 조금 더 부드러운 소리로 말했다. "나도 알아." 라바니는 버지니아를 다시 봤다. 그 애의 두 눈에서 불길은 사라졌지만 진실은 남아 있었다.

라바니는 모닥불 뒤 숲을 내다봤다. 그 숲에는 괴물이 있었고, 그들은 괴물의 소굴에 서 있었다. 밤의 숲은 조용했지만 그 상태는 곧 끝날 것이었다.

"말해봐, 라바니. 왜 오늘 밤 여기서 만나자고 했을 거 같니?"

라바니는 버지니아를 돌아봤다. 버지니아가 다가왔다. 너무 바짝 다가서서 라바니는 뒤로 물러날 뻔했다. 둘의 발끝이 거의 마주 닿았다. 버지니아의 눈동자에 모닥불이 비치며 타오르고 있었다.

"그…… 글쎄."

"널 시험한 거야."

"날 시험해?"

"응."

"무슨 시험?"

버지니아는 눈을 깜빡였다. 늘 진지해 보였던 얼굴이 더욱 어두워 보였다. 슬픈 것 같기도 했다.

"나한테는 비밀이 있어, 라브. 아주 큰 비밀." 불똥이 튀면서 타닥거렸다. 어디선가 나무 사이에서 올빼미가 울었다. "네가 비밀을 털어놔도 될 사람인지 알고 싶었어."

라바니는 숨도 못 쉬고 기다렸다. 또 기다렸다. 그리고 말했다. "아. 그럼. 나, 통과, 했어?"

버지니아는 한참 진지한 표정을 지었다. "우수한 성적으로."

"어떻게?" 라바니가 물었다. 지난 이십 분을 돌이켜 봤다. 내내 히익거리고, 도망치고, 숨고, 겁에 질려 있었던 자신을.

버지니아는 고개를 옆으로 살짝 갸우뚱했다.

"밤중에 숲에서 도니에게 쫓겼잖아." 버지니아는 더욱 바짝 다가왔다. 따뜻한 숨결이 느껴지고 회색 홍채의 점이 보일 정도로. "하지만 숨을 곳을 발견했을 때 넌 어떻게 했지?" 라바니는 침을 삼키려고 했지만 그럴 수가 없었다. 버지니아의 두 눈과 쉰 듯한 목소리에 빠져들어서. "거길 나한테 내줬잖아. 그건 대단한 거야, 라바니 포스터. 넌 대단한 것 같아."

숨 막히는 순간이었다.

가끔 두 영혼이 어둠 속에서 서로를 발견하면, 어둠이 사라지기도 한다.

라바니의 마음속에 노래가 떠올랐다. 그 모닥불 불빛 속 그 순간에. 전에 들어본 적 없는 노래였다.

버지니아는 뒤로 물러났다. 손전등을 몇십 센티 옆 덤불 속으로 던졌다.

"아침이 돼야 찾을 거야." 버지니아는 그렇게 말하고 물통 뚜껑을 연 뒤 불 위에 물을 부었다. 불이 피시식 꺼지더니 수증기가 피어올랐고 차츰 어두워졌다. 라바니는 어둠에 적응하려고 눈을 깜빡였다.

버지니아는 빈 물통을 떨어뜨리고는 침낭을 내려다봤다. 인상을 쓰더니 허리를 조금 흔들었다.

"오줌 마려우면 좋았을 텐데." 버지니아가 말했다.

"왜?" 라바니도 꽤 좋은 생각이 떠올랐지만 그렇게 물었다.

"상관없어." 버지니아가 어깨를 으쓱였다. "가자."

오팔 로드의 자갈 깔린 끄트머리에 닿자, 둘은 걸음을 멈추고 집 앞에서 숨을 골랐다.

삼십 분 동안 겁에 질려 어쩔 줄 몰라 하던 라바니는 문득 그 밤이 지나가지 않기를 바랐다.

"네 비밀 말이야." 라바니가 대담하게 물었다. "좋은 비밀이야, 나쁜 비밀이야?"

버지니아가 생각에 잠겨 눈살을 찌푸리자 미소가 사라졌다.

"무서운 비밀이야." 버지니아는 한 번, 두 번 눈을 깜빡였다. 침을 삼키느라 목이 움직였다. 한쪽 어깨를 살짝 으쓱였다. "그리고 놀라운 비밀이야."

"둘 다?"

버지니아는 턱만 살짝 내리며 고개를 끄덕였다.

"둘 다."

"그럼…… 그게 뭔데?"

버지니아는 입을 벌렸다. 라바니는 기다렸다. 재채기하기 직전처럼 긴장해서. 그것이 보였다. 그 애 눈 속의 비밀이 세상 속으로 나오고 싶어 하는 것이.

하지만 그 순간, 버지니아는 입을 다물었다. 빠르게 눈을 깜빡이면서.

"첫 번째 비밀은 나한테 비밀이 있다는 거야." 버지니아가 말했다. "나머지는 기다려야 해. 잘 자, 라브."

그리고 버지니아는 걸어갔다. 뒤돌아보지 않고서, 고요한 자기 집을 향해.

10

사냥꾼은 아주 세심하게 사냥을 준비했다. 서두르지 않았다. 아무것도 잊지 않았다.

그의 좁다란, 대충 정리한 침대 위에 커다란 회색 배낭이 열린 채 세워져 있었다.

그 안으로, 음울한 작업에 필요한 어두운 도구가 필요한 순서의 반대로 들어갔다. 필요할 때 언제든지 찾을 수 있도록.

우선, 검은 입마개 열 개. 사냥꾼이 잘 쓰지 않지만, 쓰면 아주 유용한 물건이었다. 사냥감은 일곱뿐이었지만, 사냥꾼은 늘 여분을 가져갔다. 사냥이 어떻게 전개될지 아무도 모르는 법이니까.

그다음, 수갑 열 개가 차례로 들어갔다. 사냥꾼은 수갑이 얽히지 않도록 조심스레 하나씩 말아놓았다. 얽혀버린 수갑을 꺼내려면 시간이 걸렸다. 시간이 걸리면 실수가 생긴다. 그 일은 실수를 허락하지 않았다.

그다음, 올가미 몇 개가 들어갔다. 옭아매려고 쓰는, 달아나는 다리에 던지는 것이었다.

펜치와 드라이버, 작은 쇠지렛대가 든 부드러운 가죽 케이스. 모두 쓸모가 많은 연장이었다.

튼튼한 금속제 손전등 두 개. 둘 다 건전지를 새로 넣었다. 하나는 전구가 붉은색, 하나는 새하얀 색이었다. 둘 다 쓸모가 있었다.

마지막으로, 세심히 기름을 칠해 정리해 놓은 열쇠 따기 도구.

모든 것은 제자리가 있었다. 새들에게 둥지가 있듯이.

사냥꾼은 지퍼를 천천히 당겨 배낭을 닫았다.

먹을 것은 싸지 않았다.

사냥꾼은 배고플 때 사냥을 가장 잘하기 때문이다.

그리고 사냥꾼은 배가 몹시 고팠다.

11

다음 날 아침 일찍, 라바니는 잠도 제대로 깨지 못한 채로 어두운 현관을 나섰다. 꼭 한 발짝 거리의 현관 그네에서 누군가 말을 걸자 라바니는 바지를 적실 뻔했다.

"잘 잤니."

어찌나 깜짝 놀랐는지, 펄쩍 뛰어올랐다.

"놀랐으면 미안해." 라바니가 내려앉자 버지니아가 차분히 말했다. "대단한 점프였어. 머리가 천장에 부딪힐 뻔했다."

"여…… 여…… 여기서 뭐 해?" 라바니는 말을 더듬었다.

"신문 돌리는 데 따라가려고." 버지니아가 일어나며 말했다. "개울이랑 묘지 말고도 시내를 좀 돌아볼래."

"어떻게……."

"네가 어제 아침에 나가는 거 봤어. 신문 돌리는 거 맞지?"

"어, 응." 라바니는 트리스탄의 경고와 그때 표정을 떠올렸다. "허…… 허락은 받았어?"

버지니아가 일어섰다. "허락? 시켜서 가는데."

라바니는 눈을 비비며 잠이 덜 깬 머릿속을 맑아지게 해보려고 애썼다. "시켜? 그게 무슨 소리야?"

버지니아는 트리스탄의 냉랭한 목소리를 흉내 내며 작게 말했다. "남의 일에 신경 쓰지 말라는 소리야." 그러고는 반쪽짜리 미소를 지었다. "다시 잠 오기 전에 가자고."

라바니가 버지니아를 데리고《슬러터빌 스펙테이터》사무실로 들어가자 호텐스 월런바크는 허리를 곧게 폈다.

"누구지?" 호텐스가 물었다.

"월런바크 씨, 여긴 버지니아예요. 얘는 제, 그게……." 라바니는 버지니아를 보며 말끝을 흐렸다. 친구를 찾는 게 아니야라던 말이 떠올라서였다.

"라바니네 옆집에 이사 왔어요." 버지니아가 대신 대답했다.

"오, 특종이군! 재밌는 사람이 이사 왔다는 소식은 처음이야!"

"아, 전 재미없어요." 버지니아가 특유의 차분한 목소리로 말했다. "조금도요. 저랑 제 가족은 매시트포테이토처럼 지루해요."

"수제 마늘 매시트포테이토 말이니? 칠면조 소스를 곁들인?" 호텐스가 희망 어린 표정으로 물었다.

버지니아는 고개를 저었다. "감자 가루로 만든 거요. 그레이비도 없고."

호텐스는 곧장 시무룩해졌다. "그래? 신선한 뉴스가 있으면 좋을 텐데."

"확실해요. 저희는 재미라곤―" 버지니아는 신문을 한 부 집어 들더니 헤드라인을 소리 내어 읽었다. "스키니스터 육류 공장에서 새로운 매운맛 미트볼을 고려 중?"

버지니아는 헤드라인을 보고 눈을 깜빡이더니 호텐스를 올려다봤다. 편집자는 한숨을 쉬며 어깨를 으쓱였다.

"기사를 지어낼 순 없지. 써서 찍어낼 뿐이야." 호텐스가 침울하게 말했다.

"음, 그것도 재미있을 순 있죠." 라바니가 호텐스를 격려하려고 말했다. "정말로 매운맛이면 말이죠. 예를 들어, 위험할 정도로 매콤한 맛이라든가."

버지니아가 이맛살을 찌푸렸지만 호텐스 월런바크는 이어서 말했다.

"그래! 사람들이 하나씩 끔찍하게 원인불명의 죽음을 맞는 거야. 그러다가 지역 아마추어 탐정이, 새로 이사 온 소녀라든가 용감무쌍한 신문사 편집자가 사악한 진실을 밝히는 거지. 스키니스터가 미트볼에 사라진 정글의 무덤에서 약탈해 온 저주받은 고춧가루를 넣었던 거야. 그런데 스키니스터를 화산에 던져 넣어야 저주가 풀린다는 거지!"

라바니는 입을 딱 벌렸다. 호텐스가 씩 웃었다. 버지니아도 이마의 주름살을 폈다.

"그런 글을 쓰셔야죠." 버지니아가 말했다.

하지만 호텐스는 이미 자리에 앉았다. 하품을 하고 눈을 굴렸다. "그래, 그렇겠지. 누가 그런 헛소리를 읽겠니?"

"많이들 좋아할걸요. 전 좋아요." 버지니아는 진지한 눈빛으로 라바니를 봤다. "너도 그렇지 않아?"

"아. 그럼."

"그래, 잘 알겠구나." 호텐스가 콧방귀를 뀌며 말했다. "신문 살 나이가 되면 알려주렴." 하지만 신문을 배달 가방에 넣던 라바니가 보니, 호텐스는 입술을 잘근거리며 생각에 잠겨 천장을 올려다보고 있었다.

버지니아와 라바니는 졸려서 말없이 신문을 돌렸고, 번갈아가며 신문을 우편함에 넣거나 현관에 던졌다. 아니, 라바니의 경우에는 현관 근처쯤에 던졌다.

"그럼, 이 중에서 네 친구 집은 어디야?" 버지니아가 신문을 접어 현관의 매트에 정확히 착지시키며 물었다.

라바니는 굴러떨어질 뻔했다. "아. 음." 라바니는 어지러운 머릿속과 철렁 떨어지는 가슴으로 몇 걸음을 더 걸었다.

사실 라바니의 친구는 아무도 《슬러터빌 스펙테이터》를 구독하는 집에 살지 않았다. 라바니의 친구는 집에 살지 않았기 때문이다. 라바니의 친구는 존재하지 않았으니까. 하지만 그건 가슴에 품는 것보다 입으로 말할 때 더 뼈아픈 진실이었다.

"저기." 라바니가 그 순간 우연히 지나치던 우중충한 갈색 집을 가리키며 겨우 말했다. "저기 사는 친구가 있어."

버지니아는 눈 사이를 조금 찡그리면서 고개를 돌렸다. "거짓말쟁이."

버지니아가 라바니를 그렇게 부른 건 두 번째였고, 그렇게 말하면서도 욕처럼 들리지 않는 것이 라바니는 또다시 신기했다.

"어…… 거짓말 아니야." 라바니의 말은 자기 귀에도 어설펐다.

"그것도 거짓말이지." 버지니아가 말했다. "왜 그런 거짓말을 하는 거야?"

그때도 버지니아의 목소리에서는 비난이 아니라 호기심이 느껴졌다.

거짓말하는 거 아니야. 라바니는 그렇게 말하려고 했다. 하지만 말이 나오지 않았다.

"몰라." 라바니는 이렇게 대답했지만, 물론 답을 알고 있었다.

버지니아의 콧잔등 위 주름이 더 깊어졌다. 버지니아도 라바니처럼 걸음을 멈췄다.

"거짓말쟁이." 버지니아가 다시 말했지만 너무 작아 속삭임에 가까웠다. 그들은 거기, 길거리에 서서 마주 보고 있었다. 버지니아는 커다란 눈으로 라바니를 빤히 보며 기다렸다. 진실을 기다리고 있었고, 라바니도 알았다.

그리고 놀랍게도, 라바니는 진실을 말했다. 확실히 버지니아에겐 특별한 점이 있었다.

"난 친구가 없거든."

버지니아의 눈썹이 올라갔다.

그때는 거짓말쟁이라고 하지 않았다. 누가 뭐래도 라바니는 사실을 말했으니까. 버지니아는 입을 꼭 다물고 고개만 끄덕였다.

"나도 그래." 버지니아가 말했다.

라바니의 마음속에 작은 솜뭉치 같은 희망이 깃털을 흔들었다.

"우리가 친구가 될 수도 있잖아." 라바니가 말했고, 라바니의 영혼은 그 순간 숨도 쉬지 못했다.

"안 돼." 부드러운 목소리였다. 따귀가 아니라 악수 같은.

"어째서?"

"그냥 안 돼." 버지니아가 말했다. "너 때문이 아니야. 하지만 우린 친구가 될 수 없어. 그러니까 그냥……." 버지니아는 입술을 깨물며 고개를 숙이고 생각에 잠겼다. 그러더니 눈을 반짝였다. "동지." 고개를 한 번 끄덕였다. "그래. 동지가 되자."

"동지? 그게 무슨 소리야?"

버지니아는 코로 숨을 들이쉬더니 내쉬었다. "난 네 편이란 뜻이야. 그리고 넌 내 편이고." 버지니아가 손을 내밀었다. "하는 거지, 동지?"

라바니는 버지니아의 손을 봤다. 동지가 생긴 건 처음이었다. 친구만큼 좋은 건지는 알 수 없었다. 하지만 동지가 있으면 없는 것보다는 나을 거라고 생각했다. 그리고 동지가 있다면, 버지니아라서 다행인 것은 분명했다. 라바니는 손을 잡고 흔들었다.

"좋아."

버지니아는 돌돌 만 신문을 내밀었다. "네 차례야."

라바니는 신문을 받아 한쪽 눈으로 겨냥한 뒤 친구가 살지 않는 갈색 집 현관에 던졌다. 신문은 빗물통에 맞더니 장미 화단에 떨어졌다.

"괜찮네." 버지니아가 말했다. "지금까지 중에선 제일 가깝게 던졌네, 동지."

둘은 마지막 배달을 마치고 시내로 향했다.

카페에서 프레드는 보안관이 평소 앉는 테이블에서 기름 묻은 빈 접시를 치우고 있었다.

"오." 라바니가 버지니아를 데리고 들어가자, 프레드가 놀란 말투로 말했다. "네 친구는 누구냐, 라브?"

"라바니 옆집에 이사 왔어요." 버지니아가 엄숙한 표정으로 손을 내밀며 말했다. "버지니아라고 해요."

"프레드다. 만나서 반갑다." 프레드는 일부러 고개 숙여 인사했다. "우리 업장에 오신 것을 환영합니다."

라바니가 신문을 건넸다.

"여긴 처음이니?" 프레드가 물었다.

"레스토랑이 좋네요." 버지니아는 낡은 파라솔 아래 놓인 옥외 테이블을 둘러보며 대답했다. "너무 애쓰지 않는 분위기가요."

"고맙구나." 프레드가 어깨를 으쓱이며 말했다. "우리 할머니 덕분이지. 할머니가 여길 시작하셨거든."

"있잖아." 라바니가 말했다. "프레드는 파리에서 식당을 했어." 라바니가 기대하는 눈빛을 프레드에게 보냈다.

"정말?" 버지니아가 물었다.

"응." 라바니는 프레드에게 한쪽 눈썹을 치켜올려 보였고, 프레드는 한숨만 쉬었다. "비극적인 사건이 닥쳤을 때까지⋯⋯?"

버지니아가 프레드를 봤다. 프레드는 라바니를 노려봤지만, 눈은 반짝이고 있었고 울적한 얼굴로 씩 웃었다. 프레드는 등 뒤 테이블에 신문을 내려놓았고, 돌아서더니 딴사람으로 변했다.

"위! 몽 듀,* 엄청난 비극이었지!" 프레드는 깊은 슬픔에 눈을 크게 떴고, 한 손을 이마에 대고서 갑자기 프랑스어 억양과 우울이 뚝뚝

---

* oui! mon dieu. 프랑스어로 '그렇단다, 세상에!'.

떨어지는 쉰 목소리로 노래하듯 말했다. 라바니는 배경음악으로 아코디언 소리가 들리는 듯했다. 버지니아가 키득거렸다.

"그건, 뭐라고 하지, 체펠린? 위, 비행선이었지! 수소가스가 가득한! 그 사악한 그림자가 내 **프티 카페**를 지나가기에 고개를 들고 하늘을 보며 외쳤지. '**사크르 블뢰!**'*" 프레드는 하늘을 바라봤고 괴로움에 얼굴이 일그러졌다.

"그게 레스토랑에 떨어졌어요?" 라바니가 활짝 웃으며 물었다.

프레드는 라바니와 눈을 마주치더니 목소리를 낮춰 들릴 듯 말 듯 속삭였다. "아니. 그 정도가 아니었어, **몽 아미.**** 그게, 아, 말만 해도 심장이 부서지는 느낌이네―" 프레드는 극적으로 말을 멈추더니 가슴에 손을 얹었다. "그것이 **투왈레트***를 비웠어. 오물이 하늘에서 내 **비스트로**로 떨어졌지." 라바니는 킁킁거리며 웃어댔다. 버지니아도 소리 내어 웃었는데, 그러는 건 처음이었다. "내 수프에 푸푸가. 크루아상에 르 크랩이. **데자스트르 토탈****이었지. 난 다시는 그 기억을, 뭐라고 하지, 닦아낼 수 없었어. 그래서 카페에 작별 인사를 하고 떠났어. 하지만 언젠가는 다시 열 거라고 하늘에 맹세했지. 다만 이번엔…… 파라솔을 세울 거라고!" 프레드는 양손을 가장 가까운 파라솔을 향해 뻗으며 화려하게 끝맺었다.

---

* sacre bleu. 프랑스어로 놀람과 불쾌감을 전하는 감탄사.
** mon ami. 프랑스어로 '내 친구'.
*** toilette. 프랑스어로 '화장실'.
**** désastre total. 프랑스어로 '큰 재난'.

라바니는 박수를 쳤다. 프레드는 고개 숙여 절했다.

"대단하네!" 보안관이 프레드 뒤에서 외쳤다.

"메르시!" 프레드는 돌아서며 환히 웃었다.

하지만 보안관은 바지에 양손을 닦으면서 카페 테이블에 놓인 신문을 보고 있었다. "매콤한 미트볼? 그런 게 나올 줄은 몰랐네!"

"아. 네." 프레드가 어이없다는 표정으로 라바니 쪽으로 다시 돌아서며 말했다. "위, 충격적인 일이죠, 물론."

"대단하지 않—" 라바니가 버지니아에게 말하려다가 그 애가 곁에 없는 것을 깨달았다.

"네 친구라면 저쪽으로 갔다." 프레드가 거리를 가리키고는 앞치마에서 행주를 꺼내 테이블을 닦았다.

"아, 고마워요. 또 봬요."

"안녕, 라브."

라바니는 보도를 서둘러 걸어갔다. 버지니아는 보이지 않았다. 사라져 버린 것 같았다. 하지만 그때 익숙한 목소리가 골목에서 라바니를 불렀고, 그림자 속에 서 있는 모습이 보였다.

"버지니아! 왜 가버렸어?"

버지니아는 눈을 깜빡였다. "볕에 타기 싫어서."

라바니는 하늘을 올려다봤다. 해가 조금 나는 듯했다.

"무슨…… 일 있어?"

"아니. 그럴 게 뭐 있어?" 버지니아가 말했다. 골목에서 고개를 내밀어 카페를 돌아봤다. 프레드는 접시를 잔뜩 들고 안으로 들어가고 있었다. 보안관은 사무실로 향했다. "집에 가야 해. 신문 마저 돌리자."

남은 곳은 하나뿐이었다. 빵집.

친 씨는 평소처럼 카운터에 팔꿈치를 댄 채 머리를 괴고 있었다. "새로 이사 왔구나?" 라바니가 소개를 마치자, 친 씨가 버지니 아에게 물었다. "오, 그럼 가족에게 줄 빵을 하나 골라보렴. 환영 선물이다." 친 씨는 그 전날과 같은 빵을 가리키며 두 손을 벌렸다.

"감사합니다." 버지니아가 진열장을 살피며 말했다. "컵케이크 있나요?"

친 씨는 고개를 저었다. "아니, 빵뿐이구나."

"왜요?"

친 씨는 무슨 소리인가 싶어 눈을 껌뻑였다. "음, 그러니까." 그가 뺨을 긁자 갈색 피부에 밀가루 손자국이 희게 남았다. "늘 빵만 만들었거든. 내 아버지도 그러셨고." 그가 어깨를 으쓱였다. "그게 우리가 하는 일이야."

"흠." 버지니아는 한쪽 입꼬리를 씰룩이며 말했다. "컵케이크 파는 빵집도 봤어요. 미네랄 스프링스에서요. 시나몬 당근 케이크였죠. 생강이랑 메이플 시럽으로 장식했고요." 버지니아가 한숨을 쉬었다. "정말 맛있었는데." 단호한 말투였다.

친 씨는 눈썹을 치켜올렸다. "나도 메이플 시럽 좋아하는데." 아쉽다는 말투였다.

"메이플 시럽 안 좋아하는 사람이 어디 있어요?" 버지니아는 다시 빵을 봤다. "하얀 샌드위치 빵 주세요. 정말 감사합니다."

몇 분 뒤 둘은 집으로 걸어갔다. 라바니는 자전거를 밀고 버지니아는 갈색 종이봉투에 넣은 빵을 들었다.

"좋은 곳이네." 버지니아가 말했다. 목소리가 슬프게 느껴졌지만, 라바니는 잘 알 수 없었다. 늘 조금은 슬픈 목소리였으니까.

"그런 거 같아." 라바니가 으쓱였다.

"살고 싶은 곳이라고 생각해."

"너 여기 살잖아."

"그렇지." 버지니아가 애매하게 말했다.

바로 그때, 또 한 사람의 목소리가 그의 대화를 방해했다.

"야, 여기 좀 봐라. 생 라비올리."

제발. 라바니가 머릿속으로 신음했다. 제발, 제발, 제발. 얘랑 함께 있을 때만은 봐줘라.

물론 피할 수 없는 일이었다. 라바니의 삶이 그랬다. 당연히 도니가 나타나게 되어 있었다. 언제나 그랬으니까.

12

도니와 스티비가 다리 밑에서 도깨비처럼 나타났다.

흠뻑 젖은 진흙투성이 꼴로 키득거리고 있었다.

버지니아를 보더니 도니가 얼굴에서 웃음을 걷어내고 찡그렸다.

"넌 누구냐?" 도니가 물었다.

버지니아는 도니를 위아래로 훑었다. 가느다란 입술 선이 아래로 처지며 인상을 썼다.

"기분 나쁘란 말은 아냐." 버지니아가 차분히 말했다. "하지만 너 같은 사람하곤 시간 보내고 싶지 않아."

라바니의 몸에서 진땀이 흘렀다.

"뭐라고 했냐?" 도니가 눈을 껌뻑이며 물었다.

"아무것도 아냐." 라바니가 재빨리 기어들어 가는 소리로 말했다. "얘는 버지니아야. 어, 우리 옆집에 이사 왔어."

도니가 버지니아를 노려보며 살폈다. "그래? 뭐, 참 잘됐네." 미소 비슷한 것을 얼굴에 지었다. "슬러터빌에 온 걸 환영한다. 하지만 친구 사귈 때는 조심해야 할 거다."

"그러고 있어." 버지니아는 지루한 듯 말했지만 라바니의 마음은 정반대였다.

"뭐, 그럼 좀 더 조심해. 얘 라비올리는 아무도 친구로 삼지 않는 애거든."

라바니의 얼굴이 빨갛게 달아올랐다.

"누가 그래?" 버지니아가 물었다.

도니가 콧방귀를 뀌었다.

"모두 다. 쟨 별종이야. 찌질이. 쟬 봐라."

버지니아는 고개를 돌려 라바니를 찬찬히 봤다. 라바니의 눈에 눈물이 맺힌 것을 보더니 이마에 주름을 지었다.

"난 얘가 좋아." 버지니아는 나직이 말했고, 도니에게 한 말이지만 라바니의 눈을 보며 진실을 얘기하듯 말했다. "얘가 많이 좋아."

라바니의 영혼이 간질거렸다.

라바니는 창고에 날아들어 나가지 못하는 새를 본 적이 있었다. 어쩔 줄 몰라 뱅뱅 돌면서 연약한 날개를 벽과 서까래에 부딪고 있었다. 창고 문이 닫혀 있었는데, 라바니는 그걸 열 만큼 기운이 세지 않았다. 그래서 기어 올라가 거미줄이 잔뜩 쳐진 작은 창을 열었다. 하지만 굴뚝새는 이해하지 못했다. 두려움에 눈이 멀어 햇빛을 보지 못하고 창고 주위에 내내 부딪히며 깃털을 눈물처럼 흘렸다. 새는 붙잡힌 줄 알았다. 붙잡힌 적이 있었으니까. 라바니는 굴뚝새의 고통을 지켜보며 울 뻔했다. 하지만 그 순간, 새가 수레에 잠시 앉더니 작은 가슴을 오르내리며 숨을 골랐다. 까만 보석 같은 눈이 네모난 파란 하늘에 꽂혔다. 아. 힘찬 날갯짓과 함께 굴뚝새는 드넓은 푸른 세상에서 자유롭게 날았다.

버지니아의 말에 라바니는 같은 감정을 느꼈다. 버지니아가 창문을 열었다.

한 영혼이 자신의 인생이 그때까지와 달라질 수 있음을 깨닫는 때는 대단한 순간이 아닐지 모른다. 작은 순간일 수도 있다. 창고 반대편을 한번 볼 때. 평범하게 전해진 평범한 말. 그건 시작일 뿐이었다, 라바니가 버지니아의 그 말을 들었을 때는. 참나무가 아니라 씨앗 한 알이었다. 하지만 씨앗의 놀라운 점은 자란다는 것이다. 참나무에게 물어보라.

"걜 좋아해? 라비올리를? 아무도 라비올리를 좋아하지 않아! 약해빠진 놈이라고. 울보에다가……."

"그래서?" 버지니아가 말을 잘랐다. 역시 무덤덤한 말투로 도니를 돌아봤다. "넌 안 울어?"

"응." 도니가 코웃음을 치며 받아쳤다.

버지니아는 고개를 갸우뚱했다. "거짓말쟁이." 아무것도 아니란 듯 짧고 부드럽게.

라바니는 버지니아가 그렇게 말할 때 마음속으로 천 번쯤 죽었다 살아났다. 열린 창 따윈 잊고서.

"뭐라고 했냐?"

"거짓말쟁이라고 했어. 방금 거짓말했으니까. 복잡할 거 없어."

도니의 말문이 막혔다. 얼굴이 붉어졌다. 그러더니 하얘졌다. 그러더니 하얀 얼굴에 붉은 반점이 생겼다. 라바니는 좋은 신호가 아니라고 생각했다.

그 생각이 맞았다.

도니가 주먹을 쥐었다. 온몸의 근육을 팽팽히 긴장시키고 앞으로 한 걸음, 버지니아의 코앞으로 다가갔다.

라바니는 입을 열 계획이 없었다. 무슨 말을 할 계획도 없었다. 하지만 따지고 보면, 모르는 애에게 생일 선물로 개구리가 든 병을 줄 계획도 없었고, 한밤중에 묘지에 찾아갈 계획도 없었다. 다만 버지니아에겐 라바니의 계획을 바꾸게 하는 무언가가 있었을 뿐.

"걔 건드리지 마." 라바니는 이렇게 말하고 토할 뻔했다.

버지니아가 라바니를 봤다. 도니도 천천히 고개를 돌렸다. 열받아서 눈을 껌뻑이며, 콧구멍을 벌름거리며, 턱 근육을 움찔거리며. 코뿔소라는 단어가 떠올랐다.

"방금 뭐랬냐?" 도니가 으르렁거렸다. 스티비마저 좀 겁이 난 눈치였다. 하지만 버지니아는 겁내지 않았다.

"너도 들었잖아." 버지니아가 어이없다는 표정으로 말했다. "너 연극 좋아하나 보다."

세상이 축에서 벗어나 살짝 흔들렸다. 라바니는 균형을 잃을 뻔했다. 숨도 못 쉬고, 심장도 멎어서일 수도 있지만.

도니의 악마 같은 시선이 다행히 라바니에게서 버지니아에게로 돌아갔다.

"너 재수 좋은 줄 알아." 도니가 한참 만에야 이를 악물고 말했다. "내가 여자애를 안 때려서."

"여자애를 안 때려서 네가 재수 좋은 거지." 버지니아는 차분히 받아쳤다. "이 여자애는 받아치거든."

도니가 입을 삐금거렸다. 얼굴이 일그러졌다.

"네가 뭔지 아냐?" 도니가 이글거리는 눈으로 버지니아를 훑어보며 물었다.

"응." 버지니아는 짧게 대답했다.

하지만 도니의 질문은 대답을 듣기 위한 것이 아니었다.

"옷은 남자처럼 입고. 말은 그따위로 하고. 더러운 괴짜." 도니는 라바니를 다시 노려봤다. "넌 더러운 별종이고." 그리고 키득거리며 고개를 저었다.

"너희 둘 꼴 좀 봐라. 괴상한 찌질이들. **괴짜랑 별종.**" 도니는 그 말을 기름 묻힌 뱀장어처럼 미끈거리게 말했다. 그리고 신이 나서 고개를 젖히고 웃었다.

"괴…… 짜랑 별종." 버지니아가 의심쩍다는 말투로 되풀이했다. 그리고 라바니를 봤다. 그 애 얼굴에 서서히 미소가 떠올랐다. 버지니아가 그렇게 크게 웃는 건 처음이었다. 솔직히, 괴짜 같았다. "그거 입에 짝짝 붙네. 그래." 버지니아가 고개를 끄덕였다. "괴짜랑 별종. 마음에 들어." 버지니아는 한 손을 라바니에게 내밀었고, 라바니는 당황하고 두려워서 아무 생각 없이 손을 잡고 흔들었다. "괴짜랑 별종. 티셔츠라도 만들자."

이죽거리던 도니가 노려봤다. 화가 나고 당황해서 눈을 번득였다. "넌 쓰레기야." 뭐라도 명중할 때까지 공격할 요량인 듯 도니가 내뱉었다.

그리고 드디어, 뭔가 명중한 듯했다.

버지니아의 얼굴에서 미소가 사라졌다.

"아니." 버지니아가 낮지만 강하고 확고한 목소리로 말했다. "난 쓰레기가 아냐. 난 금처럼 귀해."

그 애가 라바니와 어깨동무를 했다.

그리고 말했다. "얘도 금처럼 귀한 애야."

라바니의 심장이 다시 뛰기 시작했다. 이전과는 전혀 다르게 뛰었다.

버지니아는 혀를 쯧 찼다.

"그래, 정말 즐거웠어." 버지니아가 영혼 없이 말했다. "하지만 집에 가야 해. 가자, 라브."

그리고 아무것도 아니란 듯, 둘은 걸어갔다. 그냥 길을 걸어갔다. 입만 뻐끔거리는 도니와 스티비를 버려두고서.

"배고파 죽겠다." 버지니아가 잠시 후 품에 든 빵 포장지를 쿵쿵거리며 말했다.

하지만 라바니는 아직도 죽을 뻔한 경험에서 헤어 나오지 못한 상태였다.

"정말…… 정말이지……." 라바니는 입을 열었지만, 말을 맺지 못했다. 놀라웠어? 미쳤어? 무서웠어? "넌 겁나지 않았어?"

"뭐, 저 자식 말이야?" 버지니아는 어깨를 으쓱였다. "별것도 아니던데."

"음, 넌 도니를 모르잖아."

"알아." 버지니아가 말했다. "도니 같은 애 많이 봤어." 버지니아는 봉투에 손을 넣어 빵 한 조각을 떼어내더니 둘로 쪼개어 라바니에게 절반을 내밀었다. 남은 반을 입에 넣었다. "이 세상이란 말이야, 온갖 사람이 다 사는 곳이야. 그건 우리가 어쩔 수 없어." 버지니아는 바삭한 빵을 한입 가득 물고 말했다. "할 수 있는 건, 네가 어떤 사람이 될지 정해서 그렇게 되는 것뿐이야. 남은 신경 쓰지 마. 특히 도니 같은 놈들은."

라바니는 콧방귀를 뀌었다. "뭐, 말은 쉽지. 그럴 수 있음 좋겠다.

그냥, 그냥……." 라바니는 그다음에 무슨 말이 와야 할지 또다시 알 수 없었다. 그러면 좋겠지……. 내가 되고 싶은 사람이 된다면…… 괜찮다면…… 외톨이가 아니라면…… 두렵지 않다면…… 행복하다면. 대답이 하나씩 마음속 깊은 곳에서 차올랐지만, 입 밖에 꺼내기 전 영혼이 도로 밀어 넣었다.

"그렇겠지." 한참 만에 라바니가 인정했다. "언젠가는." 언젠가는. 희망의 탈을 썼지만 열어보면 사실은 슬픈 말이었다. 소망처럼 들리지만 거의 늘 포기를 뜻하는 말이었다.

버지니아가 소매로 입을 쓱 닦았다. "흥. 언젠가는 무슨. 네게 못되게 굴 사람은 언제나 있을 거야, 라브. 그런 짓을 하지 못하게 해야지."

라바니는 빵을 떼어 먹으면서 생각했다.

"정말로 걔가 때리면 너도 주먹을 날릴 생각이었어?" 라바니는 말랑한 빵을 입 안 가득 넣고 물었다.

버지니아는 빵을 씹다 삼켰다. "아니. 내 팔도 너처럼 가늘어, 라브. 하지만 무릎은 뾰족하지. 중요한 곳을 무릎으로 칠 생각이었어."

라바니는 소리 내어 웃었다. 빵을 뱉을 뻔했다.

버지니아도 씩 웃었다. "오빠 둘이랑 남동생까지 셋이야. 어디가 아픈지 안다고."

둘은 오팔 로드로 접어들었고 곧 각자의 집 앞에 섰다.

"네가 계속 더 좋아져, 동지."

그 전날 밤에 그랬던 것처럼, 그 순간에도 라바니는 무엇 때문에 버지니아에게서 상냥한 말을 듣게 됐는지 알 수 없었다. 한 영혼이 스스로 상냥한 대우를 받을 자격이 없다고 여길 때가 있다. 한 영혼이 그렇게 믿을 때, 그 어떤 영혼이라 해도 그 믿음은 그릇된 것이다.

"왜?" 라바니가 물었다.

버지니아는 한낮의 햇빛 속에서 눈을 찡그리고 라바니를 봤다. "너 정말 모르는구나, 그렇지?" 버지니아가 혼잣말하듯 중얼거리더니 고개를 저었다. "내 생일 선물로 개구리를 줬잖아. 달빛 속에서 날 만났고." 버지니아가 말했다. "그리고 방금은 날 위해 도니에게 대들었잖아." 버지니아는 입술을 꼭 다물었다. "음, 대든 셈이었지. 사실, 그렇게 대단한 건 아니었어. 하지만 아무것도 안 한 건 아니야. 아까 거짓말한 거 아니야, 라브. 난 네가 귀하다고 생각해." 버지니아가 하는 모든 말이 그렇듯, 무심하게 당연하다는 말투였다. 라바니가 포유류라고 말하는 듯한 말투. 사소한 사실처럼 말했지만, 라바니의 마음은 새벽의 종달새처럼 하늘로 솟아올랐다.

라바니는 침을 삼키려고 했다. "그럼…… 비밀은 언제 말해줄 거야?"

버지니아는 한쪽 눈썹을 치켜올렸다.

"음, 안 할걸." 그리고 어깨를 으쓱였다. "아니면 곧. 아직 안 정했어."

버지니아는 이에서 빵 조각을 뽑아내더니 땅에 던지고 집을 향해 뒷걸음질 쳤다. "그럼 나중에 봐, 별종."

13

"얘기하던 여자애는 누구니?" 어머니의 질문에 현관 계단을 오르던 라바니는 깜짝 놀랐다.

"여자애요?" 라바니가 당황해서 물었다. 버지니아와 시내를 다 돌아다녔으면서도, 어쩐지 그 애가 비밀처럼 느껴졌다. "아. 그게, 버지니아요. 가족이 길 건너 집에 이사 왔어요."

"그래?" 어머니는 당연히 놀랐다. 보통 이사를 오면 이삿짐 트럭이 서고 상자와 가구가 들어오느라 소란스러운 법이니까. "넌 거기 사람들을 만났어?"

라바니가 고개를 끄덕였다.

어머니는 허리에 손을 짚었고, 그건 대체로 좋은 징조가 아니었다. "나한테는 언제 말할 생각이었니?"

라바니는 침을 삼켰다. "지금요?"

"정말이니. 인사도 제대로 못 했구나. 세수하고 그 더러운 옷 갈아입고 달려가서 점심 식사에 초대하렴. 이웃으로 이사 온 걸 환영하고 싶으니."

라바니는 눈을 깜빡였다. 버지니아와 그 가족에게는 알 수 없는 한밤중의 도착 말고도 너무나 신기한 분위기가 있었다. 버지니아네 가족은 점심 식사에 초대할 부류가 아닌 것 같았다.

"무슨 이웃요? 막다른 골목에 집 두 채뿐인걸요."

어머니가 입술을 꼭 다물었다. "그럼 막다른 골목에 온 걸 환영하고 싶구나, 아가."

라바니는 입술을 잘근거리며 길 건너를 바라봤다.

"어서," 어머니가 말했다. "가야지."

몇 분 뒤, 라바니는 새 옷을 입고 버지니아네 현관문을 두드리고 있었다.

안에서 살금살금 걷는 발자국 소리와 속닥거리는 소리가 들려왔다.

집으로 돌아가 아무도 없다고 말해야겠다고 생각하는 순간, 문이 빼꼼 열렸다.

문 뒤에서 옆얼굴이 나타났다. 갈색 눈이 갈색 앞머리 밑에서 내다보고 있었고, 그 아래에는 주근깨가 흩어져 있었다. 라바니에겐 코 위만 보였다.

"누구세요?" 눈이 물었다.

"어…… 난……데?" 라바니가 더듬었다.

"그만둬! 누군지 알잖아!" 거칠게 속삭이는 소리에 문 뒤의 눈썹이 일그러졌다. 문이 조금 더 열리자 앞니 두 개가 빠진 입이 보였다. 애너벨보다는 나이가 많지만, 버지니아보다는 확실히 어린 얼굴이었다. 일고여덟 살쯤 될 듯했다.

"개구리 잡아준 형이구나?" 얼굴이 물었다.

"아, 응. 라브야. 길 건너 사는?"

"알아."

문 뒤에서 머리가 하나 더 나왔다. 처음 아이와 거의 똑같았지만 여자아이였다. 눈도 똑같고 주근깨도 똑같고, 곧은 머리카락도 똑같았다. 쌍둥이였다.

두 쌍의 눈이 라바니를 빤히 봤다.

"아, 저. 버지니아 있니?"

"응." 여자아이가 말했다. "목욕하고 있어. 혹시 남자친구 그런 거야?"

"아니!" 라바니가 재빨리 말했다. 얼굴이 달아올랐다. "아냐." 이렇게 덧붙이고 확실히 했다. "아냐."

라바니는 진땀을 흘리며 얼굴을 붉히고는 화장실에 가고 싶은 사람처럼 다리를 흔들어댔다. 거기 간 이유는 싹 잊고서.

아는 얼굴인 콜트가 계단을 내려와 구해줬다. 그 애는 허리에 수건 한 장만 감고 사과를 우적우적 씹고 있었다.

"어이!" 콜트가 사과를 문 채로 말했다. "개구리 마스터! 잘 있었어?"

"으……응?" 라바니가 더듬거렸다. 라바니의 집에서는 아무도 벌거벗다시피 하고 돌아다니지 않았다.

콜트는 라바니가 수건을 보는 것을 알아차렸다. "목욕날이야. 난 천천히 말리는 걸 좋아하거든." 그 애는 먹다 만 사과를 라바니에게 내밀었다. "한 입 할래?"

"어. 아. 고맙지만 사양할게. 나는, 어, 식사하러 올 수 있는지 알아보러 왔어."

콜트가 씹던 걸 멈추고 라바니를 노려봤다.

라바니는 한숨을 쉬고 다시 말했다. "그러니까, 어머니가 오늘 너희 모두 점심 식사에 초대하고 싶어 하셔. 너희가 원하면 말이야, 오는 걸."

콜트가 혀로 치아 사이에서 사과 조각을 밀어냈다.

"우리 다?"

라바니가 고개를 끄덕였다.

"부모님도."

콜트는 어깨를 으쓱이고 사과를 삼키더니 작게 중얼거렸다. "식탁이 커야 할 텐데."

"점심은 뭔데?" 어린 소년이 문 뒤에서 물었다.

"달걀 샐러드 샌드위치."

"난 갈래." 소년이 곧바로 말했다.

"잠깐." 콜트가 입을 쫙 벌려 사과를 크게 베어 물며 껴들었다. "엄마한테 물어보고." 콜트는 돌아서서 계단을 올라갔다.

네 개의 소리 없는 눈이 문 뒤에서 라바니를 계속 지켜봤다. 손가락 하나가 기어 나오더니 코를 파곤 문 뒤로 사라졌다. 입 안으로 들어간 것은 아니기를 바랐다.

"그럼," 여자아이가 말했다. "개구리 킬러구나."

라바니가 고개를 저었다. "죽이진 않아. 잡을 뿐이지. 그리고 놓아줘."

"그거 이상하네."

콜트가 수건 대신 늘 입는 청바지와 하얀 민소매 티셔츠로 갈아입고 계단을 달려 내려오고 머리가 젖은 버지니아가 뒤따라오자 라바니는 안도의 한숨을 내쉬었다.

"잘 있었니, 동지." 버지니아가 말했다.

"좋아. 갈게." 콜트가 말했다. "하지만 애들만이야. 엄마는 머리가 아프대. 베스도 남는대. 우리 큰누나 말이지." 콜트가 라바니에게 덧붙여 설명했다.

라바니는 트리스탄을 떠올렸다. 성난 눈빛과 차가운 목소리를. 그 형이 달걀 샐러드 샌드위치를 씹으며 식탁 건너편에 앉은 라바니를 노려보는 모습을 떠올리자 온몸이 떨렸다.

"그럼…… 형은?" 라바니가 물었다.

아무렇지도 않은 척 말하려 했지만 실패한 모양이었다. 콜트가 콧잔등을 찡그렸으니까. "걱정 마. 형은 수입 좋은 일자리를 찾으러 나갔어." 콜트는 라바니에게 눈을 찡긋하더니 그때까지도 문 뒤에 숨어 있던 동생들에게 손뼉을 쳤다.

"다들 초대를 받았어. 그러니까 모두 신발을 신어야 돼."

문 뒤에서 동시에 신음 소리가 새어 나왔다.

"그럼 양말도?"

"응. 속옷도. *깨끗한* 속옷으로. 어서 가!"

싫다는 신음 소리가 또 나더니, 쌍둥이가 문 뒤에서 나와 계단을 미적미적 올라갔다. 소년은 확실히 깨끗한 속옷을 입고 있지 않았다. 속옷을 아예 안 입고 있었으니까. 라바니가 그걸 알 수 있었던 건, 그 애가 옷이라곤 아무것도 입고 있지 않아서였다.

콜트는 라바니의 놀란 표정을 보더니 어깨를 으쓱였다.

"목욕날이라니까." 콜트가 다시 말했다.

몇 분 뒤, 아이들은 라바니의 집 현관 계단을 뛰어오르고 있었다. 버지니아는 여전히 빛바랜 데님 멜빵바지를 입고 있었지만, 평소 입는 흰 티셔츠 대신 초록색 셔츠 위에 입었다.

"잘 들어." 콜트가 현관문 앞에서 말했다. 콜트는 아이들의 눈을 하나씩 들여다보며 모두 마주 보길 기다렸다. 그리고 한 명씩 가리키며 이름을 불렀다. "애너벨 디어링. 위니 디어링. 벤저민 디어링. 버지니아 디어링. 어머니 말씀 기억해. 모두 다 예의 바르게 행동할 것. 부탁드려요, 감사합니다, 실례합니다. 괴상한 짓, 부끄러운 짓 하면 안 돼. 욕은 절대 안 되고. 알았지?"

버지니아가 코웃음을 쳤다.

"알겠지, 동생?" 콜트가 물었다.

"오빠야말로 괴상한 짓, 부끄러운 짓의 황태자잖아."

"이야, 그럼 난 왕족이었군."

"셔츠를 거꾸로 입으셨네요, 전하." 버지니아가 대답했다. 콜트는 재빨리 제 옷을 내려다봤다. 옷깃 앞에 튀어나온 상표를 재빨리 짚었다. "게다가 뒤집어서."

"젠장." 콜트가 말하더니 팔을 소매 구멍으로 집어넣어 몸을 비틀고 버둥거렸지만, 옷이 절반밖에 돌아가지 않았을 때 버지니아 뒤의 현관문이 열렸다. 라바니의 어머니가 행주에 손을 닦으며 서 있었다.

"어머, 안녕! 소리가 들려서 나와봤어."

"안녕하세요, 포스터 아주머니." 버지니아가 말했다. 정중하게 손을 내밀자 라바니의 어머니가 악수했다. "저는 버지니아 디어링이라고 해요. 점심 식사에 초대해 주셔서 감사합니다. 어머니께서 죄송하다고 하셨어요." 버지니아는 주머니에서 작은 흰 봉투를 꺼내 라바니 어머니에게 건넸다.

"고맙구나." 어머니가 말하더니 봉투를 열어 안에 든 카드를 훑어봤다. "어머, 몸이 안 좋으시다니 정말 안타깝네! 그럼 너희 돌아갈 때 음식을 좀 보내야 되겠다."

어머니는 고개를 들더니 현관에 선 아이들을 살폈다. 콜트는 버둥거리기를 멈추고 셔츠를 반쯤 돌린 채, 팔을 셔츠 안에 넣고 서 있었다. 그러면서 당당히 웃었다.

"안녕하세요." 콜트가 인사했다.

라바니의 어머니가 웃었다.

"안녕. 아, 샌드위치가 부족할 것 같구나. 의자도 그렇고." 어머니가 미소를 지었다. "그러니 담요를 쓰자꾸나."

라바니 어머니가 샌드위치를 더 만드는 동안 라바니와 아이들은 뒷마당에 담요 두 장을 펼쳤다.

"그럼," 포스터 부인이 담요 위에 함께 앉더니 말했다. "이름을 알고 싶은데. 버지니아는 알지만, 나머지 아이들은 소개를 해주겠니?" 어머니가 벤저민과 위니를 봤지만 버지니아가 껴들었다.

"얘는 위니, 그리고 얘는 벤저민이에요." 버지니아가 말했다.

"쌍둥이?" 라바니의 어머니가 손을 내밀어 악수하며 물었다.

"응." 위니가 미소를 지었다. 그러더니 미소가 사라졌다. "아, 아니, 네."

"오늘 목욕했어요." 벤저민이 알렸다. "그리고 깨끗한 속옷 입었어요. 감사합니다."

버지니아의 표정은 차분했지만, 라바니는 그 애 콧구멍이 벌름거리는 것을 봤다.

"호오." 라바니의 어머니가 미소를 지으며 말했다. "그럼 너랑 나랑 벌써 같은 게 두 가지나 있구나, 벤저민. 게다가 예의도 바르고!"

벤저민은 미소를 지으며 버지니아에게 혀를 내밀었다. 버지니아는 눈을 이글거리면서도 포스터 부인에게 미소를 지어 보이며 다음으로 넘어갔다.

"얘는 애너벨이에요." 버지니아가 말했다. "애너벨 디어링."

"만나서 참 반갑다, 애너벨."

"그리고 제 오빠예요." 버지니아가 말을 잘랐다. "오빠—"

"마지막을 장식하죠!" 콜트가 외치면서 벌떡 일어나더니 보란 듯이 고개를 숙여 인사했다. "전 콜트 디어링이에요." 그 애는 손을 내밀어 포스터 부인의 손을 잡더니 쪽 소리를 내며 키스했다. "뵙게 되어 참 기쁩니다, 포스터 부인."

"어머나, 신사답기도 하지!" 어머니가 웃었다.

"그렇죠?" 버지니아가 입을 꾹 다물고 말했다.

"예쁜 아이가 다섯이나! 집이 가득하겠네."

"사실은 일곱이에요." 콜트가 말했다.

"맏형이랑 누나는 못 왔어요." 버지니아가 설명했다.

"일곱! 그렇게 대가족이면 얼마나 좋을까. 나는 늘 대가족이 갖고 싶었단다."

"그런데 왜 안 가졌어요?" 벤저민이 물었다.

"벤저민!" 버지니아가 소리 죽여 꾸짖었다.

"미안." 벤저민이 재빨리 말했다. "그럼 왜 안 가졌어요? 말씀 부탁합니다."

어머니의 미소가 어색해졌다.

"좋은 질문이구나. 하지만 원하는 걸 모두 다 이룰 수는 없는 거란다." 어머니가 나직이 말하는 동안 얼굴에서 미소가 사라졌다. "항상 생각했지. 언젠가는……." 목소리도 줄어들더니 사라졌다. 라바니는 침을 삼키고 몸을 기울여 어머니 어깨에 어깨를 맞댔다. 물론 라바니는 사실을 알고 있었다. 그 아픔도. 어머니는 눈을 깜빡였고 다시 따뜻한 미소를 지었다. "하지만 운이 좋아서 기적을 하나 얻게 되어 감사한단다." 어머니는 라바니의 등을 문질렀고 라바니의 얼굴이 달아올랐다. "그보다 더 바란다면 욕심일 거야. 자, 이제 먹을까?"

디어링 가족 대부분과 점심을 먹는 건 상당히 어지럽고 꽤 시끄러운 일이었다. 라바니에게 익숙했던 외동아이의 조용한 식사와는 매우 달랐다. 슬러터빌 초등학교 식당의 점심시간과 좀 비슷하다고 라바니는 생각했다. 그곳보다 덜 외롭고 덜 위험한 것만 빼면. 그리고 훨씬 더 재미있고.

콜트가 포도알을 던져 위니의 눈 사이에 정통으로 맞히자 라바니는 너무 크게 웃다가 레모네이드가 코로 나왔고 그것 때문에 더 크게 웃었다.

그리고 그때, 불시에 나타난 작은 별들이 하늘을 날갯짓과 생기로 채우다가 문득 사라지듯이, 아이들이 가버렸다. 콜트는 아이들을 몰아 길을 건너갔고 버지니아는 남아서 그릇 설거지를 도왔다.

"불러주셔서 감사합니다, 포스터 아주머니." 라바니와 어머니가 현관으로 걸어갈 때 버지니아가 말했다. "제가 먹어본 것 중에서 제일 맛있는 달걀 샐러드였어요."

"응, 고맙다. 내가 개발한 레시피란다. 어머니도 곧 초대할게. 이렇게 귀엽고 착한 아이 다섯을 키운 분을 꼭 만나고 싶구나."

"어머니도 그러실 거예요. 어머니께 전할게요." 그리고 버지니아는 복도에서 멈췄다. 벽에 걸린 그림을 보고 있었다. 어린 소년이 통통한 손을 내민 그림이었다. 아이 손가락에 까맣고 하얀 박새가 앉아 있었다. "너 닮았다, 라바니. 작지만."

"어, 그게." 라바니가 웅얼거렸다. "나 맞아."

버지니아는 눈을 깜빡이더니 포스터 부인에게 물었다. "그리신 거군요." 진지한 말투였다.

"아, 그래. 아주 오래전에." 라바니의 어머니가 별거 아니라는 듯 손을 저으며 말했다. "왜 이걸 걸어놨는지 모르겠구나, 이런 엉터리를—"

"아뇨." 버지니아는 그림을 다시 보며 중얼거렸다. "전혀 엉터리 가 아니에요. 대단해요."

버지니아는 사실이라는 듯 말했다. 그리고 자기 집 복도에 몇 년 이나 걸려 있던 그림을 자세히 보고, 라바니는 그 말이 사실임을 깨달았다. 박새는 캔버스에서 막 날아오를 듯 생생했다. 그리고 그 림 속 자신의 얼굴은 절반은 금색 햇빛에 절반은 그림자 속에 있었 다. 뺨은 쏙 들어가고, 한쪽 눈은 가늘게 뜨고, 입은 벌리고서 막 미 소를 짓거나 웃으려고 하는 표정이었다. 키득거리는 소리가 들릴 듯했고 햇볕이 느껴질 듯했다. 정말 대단했다.

한 영혼이 아름다운 것을 제대로 보려면 다른 영혼의 눈을 통해 야 할 때도 있다.

"어머나, 그래. 고맙구나, 얘야." 어머니가 수줍은 목소리로 말했 고, 라바니는 처음 겪는 일이었다. "그림은 내 작은 꿈이었어. 오래 전에."

"무슨 일이 있었어요?" 버지니아가 담담한 목소리로 포스터 부 인을 다시 보며 물었다.

"글쎄다." 부인의 대답은 사실처럼 들렸다. "꿈이란 게 말이야, 깨어나기도 하거든." 부인은 그림을 멍하니 바라보며 한숨을 쉬었 다. 멀리 떠난 사람의 목소리 같았다. "언젠가는 어딘가 특별한 곳 에 살 거라고 생각했어." 라바니는 이맛살을 찌푸렸다. 어머니가 슬러터빌을 떠날 꿈을 꾸는지 전혀 알지 못했다. "요리사가 되든가 화가나 피아니스트가 되어서—"

"피아노 치세요?" 버지니아가 말을 끊고 물었다.

"으응."

"저는 항상 피아노를 치고 싶었어요."

"그래? 음, 가르쳐주고 싶구나. 너만 좋다면."

버지니아는 눈을 깜빡였다. 그리고 눈썹을 치켜올렸다. "피아노 가 있어요?" 목소리는 여전히 작고 차분했지만 갑자기 더 강해졌다. 숨도 쉬지 않고 말하는 것처럼.

"그래. 저기 응접실에 있지. 정말 배우고 싶니? 예전에는 레슨을 했었는데……."

버지니아가 눈을 내리깔았다.

"돈……은 못 드릴 것 같아요. 아니, 어머니에게 여쭤볼게요, 하지만—"

"이웃에겐 공짜야." 포스터 부인이 말을 잘랐다. 그리고 손을 내밀었다. "그럼…… 함께 아름다운 음악을 연주해 볼까, 버지니아?"

그러자 참 신기한 일이 벌어졌다. 버지니아는 미소 짓지 않았다. 얼굴을 붉히지도, 눈을 굴리지도.

대신 눈에 눈물을 글썽거렸다. 조용히. 눈은 따지고 보면 늘 조용하다. 하지만 어떤 순간에는 평소보다 더 조용해지기도 한다.

버지니아는 라바니의 어머니에게 젖은 눈을 깜빡였다. "그러고 싶어요."

버지니아는 단순히 사실을 말하듯 말하지 않았다. 그저 입으로 하는 말이 아니라 영혼이 말하는 진실처럼 말했다.

"잘됐다. 그럼 내일 아침에 보자꾸나. 음, 여덟 시에. 기다리고 있을게."

잠시 후 라바니와 버지니아는 현관에 단둘이 남았다.

"너희 어머니 멋지다." 버지니아가 말했다.

라바니는 보통 아이들처럼, 자기 어머니가 멋진지 별로 생각하지 않았다. 어머니가 늘 곁에 있고, 늘 친절하면 그러기가 쉽다. 반대로 그렇지 않으면 그러기가 쉽지 않고.

"아. 응, 그런 거 같아." 라바니가 말했다.

"하지만 슬프셔."

"뭐? 아냐, 그렇지 않아."

"아니, 슬프셔. 난 알 수 있어." 버지니아는 눈을 가늘게 뜨고 고개를 한쪽으로 갸우뚱했고, 부드러운 목소리로 다음 질문을 했다. "그럼 어쩌다 넌 외동이 됐니, 라브. 어머니가 대가족을 원하셨는데도?"

라바니는 입술을 잘근거렸다. 눈을 빠르게 깜빡였다. "어." 라바니는 시선을 돌리고 목청을 가다듬으며 날카로운 아픔을 눌러 삼키려고 했다. "그게, 엄마는. 아이를 더 원하셨어. 노……력도 하셨어. 하지만…….."

라바니는 눈물이 글썽이는 눈으로 버지니아가 끄덕이는 것을 봤다.

"어떨 때는 아기가 그냥 버티지 못했어. 유산됐어. 어떨 때는 태어나긴 했는데…… 태어났을 때 이미 생명이 없었어." 라바니는 모든 일을 기억했다. 희망과 흥분, 작은 옷가지. 그리고 한밤중에 병원으로 달려가고, 슬픈 표정의 의사들을 만난 것도. 라바니는 기억했다. 아주 작은 관으로 치르는 아주 작은 장례식을. 참으려고 해도 눈물이 뺨에 흘렀다.

"미안해." 라바니는 얼굴을 닦고 고개를 숙이고는 중얼거렸다. "바보 같지. 세상에 나오지도 못한 아기를 잃었다고 슬퍼하는 게."

버지니아가 라바니에게 한 걸음 다가왔다. "바보 같지 않아. 조금도 바보 같지 않아. 걔들은 영혼이야. 그리고 넌 걔들을 사랑했고 그리고 잃었잖아. 그건 슬픈 일이야, 라브. 당연히 슬프지."

그러더니 버지니아는 굉장히 뜻밖의 행동을 했다. 하지만 아름다운 일은 뜻밖에 일어나는 경우가 많다. 버지니아는 라바니를 끌어안았다. 부드럽게. 하지만 점점 더 강하게. 떠오르는 해처럼 따뜻했고 강했다.

라바니는 처음에는 어쩔 줄 몰랐다. 하지만 한 영혼이 뜻밖의 아름다운 일에 놀라면, 거의 항상 어떻게 해야 할지 알게 된다. 그래서 라바니는 떨리는 숨을 내쉰 뒤, 버지니아를 감싸 안았다. 그리고 팔에 힘을 줬다.

버지니아는 좋은 동지였다.

한 영혼이 몹시 슬플 때면 슬퍼지는 게 싫은 게 아니라 단지 혼자서 슬퍼지고 싶지 않을 뿐이다.

한참 뒤, 버지니아는 뒤로 물러났다. 하지만 라바니의 어깨를 손으로 쥐고 진지하게 눈을 들여다봤다.

"너 되게 외로웠구나." 버지니아가 말했다. "나도 그랬어. 그러니까 사실대로 말해봐, 라바니. 날 배신할 거야? 널 믿어도 되니?"

라바니는 숨을 들이쉬었다. "응."

버지니아가 눈을 깜빡였다. "응, 배신할 거란 말이야, 응, 믿어도 된단 말이야?"

"아. 두 번째."

"그럼 말해. 소리 내서 말해. 들리게."

라바니는 침을 꿀꺽 삼켰다. 그리고 소녀의 회색 눈동자를 똑바로 봤다. 괴물에게 돌멩이를 던지고, 달빛 속을 함께 달리고, 햇빛을 볼 수 있게 창문을 열어주고, 자신이 귀하다고 소리 내어 말해준 소녀를. 겨우 며칠 동안 그 모든 것을 해준 소녀를.

"날 믿어도 돼, 버지니아. 널 절대 배신하지 않을게."

버지니아는 고개를 살짝 내민 채 귀 기울였다. 그리고 고개를 끄덕였다. "좋아." 버지니아는 라바니를 놓아주더니 계단을 내려가 어깨 너머로 말했다. "오늘 밤에 와. 저녁 먹고. 그럼 나눠줄게."

"뭘 나눠?"

"비밀."

14

"어디 숨을 데 있어?" 버지니아가 귀에 대고 중얼거렸다. "우릴 찾을 수 없는 곳."

"몰라. 여긴 너희 집이잖아."

"글쎄." 버지니아가 웅얼거리더니 라바니의 손을 잡고 뒷마당으로 이끌었다.

어둠이 아직 완전히 내리지는 않았지만 한창 진행 중이었다. 처음 뜨는 별이 희미하게 반짝였고 달이 소나무 위로 막 떠오르고 있었다.

주위에서 아이들이 이리저리 뛰어다니며 숨을 곳을 찾았다. 위니와 벤저민은 손을 잡고 달려가더니 마당 끄트머리 덤불 속으로 뛰어들었다. 집 앞에서 콜트가 숫자 세는 소리가 들려왔다. 곧 찾으러 올 거였다.

"개울가로 내려가는 건 어때?" 버지니아가 물었다.

"아니 저기." 라바니가 가리켰다. 집 뒤쪽 벽, 굴뚝 바로 옆에 격자 구조물이 매달려 있었다. 담쟁이덩굴이 멋대로 무성하게 자라 있었지만, 나무는 튼튼해 보였고 집 뒤쪽 그늘진 지붕 바로 옆으로 솟아 있었다.

버지니아가 먼저 틀을 빠르게 기어올랐다. 구조물이 흔들리며 끼익거렸지만 버텨주었고 거기서 버지니아가 테라스 지붕으로 내려서자 라바니가 뒤따라 올랐다. 덩굴이 살갗을 긁었지만 곧 거친 지붕널 위로 올라갈 수 있었다.

둘은 불 꺼진 창문 아래 벽을 기어올랐고, 테라스 지붕 꼭대기 한쪽에 한 명씩 엎드려 처마 그늘에 몸을 가리고 얼굴을 맞댈 수 있었다.

아래 풀밭은 달빛을 받아 은색으로 물들었다. 라바니는 마당 가운데 있는 작은 수반 뒤에 웅크린 애너벨을 보고 미소를 지었다.

"여기 완벽하다." 버지니아가 속삭였다. 둘 사이가 너무 가까워, 라바니는 버지니아가 물고 있는 버터스카치 캔디 냄새를 맡을 수 있었다.

"응. 여긴 올려다보지 않을 거야."

"아니. 너한테 이야기하기에 완벽한 때라고. 비밀 말이야."

라바니에게 술래잡기 도중은 무서운 비밀을 나누기에 매우 이상한 때 같았다.

"그래?"

"우린 쫓기고 있잖아. 숨어 있고. 완벽한 때라니까. 두고 봐."

버지니아는 라바니를 한참 바라보았다. 눈을 동그랗게 뜨고. 입을 꼭 다물고서.

"내가 말한 걸 알면 트리스탄이 좋아하지 않을 거야." 라바니는 버지니아의 큰오빠의 꼭 다문 입과 이글거리는 눈을 떠올렸다.

"그런데…… 왜 이야기하는 거야?"

버지니아는 눈살을 찌푸렸다.

"처음 만났을 때 우리는 둘 다 친구를 찾지 않는다고 했지. 넌 거짓말이었고." 버지니아가 숨을 크게 들이쉬더니 내쉬었다. "저기, 있잖아. 나도 거짓말했어. 친구가 있은 지 정말 오래됐어. 너무 많이 옮겨 다녀왔거든. 하지만 다른 애들이 친구 사귀는 건 봐. 친구를 찾는 것도, 친구를 믿는 것도, 비밀을 나누는 것도. 친구는 그런 거 맞지?"

똑같은 모습을 지켜봤던 라바니가 끄덕였다.

"멋진 거 같아. 그렇게 함께하는 거. 나도 그런 걸 가져야 하지 않을까?"

똑같은 감정을 느꼈던 라바니는 고개를 끄덕였다.

"난 오빠랑 남동생이 많아." 버지니아가 잠긴 목소리로 낮게 말했다. "언니랑 여동생도. 다들 무엇보다 사랑해. 하지만 친구는 하나도 없어. 한 번도 없었어. 그런데 늘 전과 같이 살다 보면 질리기도 해, 라브."

그것은 라바니에게 설명할 필요가 없는 진실이었다.

"나는 혼자가 아니야, 라브. 하지만 늘 외로워." 버지니아는 또 한 번 숨을 들이쉬었다. "하지만 너랑 있으면 외롭지 않아."

그 말에 라바니는 소름이 오소소 돋았다. 라바니의 영혼이 꼭 하고 싶었던 이야기를 다른 영혼이 해주는 것 같았다. 어쩌면 우리 영혼이 찾는 건 그뿐인 것 같았다. 함께하면 외롭지 않은 다른 영혼.

"난 친구를 사귈 수 없다는 걸 알아, 진짜 친구는. 안전하지 않거든. 하지만 친구랑 비슷한 건 가질 수 있잖아? 친구랑 똑같은 거?"

"동지?" 라바니가 쉰 목소리로 속삭였다.

버지니아는 입술 반쪽으로 0.5초 동안 반쯤 웃었다.

"동지. 믿을 수 있는 동지가 있으면 좋겠어. 그래서 널 택했어, 라바니 포스터."

널 택했어.

그 말에 라바니의 영혼은 하늘로 솟아올랐다.

"좋아. 그럼 비밀 들을 준비 됐니? 비밀을 듣고 나면 돌이킬 수 없거든. 우리 둘 다. 그걸 알아둬야 해."

"준비됐어."

그들 아래 세상에서는 맨발로 풀밭을 달리는 소리가 들렸다. 누군가는 도망치고 누군가는 찾으며 헉헉거리는 숨소리. 하지만 지붕 위에는 버지니아의 눈동자와 버터스카치 냄새를 풍기며 속삭이는 말뿐이었다.

"우리 애들 있잖아?" 버지니아가 말했다. "디어링 가족 모두. 엄마가 없어. 아빠도 없어."

"무…… 무슨 말이야?"

"말한 그대로야. 우리랑 같이 사는 어른은 없어."

"뭐, 그럼 여행…… 같은 걸 가신 거야, 아니면—"

"처음부터 없어. 일하러 간 아빠도 없고. 두통 때문에 집에 있는 엄마도 없어. 그냥 우리끼리 살아. 항상 부모님이 없어, 라바니."

"그럼…… 너희 혼자라고? 고아야?"

버지니아의 눈썹이 내려갔다. "아니. 우린 혼자가 아냐. 서로가 있어. 그리고 고아가 아냐. 우린 가족이야."

라바니는 버지니아의 말을 납득해 보려고 했다. 실패했다. 아래서 "잡았다" 하고 신나서 외치는 소리가 밤하늘에 울려 퍼졌다.

"그럼…… 네 오빠와 남동생, 언니와 여동생은……." 라바니의 질문이 갈피를 잡지 못하고 굴러떨어졌다.

"우린 진짜 형제자매는 아니야. 피가 섞인 가족은 아니야. 위니랑 벤저민만 빼면."

"하지만 성이 같잖아."

버지니아가 작게 코웃음 쳤다.

"뭐, 디어링? 트리스탄이 이번에 고른 거야. 가는 곳마다 이름을 바꿔. 우리를 부르는 진짜 이름은 하나뿐이야." 버지니아는 망설였지만 잠시뿐이었다. 버지니아가 턱짓을 하자 라바니가 몸을 버둥거려 턱을 더 붙였고, 둘은 뺨이 거의 닿았다. 귀에 닿는 버지니아의 숨결이 따뜻했다.

"우린 우리를…… 래거본드 가족이라고 불러."

라바니의 팔에 소름이 돋았다. 버지니아는 말에 강력한 힘이 있는 것처럼, 그 말이 온갖 비밀 중에서 가장 비밀스러운 것처럼 말했다.

하지만 그때, 찰칵하는 순간에 마법이 풀리고 말았다.

그들 옆의 창문에 전등이 켜지며 환해졌다.

버지니아와 라바니는 깜짝 놀랐다.

트리스탄이 입을 꾹 다물고 창가에 서 있었다.

"들어와." 나직한 목소리였다.

"트리스탄…… 난……" 버지니아가 더듬거렸다.

"안으로 들어와." 트리스탄이 다시 말했다. "당장."

라바니는 격자 구조물을 도로 내려갔고, 배와 목구멍과 심장이 두근거렸다.

"미안해." 라바니가 말했다. "나중에 보자, 버지니아. 난—"

"아니." 트리스탄의 목소리가 개 목줄처럼 라바니를 멈추게 했다. "들어와. 지금. 둘 다."

15

거실에 빛은 촛불뿐이었다. 커튼을 쳐놓아 바깥세상이 차단되었고 안쪽 세상이 아주 작고 따뜻하게 느껴졌다.

라바니는 진땀을 흘리고 메스꺼움을 느끼며 거실 한가운데 서 있었다. 그곳에 여섯 명이 더 있었지만 라바니는 완전히 혼자인 기분이었다.

버지니아가 옆에 있었다. 커다란 눈으로 바닥을 내려다보며 걱정스러운 표정으로 양손을 꼭 쥐고 있었다.

트리스탄이 앞에 서서 벽난로 틀에 기대어 팔짱을 끼고 엄한 표정을 짓고 있었다.

다른 아이들, 다른 래거본드 가족은 주위에 둥그렇게 모였다. 베스만 집을 돌아다니며 창문을 닫고 문을 잠그는 소리가 들렸다. 베

스는 창문 잠금장치와 문 열쇠를 세 번씩 잠갔고 탁—탁—탁 소리
가 가만히 기다리는 집 안에 울려 퍼졌다. 마지막 열쇠를 잠그고
나자 베스도 거실로 왔다. 트리스탄 옆에 섰다. 트리스탄처럼 냉정
하거나 화난 얼굴은 아니었지만 똑같이 진지했다.

트리스탄이 입을 열자, 성난 소리가 아니라 부드러운 목소리가
나와 라바니는 깜짝 놀랐다.

"쟤는 우리가 아냐." 트리스탄이 라바니를 턱으로 가리키며 말
했다. "외부인이지." 트리스탄은 턱을 양옆으로 흔들며 눈으로 주
위를 둘러봤다. "버지니아가 쟤한테 말했어."

아이 한 명이 깜짝 놀라는 소리를 냈다. 또 한 명은 뭐라고 중얼
거렸다. 콜트는 한숨을 내쉬며 고개를 저었다.

"그럼 또 이사 가야 해?" 위니가 물었다. "온 지 얼마 안 됐는
데."

"으엥, 여기가 좋은데." 벤저민이 살짝 갈라지는 목소리로 말했
다. "벌써 떠나야 해?"

"아직 몰라." 트리스탄이 말했다. "상황에 따라 달라."

"무슨 상황?" 콜트가 물었다.

트리스탄이 라바니를 봤다. "쟤."

라바니는 꼼지락거렸다. 침을 삼키려고 했지만 소용없었다. 목
구멍이 소금처럼 말랐다.

트리스탄이 다가섰다. 고개를 숙여 라바니의 눈을 빤히 봤다. 그
애 눈이 새카맣게 반짝였다.

"넌 이제 비밀을 알았어. 아주 큰 비밀, 네가 이전에 알았던 어떤 비밀보다 큰 비밀이지." 화난 목소리는 아니었다. 그저 지친 목소리였다. "우리 비밀이야. 하지만 이젠 너도 알았어. 우린 네 손에 달렸다, 꼬마. 넌 우릴 도와주거나…… 모든 걸 망칠 수 있어."

"얼마나 아는데?" 베스가 물었다.

"거의 다. 우리끼리 사는 것도 알고 우리 이름이 가짜란 것도 알아. 그리고 우리 진짜 이름도 알아." 트리스탄은 입술을 깨물며 말을 멈췄다. "우리가 래거본드라는 걸 알아."

또 한 차례 아이들이 웅성거렸다. 즐거워서 웅성거리는 소리는 아니었다.

"야, 버지니아." 콜트가 내뱉듯 말했다.

"미안해." 버지니아가 빠르게 나직이 모두에게 말했다. "난 그냥—"

"나무라지 마." 트리스탄이 말을 잘랐다. 계속 낮은 목소리였지만 어쩐지 단호했다. "이미 저지른 일이니까. 버지니아가 쟬 믿었어. 이제 믿을 만한 아이인지 확인만 하면 돼."

라바니는 모두의 시선을 느꼈다. 아이들은 두려워했다. 라바니는 그 느낌을 알았다.

라바니는 아주 조금, 아주 잠깐 떨었다. 모든 것이 부담스러웠다. 아주 잠시는. 모두의 시선이. 모두의 놀란 영혼이. 그 가운데 연약한 날개를 달고 선 꼬마 라바니에겐.

하지만 그때 라바니는 버지니아를 봤다. 그 애도 조용히 애원하는 눈빛으로 마주 보고 있었다. 버지니아는 입을 꼭 다물고 작게 끄덕였다.

어떤 영혼은 짊어져야 할 것이 너무 많으면 강해지기도 한다. 아니, 어쩌면 자신이 내내 얼마나 강했는지를 깨닫기도 한다.

"마…… 말하지 않을게." 라바니가 말했다. 하지만 너무 작게, 너무 소심한 목소리로 말한 것을 알고 다시 더 크게 말했다. 트리스탄의 깜빡임 없는 눈을 보며 말했다. "말 안 할게."

버지니아가 라바니의 손을 잡았다. 그리고 꼭 쥐었다.

하지만 트리스탄은 고개를 저었다.

"말은 쉽지. 지금 여기 우리가 다 모여 있을 때는. 저 문을 걸어나가면 훨씬 어려워질 거야. 우리랑 함께여야 해. 비밀을 지키려면. 그러니까, 네가 우리 비밀을 지키는 게 아냐. 이건 네 비밀도 되어야 해."

"알았어." 라바니가 말했다. 하지만 너무 빨리, 너무 쉽게 말한 모양이었다. 트리스탄의 턱에 힘이 들어갔다.

"이건 장난이 아니야, 라바니. 우리가 어떻게 사느냐가 걸린 문제야. 알겠다는 대답만 바라는 게 아니야. 네가 이해해야 해." 트리스탄은 한 걸음 물러서더니 뒷짐을 졌다. "그러니까 물어봐. 뭐든 물어봐. 사실대로 말할게. 그래야 네가 알지. 너도 한패가 되고. 물어봐."

라바니는 혀를 깨물었다. 물어볼 것이 너무 많았다. 그런데도 목소리가 나오지 않았다.

그런데 그때 버지니아가 다시 라바니의 손을 꼭 쥐었다. 내가 여기 있어. 라바니는 고개를 끄덕였다.

"어, 이렇게 산 지 얼마나 됐어?"

"래거본드가 된 때는 전부 다 달라." 트리스탄이 말했다. "나는 십 년 됐어. 애너벨은 작년에 왔고. 우리 앞에도 다른 래거본드가 있었어. 오래전에도. 래거본드가 있은 지는 백 년 됐어."

"어떻게 알아?"

"『언제나 그리고 영원히』에 나와. 그 이야기는 나중에 해. 다음 질문."

"알았어. 전에도 래거본드가 있었으면 그 사람들은 어디 있어? 어른들은 어디 간 거야?"

"떠나." 베스가 말했다. "우리 규칙이야. 래거본드가 열여덟 살이 되면 떠나서 자기 길을 찾아야 해."

"그럼 다시는 못 만나?"

트리스탄은 어깨를 으쓱였다. "가끔 찾아오기도 해. 도움도 주고. 어딜 가나 래거본드 가족이 살고 있어. 선생님도 하고, 목수도 하고, 트럭도 몰아."

"샬럿은 의사야." 애너벨이 껴들었다.

"그렇지." 트리스탄이 끄덕였다. "내가 들어왔을 때 샬럿은 양치기였어. 나이가 제일 많다는 뜻이야, 지금 나처럼. 구 년 전에 떠났어. 그래도 가끔 안부를 물어."

라바니의 긴장은 차츰 사라지고 놀람으로 바뀌었다. 온갖 질문이 라바니의 머릿속에 빠르게 날아들었다.

"먹을 거랑 집 같은 건 어떻게 구해?"

"예전 래거본드가 주로 도와줘. 능력이 되면 돈을 보내줘. 조금만 보내는 사람도 있고 더 보내는 사람도 있어. 하지만 모두 뭔가 보내줘. 다들 할 수 있는 일을 해. 나이가 되면 아르바이트도 하고. 어린애들은 베이비시터도 하고 잔디깎기 그런 걸 해. 하지만 식구가 많으니 넉넉하진 않아."

라바니는 버지니아와 콜트가 늘 낡은 옷을 입은 것을 떠올리며 고개를 끄덕였다.

"그런데 다들 어디서 온 거야? 전부 가출했어? 부모님은 어디 계셔?"

"래거본드가 되기 전에 저마다 다른 사연이 있었어. 주로 고아원에서 살았어. 부모님은 돌아가신 분도 계시고." 트리스탄의 목소리가 잠시 갈라졌다. 몇 명은 고개를 푹 숙였다. "우릴 버린 사람도 있어. 고아원이나 소방서나 경찰서 앞에다. 어쩌다가 혼자가 됐는지 모르는 애도 있어. 하지만 중요한 건 이젠 혼자가 아니란 거야. 이유가 뭐든, 어른들은 우리를 돌보지 못했어. 그러니까 우리가 스스로 돌보는 거야. 그리고 서로 돌보고."

"하지만 이건…… 불법이지? 이렇게, 어른 없이 사는 거?"

트리스탄의 표정이 어두워졌다.

"응. 불법이야. 그래서 숨어야 해. 항상. 우릴 찾는 사람이 있거든. 늑대들. 우린 그렇게 불러. 배지를 단 늑대, 수갑을 든 늑대, 양육권 서류와 법원 명령서를 든 늑대. 그리고 우리를 찾지 않는 늑대도 있어. 미소를 짓는 늑대, 신경 써주는 늑대. 그러다가 우리가 누군지 알게 되면 신고하려는 늑대. 고아원으로 돌려보내려는."

"그게……." 라바니는 질문을 멈췄다. 자신이 묻는다면, 냉정하게 들릴 질문이었다. 어머니와 아버지, 따뜻한 집이 있는 아이가 묻는다면. 하지만 트리스탄은 뭐든지 질문하라고 했다. "그게 뭐가 그렇게 나빠? 왜 고아원에서 살지 않아? 그렇게 나쁜 곳이야?" 다행히 트리스탄은 그 질문에 기분이 상하지 않은 듯했다.

"다 그렇진 않지. 래거본드가 처음 생기던 시절 고아원은 끔찍했어. 지금은 대부분 나아졌지. 하지만…… 그래도 집은 아니야. 가족도 아니고. 우리는 함께하고 싶어서 래거본드 가족이 됐어. 더 나은 공동체가 되려고. 우린 서로 사랑하거든." 트리스탄의 목소리가 잠시 떨렸다. 베스가 손을 내밀어 트리스탄의 어깨에 얹었다. 트리스탄은 고개를 끄덕이더니 코를 훌쩍이고 계속 이야기했다. "우린 가족이야. 래거본드 가족."

트리스탄이 목청을 가다듬었다. 목소리가 다시 차분하고 결연해졌다.

"그래서 우린 항상 준비를 해야 해. 누가 알아차리거나 따라붙을 때까지 어물쩍거릴 수 없어. 늑대들이 나타나면 이미 너무 늦어버려. 늑대가 문을 두드릴 땐 이미 빈집이 되어 있어야 해."

라바니는 래거본드 가족의 창백한 얼굴을 돌아봤다. 손을 잡고 있는 아이들도 있었다. 웃는 아이는 아무도 없었다. 조금 슬픈 표정이었다. 조금 겁먹은 표정이었다. 하지만 굳게 결심한 표정이기도 했다. 뺨엔 눈물이 흘러도 굳은 입과 강한 눈, 힘준 턱이 보였다.

그때 라바니는 트리스탄을 이해했다. 처음 온 날 이후 보인 행동을 이해했다. 노려보는 눈빛. 주의. 규칙과 냉정한 말, 경고를. 트리스탄은 잔인하게 군 것이 아니었다. 주의하는 거였다. 그리고 깜빡이는 촛불 불빛 속에서 라바니는 트리스탄이 두렵지 않았다. 그 애가 가엾었다.

라바니는 자기 영혼 하나도 안전히 지킬 수 없었다. 트리스탄은 일곱 명을 지키려고 했다.

"또 질문할 거 없니?"

라바니는 생각했다. 묘지에 몰래 놀러 나왔던 버지니아가 떠올랐다. 그리고 개울에서 진흙투성이가 되어 웃던 콜트가 떠올랐다. 풀밭에서 키득거리던 애너벨. 아이들 여럿과 달빛에서 숨바꼭질하던 것이 떠올랐다. 그리고 자신의 외로운 생활이 떠올랐다.

"하나가 더 있어." 라바니가 말했다. "이렇게 사는 거…… 재미있어?"

트리스탄의 눈썹이 올라갔다. 분명 예상하지 못한 질문이었다.

"……힘들어." 트리스탄이 말했다.

"무서워." 애너벨이 덧붙였다.

"피곤해." 베스가 말했다.

"하지만……" 트리스탄이 말을 뚝 끊었다. 그리고 놀랍게도, 씩 웃었다. 아니, 웃는 듯했다. 트리스탄 특유의 미소였다. 입술 절반이 올라가며 치아가 드러나고 한쪽 뺨에 보조개가 들어갔다. "······그래, 재미있기도 해. 가끔."

베스가 입을 꾹 다물더니 고개를 끄덕였다.

"아, 뭐야. 완전 재미있지." 콜트가 말했다. "그러니까, 살기 위해 도망치지 않을 때는."

"전에 책을 읽었는데," 위니가 껴들었다. "그 책에 나오는 애가 친한 친구들이랑 잠옷 파티를 했어. 래거본드 가족은 그거랑 비슷해. 항상. 경찰이 쫓아오는 것만 빼면."

"맞아." 벤저민도 그렇다고 했다. "그리고 먹을 게 부족하고. 그래도 지켜야 하는 취침 시간이 없잖아."

"재워줄 엄마도 없지." 버지니아가 나직한 목소리로 말하자 모두 조용해졌다. "하지만 깨어나면 혼자인 적은 없어."

라바니는 버지니아의 눈을 들여다봤다. 그 애 손을 꼭 잡았다. 그날 밤 숲에서 버지니아가 한 말이 기억났다.

"그럼 나쁘네." 라바니가 말했다. "그리고 좋기도 하고. 뭐, 둘 다 잖아."

버지니아가 눈으로 미소를 지었다. "그렇지."

"그럼," 트리스탄이 다시 다가서며 말했다. "널 믿어도 되니? 비밀을 지킬 거야? 우리 편이야?"

라바니는 고개를 끄덕였다. "응. 날 믿어도 돼."

"그럼 약속해. 소리 내서 말해. 모두, 언제나, 영원히, 약속하니?"

라바니는 다시 버지니아를 봤다. 기다리는 두 눈을. 버지니아의 눈이 라바니에게 다가왔다. 라바니는 고개를 끄덕였다. 그러자 버지니아도 끄덕였다.

두 영혼이 뛰어오르면 서로를 붙잡기도 한다.

"응." 라바니가 트리스탄에게 시선을 돌리며 말했다. "약속해. 너희 비밀을 지킬게. 언제나 영원히."

라바니는 진실처럼 말했다. 진실임을 확신했으니까.

트리스탄이 버지니아를 봤다.

"사실이야." 버지니아가 살짝 고개를 끄덕이며 말했다.

트리스탄은 입술을 핥았다.

"좋아." 트리스탄이 베스와 콜트를 보며 말했다. "책 가져와."

16

다시 들어온 베스는 품에 책 한 권을 안고 있었다. 성스럽고 신성한 물건처럼 들고 있었다. 어쩐지 실내가 더욱 조용해진 듯했다.

트리스탄은 라바니 앞에 작은 테이블을 밀고 오더니 초 두 개를 세웠다. 베스가 빛나는 촛불 사이에 그 책을 내려놓았다.

아주 오래된 책이었다. 보기만 해도 알 수 있었다. 표지에는 홈집이 가득했고, 세월이 흐르면서 반들반들해진 가죽은 처음에는 짙은 붉은색이었지만 바래서 말라붙은 핏빛이 되었다. 어머니의 요리책 크기였지만, 노랗게 변색된 책장이 수백 장 되는, 더 두꺼운 책이었다. 사람들이 여러 차례 책장을 끼워 넣은 것처럼 가장자리가 불규칙하고 들쭉날쭉했다. 페이지 여기저기에서 밝은색의 리본이 튀어나와 있었다. 몇 개는 작은 종이 꼬리표가 끝에 묶여 있었다.

날마다 만지긴 하지만, 조심스러운 손길로 다룬 책 같았다. 아마도 애정을 담아서.

베스가 손끝으로 책 위에 동그라미를 가볍게 그렸다. 그리고 라바니의 눈을 올려다봤다. "이게 『언제나 그리고 영원히』야."

베스의 말투에, 그 책을 보는 래거본드 가족의 눈빛에 라바니는 소름이 돋았다.

"그게 뭔데?" 라바니가 곧바로 물었다.

"우리 책이야." 트리스탄이 대답했다. "우리 역사. 우리 비밀. 우리 이야기. 우리 같은 래거본드 일족이 처음부터 이 기록을 적었어. 백 년도 넘게. 그동안 있었던 래거본드 가족 이름 전부랑 지금 사는 곳 주소, 우리가 살았던 집 주소. 조심해야 할 사람 이름, 믿을 수 있는 사람 이름." 트리스탄은 말을 멈추더니 라바니를 봤다. "이제 너도 여기 들어갈 거야."

라바니의 마구 뛰던 심장이 느려졌다. 주위의 공기가 무겁게, 시럽처럼 내려앉는 느낌이었다. 굉장히 깊고 고요하게. 중대한 순간이란 느낌이 들었다.

다른 래거본드 아이들이 마룻바닥을 거의 소리 내지 않고 밟으며 몰려들어 라바니와 책 주위에 어깨를 맞대고 섰다.

"난 혼자가 아니다." 트리스탄이 말했다. 그리고 원을 그린 아이들이 한 명씩 돌아가며 말했다.

"난 쓸모없지 않다."

"난 원치 않는 존재가 아니다."

"난 무섭지 않다."

"난 외롭지 않다."

"난 버림받지 않는다."

"난 쓰레기가 아니다." 마지막은 버지니아의 목소리였다.

일곱 영혼, 저마다 혼자지만 모두가 함께인 아이들이 그렇게 말했다.

트리스탄이 주위를 둘러보더니 끄덕였다.

"난 래거본드다." 트리스탄이 말했다. 그리고 원을 그린 아이들이 한 명씩 돌아가며 말했다.

"난 래거본드다."

"난 래거본드다."

"난 래거본드다."

"난 래거본드다."

"난 래거본드다."

"난 래거본드다."

라바니는 몇몇 목소리에서 미소를 느낄 수 있었다.

"언제나." 트리스탄이 말했다.

"그리고 영원히." 모두 함께 마무리했다.

트리스탄이 고개를 끄덕이더니 책의 페이지를 표시하는 리본을 뒤져 상아색을 찾았다. 그 리본이 표시한 페이지를 펼쳤다.

책장은 노랗게 바랬고 종이는 거칠고 구불거렸다. 맨 위에 빛바랜 자주색 잉크로, 거미같이 구불구불한 글씨체로 적힌 단어는 "천사"였다.

"우리를 도와준 사람들 모두야." 베스가 말했다. "그동안 내내, 래거본드 가족 모두를."

그 아래 글씨체가 제각기 다른 항목 세 줄이 있었다. 이름, 장소, 날짜였다.

처음에 적힌 내용은 너무 빛이 바래 라바니는 겨우 읽을 수 있었다. "레베카 햄스테드―사우스캐롤라이나주, 포트밀, 1818년."

그다음. "존 브래들리와 그레이스 브래들리―펜실베이니아주, 도일스타운, 1821년."

"칭 가족―오하이오주, 시더 래피즈, 1860년."

이름이 그 페이지의 바닥까지 이어지더니 다음 페이지 맨 위에서 계속됐다.

세 번째 줄, 페이지의 중간쯤에 마지막 항목이 적혀 있었다. "과달루페 가르사―오리건주, 더 댈러스." 팔 년 전이었다.

라바니는 눈을 깜빡였다. 팔 년 전. 래거본드 가족이 누군가에게 진실을 털어놓은 지 팔 년이 지난 것이다.

그때 라바니는 버지니아가 자신을 위해 얼마나 큰 위험을 무릅쓴 건지 깨달았다. 눈물에 눈이 뜨거워졌다.

베스가 펜을 내밀었다.

"이 책에 네 이름을 적는 건 약속이야." 베스가 말했다. "우리의 믿음을 절대 배신하지 않고, 우리 비밀을 말하지 않겠다는 맹세. 언제나, 그리고 영원히. 네 앞의 사람들 이름을 봐. 우리는 이 사람들을 기억하고 존경하고 감사해. 대부분 돌아가신 지 오래됐지만. 그분들이 도운 래거본드 가족도 그렇고. 그분들은 우리 비밀을 지켰어." 베스가 입을 꼭 다물었다. "너도 함께하겠니, 라바니?"

라바니의 입은 여름날 재처럼 말랐다. 하지만 상관없었다. "응. 응, 함께하겠어."

라바니는 펜을 받으려고 버지니아의 손을 놓았다. 『언제나 그리고 영원히』 쪽으로 허리를 숙이고 펜 끝을 종이에 눌렀다. 그렇게 다가가니 냄새가 났다. 그 책의 세월, 긴 역사, 오래된 잉크의 냄새가. 도서관과 비슷하지만 살아 있는 냄새였다.

처음에는 손이 떨렸지만 라바니는 펜을 더 꼭 쥐고 영혼의 힘을 끌어냈다.

펜이 움직이지 않게 됐고, 약속을 또렷이 적을 수 있었다.

라바니 포스터―슬러터빌.

날짜를 적으며 라바니는 궁금해졌다. 누군가 다른 아이가 다른 곳, 그때로부터 먼 미래의 어느 해에 거기 적힌 자기 이름을 보면서 어떤 사람인지 궁금해할까?

라바니는 펜을 내려놓고 참았던 숨을 내쉬었다. 다리가 후들거렸다.

얼굴에 떨리는 미소가 번졌다.

"이제 우리 약속을 봉인해야지." 그 순간 트리스탄의 목소리는 버지니아의 평소 목소리만큼 엄숙했다. "네가 어떤 존재가 아닌지 말해봐, 라바니 포스터."

라바니는 잠시, 어쩌면 조금 더 머릿속이 멍해졌다. 따지고 보면 자신이 아닌 것이 너무 많았으니까. 하지만 올바른 대답을 골라야 했다.

그러다가 트리스탄이 래거본드를 늘 뒤쫓는, 그들 뒤를 따라붙는 그림자가 있다고 한 말이 떠올랐다. 그리고 도니와 스티비, 그들의 잔인한 눈과 으르렁거리는 입이 생각났다. 자신의 피와 멍이 떠올랐다. 라바니는 무엇이 아닌지 알 수 있었다.

라바니는 턱을 들었다. "난 늑대가 아니야." 그렇게 말했고, 그건 사실이었다.

트리스탄이 눈을 깜빡이더니 끄덕였다.

"이제 네가 어떤 존재인지 말해봐."

라바니의 머릿속에 온갖 단어가 스쳐 지나갔다. 난 쓸모없는 존재야. 난 이상해. 난 외로워. 난 구제불능이야. 하지만 그건 라바니의 말이 아니었다. 남들이 한 말이었다. 라바니의 영혼이 그 말을 오랫동안 붙잡고 있었다. 그리고 라바니의 영혼은 지쳤다.

새로운 말이 필요했다.

금처럼 귀하다는 말도 들었지만, 그건 옳지 않게 느껴졌다. 영웅도 마찬가지였다.

라바니는 버지니아를 봤다.

난 네 편이고, 넌 내 편이야. 그 애 눈빛이 소리 없이 말했다.

"난 동지야." 라바니가 소리 내어 말했다.

트리스탄이 눈을 깜빡였다.

"음." 트리스탄이 다가오며 중얼거렸다. "천사라고 말했어야 하는데. 하지만 그것도 괜찮아."

트리스탄이 손을 내밀자 라바니가 잡았다. 트리스탄은 손힘이 셌다. 라바니도 꽉 쥐려고 애썼다. 트리스탄이 고개를 끄덕였다. 여전히 강렬한 눈빛이었지만, 시선은 전과 달라졌다. 밀치기보다는 악수를 청하는 듯했다.

베스가 미소를 지었다.

"이제 함께야, 라바니 포스터." 베스가 말했다. "환영해."

여섯 명의 목소리가 베스와 함께 라바니를 환영했다.

어깨에 닿는 손길이 느껴졌다. 두드려주고 꽉 쥐어주고 쓰다듬어주는.

라바니는 미소를 지으며 책에 적힌 자기 이름을 내려다봤다.

라바니의 영혼은 너무나 오랫동안, 깊이 다른 영혼과 동떨어져 있다고 느꼈다. 하지만 그 불꽃이 비추는 순간, 그 텅 빈 집의 조용한 아이들과 함께 문을 걸어 잠근 공간에서 라바니는 일부가……어떤 것, 누군가와 함께하게 된 느낌이 들었다.

동떨어진 느낌과 함께하는 느낌은 몹시 달랐다. 그 사이에는 온 세상만큼의 거리가 있었다.

그때 그것이 다시 보였다. 책 페이지 사이에 끼워진 각기 다른 실과 그 끝에 묶인 쪽지가. 그중 하나가 위쪽으로 놓여 있었고 흐릿한 불빛에 그 위에 적힌 이름만 겨우 보였다. 조지프.

라바니가 손을 뻗어 검은 실을 잡아 그것이 표시한 페이지를 펼쳤다.

"이건 뭐야?" 라바니가 물었다.

트리스탄이 급히 손을 뻗어 라바니의 손을 잡았다. 세게. 라바니는 흠칫했다.

"안 돼." 트리스탄이 말했다. 다시 차갑게 굳은 목소리였다.

"그 부분은 비밀이야." 베스가 재빨리 말했다. "하지만 몰랐겠지." 베스는 트리스탄을 노려보며 덧붙였다. 트리스탄은 눈을 깜빡이더니 손에서 힘을 뺐고, 라바니의 손을 놓아주었다.

"그건 우리 페이지야. 우리들 전부." 베스가 말했다. "래거본드는 모두 자기 페이지를 갖고 있어. 이름으로 표시해 두었어. 매듭을 짓고. 주인만 볼 수 있어. 우리는 원하면 펼쳐 볼 수 있지만 다른 사람은 절대 안 돼. 여기 우리 이야기를 적어두거든. 진짜 이름도. 고향이 어디인지, 두려운 게 뭔지, 꿈이 뭔지, 좋은 추억이 뭔지도." 베스의 목소리가 조금 갈라졌다. "나쁜 기억도. 래거본드 일원이 되면 얻는 것도 참 많지만 잃는 것도 많아. 이름. 어디가 되었든 고향도. 하지만 그 페이지에 잘 적어둬."

라바니는 가느다란 실들을 봤다. 버지니아의 것은 무엇인지 궁금했다.

"래거본드가 자라서 떠나면 자기 페이지를 뜯어서 가져가. 가진 건 별로 없지만. 그 페이지가 있어. 그게 우리 재산이야. 마법의 일부지."

라바니가 고개를 갸우뚱했다. 마법.

"그게 무슨 뜻이야? 마법이 뭐야?"

주위에서 눈짓이 오갔다. 라바니는 숨도 쉬지 않고 기다렸다.

결국 트리스탄이 입을 열었다.

"마법은 아주 처음부터 우리를 지켜준 거야. 우리는 그게 뭔지 이해하지 못해. 보지도 못해. 조종할 수도 없어. 하지만 그게 있다는 건 알아. 늘 우리 주위에 있고 우리가 가는 곳마다 따라다녀. 우리 한 사람, 한 사람에게 힘을 줘. 우리를 하나로 모아주고 늑대를 쫓아줘."

라바니 주위 일곱 아이의 얼굴은 진지했다. 눈을 동그랗게 뜨고 있었다.

하지만 라바니는 실망했다. 조금.

그보다 더 큰 것을 기대했었다. 마법의 지팡이를 원했다. 반짝이는 빛이라든가 하는 보이는 것, 믿을 수 있는 것을. 어쩌면 라바니 자신도 안전하게 지켜줄 것을. 늑대로부터.

라바니는 사실을 원했다. 꾸민 이야기가 아니라.

"그게 다야?" 라바니가 작게 물었다. "그냥…… 믿는 거?"

트리스탄은 눈썹을 먹구름처럼 찌푸렸다. "아니. 우리가 아는 거야. 진짜라고. 그리고 강해. 우릴 안전하게 지켜주지." 트리스탄이 손가락으로 책을 세게 세 번 두드렸다. "세 시간 전만 해도 모든 게 멀쩡했어. 경고도 없었어. 우리는 항상 조심하며 지내거든. 그런데 어느 날 밤, 마법이 날 깨웠어. 어둠 속에서 내게 속삭였어. 도망쳐라, 양치기야. 그래서 우린 도망쳤지. 한밤중에. 뒷문으로 살그머니 나왔어. 그리고 골목에서 트럭에 타기 직전, 다른 트럭이 우리가 살던 집 현관 앞에 서는 걸 봤어. 우릴 잡으려고. 우릴 구해준 건 마법이야, 라바니."

"그럼 지난번은, 트리스탄?" 애너벨이 물었다. "잡혔잖아, 우리" 아이 목소리는 작았지만 확실했다. 답을 구하고 있었다. 우리가 무사할 거라고 말해줘.

트리스탄이 입을 꾹 다물었다. 눈을 내리깔았다. "그래. 그랬어. 하지만 마법은 실패하지 않아." 그 애 목소리에 서 있던 날이 사라졌다. 찢어진 천 조각처럼 부드러워졌다. "내가 실패한 거지."

라바니를 바라보는 트리스탄의 눈빛에 고민이 서려 있었다.

"지난번 집에서," 낮게 쉰 속삭임 같은 목소리였다. "늑대가 우릴 잡았어. 모두가 철저히 조심하지 않았거든." 라바니는 곁눈질로 콜트가 고개를 푹 숙이는 것을 봤다. "제대로 살피고 귀를 기울이지 않았던 것 같아. 그때 나는 거기에 있지 않았어. 집에 와보니 모두…… 사라졌어. 책은 숨겨둔 곳에 있었지만, 집은 비어 있었어." 트리스탄이 침을 삼켰다. 눈은 라바니를 향하고 있었지만, 사실 그 애를 보는 것 같지 않았다. 두 눈은 먼 곳을 응시하고 있었다. "아이들은 찾는 데 사흘 걸렸어. 고아원에서. 마담 머도사의 고아원.

나도 지냈던 곳이야, 래거본드가 되기 전에. 아이들은 따로따로 갇혀 있었어. 울타리 뒤 숲에서 아이들을 봤어. 기회를 기다리면서. 전부 꺼내는 데 일주일이 걸렸어. 하지만 그날 밤, 애들을 데리러 갔을 때……" 트리스탄의 눈빛이 돌아왔다. 놀라움에 빛을 발했다. "창문 하나가 잠기지 않았어. 머도사 부인은 창문을 열어두는 법이 없거든. 그런데 복도를 살그머니 돌아다니다가, 달빛이 나를 비추는 곳으로 나서는 순간, 머도사 부인이 사무실에서 나왔어. 그런데 나를 보려는 순간, 잡혔다고 생각하는 순간 전화벨이 울렸어. 부인이 돌아섰어. 그래서 나는 몰래 지나갔지. 애들을 꺼냈고." 트리스탄이 눈을 깜빡였다. "그래서 여기 온 거야. 마법의 힘이야, 라바니 포스터. 그건 진짜야. 우리에겐 마법이 있어."

라바니는 주위에서 그것을 느낄 수 있었다.

마법이 아니었다. 마법을 바라는 마음. 그들 모두에게서 느껴졌다. 그건 믿음이었지만 굶주림에 매우 가까운 믿음이었다.

영혼들이 어둠 속에서 길을 잃었다고 느끼면 빛처럼 보이는 건 뭐든지 움켜쥘 때가 있다.

"알았어." 라바니가 말했다. 아이들의 이야기가 믿어지건 안 믿어지건 중요하지 않았다.

트리스탄은 『언제나 그리고 영원히』를 덮었다.

"이제 가봐." 트리스탄이 말했다. 하지만 처음 만났을 때처럼 차가운 말투가 아니었다. 라바니의 어머니가 잘 시각이라고 말하는 때 같았다.

버지니아는 손을 내밀어 라바니의 손을 한 번 더 꼭 쥐었다.

"잘 가, 라브." 애너벨이 말하더니 재빨리 끌어안았다. "함께하게 되다니 기쁘다." 애너벨이 속삭였다. 재미있는 비밀을 나눈 것처럼 얼굴을 빛내고 있었다. 다른 아이들도 작별 인사를 하며 라바니의 어깨를 두드렸다. "합류한 걸 환영해, 개구리 마스터." 콜트가 윙크하며 어깨를 툭 쳤다.

현관에서 어둠 속으로 발을 내딛자, 소나무 향이 나는 바람과 깎은 잔디의 여름 냄새가 라바니의 폐를 가득 채웠다. 양초의 노란 불빛에 비하면 은색에 가까운 달빛이 밤을 칠해놓았다. 완전히 새로운 세상에 발을 내딛는 느낌이었다.

그리고 라바니는, 아마도 기억하기에 난생처음으로, 무언가가 느껴지지 않았다. 그리고 그 느껴지지 않은 무언가란 바로 외로움이었다. 래거본드 가족이 나타났을 때 그 애 영혼이 달빛을 보며 소리 없이 빌었던 소원이 이뤄졌다. 언제나는 아닐지 몰라도…… 그리고 영원히도 아닐지 몰라도…… 적어도 한동안은.

라바니는 미소를 지었다. 정말로 그렇게 여기는 미소였다.

17

사냥꾼이 트럭을 주차장 선 사이에 매우 똑바로 세운 때는 해가 진 지 한참 뒤였다. 그 옆의 삭막한 건물 표지에는 '마담 머도사 보육원'이라고 적혀 있었다. 집이 없거나, 부모에게서 버려지거나, 부모가 사망한 아이들이 오는 곳이었다.

흰색 트럭이었고 매우 깨끗했다. 타이어 가운데도 하얬고 범퍼는 매우 반짝이는 크롬이었으며 뒤에 문 두 개가 달려 있었는데 창문은 없었다.

'맛있는 아이스크림!'이라는 글자가 트럭 뒤쪽에 매우 빨간 글씨로 적혀 있었고 그 밑에는 녹아서 뚝뚝 떨어지는 핑크색 아이스크림콘이 그려져 있었다.

머도사 부인의 보육원 아이 중에 누구라도 창밖을 내다보고 아이스크림 트럭이 도착한 것을 봤다면 신이 났을 것이다. 하지만 신날 일은 없었다.

흰 트럭은 맛있는 아이스크림을 실은 적이 없었다. 흰 트럭에 실린 것은 하나뿐이었다. 잡힌 사냥감. 뒤에는 한쪽에 하나씩 긴 의자가 있고 아주 튼튼한 금속 바가 질러져 있었다. 그 바에 수갑을 묶었다.

사냥꾼은 현관문으로 다가갔지만 문은 두드리지 않았다. 사무실을 확인하거나 머도사 부인을 찾지도 않았다. 따지고 보면 부인은 사냥감이 아니었으니 부인을 찾는 데는 신경 쓰지 않았다.

대신 사냥꾼은 주머니에서 손전등을 꺼냈다. 그리고 건물 주위를 걸어 다니기 시작했다. 아주 천천히 그리고 아주 꼼꼼하게 살폈다. 땅바닥을, 배수관을, 비상구를, 창문 하나하나를. 그는 웃지 않았지만 찡그리지도 않았다.

건물을 반쯤 돌았을 때 머도사 부인이 따라왔다. 사무실 창문으로 그를 보고서 황급히 코트를 걸치고 신발을 신고 나온 것이다.

"안녕하세요!" 부인이 하이힐을 신고 낼 수 있는 최고 속력으로 다가오며 외쳤다. 사냥꾼은 대답하지 않았다. 그는 긴 복도에 난 창문을 아주 찬찬히 보고 있었다.

"이해가 안 되는군요." 부인이 노래하듯 말했다. 높고 떨리는 목소리였다. 부인은 긴장하면 늘 그런 소리를 냈는데, 사냥꾼이 주위에 있으면 늘 그런 상태가 됐다. "그냥 사라져 버렸다니까요."

"아뇨." 사냥꾼이 대답했다. "그건," 사냥꾼이 속삭였다. "아니죠."

사냥꾼의 눈은 매우 날카롭게 빛났으며 창틀을 매우 뚫어져라 보고 있었다. 더 구체적으로 말하면, 창틀에 더러운 발자국이 남았던 희미한 흔적의 그림자를 보고 있었다.

사람들은 보통 창틀 위에 올라서지 않는다.

"가보시죠." 사냥꾼은 근처의 숲을 바라보며 말했다. "안으로."

지시를 조용히 바로 따르는 것은 머도사 부인이 늘 맡은 아이들에게서 바라는 것이지만, 부인 스스로 그렇게 하는 법은 거의 없었다. 그러나 이번에는 조용히, 곧바로, 아무런 질문도 없이 머도사 부인은 안으로 조용히 들어갔다.

사냥꾼은 누군가 밟고 지나간, 창문이 내다보이는 숲으로 이어지는 잔디밭을 가로질러 갔다. 걸어가면서 손전등 불빛으로 천천히 반원을 그리며 잔디밭을 훑었다. 안에서 집 없는 아이나 부모 없는 아이가 밖을 내다보다가 그를 봤다면, 이렇게 생각했을 것이다. 와, 참 점잖고 조용한 아저씨가 기분 좋게 산책을 하고 있네. 그건 착각이었다. 매우 큰 착각.

숲에는 볼 것이 많았지만 사냥꾼은 많은 것을 찾지 않았다. 적은 것을 찾고 있었다.

숲속으로 20미터 들어가니 길이 나왔다. 오래된 흙길에는 풀이 무성히 자라 있었다. 오랫동안 사람이 다니지 않은 길이었다. 아니, 오랫동안 사람이 다니지 **않았어야** 하는 길이었다. 창틀에는 사람이 올라서지 않아야 하는 것처럼.

하지만 사냥꾼은 허리를 숙이고 이곳저곳에서 구부러진 잡초를 봤다. 납작해진 것을. 그리고 흙에서 자국을 발견했다. 무거운 트럭 타이어가 낼 수 있는 자국을.

그 길을 따라가며 꼼꼼히 살피면서 매우 서서히 이동하던 사냥꾼은 다시 걸음을 멈췄다. 그리고 허리를 숙였다. 그의 손전등 불빛이 작고 구겨진 종잇조각에 꽂혔다. 그것은 민들레의 널찍한 잎 아래 진흙 속에 박혀 있었다. 대부분의 사람은 보지 못했을 테지만 사냥꾼은 대부분의 사람이 아니었다. 그는 매우 조심스레 그것을 집어 들었다.

종이에는 전화번호가 있었다.

사냥꾼은 웃지 않았다. 그 순간 누군가가 과감하게 사냥꾼의 맥박을 짚었다면 심장이 직전보다 더 빠르게 뛰진 않았음을 발견했을 것이다. 하지만 사실 사냥꾼은 **흥분**했다.

매우 흥분했다.

2부

라바니의 선택

18

이튿날 아침 신문 돌리는 시간은 흐릿했다. 라바니가 누구와 이야기를 나누든, 어느 집 현관에 신문을 명중시키지 못하든, 머릿속의 까마귀가 끈질기게 까옥까옥거리는 소리는 하나였다. 래거본드. 래거본드. 래거본드.

호텐스 월런바크가 환상적인 이야기를 해준 것 같았다. 보안관이 발레단에 들어가 보석 도둑을 잡았다는 내용인 듯했다. 프레드 프로섬이 카페 야외석에서 독특한 인물을 연기한 기억이 어렴풋이 났다. 체격이 당당한 러시아인 곰 사육사였던 것 같다. 하지만 그 모든 것은 라바니의 머릿속에서 펼쳐지는 이야기에 빛이 바랬다. 아이들끼리 모여 만든 가족이 늑대로부터 달아나는 이야기. 비록 믿기 어려운 이야기지만 실화였고 라바니도 이제 그 일부가 되었다는 것은 더욱 믿기 어려운 일이었다.

하지만 집 현관 계단을 올라가는데, 안에서 띵똥띵똥 피아노 소리가 들렸다. 문 앞에 서서 귀를 기울였다. 귀에 익은 두 사람의 목소리와 피아노 소리였다. 어머니가 강하고 자신감 있게 치는 소리, 이어서 버지니아가 소심하고 서툴게, 그렇지만 과감하게 따라 치는 소리가 들려왔다.

라바니는 수업이 끝나는 순간 들어섰다. 버지니아는 낡은 파일을 끌어안고 있었는데, 노랗게 빛바랜 악보가 삐져나와 있었다.

"어서 오렴." 어머니가 웃으며 말했다. "훌륭한 제자를 소개해 줬구나. 애 영혼엔 음악이 있단다. 배우는 속도도 빠르고."

"아직 곡도 제대로 못 치는걸요, 포스터 아주머니." 그렇게 말하는 버지니아의 얼굴에 자랑스러운 미소가 슬그머니 떠올랐다.

포스터 부인은 혀를 차며 버지니아의 어깨를 쓰다듬었다. "이야기를 하려면 말을 배워야지. 하지만 네겐 하고 싶은 이야기가 있다는 걸 알 수 있단다, 애야."

버지니아의 얼굴에 미소가 번졌다. 다른 사람이 봤다면 미적지근한 미소라고 했을 테지만, 그 애 기준에서는 환한 미소였다.

"그리고 넌," 포스터 부인이 라바니를 보며 말했다. "도시락 배달좀 해주렴."

"또요?" 라바니가 앓는 소리를 냈다.

"오늘 아침에 새로운 레시피로 커리 감자샐러드를 만들었는데 식혀야 했거든. 여긴 레몬그라스가 들어간단다." 어머니는 라바니는 관심도 없는 이야기를 했다. "냉장고에 넣어놨어."

"나도 같이 갈게." 버지니아가 말했다. "나도 고기 공장을 보고 싶어."

"그래?" 라바니와 어머니가 동시에 말했다.

버지니아는 어깨를 으쓱였다.

"고기 공장엔 가본 적이 없거든요."

그렇게 해서 라바니는 버지니아와 콜트를 양옆에 끼고 스키니스터 도축장 사무실로 들어서게 됐다. 래거본드네 들러 버지니아의 '엄마'에게 허락을 받는 척을 했을 때, 목적지를 듣더니 콜트가 신이 나서 따라왔다. 하지만 바깥 울타리 안에서 불쌍하게 기다리는 소를 보자 흥분이 가라앉았다.

"아." 콜트가 불편한 표정으로 말했다. "소가…… 죽은 다음에 들어오는 줄 알았어."

"아냐." 라바니는 한숨을 쉬었다. "살아 있어. 잠시뿐이지만."

쉭-음머-쿵. 건물이 소리를 냈다. 쉭-음머-쿵.

언제나 그렇듯이 스키니스터 씨는 책상에 앉아 눈살을 찌푸리고 있었다. 라바니를 보고 그는 눈썹을 치켜올렸다.

"포스터 군. 이번엔 동행이 있구먼."

"안녕하세요, 스키니스터 씨. 새로 이사 온 이웃이에요. 버지니아와 콜트라고 해요."

악수와 인사를 나눈 뒤, 스키니스터 씨는 라바니가 든 꾸러미를 봤다.

"그럼 오늘 점심은 뭐지?"

"감자샐러드요." 라바니가 대답했다. 스키니스터 씨는 실망한 표정이었다.

"커리 감자샐러드예요." 버지니아가 말했다. "레몬그라스를 넣고 식힌 거요."

"으음. 혹시……?"

"네." 라바니가 어머니에게 받은 준 작은 병을 건네자, 스키니스터 씨는 눈을 반짝이며 입술을 핥았다.

쉭-음머-**쿵**. 쉭-음머-**쿵**.

"무슨 소리인가요?" 콜트가 물었다.

스키니스터 씨의 눈이 흐려졌다. "이건…… 소가 내는 소리란다. 적어도 '음머'는 그렇지."

콜트가 무슨 소린가 하는 표정으로 이맛살을 찌푸렸다. 음머 소리가 날 때마다 그 애의 호기심은 줄어드는 듯했고, 쿵 소리가 날 때마다 더욱 크게 줄었다.

"소는 보기 좋지." 스키니스터 씨가 말했다. "햄버거도 그렇고. 그 사이의 과정이 조금 불쾌할 뿐이야."

버지니아가 찡그렸다. 그 애와 콜트는 둘 다 조금씩 더 하얗게 질렸다.

"소 잡는 방에는 갈 필요 없어." 라바니가 아이들에게 말했다.

"소…… 잡는 방?" 버지니아가 상당히 놀란 표정으로 물었다.

스키니스터 씨가 눈살을 찡그렸다.

"그 말은 듣기 좋지 않구나. 끔찍해. 부정확하고."

"아." 버지니아가 희망을 품은 표정으로 물었다. "왜 부정확한 건가요?"

스키니스터 씨는 찡그리며 나직이 대답했다.

"방이 소를 죽이는 게 아니니까." 그가 한숨을 쉬었다. "우리가 죽이지."

스키니스터 씨의 말에 잠시 침묵이 흐르다가 쉭-음머-쿵 소리가 들렸다.

"알겠어요." 콜트가 불쑥 버지니아의 어깨에 팔을 두르며 말했다. "가서 일 봐, 개구리 마스터. 우린 여기서 기다릴게."

스키니스터 씨가 엄숙히 고개를 끄덕였다.

"도축 공장의 소 잡는 방은 착한 소녀에게 적당한 곳이 아니지." 그가 말했다. 그리고 눈살을 찌푸리더니 혼잣말처럼 중얼거렸다. "사실 누구에게도 적당한 곳은 아닐 거야. 소에겐 더욱." 그는 우울한 표정으로 한숨을 쉬더니 다시 아이들을 봤다. "너희들에게 피를 뒤집어씌우는 건 좋은 환영 인사가 아니니까."

불행히도, 소 잡는 방은 아직 점심시간 전이었다.

점심 식사 자리까지 라바니가 어떻게 다녀왔는지, 자세한 내용은 화장실 휴지처럼 나누지 않는 편이 최선이었다. 라바니는 아버지에게 점심 도시락을 가져왔음을 알리기 위해 건너편에서 눈을 마주쳐야 했다. 라바니의 눈은 아버지의 건장한 몸 말고는 모든 것을 차단했다. 손을 흔들었지만 아버지는 마주 흔들지 않았다. 아버지는 손에, 불운하게도, 그 순간 무엇을 가득 들고 있었는데, 그것이 무엇인지도 라바니는 차단했다.

아버지는 고개를 끄덕이고 웃어 보이려 했다. 그 순간, 유난히 가까운 곳에서 쉭—음머—쿵! 소리가 들렸다. 바람이 라바니의 머리카락을 날렸고 메스꺼울 정도로 뜨뜻한 물방울이 얼굴을 적셨다.

목구멍이 죄어오고 배 속이 뒤집히는 것을 느끼며, 라바니는 레몬그라스를 곁들인 식힌 커리 감자샐러드를 점심 식사 자리에 두고 서둘러 달아났다. 눈길을 피하며 아침 식사는 위장에 그대로 두려고 최선을 다했다. 그리고 스키니스터 씨의 사무실로 튀어 들어갔다.

"맛있는 알프레도 소스의 비결은 말이다." 스키니스터 씨는 책상에 점심 식사를 두고 말하는 중이었다. "만들 때—"

맛있는 알프레도 소스의 비결은 라바니의 갑작스러운 도착으로 잘렸다. 라바니는 문에 등을 대고 서서 숨을 몰아쉬며 헛구역질을 했다.

"왔니, 라브." 버지니아가 단조로운 목소리로 말했다. "소 잡는 방에 잘 다녀왔어?"

"이제 갈까?" 라바니가 여전히 속에서 올라오는 담즙과 싸우며 물었다.

"이건 최고급 소스예요." 콜트가 라바니를 무시하고 스키니스터 씨에게 말했다. 손가락과 입술을 핥으며 생각에 잠긴 채로. "정말 맛있는 소스네요, 스키니스터 씨. 이건 병에 담아 파셔야 해요."

"소스를 팔아?" 스키니스터 씨가 어리둥절한 표정으로 되물었다. "고기도 안 든 걸."

콜트는 어깨를 으쓱였다.

"탄산음료에도 고기는 안 들었지만 사람들이 많이 사잖아요." 콜트는 씩 웃었고 눈을 반짝였다. "완두콩수프가 로스트비프보다 좋은 이유를 아세요?"

스키니스터 씨가 찡그렸다. "아니."

"고기는 누구나 구울 수 있으니까요."*

스키니스터 씨가 농담을 알아듣는 데 일 초쯤 걸렸다. 하지만 알아듣자 눈썹을 치켜올리더니 의자에 기대어 앉아 껄껄 웃었다.

"사장님, 진심으로 드리는 말씀인데요. 이 소스는 정말 걸작이에요." 콜트가 입술을 핥고 알프레도 소스를 가리키며 말했다.

"흠." 스키니스터 씨는 뺨을 긁으며 말했다.

쉭-음머-쿵.

"만나서 반가웠구나." 아이들이 떠날 때 스키니스터 씨가 말했다. 그리고 서글픈 미소를 지었다. "슬러터빌에 온 걸 환영한다."

밖으로 나온 뒤, 라바니가 신선한 공기를 크게 들이쉬는 동안 아이들은 잠시 걸음을 멈췄다. 버지니아는 여전히 번득거리는 라바니의 눈을 보고 입을 꾹 다물었다.

"괜찮니, 라브? 누구한테 복부 내장이라도 얻어맞은 표정인데."

---

* 로스트비프(roast beef)가 '고기를 굽다'라는 뜻이 되는 반면, 완두콩수프(pea soup)는 '수프를 오줌으로 누다(pee soup)'라는 말과 동음이의어가 되는 데서 생긴 말장난.

"내장이란 말 하지 마."

콜트가 라바니를 노려봤다.

"이걸 물어보기 적당한 때인지는 모르겠지만 말이야, 개구리 마스터…… 이론적으로 말해서, 이마에 피가 튀어 있으면 남이 말해주는 게 낫니, 아니면 그냥 닦아주는 게 낫니?"

라바니의 메스꺼움이 다시 발동했다.

"닦아주는 거." 라바니는 떨리는 음성으로 말했다.

콜트는 뒷주머니에서 손수건을 꺼내 라바니의 이마를 문질렀다. 콜트가 손수건을 다시 주머니에 밀어 넣을 때, 도축 공장 옆 안내판에 붙은 전단이 버지니아의 눈길을 사로잡았다.

"레드강 뗏목 경주." 버지니아가 읽었다. "저게 뭐야?"

라바니는 찡그린 얼굴로 걷기 시작했다.

"해마다 하는 바보 같은 거."

"흐음. 1등 한 적 있어?"

"난 나간 적도 없어."

버지니아가 라바니를 봤다.

"왜?"

라바니는 어깨를 으쓱였다.

"나가기 싫어서. 바보 같은 뗏목 경주가 싫으니까."

"왜 뗏목 경주가 싫냐?" 콜트가 지나치던 나무에 돌멩이를 차면서 물었다. "재미있을 거 같은데."

"음…… 그러니까…… 난…… 음, 어차피 도니가 늘 1등인걸."

라바니가 말해버렸다. 답답해서 한숨을 쉬었다. "게다가 경주에 나가려면 두 명이 팀이 되어야 해. 그런데 난……" 라바니는 말끝을 흐리며 고개를 돌렸다.

"아." 버지니아가 나직이 말했다. 라바니의 얼굴이 화끈거렸다.

"하고 싶지 않아." 고집스러운 말투였다.

"기분 나쁘라고 하는 말은 아니야, 친구. 근데 하고 싶은 표정인데." 콜트가 말했다.

라바니는 입을 벌렸다. 다음 거짓말은 준비되어 있었다. 하지만 영혼이 적당한 거짓말을 찾으려다 실수로 진실을 말해버렸다. 그 순간까지 스스로도 알지 못했던 진실을.

라바니는 정말로 뗏목 경주가 싫었다. 하지만 하고 싶지 않아서가 아니었다. 정말이지 하고 싶었기 때문에 싫었다.

어릴 때 아버지 어깨에 올라앉아 나이 많은 아이가 물을 텀벙거리면서 웃고 소리치며 강을 따라 내려가는 모습을 구경했던 기억이 났다. 마을 사람들이 응원하고 따라 웃어대는 가운데서. "그래, 어릴 때는 항상 그렇게 생각했어. 나이가 들면…… 나도…… 그러니까…… 나도…….

진실도 너무 많았고, 소망도 너무 많았고, 두려운 것도 너무 많았고, 거짓말도 너무 많아서, 라바니는 무엇을 말해야 할지 알 수 없었다. 그래서 결국 라바니가 꺼낸 진실은 스스로도 놀라운 것이었다.

라바니의 어깨가 축 늘어졌다.

"아마 늘 경주에 나가고 싶었던 것 같아, 언젠가는."

"언젠가는." 버지니아가 따라 말했다. "그러니까, 언젠가 나이가 들면? 너 열두 살이잖아?" 라바니가 입을 열었지만 아무 말도 나오지 않았다. "언젠가 보트 만들 시간이 충분하면? 언젠가 길 건너에 개울이 생겨서 연습할 수 있으면? 언젠가 경주에 함께 나갈 동지가 생기면?" 버지니아가 라바니를 향해 눈썹을 치켜올렸다. "그날에 온 걸 환영해, 라브. 그날은 이미 왔어."

라바니가 입을 뻐끔거렸다. 버지니아와 콜트를 번갈아 봤다.

"늘 하고 싶은 일이 있었는데 할 기회가 생겼으면 해야지." 콜트가 현명하게 말했다. "예를 들어서 날 봐. 난 늘 **맡겨만 주시죠, 친구**라고 말하고 싶었어. 그런 기회가 나타나면 그냥 놓쳐서는 안 되는 걸 알고 있지."

"맡겨만 주시죠, 친구?" 버지니아가 믿을 수 없다는 표정으로 느릿느릿 되물었다. 라바니가 키득거렸다.

"응. 라디오 프로에서 누가 그렇게 말하는 걸 들었어. 그 애 말투가 굉장히 멋있었다고. 그 후로 내가 말할 기회를 기다렸지."

"참 감동적인 이야기네." 버지니아가 말했다. "내가 기꺼이 오빠라고 불러주고 있는 게 참 신기해."

"나도 마찬가지다, 동생아." 콜트가 라바니 뒤로 손을 뻗어 버지니아의 어깨를 슬쩍 쳤다. 그리고 라바니를 쿡 찔렀다. "그래서?"

라바니는 그들 사이에서 몇 걸음을 걸었다.

라바니는 마음을 가다듬으며 숨을 들이쉬었다. 그리고 한 발자국 뛰어나갔다.

"버지니아 디어링, 나랑 같이 뗏목 경주 나갈래?"

"참 오래도 걸렸다." 버지니아가 말했다. "물론이지."

라바니가 씩 웃었다. 아이들은 다리에 다다랐다. 콜트가 다리 옆에 서더니 난간에 기대 다리 너머를 내다봤다. 버지니아와 라바니도 함께 아래로 흘러가는 개울물을 내려다봤다.

그때 라바니는 한 가지 생각을 떠올렸고 그 즉시 얼굴에서 미소가 가셨다.

"하지만…… 트리스탄이 허락해 줄까?"

"아, 해줄 거야. 전부 계획의 일부야, 개구리 마스터." 콜트가 말했다.

"계획?"

"그럼." 버지니아가 말했다. 버지니아는 스키니스터 스트리트를 훑어보고 아무도 없는 것을 확인했다. "사람들이 우릴 찾고 있어. 경찰이랑 이런저런 사람들이. 그래서 사람들이 의심하게 하면 안 돼. 숨어 지내는 건 일주일 정도야. 그다음에는 모습을 드러내지. 그곳에 녹아드는 거야."

"학기가 시작했는데 우리 일곱 명이 갑자기 나타난다고 생각해 봐." 콜트가 덧붙였다. "온갖 질문이 쏟아져 나오겠지? 그래서 미리미리 밖에 나와 돌아다녀야 해. 신문 배달도 따라다니고, 도축 공장 사장님과 이야기도 나누고, 예를 들어 뗏목 경주에도 나가고. 사람들이 우리에게 익숙해지도록 말이지. 환히 보이는 곳에 숨기……『언제나 그리고 영원히』에서는 그렇게 불러."

라바니는 개울을 응시했다. 이 아이들은 생각해야 할 일이 참 많았다.

"그런 거…… **지칠 때 없어?**"

콜트가 물에 침을 찍 뱉었다. 입을 열자 어울리지 않게 작은 목소리가 나왔다.

"당연히 지치지. 적어도 난 그래. 숨는 게 지겨워. 도망치는 것도, 하지만 도망치고 숨는 게 잡혀서 갇히는 것보다는 나아. 머도사 부인은 우리가 다시 달아나면 자기가 아는 무서운 소년원에 보낸다고 했어. 섬에 있는 감옥 같은 곳이야." 콜트는 고개를 저었다. "난 가족과 지낼 거야."

라바니는 고개를 끄덕였다. 한 영혼이 살아남기 위해서 그저 최선을 다해야 할 때가 있다. 라바니도 몸소 겪어봐서 알고 있었다.

"응, 너희 비밀은 꼭 지킬게."

콜트가 라바니 어깨에 팔을 둘렀다. "알지, 알지, 친구." 그 애는 라바니 어깨를 꼭 쥔 뒤 팔을 쭉 뻗었다. "서두르자. 너희 둘은 할 일이 있잖아. 나는 오후 낮잠을 거를 수 없다고."

거기 선 라바니는 개울 바닥에서 진흙과 나뭇잎이 풍기는 여름 냄새가 짙어지는 것을 느꼈다. 그리고 황금방울새 한 쌍이 상류를 향해 나무에서 나무로 날아오르는 것을 봤다. 그리고 콜트의 말과 어깨에 두른 콜트의 팔이 처음 느껴보는 좋은 느낌을 주는 것도 알게 됐다.

하지만 그곳 다리에는 라바니가 알아차리지 못한 것도 있었다. 그리고 한 영혼이 알아차리지 못한 것이 알아차리는 것보다 더 중요한 것일 때가 있다.

그렇다, 이야기란 선택에 관한 것이다.

하지만 실수에 관한 것이기도 하다.

실수를 저지른 걸 모른다 해도.

19

"진짜 보트는 쓸 수 없어." 라바니가 버지니아에게 말했다. "직접 만들거나 보트가 아닌 것을 타고 노를 저어야 해." 라바니는 차고 문을 여느라 힘주는 소리를 냈다. "작년에 한 팀은 오래된 돼지 여물통을 타고 끝까지 저어 갔어."

"진짜야?"

라바니는 여전히 문손잡이를 당기며 어깨를 으쓱였다.

"뭐, 우승은 못 했어. 어어어에!" 라바니의 손이 미끄러지며 엉덩방아를 찧었다.

버지니아가 허리를 숙여 손잡이를 잡더니 덜컥덜컥 소리를 내며 문을 열어 올렸다. 그러고는 라바니를 내려다봤다. "노 젓기는 내가 다 해야 되겠네."

둘은 먼지가 잔뜩 앉은 잡동사니 더미를 뒤지다가 쓸 만한 것을 발견할 때마다 소리를 질러댔다. 소리 지를 일은 별로 없었다. 라바니가 유난히 큰 거미와 마주쳤을 때 말고는.

차고를 모두 뒤지고 난 뒤, 둘은 나란히 서서 모아놓은 뗏목 재료 더미를 가만히 살폈다. 오래된 판자 몇 개, 양동이 두 개, 구멍 난 타이어 하나, 녹슨 양철 지붕 조각.

"보트 만들기엔 부족할 것 같아." 라바니가 말했다.

"이런 소리를 하고 싶진 않지만, 라브." 버지니아가 대답했다. "노하나 만들기도 부족할 거 같다."

"어쩌지. 너희 집에는 뭐 좀 있니?"

"아니." 버지니아는 고개를 저으며 한숨을 쉬었다. "들어올 땐가구 몇 개뿐이었어. 차고는 없었어. 아마—" 버지니아가 말을 멈췄다. 눈썹을 치켜올리더니 좋은 생각이 떠오른 듯 눈을 반짝였다. "라브. 크로워드 씨네 지하실에 가봤니?"

아이들이 어둠 속으로 내려갈 때 바닥이 삐걱거렸다. 퀴퀴한 지하실 냄새가 라바니의 코를 찔렀다. 한 걸음 내려설 때마다 공기가 조금씩 더 차가워졌고 라바니는 어둠 아래에서 설치류 크기만 한 무엇이 후다닥 내달리는 소리를 분명히 들었다. 버지니아가 한 걸음 앞에 있었다. 둘 다 흰 초를 들었고, 바람을 막은 손 뒤에서 불꽃이 떨렸다. 버지니아가 지하실의 흙바닥을 밟기 전 마지막 층계에서 걸음을 멈췄다. "그런데 말이야, 라브. 크로워드 씨는 무슨 일을 해? 직업 말이야."

"음, 은퇴한 지 오래됐어. 그렇지만 그 전엔 장례식장을 했던 거 같아."

버지니아가 고개를 끄덕였다. "그러면 말이 된다."

"왜?"

버지니아는 흙바닥에 내려서더니 옆으로 비켜서서 빈손으로 어두운 실내를 가리켰다. "보라." 그 애가 작은 소리로 알렸다. "우리의 우승 보트로다."

라바니는 촛불 불빛 가장자리에 커다란 그림자가 버티고 있는 것을 보았지만, 흐릿해서 정체는 잘 알 수 없었다. 촛불을 든 손을 희미한 형체 쪽으로 내밀었다. 상자인가?

눈을 가늘게 뜨고 숨을 죽이고서 다가갔다.

그리고 눈을 깜빡였다. 침을 꿀꺽 삼켰다. 촛불을 떨어뜨릴 뻔했다. 고개를 돌리니, 버지니아가 작지만 자랑스러운 미소를 짓고 있었다.

"너…… 너…… 관으로 보트를 만들자고?"

"물론이지. 완벽해." 버지니아가 세상에서 가장 당연한 일이라는 듯 말했다.

"말해 봐." 라바니가 천천히 말했다. "관을 보트로 쓰는 게 뭐가 완벽한지."

"크기도 적당하지." 버지니아가 짧게 말했다. "모양도 적당해. 나무로 만들었고 우리 둘 다 탈 자리가 있잖아. 기본적으로 관은 배야, 라브. 다만…… 다른 종류의 승객을 위한 것이지."

"죽은 승객."

"그렇지. 산 사람을 왜 파묻겠니?"

라바니가 찡그렸다. "그런 뜻이 아니—"

"자, 한번 봐." 버지니아가 말했다. 그리고 반대편으로 걸어가 꿍 소리를 내면서 녹슨 경첩을 끼익거리며 밖으로 연결되는 거대한 지하실 문을 열어 지하실에 햇빛을 가득 채웠다. 라바니는 눈을 가렸다.

"왜 그쪽으로 안 들어온 거야?"

"촛불을 써야 분위기가 좋잖아. 자, 이 예쁜 것들을 봐."

지하실에는 적어도 관 스무 개가 벽 쪽으로 삐뚤삐뚤 쌓여 있었다. 방 안 가득한 관의 분위기가 좋아봤자지만, 햇빛과 새 지저귀는 소리가 문을 통해 흘러 들어오니 스산한 느낌은 조금 가셨다.

"와. 크로워드 씨는 이것들을 왜 여기다 쌓아놨을까?"

"살인자였을지도 모르지." 버지니아가 말했다. "살인을 미리 계획한 거야."

"그럴 리가." 라바니는 관을 더 자세히 살폈다. 소박하고 아무 장식도 없이 그저 나무로 만든 직사각형이었다. "진짜 오래된 것 같아. 어제 작은할아버지 장례식에 갔는데, 그분 관은 번쩍거리고 광이 났어. 황동으로 손잡이도 붙이고 예쁜 장식도 있었어. 이렇게 지루한 구식 관은 팔지도 못하고 버리지도 못한 것 같아."

"어쨌든 우리에겐 딱 좋아." 버지니아가 말했다. "이렇게 많은 것들 중에 고르면 되잖아."

라바니는 가장 가까이 있는 관의 뚜껑을 살짝 들어 조심스레 안을 들여다봤다.

"걱정 마. 전부 비어 있어." 버지니아가 안심시켰다. "우리가 확인해 봤어. 여기서 이 관을 찾고 난리가 났었지. 콜트가 하나를 위층으로 끌고 가서 침대로 썼어." 라바니가 메스꺼운 표정을 지었지만 버지니아는 고개를 저었다. "트리스탄이 도로 가져다 놓으라고 했어."

라바니가 뚜껑을 끝까지 열었다. 정말로 비어 있었다. 관에 든 건 먼지랑 가느다란 거미줄 두어 개, 솜을 넣어 누빈 검정색 안감 뿐이었다. 튼튼해 보였고 물도 새지 않을 것 같았다. 그리고, 아주 편안할 것 같다고 라바니는 인정할 수밖에 없었다.

라바니가 버지니아를 향해 씩 웃었다.

"네 말이 맞아. 완벽하다."

"알아. 카누나 다름없어." 버지니아가 눈을 들었다. "참, 네 이마에 또 거미가 붙었어."

라바니는 비명을 지르며 펄쩍 뛰어올라 빙빙 돌면서 거미를 쳐냈다.

버지니아가 눈살을 찌푸렸다.

"이마에 그렇게 거미가 자주 붙는 것치고는 참 요란한 반응이네. 계속 그러면 이제 안 알려줄 거야."

라바니와 버지니아는 관들을 살폈다.

"이건 너무 무거워." 버지니아가 벽이 두꺼운 걸 흔들며 말했다.

"응. 그리고 이건 너무 기본이다." 라바니가 판자 몇 개를 못 박아 붙인 관을 살피며 말했다. "아주 잘 붙은 게 필요해. 그리고 안에 안감을 댄 것이 좋아. 더 푹신할 거 같아."

그때 라바니 눈에 그것이 들어왔다. 다른 관들과 좀 떨어져, 아이들이 방금 내려온 계단 아래로 튀어나온 관이었다.

"버지니아." 라바니가 말했다. "저거야."

버지니아도 뒤따라 그 관 쪽으로 다가갔다. 라바니가 허리를 숙여 관을 열었다.

안에는 푹신한 붉은 벨벳 안감이 대어져 있었다. 검은 페인트를 칠한 옆면은 튼튼하지만 너무 무거워 보이진 않았다. 건너편에서 라바니의 눈길을 사로잡은 것은 모양이었다. 다른 관처럼 직사각형이 아니었다. 어깨 부분은 넓고 머리와 발 쪽으로 가면서 매끈하게 좁아졌다. 옆면에는 단순한 모양의 황동 손잡이 두 개가 달려 있었다.

"앗싸." 버지니아가 라바니 어깨 너머로 속삭였다.

"이건 마치, 유선형 같아." 라바니가 씩 웃으며 말했다. "물에 띄우라고 만든 거야!"

"흙에 묻으라고 만든 것 같다만." 버지니아가 대답했다. "하지만 끝내주는 보트가 될 거야."

아이들은 손잡이를 잡고 관을 들어 문으로 들어온 햇빛이 비치는 지하실 바닥 가장 밝은 곳으로 옮겼다. 버지니아가 뒷주머니에서 드라이버를 꺼내더니 뚜껑을 완전히 떼어내려고 녹슨 경첩의 나사를 돌리기 시작했다.

"발 쪽을 앞으로 할 수 있겠다." 버지니아가 말했다.

"이물 말이지?"

"아니. 앞쪽. 난 선원이 아니야, 라브." 버지니아는 첫 경첩을 떼어내고 다음 경첩으로 옮겨 갔다. "우리가 찾은 양철 조각을 구부려서 앞에 붙이면 어떨까. 그럼 납작하지 않고 뾰족해지잖아. 카누처럼."

"그리고 색칠도 하자! 엄마한테 물감이 많을 거야."

두 번째 경첩이 바닥에 떨어지자 버지니아는 일어서서 이마에 맺힌 땀을 닦았다. 둘은 함께 뚜껑을 떼어내어 치워뒀다. 보트의 화려한 선실이 햇빛 속에 반짝였다. 내장을 제거한 소처럼 붉은색을 발하며. 라바니는 떠오르는 미소를 참을 수 없었다.

"물감 가지러 가자." 라바니가 나가려고 했지만 버지니아가 셔츠를 잡아 당겼다.

"말보다 수레를 먼저 찾네." 버지니아가 말했다. "아니, 수레가 아니라 관이랄까." 버지니아는 허리를 숙이더니 한쪽 손잡이를 잡고 라바니를 봤다. "뜨는지 확인해야지."

둘은 어색한 몸짓으로 관을 들고 지하실 계단을 올라 밖으로 나섰고 나무와 관목 사이에서 내내 발을 헛디디고 안간힘을 써가며 개울로 갔다.

"이거…… 보기보다…… 굉장히 무겁네." 라바니가 헉헉거렸다.

"안에 죽은 사람이 있다고 생각해 봐."

"생각 안 하려고 노력 중이야."

둘은 신발을 벗고 물이 깊고 느리게 흐르는 곳으로 배를 옮겼다. 무릎밖에 안 되는 깊이였지만 그 정도면 충분했다.

둘은 시작! 하는 표정을 교환한 뒤 관을 개울물에 내려놓았다.

관이 몇 센티 가라앉더니 멈추고 둥둥 떴다. 옆면의 중간까지 물에 잠겼다.

"뜬다!" 라바니가 외쳤다.

"타." 버지니아가 대답했고 라바니의 미소가 사라졌다.

라바니는 자신을 기다리는 붉은 벨벳을 내려다보고 문득 메스꺼움을 느꼈다. 관에 들어간다고 생각만 하는 것보다 실제로 들어가는 편이 훨씬 더 으스스했다.

"나…… 관은 처음이야."

"그럴 줄 알았어, 동지." 버지니아가 한숨을 내쉬었다. "좋아. 내가 먼저 탈게. 꽉 잡아."

라바니가 손잡이를 잡았다. 버지니아가 물을 뚝뚝 떨어뜨리는 맨발을 개울에서 들더니 조심스레 관에 올렸다. 양쪽을 꽉 쥐고 다른 쪽 발을 들더니 안에 넣고는 몸을 낮춰 관 가운데 쪼그리고 앉았다.

관은 조금 흔들렸고 물속으로 조금 더 가라앉았지만 버텼다.

버지니아가 발을 뻗어 몸을 비틀더니 드러누웠다.

"잘 떠 있어?"

"응. 좋은 거 같아." 버지니아는 몸을 움직여 편안한 자세를 취했다. "네 말이 맞다, 라브. 푹신해." 버지니아는 팔짱을 끼고 한쪽 눈을 감더니 다른 쪽 눈으로 라바니를 올려다봤다. 언제나 그렇듯이 엄숙한 표정으로. "나 죽은 거 같아?"

라바니는 관에 누운 동지를 내려다봤다. 뜨고 있는 눈이 반짝였고 입가에 희미한 미소가 보였다. 새빨간 안감을 배경으로 머리카락의 금빛이 눈부셨다.

"아니." 라바니가 말했다. "죽은 것 같지 않아, 버지니아."

"아. 뭐, 그건 나중에 시간이 충분하겠지." 버지니아는 조심스레 일어나 앉더니 관의 양쪽을 잡고 앞으로 조금 움직였다. "자, 내 뒤에 타. 뒤집지 말고."

라바니는 관이 움직이지 않도록 꼭 잡고서 물을 텀벙이며 뒤로 갔다. 한쪽 발을 넣고 몸을 반만 관에 싣고서 뛰어오를 용기를 끌어냈다. 관이 흘러가기 시작했다. 라바니는 균형을 잡기 위해 개울 바닥에 디딘 발로 뛰었다.

"어서 타, 라브!" 버지니아가 재촉했다.

다리가 너무 벌어지자 라바니는 도리가 없었다. 소리를 지르며 개울에 담근 발을 떼어 서툴게 관 안으로 굴러떨어지면서 몸을 돌리는 바람에 버지니아와 반대쪽을 바라보며 주저앉아 버렸다.

관이 빙글 돌면서 위험하게 기울어졌고 물이 안으로 튀었지만 곧 잠잠해지면서 자리를 잡았다. 아이들은 관 안에 등을 맞대고서 물 위로 떠내려가고 있었다.

"아주 우아했어." 버지니아가 말했다. "물에 뜬 관에 처음 타는 거라곤 아무도 생각 못 하겠어."

"고맙다." 라바니가 헉헉거리며 대답했다.

버지니아는 라바니의 등에 편히 기댔고 라바니도 그렇게 했다. 둘은 함께 앉아 서로를 받쳐주고 있었다. 라바니는 등으로 버지니아가 숨 쉬는 것을 느낄 수 있었다. 그리고 그 애 등이 조금 떨리는 것을 느꼈다. 코로 쿵쿵거리며 숨을 내쉬는 소리도 들렸다.

"너…… 웃냐?" 라바니는 버지니아 디어링이 웃는 것을 본 적이 없었다. 미소 짓는 것조차 본 적 없었다.

"보트에 탈 때 엄청난 소리를 내던데." 버지니아가 키득거리며 말했다. "닭 털 뽑히는 소리 같았어."

라바니는 잠시 얼굴이 화끈거렸지만, 곧 함께 웃기 시작했다.

버지니아가 고개를 젖혀 라바니의 어깨에 기댔다. 라바니도 고개를 젖혀 버지니아의 어깨에 기댔다. 보트가 천천히 원을 그리며 돌아 개구리 천국인 고인 물 쪽으로 떠갔다. 아이들은 바람에 춤추는 나뭇잎 사이로 깜빡이는 햇빛을 올려다봤다.

버지니아가 숨을 천천히 들이쉬었다. "네가 있어야 할 곳에 있다는 느낌 들어본 적 있어?"

라바니는 생각에 잠겨 하늘을 봤다. 자신을 괴롭히고 때리는 애들을 떠올렸다. 그리고 도축 공장과 침묵을. 그리고 외로움과 거짓말을.

"아니." 라바니가 대답했다. "없어."

"그렇지. 나도야. 적어도 그 후론……." 버지니아의 목소리가 갈라지더니 끊어졌다. 무슨 사연이 있다는 것을 라바니는 알 수 있었다. 슬픈 이야기가 분명했다. 아직은 자신이 알 수 없는 이야기. 버지니아가 목청을 가다듬었다. "하지만 여기 앉아 있으니까 말이야. 여기가 내가 있고 싶은 곳 같아. 지금은."

"관이 네 운명 같아?"

"관은 모두의 운명일 거야, 라브. 하지만 관 보트라니? 그건 특별한 운명이지."

라바니가 코웃음을 쳤다.

버지니아는 한숨을 내쉬었다. "너 정말 네가 있어야 할 곳이라는 느낌이 든 적 없어? 한 번도?" 버지니아가 혀를 찼다. "거짓말 안 할게, 라브. 그건 좀 우울하다."

라바니는 버지니아의 질문을 곱씹었다. 좀 전에 대답했을 때는 사실을 말한다고 생각했었다. 하지만 아닐지도 몰랐다.

"음." 라바니가 말하고는 멈췄다.

"음, 뭐?"

라바니는 입을 꾹 다물었다. 거절만 당한 영혼은 손을 내밀기가 어렵다.

"한 군데 있긴 해."

"어딘데?"

라바니가 침을 삼켰다. 하지만 선택을 했다. "내가 보여줄게."

몇 분 뒤, 라바니는 버지니아의 손을 잡고 뒤얽힌 덩굴을 헤치고 나아갔다. 작은 공터로 버지니아를 이끌었다. 버지니아는 눈을 깜빡이고 휘둥그레 뜨고서 헤이븐 할로의 숱한 새집을 둘러봤다. 새들이 사방에서 퍼덕이고 날아다니고 노래했다.

"네가 만든 거야?" 버지니아가 높낮이 없는 목소리를 낮추고 물었다.

"응." 라바니는 얼굴을 붉히면서 대답했다. "바보 같지. 그냥 새집만—"

"시끄러." 버지니아가 말했고 라바니는 입을 다물었다. 버지니아는 천천히 한 바퀴 돌면서 그곳을 둘러보고 라바니를 보며 고개를 저었다. "확실해."

"뭐가?" 라바니가 물었다.

"너." 버지니아가 거의 웃으면서 대답했다. "동지를 제대로 골랐어. 넌 귀한 존재야, 라브."

라바니도 마주 웃으면서, 금빛 머리카락의 동지와 함께 서서 노래와 햇빛과 어쩌면 자신이 속한 곳에 왔다는 느낌에 에워싸여 있었다.

20

이튿날 라바니는 신문을 돌린 다음 자전거를 끌고 집으로 돌아오면서 뼛속까지 행복을 느꼈다. 전보다 더 깊은 행복감이었다. 우정과 비슷한 행복. 소속감과 비슷한 행복. 희망과 비슷한 행복. 마침내 얻은 듯한 행복.

아쉽지만, 사람들은 그 무엇도 영원한 것은 없나니 같은 소리를 한다. 그것이 사실이기 때문이다.

"야." 거친 비웃음과 함께 내뱉은 그 한마디가 라바니의 뼛속에서 행복을 말려버렸다.

당연히 도니였다.

그 애는 카커스 개울 다리의 난간에 앉아 있었다. 라바니가 행복에 겨워 알아차리지 못했던 것이다.

라바니는 도니를 지나치며 자전거 핸들만 내려다봤다. 희망을 느끼며 살짝 숨을 내쉬었다. 도니가 그냥 보내줄까?

"어떻게 지내냐, 라비올리?" 도니가 물었다. 아무렇지 않게, 친한 친구 같은 목소리였다.

"잘 지내." 라바니가 중얼거렸다. 계속 걸었다. 도니의 어조가 마음에 들지 않았다.

"잠깐 이야기 좀 하지?" 도니가 말했다.

"집에 가야 해." 라바니가 발걸음을 재촉하며 말했다. "미안."

"왜 그렇게 서둘러? 그 괴짜 같은 애랑 데이트라도 하냐?"

라바니는 실제로 그 괴짜 같은 애랑 만나기로 했다. 둘은 관에 색칠을 할 생각이었고, 그건 괴짜 같은 친구와 하기에 적당한 일 같았다.

"아니, 그냥……." 라바니는 말끝을 흐리며 발걸음을 더욱 재촉했다. 그즈음에는 거의 뛰고 있었다. 도니를 지나쳐 다섯 걸음을 걸었고, 무사히 벗어날 수 있을 것같이 아슬아슬했다.

성공할 것 같았다. 다리 건너편에 거의 닿았다. 도니는 열다섯 걸음 뒤에서 여전히 난간에 기대고 있었다. 라바니의 집으로 접어드는 길이 바로 앞에 보였다.

도니는 붙잡거나 걷어차거나 해서 라바니를 세우지 않았다. 질문 하나만으로 세웠다.

"너 비밀 잘 지키냐, 라비올리?"

순수한 질문 같았지만, 라바니는 도니 카터가 순수한 경우는 드물다는 걸 알고 있었다.

라바니는 걸음을 멈췄다. 배가 죄어왔다. 도니 쪽을 돌아봤다.

"그럴걸." 라바니가 대답했다.

"흐음. 난 아냐. 근데 아주 큰 비밀이 있어. 여기로 돌아와서 그 얘기 좀 해보지."

라바니는 이마를 찡그리고 입술을 잘근거리다가 자전거를 돌려 다리를 도로 건너갔다. 도니의 꿍꿍이를 알 수 없었다.

도니는 지루한 표정을 지었지만, 눈은 날카롭게 번득였다.

"참 웃기지." 도니가 말했다. "어제 바로 이 다리 밑에서 보트를 만들다가 아주 재미있는 이야기를 들었어."

라바니의 피가 2월의 카커스 개울물보다 차갑게 식었다. 전날 바로 그 난간에 기대서 콜트와 버지니아와 이야기한 게 떠올랐다.

"그게 무슨 이야기인지 아냐, 라비올리?"

라바니는 고개를 저었다. 도니가 부풀려 거짓말을 하는 것일 수도 있으니까.

도니가 얼굴을 찌푸렸다.

"허. 그거 이상하네. 너도 같이 이야기를 했는데 말이야. 확실하다고." 도니가 라바니에게 한 걸음 다가왔다. "네 오싹한 친구랑 개 가족 이야기였는데. 이제 생각나나?"

라바니는 어깨를 으쓱였다. 침착하고 냉정하게 행동하려고 미친 듯이 노력했지만 비참하게 실패한 것이 분명했다.

"그래? 그럼 내가 도와주지. 걔들이 숨어 지낸다는 건데. 거짓말을 하고. 경찰이 쫓는다는."

"이야기 안 할 거지, 응?" 라바니가 연기를 포기하고 재빨리 애원했다.

물론 도니는 할 거다.

"물론 하지." 도니가 말했다.

"그러면 안 돼. 부탁이야, 도니. 그러지 마."

도니가 눈을 가늘게 떴다. "난 원하는 건 뭐든지 해. 그리고 그 괴짜가 싫고."

라바니는 모든 것이 사라지는 듯한 기분을 느꼈다. 그날 아침의 행복뿐만 아니라 그다음 날, 그다음 날, 그다음 날의 행복도. 래거본드 가족이 수갑을 차고 잡혀가는 모습이 떠올랐다. 길 건너 집이 텅 빈 모습도. 버지니아도 사라지고. 그들의 관을 물에 띄우지도 못하고. 자신도 다시 혼자가 되고. 언제나 그리고 영원히.

"제발 그러지 마. 제발, 도니. 부탁이야."

도니는 천천히 숨을 들이쉬더니 난간에 다시 등을 기댔다. 이긴 표정이었다. "내가 왜? 위험한 범죄자들을."

"그런 거 아니야! 걔들은 절대 범죄자가 아니야, 걔들은—"

"경찰이 걔들을 찾잖아. 그런 비밀은 지키면 안 돼. 그러다 나까지 큰일 나지." 도니의 표정에 비웃음이 서렸고, 눈이 삐딱하게 번득였다. 도니는 큰일 나는 것을 두려워하지 않았다. 라바니는 깨달았다. 도니가 신고하려면 이미 신고할 수 있었음을. 그 애는 다른 것을 원하는 거였다. "내가 그런 위험을 감수할 만한 가치가 실제로 있어야지."

"내…… 내가 돈 줄게. 자, 여기." 라바니는 주머니를 뒤져 호텐스 월런바크에게서 받은 25센트를 꺼내 도니에게 내밀었다.

도니는 동전을 비웃으며 코웃음을 쳤다. "25센트? 25센트로 도망자들을 경찰한테서 지켜달란 거냐?"

"더 있어. 훨씬 더 많이." 사실이었다. 라바니는 새집을 더 지으려고 저금을 하고 있었다. 자기 방 서랍장 낡은 속옷 사이에 지폐를 감춰두었다. "집에 있어." 라바니는 낡은 속옷 이야기는 하지 않았다. "그걸 줄게. 그리고 지금부터 매일 받는 신문 배달비도."

"매일?"

"응. 매일. 넌 신고만 안 하면 돼."

도니는 라바니를 훑어봤다. 눈이 라바니가 내민 손바닥에 놓인 동전에 멈췄다. 도니는 코를 훌쩍이며 그것을 쥐었다.

"돈은 시작이야. 넌 나한테 더 큰 빚을 졌어, 별종아. 이제 넌 내

거야, 알겠냐?"

"웅. 고마워. 알겠어." 라바니는 안도감에 온몸에서 힘이 빠지는 걸 느끼며 더듬거렸다.

"지금부터 내가 너한테 뭘 시키면, 군말 없이 하는 거야. 날 화나게 하면 바로 경찰에 전화를 걸어서 그 오싹한 친구를 신고할 테니."

"알겠어, 도니. 그럴 일은 없을 거야. 약속해."

도니의 잘난 체하는 얼굴이 번쩍이고 있었다. 결국 도니는 권력을 느껴야만 하는 영혼이었던 것이다.

"이제 꺼져라, 별종."

집으로 걸어가는 라바니의 심장과 위장이 거칠게 항의했다.

"이건 좋지 않아, 좋지 않아, 좋지 않아." 라바니가 중얼거렸다.

어떤 일을 해야 하는지 알고 있었다. 올바른 일. 버지니아에게 알려야 했다. 래거본드 가족은 자기 운명이 도니 카터의 두툼한 손에 달린 걸 알아야 했다.

하지만 라바니는 자신이 올바른 일을 하면 그 애들은 현명한 일을 할 것임을 알았다. 그러면 동지는 다시 못 보게 될 것임을.

라바니는 선택을 해야 했다.

모퉁이를 돌아 오팔 로드에 들어섰다.

앞에 집이 보였다. 언제나 그렇듯이 조용한 집.

길 건너 그 애들 집이 보였다.

위니와 벤저민, 애너벨이 앞마당에서 무슨 놀이를 하면서 잔디밭에서 구르며 웃고 있었다. 콜트는 현관 난간에 앉아 지켜보고 있었다. 버지니아는 그늘 의자에 앉아 책을 읽고 있었다. 모두 행복해 보였다. 어쩌면 안전하다고 생각하는 듯이.

라바니는 그 애들에게 작별 인사를 해야 한다고 생각하니 견딜 수 없었다. 하지만 그 애들에게 나쁜 일이 생긴다고 생각하니 그건 더욱 견딜 수 없었다. 올바른 일을 해야 했다.

버지니아는 라바니가 오는 것을 보고 책을 내려놓더니 거리로 걸어 나왔다. 버지니아가 다가오는 동안 라바니는 속이 뒤집히고 메스꺼웠다.

라바니의 떨리는 가슴이 산산조각 났다.

올바른 일을 해야 할 때였다.

"나……" 라바니의 목소리는 박새처럼 연약했다. 목청을 가다듬었다. "나……."

"네가 어서 오길 기다리고 있었어, 동지." 라바니의 오싹한 친구가 버지니아 디어링 특유의 우스꽝스럽게 단조로운 목소리로 말했다. "널 기다렸어. 관에 칠을 해야지."

라바니는 친구의 차분한 회색 눈동자를 들여다봤다. 그리고 선택을 했다.

"자전거 먼저 치우고."

"좋아. 잠시 후에 봐. 물감 잊지 말고, 별종." 버지니아는 작게 미소를 짓더니 자기 집으로 돌아갔다.

라바니는 올바른 일을 하기로 결정했다. 하지만. 네가 어서 오길 기다리고 있었어, 동지. 널 기다렸어.

라바니는 그런 말을 듣는 데 익숙하지 않았다. 라바니의 영혼은 그런 말을 포기할 수 없었다.

도니는 신고하지 않을 거야. 자전거를 집으로 가져가며 라바니는 흔들리는 마음을 뒤로하고 속삭였다. 적어도 내일까진. 그 돈을 원하니까. 저 애들 비밀은 당분간 안전해. 내일 말하자.

영혼은 스스로에게 거짓말을 하기도 한다. 그들이 가장 좋아하는 거짓말 한 가지는 올바른 일을 할 시간은 나중에도 항상 있으리란 것이다.

21

"저게 도끼에 잘린 상처 같은 붉은색이니, 집에 난 불 같은 붉은색이니?" 버지니아가 물었다.

관은 마르지 않은 물감을 반짝이며 햇볕 속에 놓여 있었다. 아이들은 시냇가 덤불 속에서 관을 꺼내 와 숲속 나무 둥치 위에 올려놨다.

관에 칠할 만큼 큰 통에 든 물감은 하나뿐이었다. 새빨간, 불붙은 듯한 빨강.

"음. 체리라고 생각했는데."

"아. 그럼 둘을 섞어서 핏빛 체리라고 부르자."

둘은 보트를 바라보며 잠시 서 있었다.

"완벽해." 라바니가 말했다.

"아직은 아냐. 마무리 작업을 해야지." 버지니아는 마지막 물감 두 통을 열었다. 검은색과 흰색인데 거의 비어 있었다. "이름을 뭐라고 지을래?"

"물수리는 어때?" 라바니가 제안했다. "독수릿과야. 아주 빨라."

"아니." 버지니아가 라바니 어머니의 작은 그림 붓을 입술에 톡톡 치며 중얼거렸다. "대담한 배잖아. 대담한 이름이 필요해."

"음…… 그래도 관이잖아. 그러니까…… 하늘을 나는 장례식은 어때? 아니면, 뭐, 달리는 시체?"

버지니아는 생각에 잠겨 입술을 오므리고 고개를 저었다. 그러더니 눈을 반짝이며 한쪽 눈썹을 쓱 치켜올렸다.

"세상이 내게 토마토를 던지면 피할 때도 있지." 버지니아가 말했다. "하지만 그걸 잡아서 케첩을 만들기도 해."

"무슨 소린지 모르겠어."

"보지 마."

버지니아는 관 앞쪽, 라바니에게 보이지 않는 반대편에 쪼그리고 앉았다. 혀를 쏙 내밀고 집중하느라 눈을 가늘게 뜨고는 붓으로 뭐라고 적었다.

한참 뒤 그 애가 뒤로 물러나더니 자신의 작품을 감상했다. 만족한 듯 고개를 끄덕였다.

"됐다. 와서 한번 봐."

라바니가 서둘러 갔다.

버지니아는 구불거리는 흰 글자로 이름을 적고 새빨간 관에서 더 눈에 띄도록 검정으로 윤곽선을 강조해 놓았다.

라바니는 이름을 보고 눈을 깜빡였다.

"어때? 완벽하지?"

라바니는 한숨을 내쉬었다.

"괴짜 별종호?"

"응. 어때?"

라바니는 웃음을 참을 수 없었다. "넌 내가 아는 사람 중에 제일 괴상해, 버지니아 디어링."

괴짜 같고 멋진 동지, 버지니아가 마주 보고 웃었다.

라바니는 또 한 번 불안한 죄책감이 가슴을 찌르는 걸 느꼈지만 꾹 눌렀다.

할 수 있었다. 친구를 지켜내고, 친구의 안전도 지킬 수 있었다.

22

이튿날 라바니는 래거본드 집의 현관으로 달려가 두근대는 가슴으로 문을 두드렸다.

그리고 그 집에 사는 가족이 누군지 기억했다. 다급하게 문을 두드리면 현관문을 여는 대신 뒷문으로 달아날 수도 있는 사람들이었다. 따지고 보면, 세상에는 늑대가 있으니까.

그래서 라바니는 숨을 들이쉬고 부드럽게 문을 두드리며 최대한 크게 불렀다. "나야! 라바니! 나 혼자야! 문 좀 열어줘!"

잠시 침묵이 흐르더니 콜트의 호기심 어린 얼굴이 보일 정도만 문이 열렸다. 콜트는 라바니를 보더니 뒤를 돌아봤다.

"어이, 개구리 마스터. 무슨 일이야?"

"우리 부모님!" 라바니가 소리쳤다. "두 분이 오고 있어! 여기로! 지금!"

콜트는 머뭇거리지도 않고 문을 활짝 열어 헐렁한 속옷만 입고 있는 모습을 드러냈다. 라바니의 셔츠를 잡아 안으로 당기더니 문을 쾅 닫았다.

"시간이 얼마나 있어?"

라바니는 여전히 숨을 고르며 어깨를 으쓱였다.

"몰라! 엄마가 바나나 빵을 가져오려고 포장하고 계셔. 기껏해야 이 분쯤이야!"

콜트가 눈썹을 치켜올렸다.

"대단한 뉴스인데."

"뭐가 대단해?"

"난 바나나 빵을 좋아하거든." 콜트가 입술을 깨물었다. "하지만 이 분이라고? 이거 빠듯하네." 그러고는 돌아서서 입에 손을 모으고 트리스탄과 똑같은 부엉이 소리를 냈다. "전부! 전부 모여라!" 콜트가 외쳤다.

위층에서 문이 열리더니 우당탕탕 달리는 소리가 들려왔다. 베스는 주방에서 행주에 손을 닦으며 나왔고 위니와 벤저민이 뒤따랐다.

"트리스탄은 어디 있어?"

"시내에 일거리 찾으러." 베스가 대답했다. "무슨 일이야?"

버지니아와 애너벨이 계단을 달려 내려왔다. 버지니아는 물론 심각한 표정이었다. 애너벨은 겁먹은 표정이었다. 버지니아가 라바니에게 무슨 일이냐는 표정을 지었지만, 콜트가 껴들어 설명을 맡았다.

"라브네 부모님이 오신대. 이 분쯤 남았어."

벤저민이 어이없다는 표정을 지었다.

"그게 다야? 엄마는 머리 아프고 아빠는 일하러 갔다고 하면 되지. 별거 아니잖아."

콜트가 고개를 저었다.

"지난번에도 써먹었잖아, 동생아. 반복 규칙 몰라?"

"게다가 일주일이나 됐잖아." 베스가 말했다. "그분들이 우리 부모님을 만날 때가 됐어. 해결할 시간은 충분해. 벤저민, 망을 봐." 벤저민은 문 옆에 있는 작은 창문으로 달려가더니 거리를 내다봤다.

"아직 이상 무. 계속 보고할게."

부모님을 만난다고? 라바니는 무슨 소린가 싶어 입을 열었다. 하지만 래거본드 가족은 질문을 꺼내기도 전에 착착 움직이기 시작했다.

"몽고메리를 할 거야." 베스가 아이들을 둘러보며 빠르게 말했

190

다. "부엌문을 통해서. 버지니아, 그분들을 식당으로 안내해. 응접실 말고."

"아빠는?" 위니가 물었다. "트리스탄이 없는데."

베스가 콜트를 봤다. "너 연습했지? 들어보자."

콜트가 목청을 가다듬었다. "안녕하세요, 포스터 씨, 그리고 부인." 처음에는 낮고 강한 목소리였지만 곧 갈라지더니 소년의 목소리로 돌아갔다.

베스가 눈썹을 치켜올렸다. "이러기야?"

"크게 말하면 나아져." 콜트가 우겼다. 그러더니 소리쳤다. "안녕하세요, 포스터 씨, 그리고 부인!" 굵은 목소리가 갈라지진 않았지만 고함을 치니 약간 긁히는 소리와 날카로운 숨소리가 섞였다. 살짝 남부 억양도 더해졌다. 라바니는 놀랐다. 훌륭했다. 정말 훌륭했다.

"괜찮네." 베스가 인정했다. "안에서 말하면 될 거야. 하지만 '안녕하세요'랑 '잘 가세요'만 해. 나머지는 내가 맡을게." 베스가 진지한 눈빛과 빠른 말투로 래거본드 모두에게 일렀다. "애너벨, 넌 위층에서 잘 듣기만 해. 아직 연습이 부족하니까. 벤저민과 위니, 너희는 놀이 시간이야. 버지니아가 대장이야. 우린 할 수 있어. 그분들이 의심하는 표정을 지으면 멤피스 셰이크다운으로 갈 거야. 그거 모두 기억하지?" 아이들이 고개를 끄덕였다.

라바니는 대화를 따라가느라 두리번거렸다. 래거본드 가족에겐 자기들만의 언어, 자기들만의 세상이 있었다.

"좋아. 모두 제자리에!" 베스가 손뼉을 세 번 쳤다.

"어." 라바니가 손을 들며 말했다. "난 뭐 해?"

베스는 라바니가 거기 있는 것을 잊은 듯 눈을 깜빡였다. "넌 아무것도 안 해도 돼. 그냥 입 다물고 우리를 따라와."

"커튼콜로 하면 어때?" 버지니아가 물었다.

"흐음." 베스가 생각에 잠겼다. "너희 생각은 어때? 우리 연습한 거 기억나니?"

"음…… 화재 대피 연습?" 위니가 말했다.

"안 돼. 몽고메리에선 못 해. 도와주려고 하실 거야. 어서, 얘들아. 생각해 봐."

콜트가 손가락으로 딱 소리를 냈다. "질병 결석!" 그 애가 벤저민을 봤다. "토할 만큼 아침 먹었어?"

"응." 벤저민이 한숨을 쉬며 말했다.

"질병 결석 괜찮다." 베스가 맞장구쳤다. "하지만 지금 어머니가 오시잖아. 도와주겠다고 하실지 몰라. 또 없어?"

"가족 비상사태." 버지니아가 말했다.

"그거면 되겠네." 맞장구치고는 베스가 라바니에게 말했다. "몇 분 뒤에 화장실에 간다고 해. 창문으로 나가 너희 집에서 우리 집으로 전화를 한 다음에 달려와서 다시 몰래 들어와. 알겠니?" 라바니는 아이들이 쏜살같이 나누는 대화를 따라가느라 목이 아플 지경이었다. "왜 내가 전화를 해?"

"네가 전화하는 게 아니야." 베스가 당연한 거 아니냐는 투로 말했다. "넌 내 언니야. 걱정스러운 소식을 전해서 너희 부모님의 방문을 중단시키는 거야. 알겠니?"

"나…… 나…… 난…… 여자 목소리 못 내!"

베스가 꾹 참는 표정으로 미소를 지었다. "알아, 라브. 상관없어. 나하고 통화할 테니까, 그렇지?"

"그런가? 하지만, 내가 나갈 때 부모님이 보시면 어떡하지? 창문이나 그런 걸로?"

"못 보시게 해." 콜트가 라바니의 머리를 헝클어뜨리며 말했다. "그리고 만약에 보시면 설사가 나는데 친구 집 화장실 가기가 창피했다고 해. 이런 게 처음엔 어렵지만 곧 적응해."

"나오셨다!" 벤저민이 알렸다. "이쪽으로 오신다!" 눈을 가늘게 뜨고 자세히 보더니 어깨 너머로 라바니에게 물었다. "어머니가 먹을 거 가지고 오셔?" 기대에 부푼 목소리였다.

"모두 제 위치에." 라바니가 대답하기도 전에 베스가 말했다. "자연스럽고 편안하게. 벤저민, 상황이 여의치 않으면 토할 준비해. 암호 기억하지?"

"응, 응."

"좋아, 시작!"

정신없이 뛰어다니면서도 발자국 소리를 죽이고 말 없는 몸짓을 주고받는 과정이 지나갔다. 그러자 순식간에 버지니아와 라바니만 계단 밑에 남았다. 위에서는 애너벨이 문 닫는 소리가 들렸다. 콜트와 베스가 나간 뒤 부엌문은 아직 닫히는 중이었다. 벤저민과 위니는 응접실 바닥에 엎드려 아무 일도 없었다는 듯, 오전 내내 그러고 있었다는 듯 카드놀이를 하고 있었다.

라바니에겐 경이롭게 느껴졌다. 아주 잠시, 재미있는 일처럼 느껴지기도 했다. 게임처럼.

하지만 버지니아의 얼굴을 보고 라바니는 그렇지 않다는 것을 기억했다. 버지니아는 이를 악물었고 회색빛 눈동자에는 어둠이 드리워져 있었다. "이러기 싫어." 버지니아의 목소리에서 슬픔이 느껴졌다. "거짓말하기 싫어."

"미…… 미안해." 라바니가 말했다. "엄마를 말리려고 했지만……."

밖에서 다가오는 말소리가 들렸다.

"괜찮아." 버지니아가 말했다. "난 할 수 있어. 그래야 여기서 지내지. 너도 할 수 있지, 라브?"

"해…… 해볼게." 라바니가 속삭였다.

버지니아는 이맛살을 찡그리고 끄덕였다. "넌 할 수 있어."

그 애는 눈빛과 어울리지 않는 작은 미소를 지었다. 그리고 돌아서서 문을 열었다.

23

"안녕하세요, 포스터 아주머니." 버지니아가 그들이 들어올 수 있게 비켜서며 말했다. "뵙게 돼서 반갑습니다, 포스터 씨." 버지니아는 엄숙한 표정으로 손을 내밀며 덧붙였다. "버지니아 디어링이라고 해요."

"아." 라바니 아버지가 두툼한 손으로 버지니아의 손을 완전히 감싸며 악수했다. 찻잔을 잡으려는 불곰과 비슷한 모습이었다. "고맙구나. 그래, 맞이해 줘서."

"세상에, 라바니." 포스터 부인이 말했다. "너 정말 빨리 달려가더구나."

"아아." 라바니는 갑자기 입이 말라 웅얼거렸다. "저…… 저기 설사가 나서."

다행히 라바니가 한 말은 문 닫히는 소리에 거의 묻혔다.

"뭐라고, 아가?" 그 애 엄마가 이맛살을 찌푸리며 물었다.

"라바니 말이 맞아요." 버지니아가 재빨리 말했다. "저희 부모님께서 두 분을 얼른 뵙고 싶다고 하셨어요. 앉으세요." 버지니아는 두 사람을 식당으로 안내하면서 라바니를 향해 싸늘한 표정을 지었다.

"포스터 부인이세요?" 부엌문을 통해 누군가가 말했다. 라바니는 놀라서 눈을 껌뻑였다. 베스 목소리인 것을 깨닫는 데 시간이 걸렸다. 더 굵고 딱딱한 목소리였다. 베스의 목소리와 단순히 다른 정도가 아니라…… 완전히 딴판이었다. 프레드가 연기하는 목소리와 비슷했지만 그보다도 더 자연스러웠다. 연기 같지가 않았다. 마법 같달까.

"오…… 네, 저예요!" 포스터 부인이 음성을 높여 대답했다. "남편도 같이 왔어요!"

"어머, 놀라워라!" 디어링 부인은 목소리에 살짝 짜증을 내비쳤다. "버지니아, 얘야, 갑자기 오신 손님께 물 좀 대접하렴."

라바니의 부모는 조금 불편한 시선을 교환했다.

버지니아는 시키는 대로 부엌문을 열었다. 라바니는 버지니아가 방금 계획을 완전히 포기한 줄 알고 굳어버렸다.

하지만 문은 부엌의 식기와 등을 돌리고 개수대 앞에 선 부인의 모습이 보일 정도만 열렸다. 아니…… 그건 부인이 아니었다. 머리를 뒤로 묶고 청바지 대신 짙은 색 실내용 드레스를 입은 베스였다. 창문으로 햇빛이 들어와서, 보이는 건 베스의 윤곽뿐이었다. 키도 확실히 더 커졌다. 베스가 긴 드레스 밑에 뭔가를 놓고 올라선 게 아닐까 싶었다. 라바니는 미소를 감추려고 최선을 다했다.

래거본드 가족은 보통이 아니었다.

"이……렇게 불쑥 찾아와서 미안해요." 라바니 어머니가 외쳤다. "이웃이 생겨서 얼른 환영 인사를 하고 싶어 안달이었거든요. 지금은 불편하신가요?"

"하하." 디어링 부인이 어색하게 웃었다. "불청객을 맞이하기 편한 때도 있나요?"

라바니 부모는 매우 불편한 시선을 교환했다.

버지니아가 다시 나오더니 포스터 부부에게 물 잔을 건넸다.

"이렇게 안에서 소리를 지르다니 미안해요. 오늘 밤에 쓸 칠면조 속을 넣느라 배 속에 손을 집어넣고 있거든요."

"어머! 제가 도와드릴게요." 포스터 부인이 벌떡 일어나 부엌문 쪽으로 걸어갔다.

라바니가 입을 열려다가 다물었다. 무슨 말을 해야 할지 감도 안 왔다.

"아뇨!" 베스가 외치고 버지니아는 라바니의 어머니를 향해 몸을 던지다시피 했다. "버지니아, 애야, 지금 우리 상황을 설명해 드리겠니?"

"욕실에 수도관이 터졌어요." 버지니아가 부엌문 앞에 서서 팔을 벌려 가로막고 숨 가쁘게 말했다. "아직 수리 기사가 안 왔거든요. 그래서 부엌에 큰 욕조를 끌고 와서 한 명씩 목욕을 하고 있어요. 아버지가 지금 들어가 계세요."

"안녕하세요, 포스터 씨, 포스터 부인!" 콜트의 목소리가 문 안에서 들려왔다.

라바니의 눈썹이 위로 쑥 올라갔다. 콜트의 목소리 연기도 거의 완벽했다.

"안녕하세요!" 포스터 부인이 어쩔 줄 모르는 목소리로 인사하더니 눈을 동그랗게 뜨고 포스터 씨를 보며 자리로 돌아왔다. 포스터 씨는 재빨리 허리를 세우더니 목청을 가다듬고 말했다. "안녕하십니까!"

버지니아는 다급한 표정으로 라바니를 보고 있었다. 라바니도 문득 맡은 역할이 있음을 기억하고 정신을 차렸다.

라바니는 벌떡 일어나 문으로 달려가다가…… 나가기 전에 할 말이 있다는 것을 깨달았다.

"저…… 화장실에 가야겠어요." 라바니가 말했다. 목소리가 생각보다 높게, 당황한 듯 들렸다. 라바니는 어떻게 해야 할까 갈팡질팡했다. 욕실로 들어가 창문으로 탈출해 길을 건너간 뒤 디어링 집에 전화를 하고 다시 길을 건너 디어링 집으로 몰래 들어올지. 그리고 변기를 내려야 할지. "좀…… 걸릴 거예요."

라바니의 부모가 서로 마주 봤다.

"그래라, 아가." 어머니가 찡그리는 것인지 웃는 것인지 알 수 없는 표정으로 말했다. 라바니는 퇴장했다.

그다음은 정신이 하나도 없었다. 욕실에 들어가 문을 쾅 닫고 창문을 열고—처음에 문이 열리지 않자 걸쇠를 풀어야 하는 걸 깨닫기 전까지 심장이 떨어지는 줄 알았다—변기에 올라서서 창틀 밖으로 기어 나갔다. 허둥거리느라 창틀에 발이 걸렸고 창문 아래 덤불로 고꾸라졌다. 벌떡 일어나 창문 아래로 몸을 숙여 내달렸고, 자기 집 앞 잔디밭을 전속력으로 가로질렀다.

라바니는 집으로 튀어 들어가 복도의 전화기로 달려갔다. 떨리는 손가락으로 전화를 걸 준비를 했다.

뇌가 깜빡였다. 그러다 꺼졌다. 입이 딱 벌어졌다. 헐떡이던 폐가 멈췄다.

라바니 포스터는 디어링 가족의 전화번호를 몰랐다.

라바니가 할 일은 딱 하나였다. 아이들의 앞날이 라바니에게 달렸다. 바로 그 순간 아이들은 전화가 울리기를 기다리며 라바니의 부모를 상대하고 있었다. 모든 장면이 라바니의 머릿속에서 펼쳐졌다. 래거본드 가족의 비밀이 밝혀지고, 그들이 수갑을 차고 끌려가고, 버지니아가 상처 입고 배신당한 눈빛으로 작별을 고하는 광경이.

라바니는 고개를 저었다. 안 돼.

그 애는 전화기 옆 작은 테이블에 놓인 어머니의 전화번호부를 봤다. 땀이 난 손가락으로 필사적으로 페이지를 넘겨 C를 찾았다. 아래로 내려가 그것을 발견했다. 크로워드, 프레드. 예전 이웃의 이름과 어머니가 적어둔 전화번호가 있었다. 두근거리는 가슴을 안고 라바니는 그 번호로 전화를 걸었다.

전화벨이 한 번 울렸다. 두 번. 라바니는 숨을 죽였다. 번호가 바뀐 건가, 번호를 잘못 누른 건가, 아니면—

"여보세요?" 베스의 어른 목소리가 수화기를 통해 들려왔다.

"나야." 라바니가 헐떡이며 말했다.

"어머, 안녕! 목소리 들으니 반갑…… 뭐라고?"

"아무 말도 안 했어."

"어머나, 세상에! 심각하니?" 베스의 목소리가 놀라서 높아졌다.

"뭐가 심각해?" 라바니가 물었다.

"**끊고 돌아와.**" 베스가 전화기에 대고 속삭였다. 라바니는 베스가 이를 악물고 있는 것이 분명하다고 느꼈다.

"아! 맞다! 미안!"

"끔찍한 일이야!" 라바니가 전화를 끊을 때 베스가 말했다. 라바니는 숨을 두 번 들이쉬었다. 그리고 달려 나갔다.

　복도를 지나, 문밖으로, 잔디밭을 가로질러, 길 건너로.

　라바니는 디어링 집 모퉁이를 돌아서 허리를 숙이고 숨을 헐떡이고는 욕실 창문 아래 덤불로 갔다. 창틀로 몸을 올리고 창문을 지나 변기에 뛰어내린 뒤 리놀륨 바닥에 **쿵** 떨어졌다. 거기 잠시 누운 채 착지하는 소리가 욕실에서만큼 밖에서도 요란하지 않았기를 기도했다. 그리고 벌떡 일어나 문으로 달려갔다가 멈춰 서서 돌아가 변기 물을 내리고 욕실 문을 열었다.

　복도를 걸어가며 라바니는 현관문이 열리는 소리를 들었다.

　"다시 말씀드리지만, 이렇게 불편한 때 찾아와 정말 죄송해요." 어머니가 말하고 있었다.

　"네, 뭐, 미리 전화를 주는 게 늘 예의이긴 하죠." 베스가 부엌에서 대답했다. "이제 동생과 다시 통화해야 해서……."

　"아버님을 위해서 기도할게요. 제가 아이들이라든가 도와드릴 일이 있으면……."

　"아, 저희 사생활을 존중해 주시는 걸로 충분하겠네요. 감사합니다. 그럼 잘 가세요!"

　"잘 가세요, 포스터 씨, 그리고 부인!" 콜트가 디어링 씨 목소리로 외쳤다.

　라바니는 버지니아와 어머니가 서 있는 현관으로 서둘러 나갔다. 아버지는 이미 밖에 서 있었다.

　"오, 그래." 어머니가 라바니를 보더니 말했다. "이제 그만 가려고, 아가…… 저런. 왜 그렇게 숨이 차니?"

"아." 라바니가 헉헉대며 말했다. "음. 그게…… 힘들었어요." 그러면서 엄지로 어깨 너머 욕실 쪽을 가리켰다.

어머니의 눈썹이 올라갔다. 버지니아의 눈썹은 아래로 처졌다.

"그……렇구나. 음, 그만 가봐야 되겠다. 디어링 부인 아버님이 급히 병원에 가셨다는구나."

"저, 포스터 부인. 라바니는 있어도 될까요?" 버지니아가 물었다. "엄마는 오후 내내 이모랑 통화할 거예요. 할아버지가 입원하신 게 이번이 처음은 아니거든요."

라바니의 어머니는 이마를 찡그리고 생각하더니 밝은 표정이 됐다.

"그래, 라바니에게 이웃에 새 친구가 생기니 참 좋구나." 아들에게 누구라도 친구가 생겼으니 참 좋다는 어머니의 말뜻을 알아들은 라바니는 얼굴이 뜨거워졌다. "그래도 너무 오래 있진 마라, 아가, 알겠지?"

"네." 라바니가 재빨리 대답했다.

어머니는 한 번 더 긴장된 표정으로 미소를 짓더니 밖으로 나섰다. 버지니아가 문을 닫았다.

실내에 어색한 침묵이 감돌았다. 버지니아는 몸을 내밀어 문에 귀를 댔다. 라바니도 살그머니 다가가 함께 귀를 댔다. 둘은 서로의 눈을 마주 보고 있었지만 실은 귀를 기울이고 있었다. 포스터 부인이 밖에서 중얼거리는 소리가 겨우 들려왔다.

"뭐, 그렇게 상냥한 사람들은 아니네."

"으응." 라바니 아버지가 작은 소리로 대답했다.

"성공하다니 믿을 수가 없어." 라바니가 씩 웃으며 말했다.

"그렇지."

라바니는 그때까지도 약간 숨을 몰아쉬며 고개를 저었다. "정말 큰일 날 뻔했어." 벤저민이 다가올 때 라바니가 말했다.

벤저민의 눈이 동그래졌다. 벤저민은 허리를 숙이고 헛구역질을 하더니 바닥에 토를 했다.

버지니아가 무표정한 얼굴로 토사물과 벤저민을 번갈아 봤다. "왜 이랬니, 동생아? 벌써 가셨는데."

벤저민은 찡그리며 어깨를 으쓱이고 입을 닦았다. "내 할 일을 한 거야, 누나. 라바니가 암호를 말했잖아." 벤저민이 라바니를 가리켰다.

콜트가 사과를 베어 물며 식당에서 나왔다. "잘됐어." 그리고 바닥의 토사물을 봤다. "이런. 어쩌다 이런 거야?"

"쟤가 암호를 말했어!" 벤저민이 화를 내며 다시 말하고 걸어가 버렸다.

콜트는 벤저민의 뒷모습을 보더니 라바니에게 말했다. "처음치고 나쁘지 않았어. 욕실 연기가 실감 나더라. 정말로 급한 것 같았어. 하지만 손은 안 씻었지."

"난…… 진짜로 화장실을 쓴 건 아니야."

"그래도. 연기에 몰입해야지, 개구리 마스터." 콜트가 라바니의 어깨를 꽉 쥐며 말했다. "그런 사소한 것이 설득력을 주는 거란다. 하지만 변비는 좋은 설정이었어."

콜트는 사과를 삼키고 바닥을 다시 내려다봤다. "어라! 치리오 과자가 있다는 말은 아무도 안 했잖아!"

24

벤저민이 토한 것을 치우고 나자 점심시간이었다. 그리고 래거 본드 가족의 점심시간은, 과연 혼돈 그 자체라는 걸 라바니는 알게 됐다.

"우유 따라줘." 콜트가 냉장고에서 유리병을 꺼내 라바니에게 건네며 말했다. "거들지 않으면 아무도 못 먹어."

디어링 가족이 저마다 할 일을 하느라 부엌은 떠들썩한 목소리와 주고받는 팔꿈치와 밀치는 몸뚱이로 야단법석이었다. 애너벨은 젖은 행주로 식탁을 닦았다. 벤저민은 찬장에서 빵과 땅콩버터를 꺼냈다. 버지니아는 손을 뻗어 접시를 꺼내 위니에게 건넸다. 베스는 빵에 땅콩버터를 바르기 시작했다. 콜트는 식탁에 플라스틱 컵 일곱 개를 놓았다. 라바니는 컵에 우유를 따랐다.

콜트는 라바니가 첫 번째 컵에 우유를 가득 따르는 모습을 보고 중얼거렸다. "조금만." 콜트는 컵을 들어 다음 세 개의 컵에 나눠 전부 바닥에서 3센티 정도만 따랐다. 라바니는 트리스탄이 비밀을 알려주던 날 한 말을 기억했다. 식구가 많으니 먹을 게 충분하지 않아.

"그렇지." 라바니가 중얼거렸다. "미안."

하지만 준비를 마치자 래거본드 아이들은 앉지 않았다. 저마다 빈 접시를 들더니 식탁에 쌓인 샌드위치 주위를 돌았다. 버지니아가 라바니 자리를 만들어줬다.

"누가 배고플까?" 베스가 물었다.

잠시 침묵이 흐르더니 애너벨이 작은 목소리로 말했다.

"나."

베스가 고개를 끄덕였다.

다른 아이들이 모두 손을 내밀어 샌드위치를 집었다. 애너벨과 라바니만 제외하고. 라바니는 어떻게 해야 할지 몰라서 그냥 서 있었다. 샌드위치는 하나만 남았다. 버지니아가 쿡 찌르며 고개를 끄덕였다. "들어." 라바니의 눈길에 애너벨은 미소를 지으며 고개를 끄덕였고 그래서 라바니는 허리를 숙여 샌드위치를 집었다.

"배고픈 사람이랑 누가 나눌래?" 베스가 물었다.

래거본드 가족이 모두 합창했다. "나."

애너벨이 식탁 가운데 접시를 밀어놓았다. 다른 래거본드 가족 모두 한 명씩 자기 샌드위치를 조금씩 떼었다. 그리고 애너벨의 접시에 놓았다. 라바니도 마지막이긴 했지만 접시에 샌드위치를 더 했다. 그러고 나자 애너벨의 접시가 가득 찼다. 애너벨은 모인 아이들을 향해 씩 웃었다.

"고마워." 애너벨의 말에 모두 대답했다. "우리 것은 네 것이야."

라바니는 그 의미를 묻지 않아도 알 수 있었다. 그것이 그 아이들의 마법, 래거본드 가족이 주위에 짜놓은 거미줄이었다. 그 속에서 안전하게 함께할 수 있도록.

그리고 라바니도 그 속에 함께 있게 됐다. 무언가의 일부가 되다니, 기분 좋았다.

"먹자!" 베스가 말하자 래거본드 가족은 하나둘씩 밖으로 나갔다. 벤저민과 위니는 바깥으로 나가고 애너벨과 베스가 식당으로 들어가자 라바니와 버지니아, 콜트만 부엌에 남았다.

라바니는 샌드위치의 찢어진 모서리를 봤다. 빵 사이에는 얇게 바른 땅콩버터뿐이었다.

"잼 있어?" 라바니는 자기도 모르게 말해버렸다. 그리고 곧바로 후회했다. 버지니아는 조금 찡그렸지만 콜트는 이맛살을 깊이 찌푸렸다.

"땅콩버터에 잼까지?" 콜트가 말했다. "야, 라브. 레드카펫이라도 깔아드렸어야 했는데 미안하다." 농담처럼 말했지만 라바니는 콜트의 목소리에서 싸늘함을 느꼈다. "오늘은 땅콩버터 날이야. 잼은 내일 나와." 그렇게 말하고 콜트는 얼마 안 되는 우유와 찢어진 땅콩버터 샌드위치를 들고 뒷문으로 나갔다.

라바니는 얼른 버지니아를 봤다. "이런, 미안해, 난—"

하지만 버지니아는 눈만 굴렸다. "괜찮아, 라브. 우리가 부자가 아닌 걸 이제 알았냐?"

라바니는 뒷문 쪽으로 다가갔다. "시냇가에서 먹을래?"

"아니. 콜트가 이미 거기로 나갔잖아." 라바니가 어리둥절한 표정을 짓자 버지니아가 말했다. "콜트는 혼자서 먹어. 항상."

"왜?"

버지니아는 뒷문의 창문을 통해 콜트가 그늘에 앉아 먹고 있는 곳을 봤다.

"콜트는 이상해." 버지니아가 말했다. "항상 농담만 해. 아무것도 진지하게 받아들이지 않는 척. 매일 혼자 나가. 그럴 때 보면 정말 슬픈 표정을 짓고 있어. 생각을 많이 하는 것 같아. 그리고 기억하고. 나쁜 일을." 라바니도 콜트를 봤다. 요란하게 웃어대고 당돌한 미소를 짓고 눈을 반짝이는 아이. 그때 그 애는 요란하지도, 당돌하지도, 반짝이지도 않았다. 어깨를 축 늘어뜨리고 등을 돌리고서 흐르는 카커스 개울만 조용히 보면서 샌드위치를 먹고 있었다.

"쟤가 우리 중에서 제일 슬픈 거 같아." 버지니아가 조용히 말했다. "그래서 늘 농담을 하나 봐."

영혼은 그렇다. 어쩔 수 없이 해야 하는 일을 한다. 어둠을 깊이 묻어둔다. 빛나기 위해서.

"흠. 가자. 내 방에서 먹자."

버지니아의 방은 작지만 깔끔했다. 마룻바닥에 흠집이 난 황동으로 장식된 큰 침대가 놓여 있었다. 선반도, 옷장도, 스탠드도 없었다. 하지만 바닥에는 짐 가방 두 개가 열려 있었고 옷가지가 단정히 개여 있었다. 언제라도 떠날 준비를 하고 있는 듯했고, 라바니는 그것이 래거본드의 일상임을 알고 있었다.

"베스랑 방을 같이 써. 침대가 딸린 집이라서 완전 좋아. 지난번 집에서는 복도 매트리스에서 잤어."

"여기 좋다." 라바니가 말했다.

"완벽하지." 버지니아가 짧게 말했다. "진짜 침대도 있고. 뒷마당엔 개울도 있고. 지하실엔 관이 잔뜩 있고. 뭘 더 바라겠어?"

버지니아는 침대 가에 앉아 무릎에 접시를 올려놓았고 라바니도 곁에 앉았다. 라바니는 옆에 있는 창문 밖을 내다봤다.

"우리 방은 다 2층이네." 라바니가 말했다. "바로 저게 내 방 창문이야." 라바니는 그곳에서 보이는, 새집으로 에워싸인 자기 방이 마음에 들었다.

"알아. 아침에 네가 옷 갈아입는 것도 보여."

라바니는 얼굴이 화끈거려 어쩔 줄 몰랐다. 버지니아의 입술 한쪽이 올라갔고 콧구멍도 벌름거렸다. 버지니아로선 입이 찢어져라 웃는 표정이었다.

"너 참 얼굴이 금방 빨개진다, 라브. 진정해. 상체만 보이니까. 기껏해야 팔꿈치랑 갈비뼈 정도? 내가 본 애 중에 네 갈비뼈가 제일 튀어나왔어. 실로폰 같아. 좀 더 잘 먹어야 해."

라바니는 여전히 화끈거리는 얼굴로 웃었다. 창피함을 감추려고 샌드위치를 한 입 베어 물었다.

버지니아가 놀려도 상처가 되지 않는 게 라바니는 이상했다. 다른 아이와 나란히 앉아 먹으면서 농담을 하고 웃을 수 있는 것도.

라바니는 친구를 사귀는 게 어떤 건지 배우는 중이었다. 그것이 마음에 들었다. 차가운 탄산음료처럼 상쾌했다.

"웃기지. 집을 층으로 나누는 거." 버지니아가 말했다.

"그런가."

"사람들은 이 집을 2층집이라고 할 거야. 지하실을 합치면 3층 이지. 하지만 사실은 일곱 겹의 이야기가 있는 집이야. 일곱 개의 각자 다른 이야기가 함께 모여 사는 거야."

"음." 라바니가 말했다. "그럼 1층집이기도 해. 너희는 모두 한 가족이니까 도합 하나잖아."

버지니아는 샌드위치를 먹으며 끄덕였다. "응. 그거 좋다. 함께 하나."

"여긴 어떻게 찾은 거야?" 라바니가 물었다.

"예전 래거본드가 구해줬어. 크로워드 씨가 들어간 요양원에서 간호사로 일하거든. 크로워드 씨 딸이 이 집을 세놓고 싶어 했대. 그분이 살고 싶어 하는 가족이 있다고 했지."

라바니는 생각해 봤다. 일곱 아이로 이뤄진 한 가족에게 커다란 빈집이 필요했다. 그리고 커다란 빈집은 가족이 필요했다. 크로워드 씨는 래거본드 일원이 일하는 요양원에 들어가게 됐고, 동시에 래거본드 가족은 집을 구했다. 그 모든 퍼즐 조각이 하나로 맞춰졌다.

"운이 좋았네."

"운이 아니야, 라브. 마법이라고. 마법이 만들어준 일이야."

라바니는 마법 덕분이 아닐 거라고 생각했다. 하지만 가장 강력한 마법은 요란하게 빛나는 게 아닐 수도 있었다. 조용히 속삭이는 거겠지. 아닐 수도 있지만.

라바니는 샌드위치를 먹으려고 아래를 내려다보다가 침대 밑 자기 발 사이에 하얗고 구겨진 무언가가 삐져나온 것을 보게 됐다. 익숙한 모양으로 선과 네모가 검은색으로 그려진 흰 종이였다.

"이게 뭐야?"

버지니아는 잠시 이마를 찡그리더니, 얼굴을 펴고 눈을 살짝 반짝였다. 그러고는 침대 옆에 무릎을 꿇고 앉아 종이를 잡아당겼다.

긴 종이였다. 네다섯 장을 테이프로 붙인 거였다. 전부 잡아당기니, 자로 잰 듯 깔끔하게 그려진 피아노 건반이 나왔다. 연필로 흰 건반을 표시하고 검은 크레용으로 검은 건반을 칠해놓았다.

"내 연습용 피아노야." 버지니아가 말하더니 침대 위에 펼쳐놓았다. 라바니는 옆으로 비켜 자리를 내줬다. "내가 만들었어. 너희 어머니께서 가르쳐주신 걸 집에서 연습하려고. 이것 봐. 여기 무릎 꿇고 앉으면 높이가 딱 맞아." 라바니와 만난 뒤 처음으로, 버지니아의 목소리가 들떠 있었다. "진짜 피아노가 있는 거랑 거의 똑같아." 버지니아는 눈을 감고 건반을 손가락으로 눌렀다. "그리고 아무도 귀찮게 안 하면." 버지니아의 목소리가 그 어느 때보다 작아졌다. "정말 조용하면 소리가 들려. 곡이 들려."

버지니아는 눈을 감고, 어딘가 멀리 떠나 있는 듯한 표정을 지었다. 라바니는 가만히 소리 없이 앉아 있었다. 버지니아의 손가락이 종이 건반 위를 움직였다.

그러다 버지니아는 연주를 멈췄다. 눈을 떴다. 그리고 눈을 반짝이며 입을 반쯤 벌린 채 라바니를 올려다봤다.

　종이 피아노, 공들여 그린 선과 구겨진 가장자리, 버지니아가 열심히 연주하느라 번진 건반, 올려다보는 버지니아의 빛나는 두 눈에서 라바니는 어쩐지 날카로운 슬픔을 느꼈다.

　라바니는 너덜거리는 건반을 내려다봤다. 모서리가 구겨지고, 크레용이 번지고, 얇은 테이프로 붙인 그것을. 버지니아의 눈을 피하고 싶어서였다.

　"대단해, 버지니아. 정말 대단해." 라바니는 사실 그대로 말했다.

　하지만 버지니아는 천천히 입을 다물었다. 두 번, 빠르게 눈을 깜빡였다. 마른침을 삼키느라 목이 움직였다.

　"거짓말." 버지니아의 목소리가 달걀 껍질처럼 갈라졌다.

　"뭐? 아냐." 라바니가 우겼다. "훌륭해."

　"아냐." 버지니아는 고개를 저었다. 숨을 들이쉬더니 내쉬었다. "하지만 그건 네 잘못이야. 네가 잘 못 봐서 그래. 도니 카터처럼 보고 있어서. 하지만 넌 도니 카터가 아니야, 라바니 포스터. 이리와." 버지니아가 바닥을 두드렸다. 라바니는 침대에서 내려가 친구 옆에 꿇어앉았다. 버지니아가 다가와 둘의 무릎과 허리, 어깨가 닿았다. "눈을 감아. 그리고 귀 기울여 봐."

　라바니는 버지니아가 눈을 감는 모습을 봤다. 그 애가 숨을 깊이 들이쉬고 길게 내쉬는 것도 봤다. 그리고 버지니아는 종이 피아노에 다시 손을 올렸다. 그리고 연주하기 시작했다.

　한 영혼은 다른 영혼이 오라고 하는 곳에 가야 할 때가 있다. 영문을 몰라도.

라바니는 눈을 감았다.

처음에는 아무것도 없었다. 아니, 거의 아무것도. 창밖의 새소리
는 들렸다. 하지만 숨을 한 번 쉬고 나니 더 깊이까지 들렸다. 버지
니아의 손끝이 종이를 두드리는 소리가 들렸다. 그리고 더 깊이.
그 애가 천천히 부드럽게 숨 쉬는 소리가 들렸다.

그러자…….

라바니는 더 깊이까지 들었다. 아니, 더 깊은 곳에 귀 기울였다.

그러자 들렸다. 어렴풋이 멀리서 한 음이. 또 한 음이. 따스하고
낭랑한 피아노 소리가. 그리고 노랫소리가. 부드럽고 슬프고 소박
한 소리. 부드러운 손가락이 연주하는 단음의 멜로디였다.

그리고 음악 소리가 높아지며 라바니의 슬픔이, 그리고 거기서
나온 연민이 차츰 사라졌다.

어두운 세상은 버지니아에게 피아노를 주지 않았다. 그래서 그
애는 스스로 만들었다. 그리고 라바니는 버지니아가 자신의 음악
을 듣고 그 존재를 믿는 것은 조금도 슬픈 일이 아니라는 진실을
영혼 깊숙이 느꼈다.

마치 소원을 빌고 그것을 너무나 열심히 믿은 나머지 그 소원이
살아나 손안에서 느껴지는 것과 같았다.

그것은 마법, 진정한 마법이었다.

어쩌면 음악이란 우리가 듣기로 선택한 것일 수도 있다. 가족이
사랑하기로 선택한 사람인 것처럼. 그리고 집은 머물기로 선택한

곳인 것처럼. 진짜로 만드는 건 바로 선택이다.

라바니가 눈을 뜨니 버지니아가 연주를 멈추고 자신을 보고 있었다.

"굉장해." 라바니가 한참 만에 숨을 내쉬었다.

버지니아가 고개를 끄덕이더니, 미소도 지은 것 같았다. "이젠 진짜로 말하네."

라바니가 찡그렸다. "어떻게 하는 거야?"

"뭘?"

"진짜인지 아는 거. 너는 내가 거짓말하는 걸 항상 알더라."

"그냥 해." 버지니아가 어깨를 으쓱이면서 말했다. "그게 내 능력이야."

"네…… 능력?"

"응. 그것도 마법이야, 라브. 래거본드 가족은 함께할 때 누구나 능력을 얻어. 특별한 능력이지."

"그럼…… 초능력 같은 거야?" 라바니는 노력했지만 목소리에서 의심을 빼지 못했다.

"만화책 이야기가 아니야, 라브." 버지니아가 어이없다는 표정을 지었다. "능력은 그렇게 대단한 게 아니야. 조용한 거야. 날아다니거나 투명인간이 되거나 그런 건 아니야. 그냥…… 작은 능력이야. 가족을 도와주는 거."

라바니는 농담이라고 여겼다.

"그렇겠지." 라바니는 코웃음을 치며 말했다. "안 믿어."

버지니아가 고개를 끄덕였다. "그건 정말이네." 버지니아가 눈썹을 치켜올렸다. "봤지? 또 해봐. 시험해 봐." 그리고 목청을 가다듬었다. "네 생일이 언제야?"

라바니는 입술을 핥았다. "2월 24일."

"거짓말."

"3월 4일."

"또 거짓말."

"5월 21일."

"맞아."

라바니가 눈살을 찌푸렸다. 운이 좋은 건지, 정말 사실인지 헷갈렸다.

"제일 좋아하는 디저트는 뭐야?" 버지니아가 물었다.

"치즈케이크."

"거짓말."

"맞아. 난 치즈케이크 싫어해."

버지니아가 고개를 젖히며 말했다. "맞아. 어떻게 치즈케이크를 싫어하지?"

"괴상한 맛이야."

"작년에 자다가 오줌 쌌어?"

"뭐? 아니!"

버지니아의 눈썹 한쪽이 조금 올라갔다. 얼굴에 작은 미소가 번졌다. "거짓말?"

라바니는 침을 꿀꺽 삼켰다. "으…… 딱 한 번이었어. 자기 전에 우유를 많이 마셨다고."

버지니아는 치아가 보일 만큼 크게 웃었다. "거짓말!"

"그래. 두 번이다! 하지만 그게 다였어!"

"맞아." 버지니아가 웃음을 참으며 말했다.

라바니는 쪼그리고 앉아 상황을 생각해 봤다. 버지니아를 완전히 믿는지는 알 수 없었지만, 전혀 믿지 않을 수도 없게 되었다.

"네…… 능력을 선택할 수 있어?"

"아니. 그냥 알게 돼. 천천히. 시간이 지나면서 가지게 돼. 애너벨은 아직 못 찾았어."

"다른 애들은?"

"위니는 던지기야. 굉장히 정확해."

라바니가 기억을 더듬었다.

"그날," 라바니가 말했다. "숲에서 도니랑 스티비를 봤을 때. 그 애 귀랑 벨트 버클이랑 손에 돌 맞힌 거."

버지니아가 고개를 끄덕였다. "베스는 소리랑 목소리를 흉내 낼 수 있어."

"아까 아래층에서 엄마 목소리!"

"응. 하지만 다른 소리도 내. 새소리, 트럭 시동 거는 소리 같은 거. 벤저민은 벌써 봤지."

"그래?"

버지니아가 눈썹을 치켜올렸다. 라바니는 버지니아를 빤히 바라봤다. 그러다 문득 머릿속에 떠올랐다. 아니, 뛰었다고나 할까.

"토……하는 거?"

"원할 때마다. 사실 모든 신체 기능을 다 쓸 수 있어. 토하고, 트림하고, 방귀 뀌고, 울고, 코피 흘리고. 똥도 싸고."

"마음대로…… 똥을 누는 게 무슨 쓸모가 있어?"

"어린 애가 바지에 똥을 싸면 도망치기 얼마나 쉬운지 알면 놀랄 거다."

"헐. 콜트는?" 라바니가 물었다. "그 애 능력은 뭐야?" 콜트의 자신감 넘치는 태도와 허세를 보면, 물속에서 숨을 쉬거나 투시하는 것 같은 굉장한 능력일 것 같았다.

"서류 작업." 버지니아가 대답했다.

라바니가 실망한 표정을 지었다. "서류? 그건……" 라바니가 말끝을 흐렸다.

"굉장히 큰 도움이 되지." 버지니아가 말했다. "콜트는 서명이랑 문서를 위조하고 기록도 만들어낼 수 있어. 학교 기록이랑 출생증명서도 다 만들어줘. 세상은 서류를 중심으로 돌아간단다, 라브." 버지니아는 그것이 사실이라는 듯 말했고, 슬프게도 사실이었다.

"트리스탄은?"

"트리스탄은 양치기야. 나이가 제일 많아지면 그게 능력이야."

"그럼…… 양치기는 어떤 능력이 있어?"

"마법이 양치기에게 알려줘. 양치기는 우리가 어디서 지내야 할지 알아. 그리고 떠나야 할 때도 알고."

"늘 그런 건 아니잖아." 라바니는 지난번 아이들이 잡혔다고 했던 것을 떠올리고 말했다.

"늘 그래." 버지니아가 엄숙히 말했다. "트리스탄은 우리가 잡힌게 자기 탓이라고 생각해. 하지만 마법이 트리스탄에게 달아나라고 안 한 건, 우리가 도망치길 원하지 않아서일 거야. 우리가 안 잡혔으면 탈출할 필요도 없었지. 트리스탄이 요양원의 예전 래거본드 일원에게 전화를 걸지도 않았을 거야. 그러면 여기 오지 않았을 거고. 그럼……." 버지니아는 이마를 찡그리며 손을 내려다보면서 뭐라고 말할까 궁리했다. "우리가 여기 오게 되어 있었던 것 같아. 이유는 모르겠어. 하지만 내 능력이랑 비슷해. 어떤 게 사실인지 아닌지 느껴지는 거 말이야. 음, 여기…… 이곳이 어쩐지 진짜처럼 느껴져. 우리는 여기에 있어야 할 것 같아. 적어도 지금은."

라바니는 버지니아가 한 번에 그렇게 많이 말하는 걸 처음 봤다.

버지니아가 눈을 들었다. 코로 빠르게 숨을 내쉬었다.

"아닐지도 모르지. 마법에 대해선 확실히 알 수 없으니까. 하지만 어쨌든, 이제 드디어 피아노 수업을 받고 있잖아." 버지니아는 종이 피아노를 침대 밑에 밀어 넣었다.

"참, 피아노 말이야." 라바니가 물었다. "왜 그렇게 좋아해?"

버지니아가 눈살을 찌푸렸다. 눈 사이에 작은 주름이 잡혔다. 고개를 저을 것 같았다. 네 일이나 신경 써. 이렇게 말할 것 같았다.

하지만 버지니아는 입을 꼭 다물었다. 다른 선택을 한 것이다. "이 이야기는 한 번만 할 거야. 그리고 다시는 안 할 거야, 라브."

216

"그래."

"내 피아노가 굉장하다고 했으니까 이야기해 주는 거야."

"응."

버지니아의 입꼬리가 내려갔다. 침대 밑에 손을 넣더니, 피아노 수업이 끝나고 들고 가던 낡은 악보 파일을 꺼냈다. 버지니아가 입을 열자 고르고 높낮이 없는, 매끄러운 목소리가 흘러나왔다.

"이건 우리 엄마 악보야." 버지니아가 말했다. "엄마는 피아노를 쳤어. 젊었을 때. 나는 엄마가 피아노 치는 걸 들어본 적이 없어. 피아노 살 돈이 없었거든. 하지만 엄마는 피아노 치는 법을 가르쳐준다고 하셨어. 언젠가. 언젠가 더 좋은 날이 오면, 이라고 하셨어. 그게 우리 꿈이었어. 그러다가 엄마가 아팠어. 많이 아팠어." 버지니아가 눈을 깜빡였다. 다시 깜빡였다. 또. "그리고 엄마는 돌아가셨어." 숨을 들이쉬고, 내쉬었다. 그러자 그 애 목소리는 고르지도, 높낮이가 없지도, 매끄럽지도 않았다. "엄마가 남긴 건 이 악보랑 오래된 양산뿐이야. 그 꿈이랑. 우릴 위해서 그 꿈을 이루고 싶어. 엄마를 위해서."

버지니아의 말이 날아다니는 반딧불이처럼 둘 사이에 떠 있었다. 아무리 깜빡여도, 버지니아의 눈은 눈물에 빛났다.

라바니는 침을 삼켰다.

한 영혼이 다른 영혼의 비밀을 알게 되면, 어떻게 해야 할지 알 수 없을 때가 있다.

하지만 알 수 있을 때도 있다. 다른 영혼이 알려주었으니까 알기도 한다.

라바니는 몸을 당겨 버지니아를 끌어안았다. 처음에는 세게. 그리고 점점 더 부드럽게. 지는 해처럼. 버지니아는 처음엔 어떻게 해야 할지 모르는 듯했다. 하지만 떨리는 한숨을 내쉬더니 라바니를 끌어안았다. 그리고 팔에 힘을 줬다.

라바니도 좋은 동지였다.

그리고 라바니는 선택을 했다. 전에도 두 차례 선택을 했지만 그건 우연이었다. 거기 서서 동지를 안고 있던 라바니는 똑같은 선택을 다시 했다. 이번에는 라바니의 뜻이었다.

라바니는 버지니아에게 도니 일을 이야기하지 않기로 했다. 그러면 그 애들이 떠날 테니까. 그러면 버지니아는 살고 싶은 곳을 잃게 되고, 친구를 잃게 되고, 어머니에게 음악을 배울 기회도 잃게 될 테니까.

라바니는 동지를 붙잡았다. 그리고 동지를 계속 붙잡기로 선택했다.

그것이 옳은 일처럼 느껴졌다.

신기한 것이다. 느낌이란.

25

사냥꾼은 쪽지를 만지작거렸다. 거기 적힌 전화번호를 다시, 아주 자세히 봤다.

숫자 두 개가 심하게 번졌다. 읽을 수 없었다.

그 두 개의 숫자 조합은 구십구 가지가 있었다.

그래서 사냥꾼은 전화를 여러 번 걸고 있었다.

사냥꾼은 전화 통화를 싫어했다.

다행히 그가 전화 건 번호 대부분은 없는 번호였다.

하나는 초등학교였고, 흥미로웠다. 사냥꾼은 그 번호를 적었다.

하나는 여행사 사무실이었다. 역시 인상적이었다. 그 번호도 공책에 적었다.

서너 개는 가정집이었고, 사냥꾼은 꼼꼼히 적어두었다.

추적할 실마리가 많았다. 사냥꾼에겐 반가운 일이었다. 그는 추적을 즐겼다.

사냥꾼은 그다음 번호를 하나씩 정확하게 눌렀다.

신호음이 들렸다.

달칵 소리가 나더니 누군가가 말했다.

"끝없는 나날 요양원입니다." 명랑한 목소리였다. "무엇을 도와드릴까요?"

사냥꾼은 대답하지 않았다. 생각하고 있었다.

그 목소리가 사냥꾼이 예상치 못한 말을 하는 것은 상관없었다. 그건 당연했다. 사냥꾼은 거의 어떤 것도 예상하지 않았다. 사냥꾼은 보기만 했다. 그리고 들었다. 사냥꾼은 생각했다. 그리고 사냥했다.

모든 사냥꾼에게 아주 중요한 것은 직감이다. 그리고 이 사냥꾼에게는 매우 뛰어난 직감이 있었다. 수화기 너머 목소리가 그렇게 말했을 때, 사냥꾼은 느끼기보다는 냄새를 맡았다.

사냥꾼은 피 냄새를 맡았다.

"여보세요? 찾고 계신 분이 있나요?" 수화기 너머 목소리가 물었다.

사냥꾼의 입에 군침이 고였다.

"네." 사냥꾼이 말했다.

26

이튿날 아침에 버지니아와 《슬러터빌 스펙테이터》 사무실에서 신문을 챙길 때, 라바니는 흥미로운 기사 제목을 보고 놀랐다. '7월 4일 축제 준비 완료.'

"오늘 밤에 축제가 열리나요?" 라바니가 물었다.

"그렇단다." 호텐스가 고개를 숙이고 타자를 치며 대답했다. "어젯밤에 상인들이 들어와서 벌써 다 차려놨다. 룰렛, 거울의 방, 퍼넬 케이크,* 늘 있는 건 다."

"새로운 건…… 없고요?" 라바니가 호텐스에게 물었다. "정말 확

---

* 기름에 튀겨 만든 달콤한 과자.

실해요?"

호텐스는 빠르게 치던 타자를 멈추고 라바니를 향해 씩 웃고는 그 애와 버지니아를 번갈아 봤다. "음, 유령의 집을 운영하는 사람에 대해 흥미로운 소문을 듣긴 했다. 사이코 새미 소시지라고 부른다더구나. 함정 문을 설치하는 재주가 있는 연쇄살인범이고 수배 중이라나. 통통해서 눈길 가는 사람이 있으면 그 사람이 손잡이를 당겨서 쿵. 그러면 다음 날, 그 사람들은 옆에 있는 새미의 음식 가판대에 나타나는데, 손님으로서가 아니라고. 무슨 말인지 알겠니. 그러니까 나는 유령의 집은 피하겠어. 그 옆의 핫도그 집도."

"그럴게요." 라바니가 씩 웃으며 말했다.

"사이코 새미 소시지요?" 버지니아가 높낮이 없는 말투로 말했다. "통통해서 눈길이 가는 사람? 멋진 이야기네요."

"고맙다, 꼬마야." 호텐스는 타자를 다시 치며 말했다.

"무슨 기사 쓰고 계세요?" 라바니가 물었다.

"아, 아무것도 아냐." 호텐스는 고개도 들지 않고 말했다.

신문을 배달하는 동안은 아무 일도 없었다. 라바니와 버지니아가 시내 끄트머리에 다다르자, 사람들이 정말로 카니발을 준비하고 있었다. 슬러터빌에서 장터로 쓰는 공터에는 이미 색색의 텐트와 반쯤 세운 가판대, 회전목마와 탈것들이 설치되어 있었다. 온갖 냄새가 라바니와 버지니아에게 날아들었다. 설탕, 디젤, 거름, 팝콘, 담배. 아이들은 떠들썩한 광경을 보려고 걸음을 멈췄다.

"난 카니발에 가본 적이 없어." 버지니아가 말했다. "캐러멜 사과도 파니?"

"그럼. 코끼리 귀도 팔고, 군옥수수도 팔고, 아이스크림도 팔지."

라바니가 말할 때마다 버지니아의 눈썹이 올라갔다. "와." 평소에는 무덤덤한 버지니아의 눈이 부러운 빛을 띠며 장터를 살폈다. "언젠가는 카니발에 꼭 가보고 싶었어."

라바니는 남자들이 밧줄을 당겨 붉은색과 흰색 줄무늬가 그려진 텐트를 세우는 모습을 지켜봤다. 그리고 버지니아에게 말했다.

"그러니까, 카니발이 네가 사는 도시에 찾아오는 언젠가?" 라바니가 물었다. 버지니아는 한쪽 눈썹을 내렸다. "그러니까, 함께 갈 동지가 생기는 언젠가?" 라바니가 양팔을 벌렸다. "그날에 온 걸 환영해, 버지니아. 넌 이미 왔다고."

버지니아는 어이없다는 듯 눈을 굴리면서도 웃음을 참고 있었다. "잘난 척은."

라바니가 씩 웃었다.

"나랑 같이 카니발 구경 갈래, 버지니아 디어링?"

버지니아가 한숨을 내쉬었다.

"그래, 좋아."

걸어가는 동안 콜트, 위니, 애너벨이 몰려들었지만, 라바니는 알아차리지도 못했다. 긴장과 흥분이 부글거리는 나머지 탄산음료가 된 느낌이었다. 그렇다. 라바니는 카니발에 가본 적이 있었다. 엄마 아빠와. 하지만 친구들, 아니, 동지들과 함께 간 적은 없었다.

트리스탄은 일하러 갔고, 라바니에겐 반가운 소식이었다. 벤저민은 집에 있었다. "어릿광대가 무섭대." 콜트가 슬픈 표정으로 고개를 저으며 말했다. 베스도 벤저민과 함께 남아서 다섯 명만 함께 가게 됐다. 하지만 하나에 익숙한 사람에게 다섯은 많은 수였다.

1.5킬로 떨어진 곳에서도 카니발이 보였다. 임시 점포와 탈것, 음식 가판대에 불이 켜졌고 회전목마가 돌아가고 밤하늘 높이 회전 관람차가 솟아 있었다. 가까이 다가가니 사람들이 구경거리를 향해 밀려드는 광경이 보이고, 달콤하고 짭조름한 음식 냄새가 나고, **둥둥** 신나는 음악 소리와 탈것이 돌아가는 소리가 들렸다.

불빛 속으로 들어가는 순간, 라바니는 얼어붙었다.

"앗!" 라바니가 말했다. "돈 안 가져왔어."

"우리가 가져왔어." 콜트가 말했다. 주머니를 뒤지더니 반짝이는 동전 하나를 꺼냈다.

"5……센트?"

콜트가 씩 웃었다.

"우리에겐 5센트랑." 콜트는 위니에게 팔을 두르며 말했다. "얘가 있지."

아이들은 음식 가판대와 놀이기구를 지나쳐서 게임장에 도착했다.

맨 앞에 '네 힘을 보여줘!'라는 대형 해머 흔들기 게임이 있었다. 아이들은 계속 걸었다.

그다음은 링 던지기였다. 안쪽에는 병이 줄지어 놓여 있었다. 간판에 '5센트를 내고 25센트를 따세요!'라고 적혀 있었다.

"어떻게 하는 거예요?" 콜트가 그곳 운영자에게 물었다.

"5센트 내면 세 번 던질 수 있다." 남자가 작은 빨간색 플라스틱 고리를 들어 보이며 말했다. "이걸 병에 걸면 25센트를 따는 거야."

"그게 가능해요?" 콜트가 눈을 가늘게 뜨며 물었다.

남자는 하품을 했다. "그럼 가능하지, 꼬마야."

콜트는 버지니아를 바라봤다. 버지니아가 고개를 끄덕였다. 콜트가 5센트 동전을 내자 남자는 콜트에게 고리 세 개를 건넸다.

콜트는 나무 난간에 기대서 눈을 가늘게 뜨고 집중하더니 첫 번째 고리를 던졌다. 고리는 병 앞의 흙에 떨어졌다.

콜트는 몸을 앞으로 내밀고 다시 던지려다 멈췄다.

"동생한테 시켜도 돼요?" 콜트가 물었다.

"네 돈이니 마음대로 하렴." 남자가 어깨를 으쓱였다.

위니가 눈을 동그랗게 뜨고 순진한 표정으로 나섰다.

콜트가 위니에게 고리를 건넸다. 위니는 한쪽 눈만 뜨고 병을 보며 입을 꼭 다물었다. 그리고 손목을 탁 꺾으면서 고리를 날렸다. 고리는 공중을 날았다. 작은 띵 소리와 함께 병목에 걸렸다.

카니발 주인은 입을 꾹 다물고 인상을 썼다.

양손을 들며 만세를 외치던 라바니는 콜트가 쳐다보자 우뚝 멈췄다.

"시선을 끌고 싶지 않아." 버지니아가 입을 다문 채 중얼거렸다.

쓸쓸한 표정의 주인이 앞치마 주머니에서 동전을 꺼냈다.

"잠깐만요." 콜트가 말했다. "아직 고리가 하나 남았잖아요."

남자가 노려봤다. "네 동생이 두 번이나 운이 좋을 것 같으냐, 꼬마야?"

"아뇨." 콜트가 살짝 웃으며 말했다. "운이 두 번이나 좋을 것 같진 않아요. 하지만 게임에 재미를 더해볼까요? 쟤가 놓치면 우리가 딴 25센트를 그냥 가지세요. 하지만 맞히면 1달러를 주세요."

남자는 위니를 훑어보더니 비웃었다.

"좋다. 준비되면 하려무나."

위니가 콜트에게서 마지막 고리를 받았다. 아이는 고리에 입을 맞추더니 부루퉁한 표정의 주인을 향해 미소를 짓고 던졌다. 두 번째 고리도 날아가 떵 하고 병목에 걸려 앞서 던진 고리 바로 위에 자리를 잡았다.

주인의 수염 난 턱이 아래로 툭 떨어졌다.

아이들은 모두 소리 없이 미소를 주고받았다.

아하. 라바니가 생각했다. 이게 바로 마법이구나.

아이들은 게임장을 돌았다. 위니는 야구공을 바구니에 던져서 50센트를 더 벌었고, 풍선을 화살로 터뜨려 25센트, 고무공으로 어릿광대 인형을 쓰러뜨려 1달러(마지막은 왼손으로 쓰러뜨려 50센트를 추가했다)를 땄다.

콜트는 늘어선 텐트들 중 마지막 두 곳 사이에 아이들을 모았다. 5센트짜리 동전이 가득한 손을 내밀었다.

"2달러 50센트." 콜트가 말했다. "잘했어, 위니." 버지니아와 애너벨이 위니의 등을 두드렸다. 위니는 미소를 지으며 얼굴을 붉혔다. "절반은 가족 저금에 넣자." 콜트는 5센트짜리 동전 스물다섯 개를 세어 집어 들더니 주머니에 넣었다. "그러면 한 사람이 25센트씩 갖게 돼. 어서 받아."

모두 동전을 집었지만, 라바니는 문득 어색한 기분이 들어 그러지 않았다.

"나까지 안 줘도 돼." 라바니가 말했다.

"그럴 순 없지, 친구." 콜트가 라바니의 손을 잡아 따뜻한 동전 다섯 개를 쥐여 주었다. 그러더니 윙크하며 라바니의 머리를 헝클어뜨렸다. "너도 우리와 함께야, 개구리 마스터. 우리 것은 네 것이라고."

라바니는 눈을 깜빡이면서 위니보다 더 빨개진 얼굴을 돌렸다.

전리품을 나눈 뒤에 아이들은 흩어졌다. 콜트가 애너벨과 위니의 손을 잡고 간식 판매대로 갔다. 버지니아와 라바니는 함께 움직였다.

둘은 먼저 관람차를 탔다. 그렇게 높은 곳에서 마을을 내려다보니 재미있었고, 오팔 로드의 집은 보이지 않았지만 도축 공장은 보였고, 라바니는 이튿날 보트 경기가 열릴 곳을 버지니아에게 알려줬다.

관람차를 탄 뒤, 아이들은 냄새를 좇아 간식 판매대로 갔다. 평소와 같은 곳이었고, 놀라운 곳도 새로 하나 생겼다.

"친 씨!" 라바니가 말했다. "올해는 여기서 빵을 파셨어요?" 브레드 앤드 버터 빵집 주인 친 씨가 카운터 뒤에서 일어섰다. 라바니와 버지니아를 보더니 얼굴이 밝아졌다.

"그렇단다!" 그리고 양손을 벌려 텅 빈 진열장을 가리켰다. "그리고 다 팔았지!"

"빵이…… 다 팔렸다고요?" 버지니아가 솜사탕과 케이크, 아이스크림을 파는 가판대를 보며 물었다.

"아니." 친 씨가 씩 웃으며 말했다. 그가 카운터에 기대며 버지니아를 향해 한쪽 눈썹을 치켜올렸다. "컵케이크를 다 팔았지."

"컵케이크요?" 라바니가 물었다.

"그래. 너희가 오기를 기다리고 있었다. 영감을 준 친구에게 줄 건 남겨뒀거든." 그는 카운터 밑에 손을 넣더니 버지니아에게 컵케이크 하나를 내밀었다. 풍부한 연갈색 크림을 잔뜩 올린 빵 위에 진한 갈색 조각을 뿌린 것이었다. "당근케이크야. 생강-메이플시럽 크림을 올렸지."

버지니아는 컵케이크를 들고 진심으로 기쁜 미소를 지었다.

"뿌린 건 뭐예요?" 버지니아가 물었다.

"나만의 특별한 마무리란다. 베이컨 조각이야."

"베이컨 조각요?" 버지니아의 미소가 아주 살짝 흔들렸다. 라바니를 슬쩍 보더니 중얼거렸다. "여긴 고기랑 무슨 원수라도 졌니?"

그러고는 컵케이크를 한 입 베어 물었다.

버지니아는 눈을 감았다. 그리고 우물거렸다. 미소가 사라졌다.

"음?" 친 씨가 물었다. "맛있니?"

버지니아는 여전히 먹고 있었다.

그리고 천천히 눈을 떴다.

"아뇨." 버지니아가 말했다. "끝장해요." 한 입 더 먹고는 라바니에게 건넸다. "대단해요, 아저씨. 베이컨이 신의 한 수예요."

라바니도 한 입 베어 물었다. 눈이 돌아갔다. "와, 진짜. 엄청난 맛이네요, 친 씨."

"고맙다! 있잖아, 언젠가는 꼭 새로운 걸 해보고 싶었어."

라바니는 케이크를 삼키고 버지니아를 보며 웃었다.

"그날에 오신 걸 환영해요, 친 씨." 라바니가 컵케이크를 들어 보이며 말했다. "그날은 이미 왔어요."

친 씨에게 다정하게 인사하고 둘은 소음과 냄새와 즐거움이 가득한 카니발로 향했다. 버지니아는 다짐대로 캐러멜 사과를 샀고 라바니는 평소처럼 핫도그를 샀다.

마지막 10센트가 남았을 때, 버지니아는 카니발 맨 끝의 마지막 놀이기구 앞에 섰다. 합판으로 지은 건물 정면에는 피가 뚝뚝 떨어지는 으스스한 글씨체로 '유령의 집'이라고 적혀 있었고, 글자 주변에 유령과 좀비, 해골이 오싹하게 그려져 있었다. 닫힌 문 앞에 수염이 덥수룩한 남자가 불을 붙이지 않은 시가 꽁초를 물고 서 있었다.

"저기." 버지니아가 중얼거렸다. "이름 좀 봐. 진짜일까?"

라바니가 가만히 살펴보니 남자의 지저분한 작업복에 이름표가 붙어 있었다. 새미.

"설마." 라바니가 초조한 표정으로 속삭였다.

"실례해요." 버지니아가 남자에게 다가가 물었다. "사람들이 아저씨를 소시지라고 부르나요?"

"뭐?" 남자가 젖은 시가를 물고 으르렁거렸다.

"아니에요." 버지니아가 마지막 남은 동전 두 개를 남자에게 내밀었다. "두 명이요."

남자는 동전을 받더니 '유령의 집' 문을 열었다. 안쪽의 통로는 새카만 어둠 속으로 사라졌다.

"오 분이다." 남자가 중얼거렸다. "환불은 안 돼. 아무것도 만지지 마라."

버지니아는 서슴없이 새카만 어둠 속으로 발을 내디뎠다. 라바니는 밖에 서 있었다. "어, 버지니아?" 라바니가 불렀다. "혹시—"

"어서 와." 어둠 속에서 그 애 목소리가 흘러나왔다.

라바니는 문을 열고 재촉하는 표정의 남자를 올려다봤다. "저기……." 라바니가 말하려는데 남자가 눈을 굴리더니 '유령의 집'으로 라바니를 거칠게 밀어 넣고 문을 쾅 닫았다.

라바니는 완전한 어둠 속에서 어쩔 줄 모른 채 눈을 크게 떴다. "버지니아?" 조심스레 앞으로 발을 디디며 속삭였다. "버지니아?"

"나 여기 있어." 버지니아가 귀에 바짝 대고 말했다.

"그아아아아!" 라바니가 펄쩍 뛰며 외쳤다.

"진정해. 나를 무서워하면 안 되지." 손 하나가 라바니의 손을 잡더니 앞으로 당겼다.

"네 손 맞지?" 라바니가 버티며 작은 소리로 물었다.

버지니아 특유의 한숨 소리가 또렷이 들려왔다. "이건 실수였나 보네. 가자."

라바니는 다른 쪽 손으로 더듬으며 버지니아의 뒤를 조심스레 따라갔다.

"이게 잘하는 일일까?" 라바니가 물었다. "내 말은, 저 사람 이름이 새미라고."

"네가 '통통해서 눈길 가는' 아이라고 할 사람은 아무도 없어. 그러니 넌 어쨌든 안전할 거야."

갑자기 삐삐 소리가 나더니 라바니 옆에서 불빛이 번쩍였다. 라바니는 비명을 지르며 피했다. 불빛은 벽의 지저분한 창문을 통해 들어왔다. 그 유리창 한쪽 구석에 실로 만든 거미줄을 뒤집어쓴 해골이 있었고, 그 위에는 '저주받은 해골'이라고 적혀 있었다. 라바니는 뒷걸음질 치다가 다른 벽에 부딪혔다.

"봐. 저거 셔츠 벗은 네 모습 같다." 버지니아가 말했다.

"재미없거든. 저거…… 진짜일까?" 라바니가 말했다. 버지니아가 가까이 다가가서 자세히 봤다.

"그렇다면 죽은 사람은 중국산일 거야." 버지니아가 실망한 목소리로 대답했다. "이보다는 실감 나게 만들어야지. '환불 불가'라는 이유를 이제 알겠네. 지금까지 진짜 무서운 건 저 철자뿐이야."

불이 깜빡이다 꺼졌고 버지니아는 라바니를 계속 끌고 갔다.

둘은 또 불이 켜진 상자 앞을 지나갔는데, 이번에는 '백 퍼센트

진짜 늑대인간'이라고 적혀 있었다. 라바니에겐 대충 박제한 작은 곰처럼 보였다. 그 옆에는 포름알데히드에 담근 뱀과 거미, 미심쩍어 보이는 쪼그라든 머리, 신기하게도 속을 채운 닭이 든 병이 놓여 있었다.

둘이 모서리를 지나자 천장에 매달린 스피커에서 끼익거리는 오르간 음악이 흘러나왔다. 붉은 전구가 의자를 비췄고, 의자에는 검은 옷을 입고 챙이 넓고 뾰족한 모자를 쓰고, 무릎에 빗자루를 놓은 사람이 앉아 있었다. 그림자에 가려 얼굴은 보이지 않았다.

"오, 이런." 버지니아가 그쪽으로 다가가며 단조로운 말투로 말했다. "마녀네."

"너무 가까이 다가가지 마." 라바니가 속삭였다.

"으이구, 라브. 인형이야."

"확실해?"

"당연하지. 앉혀놨는데 앞으로 고꾸라진 것 좀 봐. 자, 무릎에 앉아봐."

라바니가 미심쩍은 표정으로 바라봤다.

"한번 해보라고."

라바니는 생명 없는 마네킹을 봤다.

"좋아." 그리고 마녀에게 다가갔다. 라바니가 돌아서서 버지니아에게 말했다. "됐지?" 그러면서 무릎에 앉았다. "이제 우리—"

마녀가 갑자기 움직이며 "가아아아!"라고 외치자 라바니의 말이 뚝 끊겼다.

라바니는 비명을 지르며 대포로 쏜 듯이 날아가 반대편 벽에 달라붙어서 헉헉거리며 울먹였다.

"세상에!" 마녀가 가슴을 쥐고 외쳤다. "너 때문에 심장마비 올 뻔했다! 깜빡 잠이 들었는데!" 마녀는 숨을 두어 번 몰아쉬더니 옆에 있는 벽을 주먹으로 쾅쾅 쳤다. "손님 들여보내면 알려주기로 했잖아, 새미!"

마녀는 여전히 숨을 몰아쉬며 의자에 다시 앉았다. "쟨 괜찮니?" 마녀가 벽에 딱 붙어 헉헉거리는 라바니를 긴장한 눈초리로 보며 물었다.

"괜찮아요." 버지니아가 대답했다. "조금 놀란 것뿐이에요. 가자, 라브. 놀라게 해서 죄송해요."

버지니아는 라바니의 손을 잡고 계속 끌고 갔다. 통로는 엉성한 금속 계단에서 끝났다. 계단을 오르며 라바니는 마침내 숨을 고를 수 있었다.

계단 위로 올라간 둘은 희미한 붉은색 불이 켜진 넓은 방을 발견했다. 표지에 '공포의 갤러리'라고 적혀 있었다. 한쪽 벽에는 미라가 서 있었다. 버지니아가 찔러보고 가짜인 것을 증명하고 나서야 라바니는 움직였다. 그리고 나머지 공간은 이것저것 으스스한 장식으로 뒤섞여 있었다. 묘비 몇 개, 까마귀 인형 서너 개, 검은 고양이, 부글거리는 솥, 사슬, 벽에 기대어 있는 빈 관 등이었다. 맞은편 구석에는 커튼을 친 문 위에 '출구' 표지가 반짝였다.

라바니는 깨어나서 공격할 수 있는 것은 전부 멀찍이 거리를 두고 걸어 출구를 향해 재빨리 걸어갔다. 버지니아는 관에 다가갔다.

"우리 관만큼 좋진 않네." 버지니아가 안감을 만져보고 접합 부분을 확인하며 말했다. "가자, 버지니아." 라바니가 출구 커튼을 잡고 말했다. "이제—"

"잠깐만." 라바니가 돌아서서 보니 버지니아가 진지한 눈빛으로 방 가운데 서 있었다. "잠깐만 이리 와봐, 라브."

라바니는 내키지 않는 마음으로 커튼을 놓고 그 애 앞으로 갔다. "뭔데?"

"부탁이 있는데, 네가 질겁하지 않았으면 좋겠어."

"알았어."

버지니아는 눈살을 찌푸리더니 이마를 찡그렸다. "라바니 포스터, 네가 키스해 주면 좋겠어."

마녀 때문에 두근거리던 라바니의 심장이 멈춰버렸다. 유령의 집이 문득 훨씬 더 무서워졌다.

"뭐?" 라바니는 이렇게 말했거나, 말했다고 생각했거나, 말하고 싶었거나, 말하려고 했다. 그 소리가 실제로 나왔는지는 자기도 알 수 없었다.

"진정해. 이건 로맨틱한 게 아니야. 실용적인 거지."

라바니의 입이 마르고 속이 울렁거렸다.

"실용적이라고?" 라바니가 기어들어 가는 소리로 물었다.

"응. 너 아직 아무하고도 키스 안 했지?"

"응." 라바니가 재빨리, 고개를 저었다.

"나도야. 하지만 생각해 봐. 언젠가 내가 첫 키스를 할 때가 오겠지. 언제가 될지, 어디가 될지 알 수 없어. 그리고 첫 키스는 특별해야 해. 믿을 수 있는 사람이랑 해야 하고." 버지니아가 한 걸음 다가왔다. "그때가 되었을 때 그런 사람이 곁에 있을지 모르겠어. 하지만 너는 믿어, 라브."

라바니가 침을 삼켰다. "내가…… 특별해?" 숨을 헐떡이며 물었다. 어쩌면 묻기 부끄러운 질문일 수도 있었다. 대답을 강요하는 질문. 하지만 강요하고 싶을 때가 있다. 그저 바라기만 하는 것이 아니라, 알고 싶은 때가 있다.

버지니아가 어이없다는 표정을 짓더니 한숨을 쉬었다. "당연하지. 난 너한테 특별하지 않아?"

라바니는 살짝 웃으며 고개를 끄덕였다.

"좋아. 그리고 여긴 완벽한 곳이야."

라바니는 오른쪽의 열린 관을 봤다. 왼쪽의 기울어진 묘비도 봤다.

"여기가?" 라바니가 물었다.

버지니아는 라바니의 어깨를 잡더니 코가 거의 닿도록 끌어당겼다. 라바니는 그 애의 근엄하고 진지한 눈을 들여다봤다.

"내 첫 키스 상대가 되어줄래, 라바니 포스터?"

라바니는 숨을 쉬려고 애썼다.

"네가 내 상대가 되어주면 나도 되어줄게, 버지니아 디어링." 라바니가 속삭였다.

버지니아가 다가왔다. 라바니도 목을 뽑아 다가갔다.

둘의 입술이 닿았다.

그들은 그렇게, 숨이 멎을 듯한 한 순간에 서 있었다. 혹은 그보다 조금 더 오래. 그리고 버지니아가 뒤로 물러났다.

둘은 마주 봤다. 라바니는 어쩔 줄 모르는 표정이었다. 버지니아는 그저 생각에 잠긴 표정이었다.

"흠." 버지니아가 말했다.

"그러게." 라바니가 말했다.

"다들 왜 그렇게 난리인지 모르겠네. 솔직히 컵케이크가 훨씬 나아. 기분 나쁘라고 한 말은 아니야."

"나쁘지 않아."

버지니아가 입술을 핥았다. "너 핫도그 맛이 나."

라바니도 입술을 핥았다. "넌 캐러멜 사과 맛."

"그 정도면 다행이네."

그렇게 말한 버지니아는 출구로 걸어가 커튼을 옆으로 밀었다.

"여기서 나가면 새미의 핫도그 가게가 아니길 바라자." 버지니아가 그렇게 말하고 사라졌다.

라바니는 잠시 걸음을 멈추고 공포의 겔러리를 돌아봤다. 첫 키스를 생각해 본 적은 없었지만, 생각했어도 유령의 집에서 하게 될 줄은 상상도 못 했을 거였다. 하지만 버지니아 디어링 같은 여자아이와 키스하기에는 매우 적당한 곳 같았다. 따지고 보면, 그 애는 유령이고 괴짜니까.

라바니는 미소를 지었다.

첫 키스를 했다고 해서 완전히 다른 사람이 되었다는 느낌은 아니었다. 하지만 하나도 변한 게 없는 느낌도 아니었다. 키스란 알쏭달쏭했다.

그 순간, 그곳에서, 그 애와 함께 라바니는 자신이 주인공인 그 이야기가 좋았다. 아주 좋았다.

하지만 인생이란 늘 우리가 좋아하는 이야기에 머물지 않으며, 우리가 예상한 대로 흘러가지도 않는다. 그리고 늘 우리가 원하는 이야기가 되는 것은 아니다.

27

사냥꾼의 손끝에서 창문이 소리 없이 열렸다. 창문은 늘 잠겨 있었지만 그날 밤은 아니었다. 물론 우연은 아니었다. 낮에는 바람이 들도록 열어두었다. 그리고 열어둔 동안 손톱이 아주 뾰족하고 손놀림이 아주 정확한 누군가가 창문 잠금장치에 진흙을 조금 붙여두었다. 아주 조금. 아무도 알아차리지 못할 만큼. 하지만 끝없는 나날 요양원의 요양사가 저녁 식사 후 창문을 닫을 때 잠금장치가 걸리지 못할 만큼. 아주 작은 것도 아주 중요해질 수 있다.

사냥꾼이 창문으로 기어올랐다. 고양이처럼. 발에 털이 폭신한 고양이 말이다.

사냥꾼은 동작을 멈추고 귀를 기울였다. 발자국 소리도, 경보도 들리지 않았다. 누군가가 기침을 했지만 복도 끝 문안에서 나는 소리였다. 사냥꾼은 기침하는 사람은 신경 쓰지 않았다. 어느 면에서도 전혀 신경 쓰지 않았다.

방 안에는 책상 하나, 의자 둘, 시계와 화분 몇 개가 있었다. 사냥꾼은 그중 아무 데도 신경 쓰지 않았다. 구석에 서류 캐비닛이 있었으니까. 그쪽으로 소리 없이 움직였다.

대부분의 사람은 아이들을 사냥한다면, 전화번호가 적힌 쪽지를 발견한다면, 그 번호가 요양원으로 연결된다는 것을 알게 된다면, 실마리가 없다고 여겼을 것이다. 대부분의 사람에겐 그게 사실이었을 테니까.

하지만 물론, 사냥꾼에겐 그렇지 않았다.

그는 요양원 주소를 알아낸 뒤 그리 찾아가 살폈다. 요양원에 자동차가 서너 대 있지만 트럭은 없으며, 그 차들이 머도사 부인의 고아원 옆에 있는 숲속 흙길에 자국을 남긴 차가 아님을 확인했다.

하지만 그것 역시 그를 가로막지는 않았다.

사냥꾼은 이 사냥감을, 자기들끼리 사는 일곱 아이를 전에도 사냥해 봤으니까. 그리고 그 애들이 예전에 사냥했던 다른 아이들과 다르다는 사실을 알고 있었으니까. 그는 아이들이 함께 지낼 것이며, 잡힌 곳으로 돌아가지 않을 것이고, 숨을 곳이 필요하다는 것을 알고 있었다. 집. 큰 집. 비어 있는 큰 집. 그리고 사냥꾼은 큰 집이 비게 되는 몇 가지 이유가 있음을 알고 있었다.

큰 집을 관리하기엔 너무 늙어 사는 곳을 옮기는 것도 이유 중 하나였다. 그런 사람들은 요양원에 가서 살 수도 있었다.

사냥꾼은 주머니에서 작은 손전등을 꺼냈다. 달칵 켰다. 빨갛고 희미한 불빛이 새어 나왔다. 앞을 비춰주긴 하지만, 창문이나 문틈 아래를 밝히거나 남의 눈에 띨 정도의 밝기는 아니었다. 그는 서류 캐비닛에 불을 비추고 서랍에 붙은 이름표를 아주 찬찬히 살폈다. 사냥꾼은 서류 파일을 서랍에서 꺼내 책상으로 가져가 앉아서 읽기 시작했다.

모든 서류 파일에는 끝없는 나날 요양원에 사는 사람들의 정보가 알파벳순으로 정리되어 있었다. 서류에 적힌 정보는 거의 모두가 재미없었다. 알마 아길라는 견과류 알레르기가 있었고, 그건 사냥꾼에게 중요하지 않았다(하지만 알마 아길라에겐 매우 중요했을 것이다). 유진 베르겐스타인은 하루 세 번 심장병 약을 먹어야 했고, 그건 사냥꾼이 전혀 관심을 갖지 않는 부분이었다. 글래디스 브레킨리지는 취미에 스카이다이빙을 적었고, 사실 굉장히 흥미로운 사항이지만 사냥꾼에겐 해당되지 않았다.

사냥꾼은 모든 것을 보는 사람이므로 모든 정보를 봤다. 하지만 그가 가장 크게 관심을 보인 부분은 하나였다. 이전 주소라고 적힌 항목이었다.

사냥꾼은 작은 수첩과 펜을 주머니에서 꺼냈다. 매우 날카로운 치아로 새빨간 손전등을 물었다. 그리고 끝없는 나날 요양원 사람들의 이전 주소를 전부 적었다.

알마 아길라는 밀버그에 살다가 왔다. 그 주소가 사냥꾼 수첩에 적혔다. 유진 베르겐스타인의 포트 오이스터 주소가 그 아래 적혔다. 글래디스 브레킨리지는 포지 시의 수이지 스트리트에 살았었다. 수이지*라니, 거리에 붙이기엔 지독한 이름이지만 사냥꾼은 아무 생각 없이 적었다.

하지만 그다음, 네 번째 파일. 크로워드, 아서라는 이름이 붙은 것이 있었다. 바로 거기, 장의사라고 적힌 이전 직업 항목 바로 아래 이전 주소가 적혀 있었다.

하지만 아서 크로워드는 주소를 기록하지 않았다. 아니, 적긴 했는데 두꺼운 검정색 마커로 시커멓게 지워놓았다. 읽을 수가 없었다. 감춰져 있었다.

"매우," 사냥꾼이 작게 중얼거렸다. "흥미롭군."

은퇴한 장의사의 주소를 감출 이유는 없었다. 아니, 그럴 이유가 하나는 있음을 사냥꾼은 알았다. 무엇인가를 감추는 건 찾는 사람이 있기 때문이다. 숨는 자가 있다면 항상 찾는 자도 있다.

사냥꾼은 눈을 가늘게 뜨고 들여다봤다. 주소는 과연 새카만 잉크로 지워져 있었다. 적어도 거리 이름과 번지수는 그랬다. 하지만 도시는? 주소를 가리는 검은 잉크에서 도시 이름의 첫 글자 S의 끄트머리가 조금 튀어나와 있었다. 그리고 여러 글자 다음(맨 끝은 아니었다)에 t 혹은 l 두 개의 아래쪽이 보였다.

---

* sewerage. '하수도'란 뜻.

몇 분 뒤 사냥꾼은 수첩에 주소를 가득 적은 뒤 파일을 모두 캐비닛에 조심스레 넣었다. 떠나기 전 창문 잠금장치에서 진흙을 떼어내 주머니에 넣었다. 끝없는 나날 요양원 원장은 이튿날 출근한 뒤에도 사냥꾼이 왔었음을 전혀 알지 못할 터였다. 사냥꾼은 사냥감이 쫓기는 것을 모를 때 가장 쉽게 잡을 수 있다는 것을 아니까.

한 시간 뒤, 사냥꾼은 매우 조용하고 매우 작고 매우 깔끔한 집 식탁에 앉아 있었다. 앞에는 지도 한 장이 펼쳐져 있었다. 그는 끝없는 나날 요양원에서 점점 큰 동그라미를 그리며 지도를 살폈다.

그의 눈이 동그라미를 그리길 멈췄다. 그리고 그가 가본 적 없는 소도시의 작은 점에 시선을 고정했다. 도시 이름은 대문자 S로 시작하고 소문자 l 두 개로 끝났다. 슬러터빌. 점의 이름이었다.

"아," 사냥꾼이 말했다. "하."

28

대회가 열리는 날 아침, 라바니는 창문으로 비치는 햇빛을 보고 씩 웃었다. 대회 날이 왔다. 라바니 포스터가 드디어, 정말로, 친구와 함께 레드강 뗏목 대회에 참가해 물을 튀기면서 웃어대는 날이 왔다.

언젠가 그날에 온 것을 환영해.

라바니는 담요를 밀치고 그 멋진 날을 향해 달려 나갔다.

아침 식사를 하러 가던 라바니는 책상에서 자기 이름과 나이를 적어둔 신청서를 봤다. 하지만 맨 위의 굵은 글자를 보자 미소가 사라졌다. '참가 팀은 반드시 등록해야 함.'

라바니의 심장이 툭 떨어졌다. 대회에 정식으로 등록하는 것을 잊고 있었다.

라바니는 계단을 달려 내려가 어머니가 부모 서명란에 이름을 적도록 식탁 앞에 잠시 멈춘 뒤 현관으로 나가서 거리를 내달려 디어링 가족의 집 문을 두드렸다.

버지니아가 머리를 하나로 묶고 손에는 고무장갑을 끼고 물통을 들고서 땀을 흘리며 문을 열었다.

"안녕." 버지니아가 말했다. "청소 시간이야. 도와주러 왔어?"

"아니!" 라바니가 숨을 몰아쉬며 말했다. 그리고 등록 서류를 들어 올렸다. "대회에 등록을 안 했어! 우리—"

버지니아가 손을 들어 당황해서 말을 쏟아내는 라바니를 멈췄다. "알았어. 콜트!" 버지니아가 어깨 너머로 콜트를 불렀다. "이리 나와봐!"

일 분 뒤, 콜트가 현관 앞으로 나왔다.

"변기 닦는 것보다 훨씬, 훨씬 재미있는 일로 부른 거겠지." 콜트가 말했다. "이제 막 닦는 리듬에 익숙해졌는데."

"할 일이 있어. 그만 떠들고 이 신청서에 오빠 솜씨를 보여줘."

콜트가 입을 꾹 다물고 흐음 소리를 냈다. "요즘은 부탁을 그런 식으로 하냐?"

"응. 난 부탁을 이렇게 해."

"내가 그걸 모르겠냐. 알겠다, 사랑하는 동생아. 그렇게 상냥하게 부탁을 하니 들어주지."

콜트는 라바니에게서 펜을 받더니 작업을 시작했다. "내가 부모님 부분만 다 할게. 나머지는 네가 맡아. 두 가지 방식으로 쓰는 게 더 설득력 있지. 우리 자애로운 어머니가 슬러터빌에서 쓰는 이름이 뭐였더라?"

"플로렌스." 버지니아가 대답했다.

"그렇지."

콜트는 흐르는 듯 우아한 필기체로 서명했다. 플로렌스 디어링. 라바니는 믿을 수 없어 눈을 깜빡였다. 오싹할 정도였다. 열세 살짜리 소년의 손 글씨라고는 상상할 수 없었다. 부엌문을 통해 들려오던 베스의 목소리처럼, 콜트의 화려한 글씨체도 놀라우리만큼, 의심의 여지 없이 어른의 것이었다.

"받으렴, 얘야." 콜트가 말하더니 버지니아가 손을 내밀자 신청서를 도로 가져갔다. "감사합니다, 라고 해야지?"

"변기 닦으러 가야 하지 않아?" 버지니아가 말했다.

콜트가 혀를 쯧 찼다.

"엄마한테 말투가 그게 뭐니?" 콜트는 이렇게 말했지만 라바니에게 서류를 건넸다.

"대단해." 라바니가 완벽한 가짜 서명을 보고 말했다.

"기 살려주지 마." 버지니아가 말했다. "그럼 가봐. 나중에 보자,

동지."

라바니는 현관 계단을 내려갔다. 그러다가 멈췄다. 그리고 선택
했다. 작은 선택이라고 생각했다.

삶은, 그리고 이야기는 크고 작은 선택에 의해 만들어진다. 하지
만 한 영혼이 선택을 하고도 깨닫지 못하는 때가 있다. 아니, 작은
선택이 아주 큰 결과를 낳으리라는 것을 깨닫지 못하기도 한다.

시내를 가로지르는 것보다는 숲을 가로지르는 것이 빨랐다. 그
리고 나무와 새들 사이를 걷는 편이 더 즐거울 것 같았다. 그래서
라바니는 래거본드 가족의 집을 돌아서 시내를 따라 괴짜 별종호
를 지나쳐 시냇가에 자라는 나무들을 가로질러 걸어갔다.

아, 선택이란.

29

참가신청서를 들고서 다리로 다가가던 라바니는 그 소리를 들
었다.

망치질 소리, 물 튀는 소리와 말소리가 들렸다.

물론 도니였다. 항상 도니였으니까.

라바니는 웅크리고 덤불 사이로 몰래 내다봤다.

도니와 스티비가 다리 아래, 시냇가 진흙에 웃옷을 벗고 흙투성
이가 된 채로 서 있었다. 뒤에는 그 애들의 보트가 있었다. 판자와

합판을 얼기설기 못질해서 낡은 자동차 타이어 위에 밧줄로 묶은 것이었다.

그 애들은 라바니를 보지 못했다.

라바니는 주위를 둘러봤다. 옆의 시내에 바위가 몇 개 있었다. 그쪽으로 시내를 건너 숲을 가로질러 돌아가면 도니와 스티비 몰래 지나갈 수 있을 것 같았다.

좋은 계획이었다. 라바니는 소리 없이 달아나기 시작했다.

마지막 바위에서 걸렸다. 원래 그런 법이니까. 그렇지 않은가?

바위가 흔들렸다. 라바니는 비틀거렸다. 한쪽 발을 흔들며 양손을 마구 휘두르다가 쓰러졌다. 종아리 깊이의 시내에 균형을 잃고 빠져, 두어 번 물을 첨벙거리고 제대로 섰다.

"뭐야?" 도니의 목소리가 시내를 따라 올라왔다.

"곰일까?" 스티비가 재빨리 물었다. 스티비 퓰러는 자주 곰을 걱정하는 듯했다.

"알아보자." 도니가 대답했다.

라바니는 그냥 내달렸다.

"사람이다!" 스티비의 목소리였다. "옷이 보였어!"

라바니는 깡마른 두 다리로 속력을 짜냈다. 아니, 그러려고 했다. 애초에 짜낼 에너지가 별로 없을 뿐.

"라비올리잖아!" 도니가 헉헉대면서도 신이 나서 외쳤다. 그리고 위협적으로 목소리를 깔았다. "멈추는 게 좋을 거다, 라비올리!"

좋을 거란 최악이란 뜻이었다. 물론 라바니는 그 말뜻을 알았다.

도니는 멈추지 않으면 어떻게 할 거라고는 말할 필요가 없었다.

라바니는 달리기를 멈췄다. 그리고 돌아서서 도니와 스티비를 마주 봤다.

땀으로 범벅이 된 그 애들은 비웃음을 지으며 다가왔다.

라바니는 마음을 단단히 먹었다. 놀리고, 밀치고, 분명 조롱할 것이었다. 늘 그랬으니까 확실했다.

하지만 도니의 눈이 라바니가 손에 들고 있는 서류에 닿았다. "그건 뭐냐?"

라바니의 입이 말랐다. "아무것도 아냐."

"아무것도 아니긴. 이리 내놔."

"내 거야." 하지만 라바니가 그렇게 말하는 순간 도니가 손에서 서류를 낚아채 갔다.

"농담이겠지." 도니가 콧방귀를 뀌며 서류를 읽었다. "네가 뗏목 경주에 나간다고?"

스티비가 킥킥거렸다. "뭐?! 누가 쟤랑 같이 나가냐?"

도니가 신청서를 노려보더니 라바니에게 물었다. "버지니아 디어링이 대체 누구야?"

라바니는 가엾은 표정으로 눈을 깜빡이다가 입술을 깨물었다. 도니의 눈이 알겠다는 듯 커졌다.

"아. 그 괴짜 맞지? 휴." 도니는 라바니를 향해 신청서를 내밀었지만, 라바니가 잡으려고 하자 위로 치켜들었다. "어어." 양손으로 신청서를 들었다. "턱도 없는 소리, 라비올리." 도니는 일부러 천천히 신청서를 반으로 찢었다. 그리고 다시 찢었다. 또다시. "애기들은 경주에 못 나가지. 괴짜도. 사이코도."

라바니는 괴로움을 꿀꺽 삼켰다. 우는 모습을 보여 도니를 만족시키고 싶지 않았다. 하지만 온 세상이 흐릿해졌다.

"경주에 안 나갈 거지, 그렇지, 라비올리?" 도니가 종잇조각을 라바니 쪽으로 던지며 물었다. 라바니는 눈물 고인 눈을 깜빡이며 도니의 치켜올린 눈썹을 보고 경고하는 목소리를 들었다. 라바니는 아주 잠시 망설였다. 버지니아는 라바니에게 참가 신청을 맡겼다. 하지만 래거본드 가족 모두는 라바니에게 비밀을 맡겼다.

"난…… 난……." 라바니가 중얼거렸다.

"경주에 안 나갈 거지, 그렇지, 라비올리?" 도니가 더욱 낮은 목소리로 물었다.

라바니는 목이 메어 고개만 저었다.

"네 목소리를 들어야 되겠다, 얼간아." 도니가 으르렁거렸다.

라바니는 침을 삼켰다. "경주 안 나가." 날개가 부러진 참새 같은 목소리였다.

"그렇지. 아니면 내가 어떻게 할지 알잖아?"

라바니가 고개를 끄덕였다.

"뭐? 어떻게 할 건데, 도니?" 스티비가 헉헉거리며 물었다.

"닥쳐, 스티비." 도니가 으르렁거렸다. "네가 낄 문제가 아니야."

"야." 스티비가 나무를 올려다보며 불쑥 물었다. "저 쓰레기는 다 뭐냐?"

246

도니가 올려다봤다. 뭔가 싶어 이맛살을 찡그렸다.

라바니도 고개를 들었다. 그리고 소리 없이 욕했다.

라바니는 달아나느라 급한 나머지, 습관인지 우연인지, 도니에게 알려주고 싶지 않은 곳으로 와버린 것이다.

"저거…… 새집이네." 도니가 말했다. 얼굴에 불쾌한 미소를 지으며 라바니를 봤다. "네가 다 만든 거지, 안 그러냐, 별종아?"

라바니는 헤이븐 할로를 올려다봤다. 경사 지붕, 정성 들여 깎아낸 문, 횃대와 현관, 빨강 파랑 초록. 라바니가 직접 만들어 건 작은 집들. 순간, 라바니는 그것들을 도니의 시선으로 봤다. 낡고 어리석고 의미 없는 것으로. 종이 피아노처럼.

아니다. 버지니아가 그날 자기 방에서 한 말이 옳았다. 라바니는 도니의 눈으로 세상을 볼 수 없었다.

라바니는 도니를 돌아봤다. 그리고 고개를 들었다. "그래. 내가 만들어서 나무에 달았어. 작은 마을처럼. 되새 집도 있고, 참새 집도 있고—"

"관심 없어." 도니가 내뱉듯이 말했다. "바보 같은 짓이야."

라바니는 고개를 저으며 도니의 눈을 똑바로 봤다.

"그렇지 않아." 부드럽지만 단호한 말투였다. "훌륭한 거야."

목에서 느껴지는 자신의 목소리가 달랐다. 새로 산 신발을 신은 느낌이었다. 드디어 맞는 신발, 크기가 적당한 신발을 신은 느낌. 살갗이 떨렸다. 라바니는 금처럼 귀한 사람이었다.

도니가 입을 꾹 다물었다. 두 눈이 상어 이빨처럼 번득였다.

"너 뭐 잘못 먹은 거냐, 라비올리. 알겠다. 걔 때문이지? 네가 얼마나 시시한 놈인지 멍청해서 모르는 사람이 있다고 뭐가 달라진 거 같아? 그거 아냐?" 땀범벅이 된 얼굴이 시뻘겋게 달아오른 도니가 다가왔다. "달라진. 건. 없다. 넌 옛날이나 지금이나 똑같은 별종이야. 앞으로도 그럴 거고."

라바니가 고개를 저었다. "아니, 그렇지 않아. 그리고 네가 날 마음대로 할 순 없어."

도니가 콧구멍을 벌름거리며 숨을 내쉬었다. "넌. 그래. 난. 할 수 있고."

도니가 스티비에게 손을 내밀었다. 그러자 스티비가 무언가를 건넸는데, 라바니가 그 순간까지 알아차리지 못한 것이었다.

망치.

도니는 망치 머리를 잡더니 라바니에게 나무 손잡이 쪽을 내밀었다.

"전부 다." 도니가 말했다.

라바니는 도니의 말뜻을 깨닫고 숨을 쉴 수 없었다. 영웅이 된 기분은 싹 사라지고 온몸이 떨렸다. 자존감이 산산조각 났다.

라바니가 고개를 저었다. "아니, 도니, 부탁이야. 저건 집이야. 그 안에 둥지가 있어. 네가—"

"난 아무것도 안 해. 네가 하지."

라바니가 고개를 더 세게 저었다. "나도 안 해. 이러지 마, 도니."

"네 선택이야, 라비올리. 하라고. 아니면 네놈 비밀을 떠들어댈 테니까."

"무슨 비밀?" 스티비가 물었다.

"닥쳐, 스티비." 도니와 라바니가 동시에 말했다.

주위 나무에서 새들이 명랑하게 지저귀고 있었다. 날개를 파닥이며 깃털 달린 몸으로 가지에서 가지로, 집에서 집으로 날아다녔다.

라바니는 자기 손을 기다리는 망치를 봤다.

새들을 안전하게 지켜줄 수 있다고 생각했었다. 친구를 사귈 수 있다고 생각했었다. 친구가 되어줄 수 있다고 생각했었다. 잠시, 전과 다른 존재가 될 수 있다고 생각했었다. 하지만 잠시라는 시간은 오래 지속되지 못한다.

한 영혼이 꿈을 꿀 때가 있다. 그렇다. 하지만 한 영혼은 깨어날 때도 있다.

"네," 도니가 다시 말했다. "선택이야."

30

라바니는 오팔 로드를 걸어 집으로 갔다. 방에 들어가 문을 잠그고 나가지 않을 생각이었다. 가능하면 영영, 적어도 그날 하루 동안은. 버지니아를 마주할 수 없었다.

하지만 저런. 그날 라바니의 계획은 하나도 이뤄지지 않았다.

"안녕, 라바니." 버지니아의 목소리가 자기 집 현관에서 라바니를 불렀다. 난간에 발판이 걸려 있었고, 버지니아는 그 옆에 막대기를 들고 서서 땀을 흘리고 있었다. 라바니는 손을 흔든 다음 발걸음을 재촉했다.

"신청서 냈어?" 버지니아가 막대기를 내려놓고 난간을 뛰어넘으며 물었다. 라바니는 계속 걸었다. "어! 어디 가?"

라바니는 걸음을 멈추고 돌아섰다. 결국 그 애를 마주 봐야 했다. "경주 안 나가." 부루퉁한 목소리였다.

버지니아의 주름살이 깊어졌다.

"무슨 소리야? 왜 안 나가?"

라바니는 말하고 싶지 않았다. 그래서 말하지 않았다. 대신 도니와 함께 숲에서 마침내 깨달은 사실을 말했다.

"넌 떠날 거지, 버지니아." 라바니가 말했다.

버지니아가 자기 집 현관을 한 번 보고 아무도 듣지 않는지 확인했다. "응. 언젠가는."

그날에 온 걸 환영해. 라바니는 말하고 싶었다. 이미 그날이 왔어. 하지만 말하지 않았다. "그걸 오늘 처음 안 건 아니잖아. 그거랑 경주가 무슨 상관인데?"

"네가 달아난 뒤에도 난 여기 붙어살아야 해. 혼자. 그리고 도니도 여기 있을 거야. 그러면…… 그때는 더 힘들어—" 라바니는 무슨 말을 해야 할지 몰라 목소리가 갈라졌다. 그때는 더 힘들어질 거야. 친구가 있으면 얼마나 좋은지 알고 난 뒤에 외로워지면.

버지니아가 혀를 찼다. "아. 도니와 마주쳤구나? 걔가 경주에 나

가지 말라고 해?" 버지니아가 어이없다는 표정을 지었다. "그만 좀
해라, 라브."

라바니는 화가 나서 욱했다.

"그만하라고?" 발끈해서 말을 내뱉었다. 라바니는 도니에게 화
가 났고, 자신에게 화가 났으며, 온 세상이 무너지는 것 같은데 어
이없다는 표정을 지으며 졸린 목소리로 말하는 버지니아에게도
화가 났다. 그때였다, 버지니아에게 사실대로 말할 때는. 버지니아
에게 어떤 위험이 닥쳤는지, 어떤 위험으로부터 그 애를 보호하려
고 라바니가 싸우고 있었는지. 라바니는 떨리는 목소리를 진정시
키려고 숨을 들이쉬었다.

"잘 들어. 도니 카터가 알아."

하지만 버지니아는 어이없다는 표정으로 라바니의 말을 잘랐
다. "어휴, 멍청이 도니 카터 걱정은 그만해. 그 애가 널 계속 휘두
르게 **놔둘** 순 없어, 라브."

라바니는 무시무시한 비밀을 잊고 더듬거렸다. "**놔둔**다고? 내가
놔두는 것 같아?"

버지니아가 콧구멍을 벌름거렸다. 그러고 나서 약간 쏘아붙이듯
말했다. "응, 좀 그래. 세상에 있는 도니 같은 애들은 항상 널 보고
쓸모없는 애라고 말할 거야. 그걸 믿느냐 마느냐는 네 선택이지."

라바니는 눈이 뜨끈해졌고, 목구멍에 치미는 울분을 꾹 삼켰다.
"네가 뭘 알아? 너희는 힘들어지면 그냥 도망치잖아."

버지니아는 숨을 고르느라 어깨를 들썩였다. 눈빛이 시시각각

싸늘해졌다.

"난 잘 알아." 버지니아가 말했다. "어떤 사람이 될지 내가 선택하는 편이 남이 선택하도록 두는 것보다 훨씬 낫다는 걸. 경주에 나가고 싶으면 나가. 내가 떠나면 집에 숨어서 겁쟁이 시절로 돌아갈 거니?"

라바니의 눈에 뜨거운 눈물이 솟았다. "네가 나타나기 전엔 아무렇지도 않았어." 라바니가 말했다. "네가 온 게 잘못이야."

잔인한 말이었다. 할 수 있는 말 중 가장 잔인한 말이라고 생각했다. 라바니의 생각은 틀렸다.

버지니아는 놀라지도, 울지도, 잔인한 말로 맞받아치지도 않았다.

그 애 얼굴은 언제나 그렇듯이 심각한 생각에 잠긴 듯한 표정이었다. 하지만 두 눈은 물기에 젖어 반짝였다.

그건 눈물이 아니었다. 버지니아가 눈물이라고 인정하지 않았기 때문이다.

"우린 동지잖아." 버지니아가 말했다.

라바니의 영혼이 부끄러움에 떨렸다. 하지만 몸을 데우려면 분노가 필요했다.

"그게 대체 무슨 뜻인데?" 라바니가 조롱했다. "넌 늘 다른 사람을 거짓말쟁이라고 하잖아. 하지만 거짓말쟁이는 너야. 내가, 뭐, 금처럼 귀하다고? 나도 노력해 봤어. 하지만 멍청한 짓이었어. 나는 네가 생각하는 그런 애가 아니야. 난 네 멍청한 종이 피아노가 아니라고." 그렇게 말하고 라바니는 숨이 멎을 뻔했다. 하지만 자기가 한 말이 다 싫어도 계속 말했다. 가끔 그렇게 될 때가 있다. "그리고 난 애너벨의 망가진, 멍청한 망원경도 아니야. 소원하고 거짓말하고 꾸며낸다고 아닌 게 될 수는 없어. 버지니아, 마법은 없어. 난 이제 네 말 안 믿어."

라바니가 용기를 내어 들여다본 버지니아의 눈은 맑았다. 눈물이 될 뻔한 것은 사라졌다.

"알겠어." 버지니아가 말했다. 높낮이 없는 목소리였다. 얼굴이 돌처럼 굳어 있었다. 친구가 아니라 낯선 사람의 목소리와 얼굴이었다. "우린 둘 다 선택을 했어. 둘 다 잘못된 선택을 한 것 같아." 버지니아가 고개를 저었다. "내 키스를 너한테 낭비하다니 믿을 수가 없어."

그리고 버지니아는 돌아서서 걸어가 버렸다. 발을 구르지도, 코를 훌쩍이지도, 주먹을 꽉 쥐지도 않았다. 그냥 걸어갔다. 라바니가 존재하지도 않는 듯, 거기 있다는 사실을 이미 잊은 듯.

라바니는 적이 쏘아붙이는 잔인한 말이 가장 깊은 상처를 주는 줄 알았었다. 그런 말을 들어보았고, 실제로 깊은 상처를 남겼으니까. 하지만 틀린 생각이었다.

친구가 쏘아붙이는 잔인한 말은 훨씬, 훨씬 더 깊은 상처를 주었다……. 듣는 쪽이든, 말하는 쪽이든.

31

라바니 포스터는 경주 없는 경주 날 내내 마음이 안정되지 않았다.

자기 방에 숨으려고 했다. 하지만 방에는 창문이 있어 길 건너, 일곱 이야기와 머리카락이 금빛인, 아마도 자신을 싫어하는 여자아이가 있는 2층집이 내다보였다.

라바니는 아래층으로 내려가려고 했지만 아래층에는 퇴근 후 집에 돌아온 과묵한 아버지와 예리한 눈과 캐묻는 질문으로 가득한 어머니가 있었다. 다친 마음이란 참 이상하게도, 가슴속 깊은 곳에 묻어도 감추기가 너무나 어려웠다.

결국 라바니는 집에서 나가기로 했다. 물론 앞마당은 제외였다. 그래서 뒷문으로 나가 차고로 들어갔다. 어둡고 거미줄이 많고 조용해서 라바니의 영혼과 잘 어울렸다.

흐릿한 초저녁 빛이 먼지 낀 창문을 통해 작업대까지 스며들었다. 도구들이 제자리에 조용히 걸려 있었다. 페인트 통은 구석에 있었다.

작업대에는 라바니가 이 주 전쯤 만들기 시작해 반쯤 완성한 새집이 놓여 있었다.

뭔가 만들면 기분이 좋아질 것 같았다. 찢어버리기보다는 조립하는 편이.

라바니는 망치를 내리고 새집 뒤판으로 쓸 합판을 들고서 이미 조립한 두 개의 판에 댔다. 그리고 작은 재목에 고정시켜 세웠다. 못이 똑바로 서도록 조심스레 망치질한 뒤, 완전히 꽂았다. 못을 더 들었다. 다시 박았다. 못을 두 개 더 박고 나자 새집 뒤판이 붙었다. 새 마을에 갖다 놓으면 멋질 것 같았다.

라바니의 눈앞이 흐려졌다. 눈을 문질러 닦았다. 그다음 합판을 들었다.

라바니는 새집을 매달고 뒤로 물러나 바라보는 자기 모습을 상상했다. 햇살이 가지 사이를 비추겠지. 멋질 것이다. 그렇지 않은가? 그렇겠지?

라바니는 다시 눈을 문질렀다. 목청을 가다듬었다.

문득, 그것이 행복하게 느껴지지 않았다. 숲속 새집들 사이에 혼자 서 있는 자신이.

한밤중 창가에 혼자 서 있는 아이처럼. 그리고 퀴퀴한 차고에 혼자 서 있는 아이처럼.

이야기가 그렇게 흘러갈 줄은 몰랐다. 옛날에 외롭고 친구 없는 아이가 있었는데, 그 아이가 외롭지 않아졌고 친구도 생기더니 다시 외롭고 친구 없는 아이가 되었다. 라바니는 옛날의 그 상태가 그 후로도 영원히 계속되어서는 안 된다고 생각했다. 상황은 나아져야 했다.

하지만 그건 주인공만 누릴 수 있는 건지도 몰랐다.

라바니는 훌쩍였다.

못을 하나 더 집었다. 망치를 휘둘렀다.

하지만 눈의 초점이 맞지 않았고, 망치가 못을 치고 구부러뜨린 다음 비껴 나가 엄지를 쿵 때리자 통증이 팔로 번지며 손을 움츠리는 바람에 나무판이 부서져 떨어졌다. 라바니는 욕을 하며 망치를 떨어뜨리고는 욱신거리는 엄지를 물고 피 맛과 아픔을 느끼면서 거기 멍하니 서 있었다.

소리가 들렸다. 흐느끼는 소리였고, 그것이 자기가 내는 소리임을 깨달았다. 또 한 번, 다시 한번 그 소리가 들렸다.

라바니는 엄지 때문에 우는 것이 아니었다. 솔직히, 굉장히 엄청 아팠지만.

모든 것이 엉망이었다. 라바니는 전부 도니 탓으로 돌리고 싶었다. 하지만 그럴 수 없었다. 도니가 선택을 한 것은 사실이다. 추악한 선택을. 하지만 라바니 역시 선택을 했다. 그리고 라바니는 도니의 아버지가 그 애를 어떻게 취급하는지 봤고 그 아저씨의 못된 성질과 거친 태도에 대해 쑥덕이는 소리도 들었다. 추악한 행동의 시작은 도니가 아니었다. 그런 행동이 도니에게 주어졌고, 도니는 그저 그것을 라바니에게 넘긴 거였다. 따지고 보면, 누가 그것을 당하고만 싶겠는가? 그래서 라바니는 그것을 버지니아에게 넘긴 것이었다.

선택.

라바니는 소맷자락으로 뺨을 닦았다. 막힌 코로 숨을 내쉬려고 했다.

등 뒤에서 들리는 소리에 라바니는 깜짝 놀랐다. 녹슨 경첩이 끼익거리더니 조심스러운 발자국 소리가 들렸다. 버지니아! 라바니는 그렇게 생각하고 돌아섰다.

하지만 아버지였다. 아버지가 우람한 체격으로 문을 겨우 통과했다.

"어," 아버지가 중얼거렸다. "미안하다. 네가 여기 있는지 몰랐다." 아버지가 돌아서려다가 눈물에 젖은 라바니의 얼굴을 보더니 한 손으로 손잡이를 잡은 채 걸음을 멈췄다. "어. 너…… 음…… 너…… 괜찮니?"

네. 라바니는 이렇게 말하려고 입을 열었다. 괜찮아요. 그동안 정말로는 어떻든지 그렇게 말하곤 했으니까. 그러는 편이 쉬웠으니까. 어떤 진실은 마음속 깊이 묻어두는 게 편했으니까. 게다가, 라바니와 아버지는 대화를 하지 않았다. 라바니는 새, 아버지는 야구를 좋아했으니까.

하지만 한 영혼이 어둠 속에서 길을 잃게 되면 손을 내밀기도 한다.

그래서 "아뇨." 라바니는 이렇게 대답했다. "괜찮지 않아요."

아버지가 입을 열었다. 라바니는 알지 못했지만, 아버지는 입을 열어 아, 그래. 엄마를 부르마라고 말하려고 했다. 보통 아버지는 그렇게 말하곤 했으니까. 그러는 게 편했으니까. 아들은 새, 아버지는 야구를 좋아했으니까.

하지만 한 영혼이 늘 하던 방법이 반드시 좋은 방법은 아님을 조용히 깨닫는 때가 있다. 한 영혼이 손을 내밀면 다른 영혼이 맞잡을 때가 있다. 어떻게 잡는지 잘 모른다 하더라도.

그래서 아버지는 침을 삼키고 문으로 들어가 라바니에게 다가 갔다.

선택.

"뭐가 잘못됐니?"

라바니는 무슨 말을 해야 할지 알지 못했다. 진실한 답이 **전부요** 일 때는 대답하기가 어렵다. 그래서 새집을 향해 고개를 숙였다.

"제가 부쉈어요." 라바니가 말했다.

"아." 아버지가 새집 조각을 집어 들었다. 들고 이리저리 돌려 봤다. "이건 고칠 수 있다." 아버지가 중얼거렸다.

"제가…… 모두 망쳤어요."

아버지가 입을 꾹 다물었다. "아." 숨을 깊이 들이쉬더니 내쉬었 다. "도니냐?"

라바니가 고개를 끄덕였다.

"버지니아도?"

라바니가 다시 끄덕였다.

아버지가 목청을 가다듬었다. 그리고 입을 열었다 다물었다. 이 맛살을 찌푸렸다.

"도니는 고치지 못하지." 아버지가 말했다.

라바니는 한숨을 쉬었다. "알아요."

"하지만 버지니아는……."

아버지는 합판에서 튀어나온 구부러진 못을 가리켰다. "우선,

잘못한 것은 바로잡아야지." 아버지는 라바니 쪽으로 망치를 밀더니 합판을 건넸다. 라바니는 망치를 들고 뒤로 돌려서 망가진 못을 뽑아냈다.

"그렇지." 아버지가 서랍에서 목재용 풀을 꺼냈다. "이제 네가 부순 것을 고쳐야지." 아버지는 뭉툭하고 굳은살이 박인 손가락으로 남은 구멍을 가리켰다. 라바니는 눈을 가늘게 뜨고 손에 힘을 주고서 풀을 구멍과 합판 가장자리에 짜냈다. 아버지가 손을 뻗어 두 합판을 잡아줬다.

"그다음엔 바로잡으려무나."

라바니는 한 손에 망치를 들고 한 손에는 새 못을 들었다. 못 끝을 구멍에 밀어 넣었다. 숨을 참고 조심해서 못을 제자리에 박았다. 못을 하나 더 들어 반복했다. 그리고 아버지가 나무를 잘 잡고 있는 동안, 못 세 개를 차례로 더 박아 넣었다.

라바니는 망치를 내려놓았다. 아버지도 새집을 가만히 내려놓았다.

"자." 아버지가 말했다. "알겠지? 이제 더 좋아졌구나." 아버지는 언제나 그렇듯이 부드러운 목소리로 말했지만, 고개를 숙이더니 목소리를 더욱 낮췄다. "가끔은 말이다, 뭘 부수더라도 제대로 고치면 전보다 더 튼튼해진단다."

라바니가 훌쩍였다. "하지만 사람도 그렇게 쉬운지 모르겠어요."

아버지가 어깨를 으쓱였다. "가끔은 훨씬 더 쉽지. 사람들은 보통 고치길 원하거든."

라바니는 고개를 저었다. 달빛 아래 도착한 트럭과 함께, 라바니의 하루하루는 좋든 나쁘든 뜻밖의 일로 가득했었다. 하지만 아버지에게 이런 말을 듣게 된 것이 가장 뜻밖이었다.

"어떻게…… 어떻게 그런 걸 다 아세요?" 라바니가 물었다.

"나는 결혼한 지 꽤 됐잖니, 아들." 아버지가 말했다. "나도 새집을 꽤 부숴거든."

라바니는 아버지를 봤다. 말은 거의 안 하지만 물건을 고치고, 만들고, 들어 올릴 수 있는 아버지. 떡 벌어진 어깨와 두툼한 팔, 흔들림 없는 손을 가진 아버지. 두렵지도, 약하지도, 이래라저래라하지도 않는 아버지. 자신처럼 강하지도, 확신에 차지도 못한 아들이 있는 아버지.

라바니는 다시 눈물이 났다.

"죄송해요." 라바니가 말했다. "제가 너무……." 목소리가 갈라졌다. "죄송해요……." 라바니가 떨리는 숨을 내쉬었다. "전 새예요. 아버지는 야구고." 라바니는 목이 메었지만 꾹 누르며 말을 마쳤다. "아버지가 원하는 아들이 못 돼서 죄송해요."

라바니는 그것이 사실인 양 말했다. 물론 사실이니까. 라바니의 영혼에겐 그것이 사실이었다.

하지만 우리 영혼이 늘 진실을 아는 건 아니다. 그렇다고 확신할 때까지도.

한 순간이었다. 잠깐의 순간은. 침묵의 순간은. 눈물을 글썽이며 얼굴이 붉어져 바닥을 내려다보는 라바니의 순간은. 말없이 선 아버지의 순간은.

그리고 라바니는 옷감이 부스럭거리는 소리, 콘크리트 바닥에 닿는 소리, 숨소리를 들었다. 눈을 깜빡여 눈물을 흘려보내고 나니 아버지가 자기 얼굴을 들여다보려고 앞에 무릎을 꿇고 있었다.

"네게 어떻게 말해야 할지 모르겠구나." 아버지가 속삭이듯 말했다. "그래. 하지만 그건 내 잘못이야. 네 잘못이 아니고." 아버지는 입술을 핥으며 무슨 말을 할지 궁리했다. 그리고 질문을 하나 찾았다. "내가 네 엄마를 사랑하게 된 이유를 아니?"

라바니는 눈을 깜빡였다. "아뇨."

아버지는 잠시 입술을 깨물더니 양손을 들었다. 상처투성이에, 크고 강한 손. 투박한 손톱과 털이 난 손가락, 소시지처럼 뭉툭한 손끝이 보였다.

"나는 이런 것을 잘한단다. 늘 그랬어. 쪼개고 붙이는 걸 잘하지. 내 아버지도 나와 같았어. 형제들도. 노래는 못 부르고, 시도 못 쓰고, 새 이름도 모른다. 예쁜 그림도 못 그리고. 팔 힘이 세고 손재주가 있지. 그리고 그게 자랑스러워. 그걸 잘하니까. 솔직한 말이다." 아버지가 눈썹을 치켜올리자 눈이 경이로 가득 차 반짝였다. "하지만 네 엄마는 나와 전혀 달라. 이…… 이 못난 세상을 보면서 예쁜 것들을 찾아내지. 네 엄마는 이 못생긴 사람을, 피투성이 앞치마를 두르고 코가 부러져 비뚤어진 사람을 보고도 아마 나한테서 예쁜 것을 발견하겠지." 아버지가 목청을 가다듬었다. 얼굴이 조금 붉어졌다. 하지만 아버지는 숨을 들이쉬더니 계속 말했다. "그래서 네 엄마를 사랑한다. 네 엄마와 함께 있으면 나도…… 가끔은…… 예쁜 것을 볼 수 있으니까. 사랑 새라든지." 아버지의 거친 손이 내려와 라바니의 손을 잡았다. 라바니는 크고 거친 아버지 손에 쏙 들어간, 작고 부드러운 자기 손을 봤다. "아들. 세상에 야구는 차고 넘친다. 피투성이 주먹도. 세상에 조금 더 필요한 건 새일 거야. 너 같은 아이들도 그렇고." 아버지가 라바니의 손을 꼭 잡자 라바니가 고개를 들어 눈을 마주 봤다. "너는 내가 사랑하는 네 엄마를 꼭 닮았다. 너는 내가 꼭 원하는 아들이야. 비록 내가 그런 말을 할 줄 모르더라도 말이다."

너는 내가 꼭 원하는 아들이야.

아버지는 그런 말을 하는 법을 알고 있었다. 아버지는 그런 줄도 모르고, 아들이 간절히 듣고 싶었던 말을 해주었다.

라바니의 영혼이 떨며 끓어올랐다.

아버지가 힘주는 소리를 내며 일어났다. 어색한 표정으로 목덜미를 긁으며.

"그럼…… 그 여자아이와의 사이도 망가진 거니?"

"네." 라바니가 비참한 심정으로 끄덕였다.

"그럼 가서 고치려무나."

라바니는 먼지 낀 창문 밖을 내다봤다. 오래전, 갇힌 새가 자유를 찾아 날아간 창문을.

버지니아는 언젠가 떠날 것이다. 아마도 언젠가 곧.

그러니 곧 닥칠 미래 속에서 라바니는 좋은 친구가 **영영 못 될**

듯했다. 하지만 친구가 떠나기 전, 좋은 친구였던 아이로 돌아갈 수는 있을 것 같았다. 적어도 시도하기로 선택한 사람은 될 수 있었다.

라바니는 문을 향해 걷기 시작했다. 하지만 멈추고 아버지를 돌아봤다.

해야 할 말이 있었다. 해야 할 말을 하는 건 중요했다. 하지만 보여주는 것이 더 나을 때도 있다.

라바니는 재빨리 걸어 아버지를 등 뒤에서 꼭 껴안았다. 팔을 뻗어 아버지의 근육질 몸통을 감싸 안았다. 아버지는 잠시 긴장했다. 그리고 깊은숨을 내쉬더니 몸을 편안히 이완시켰다. 아버지는 라바니의 손을 어색하게 두드렸다.

라바니는 말하지 않았지만, 그래도 아버지는 들었다. 영혼들은 그럴 때가 있다.

"나도 그렇단다, 아들." 아버지가 말했다.

32

라바니가 다가갔을 땐 콜트가 집 앞 의자에 앉아 있었다. 그 애는 일어서지도, 웃지도, 인사를 건네지도 않았다.

"버지니아 집에 있어?"

"누군데 묻냐?" 콜트의 목소리는 차가웠고 눈빛은 더더욱 차가왔다.

"어어. 나."

콜트가 고개를 저었다. "그럼 없어."

라바니는 이해했다. 이제 다시 외부인이 된 것이다. 래거본드는 한 가족이었다. 그들은 서로를 지켰다.

"할 이야기가 있어, 콜트."

"걔는 너랑 할 이야기가 없대. 이야기하고 싶지도 않고."

라바니는 형뻘인 콜트의 사나운 눈빛에도 불구하고 한 걸음 나섰다. "있잖아. 내가 잘못했어. 아주. 하지만……." 라바니는 한숨을 내쉬었다. 진실을 말할 때였다. "난 친구가 있어본 게 처음이야. 친구가 된 것도 처음이야. 그래서…… 그래서 어떻게 친구가 되는 건지 아직 배우는 중이야."

콜트의 눈빛은 흔들리지도, 누그러지지도 않았다.

"이건…… 이건 개구리 잡기랑 비슷해." 라바니가 간절하게 말했다.

"그런가." 콜트가 멍하니 말했다.

"응. 제대로 할 줄 모르면 망치는 거야. 흙투성이가 되고. 실패해. 개구리들을 쫓아버리게 돼. 그렇지만 계속 노력하지. 제대로 할 때까지. 나한테도 제대로 할 기회가 필요해, 콜트."

"그럼 이 등식에서 내 동생이 개구리란 말이야?"

"음. 그런 셈이야. 하지만 그러니까, 단지—"

"아냐, 아냐. 그 부분이 마음에 들어." 콜트가 일어나 현관문으로 걸어가 손잡이를 잡았다. "하지만 그래도 넌 돌아가."

"잠깐만! 콜트, 부탁이야. 미안해." 라바니는 현관으로 올라가는 맨 아래 계단에 올라서서 속삭이는 목소리로 그러나 버지니아에 게 들리도록 말했다. "난 친구가 될 자격이 없을지도 몰라. 하지만 버지니아는 친구를 가질 자격이 있어. 내가 아는 누구보다도. 그렇 게 생각하지 않아?"

콜트는 손잡이를 쥔 손을 떼어냈다. "그래." 콜트가 나지막이 말 했다. 그리고 라바니의 눈을 봤다. "물론이지." 그리고 고개를 저었 다. "그래도 널 들여보낼 수는 없어." 콜트는 다시 말하고 눈을 가 늘게 떴다. "걘 자기 방에 있어."

라바니가 어깨를 축 늘어뜨렸다. 실패였다.

"걘…… 자기 방에 있다고." 콜트가 다시 말했다. 그리고 눈썹을 치켜올렸다. 그러자 라바니는 이해했다. 콜트는 문을 열어준 것이 아니었다. 창문을 열어준 것이었다.

라바니는 집 옆으로 달려간 뒤 버지니아 방 옆쪽 창이 보이도록 마당으로 조금 나갔다.

"버지니아." 라바니가 창문을 향해 불렀다.

"버지니아!" 더 크게.

콜트가 나와 집 앞 기둥에 기대서서 지켜봤다. 하지만 창문은 닫 힌 채로, 아무도 나오지 않았다.

라바니는 초조한 마음이 들어 어쩔 줄 몰랐다. 해가 지려 했다. 해야 할 말을 못 하고 하루를 마치고 싶지 않았다.

라바니는 발치의 땅을 내려다보고 풀밭에서 조약돌 몇 개를 주웠다. 겨냥한 뒤, 돌을 던졌다. 돌이 현관 지붕 배수관에 맞고 튀어나왔다.

"내가 던져줄까……" 콜트가 동정하는 말투로 물었다.

"아니! 내가 할 수 있어." 라바니가 식식거렸다. 고개를 젓고, 더 빨리 던져보았다. 돌이 다시 지붕에 맞았다. 하나는 완전히 다른 곳으로 날아갔고 현관으로 굴러떨어져 콜트가 고개를 숙여야 했다. 그다음 두 개는 배수관에 맞았다. 하나는 창문 왼쪽으로 몇 미터 거리의 벽에 맞았다. 그즈음 라바니는 헉헉거리며 이마에 땀을 뚝뚝 흘리고 있었다.

조약돌이 하나 남았다. 라바니는 팔을 뒤로 젖히며 겨냥했다. 하지만 누군가의 목소리에 손을 멈췄다. 높낮이 없는 차분한 목소리. 모닥불 냄새처럼 살짝 긁히는 소리.

"넌 정말 내가 본 사람 중에 던지기 제일 못한다."

라바니가 휙 돌았다.

버지니아가 3미터 떨어진 곳에, 뒷짐을 지고 절반은 햇빛 속에, 절반은 그늘 속에 서 있었다. "네가 콜트랑 하는 이야기 들었어. 그래서 뒷문으로 나왔어."

둘은 긴 그림자를 사이에 두고 거기 서 있었다.

"버지니아, 정말 미안해—"

"알아." 버지니아가 냉랭한 목소리로 말을 잘랐다. "네가 미안한 건 관심 없어."

"그럼…… 그럼 왜 여기 나온 거야?"

"좋은 질문이네."

라바니는 입을 열다가 다물었다. 버지니아는 한숨을 쉬었다.

"이유는 세 가지 정도야. 네가 콜트에게 한 말 들었어. 좋았어. 진심이었지. 둘째, 네가 아까 나한테 던진 나쁜 말? 모두 거짓말이고 나도 알고 있었어. 이 경우엔 네가 득을 본 셈이지."

"그러네. 세 번째 이유는 뭐야?"

버지니아는 입술을 깨물었다. "나…… 나도 친구가 되는 법을 몰라. 아니, 동지인가. 나도 배우는 중이야. 하지만 동지에게 잘못을 바로잡을 기회는 줘야 한다고 생각해. 그러니까 줄게. 어디 바로잡아 봐."

라바니는 침을 삼켰다. '미안해'는 이미 말했다.

"어. 뭐라고 말해야 하지?"

버지니아가 노려봤다. "내가 들으면 알 수 있을 거야."

라바니는 심호흡을 했다. 마음으로 느끼는 진실을 전할 말을 찾았다.

"네가 여기 오지 않았으면 좋겠다는 마음은 없어, 버지니아. 조금도." 라바니는 목소리가 떨려 숨을 한 번 들이쉬었다. "날마다 눈을 뜨면 네가 길 건너, 내 삶 속에 들어와서 기뻐. 만약에 내 심장이 노래할 수 있으면―"

"아, 그만 좀 해라, 라브." 버지니아가 인상을 쓰며 가로막았다. "네가 연설할 때 내가 바이올린이라도 연주하길 원해? 휴. 너무 애

쓰지 마."

"아."

버지니아가 한 걸음 다가갔다. "내가 어떤 사람이 아닌지 말해. 그리고 내가 어떤 사람인지 말하고. 그리고 사실을 말해."

라바니가 고개를 끄덕였다. 그날 아침에 한 말을 생각했다. "넌 거짓말쟁이가 아니야. 내가 마법을 믿는지는 모르겠지만 너는 믿어, 버지니아 디어링. 넌…… 넌 최고야."

버지니아가 눈을 깜빡였다.

"좀 낫네." 버지니아답지 않게 부드러운 목소리였다. "그럼 네가 어떤 사람이 아닌지, 어떤 사람인지 말해."

그건 더 어려웠다. 라바니는 자신이 누군지 잘 알 수 없었다. 도니의 말처럼 되고 싶지 않은 것은 분명했다. 하지만 라바니는 정말로 버지니아가 말한 것과 같은 존재일까? 아니면 라바니 스스로가 아직 모르는 존재일까?

하지만 자신이 어떤 사람이어야 하는지 몰라도 괜찮을 것 같았다. 그러기 위해 노력하기만 한다면. 과거보다 나은 사람이 되거나, 되어야 한다고 생각하는 사람이 되는 것은 사실 하나의 선택이 아닐 수도 있다. 그것은 천 가지, 아니 그보다 더 많은 선택일 것이다. 날마다 다시, 또다시, 또다시 선택해야 할 것이다.

"난 내가 원하는 사람이 아니야. 아직은."

버지니아가 한쪽 어깨를 으쓱였다. "그럼 어떤 사람이니?"

라바니는 흐릿한 분홍빛 구름을 올려다봤다. 그리고 다시 버지니아에게로 시선을 돌렸다. "나는…… 노력하는 사람."

버지니아가 고개를 끄덕였다. 그리고 미소를 지었다. 라바니도 미소를 지었다.

"좋은 대답이야, 동지."

"너랑 첫 키스를 할 만한 사람이 되고 싶어, 버지니아."

"잠깐…… 뭐라고?" 집 앞에서 콜트의 목소리가 치고 들어왔다. 라바니는 콜트가 거기 있다는 것을 완전히 잊고 있었다.

"입 다물어, 콜트" 버지니아가 고개도 돌리지 않고 말했다. "들어가, 그만."

앓는 소리와 요란한 한숨 소리, 문 닫히는 소리가 들렸다.

버지니아는 라바니의 손을 잡더니 눈을 들여다봤다. "네 꼴통이 되어줄게. 네가 내 또라이가 된다면."

라바니가 씩 웃으며 콧소리를 냈다. "좋아."

"그럼 이제 저 관을 가지고 경주에 가자."

라바니의 웃음이 사라졌다. 버지니아의 손을 놓았다.

"아. 참, 음, 경주는 못 나가, 버지니아."

"대체 왜?"

라바니는 입이 말랐다. 방금 고쳐놓은 관계를 다시 부숴야 했다. 하지만 드디어 옳은 일을 할 때가 되었다.

"도니가," 라바니가 말했다. "도니가 알아." 그리고 라바니는 모두 털어놓았다. 도니가 다리 아래서 그들의 대화를 엿들은 것. 협박. 돈. 새로운 사실을 밝힐 때마다 눈을 조금씩 더 크게 뜬 것 이

외에 버지니아는 아무 반응도 보이지 않았다. 그날 아침, 숲에서 망치를 가지고 도니가 라바니에게 선택하라고 한 일을 이야기할 때까지는.

"뭘 선택했니, 라바니?" 이야기를 마치자 버지니아가 긴장한 목소리로 물었다. 눈이 거리를 향했다. 벌써 퀴글리 보안관이 오고 있나?

라바니는 손을 내밀었다. 망치질하느라 물집이 잡히고, 새집 마을 전체를 부수고 뜯어내느라 피가 나고 손톱이 부러진 상처가 보였다.

"너랑 새집 사이에서 선택해야 했어." 라바니가 말했다. "쉬웠어. 너랑 무엇을 놓고 선택하라고 해도 널 선택할 거야."

버지니아는 이맛살을 찡그리고 라바니의 엉망이 된 손과 땅바닥을 차례로 봤다. 생각에 잠겨 입술을 깨물었다.

"심각하네." 버지니아가 중얼거렸다.

"알아. 미안해. 날 미워하겠지."

버지니아가 라바니를 봤다. "널 미워하지 않아. 한참 전에 내게 알렸어야지. 하지만 우릴 지키려고 한 거잖아. 그리고 비밀을 누설한 건 네가 아니야. 콜트였지." 버지니아가 고개를 저었다. "내가 아는 똑똑한 사람 중에 제일 바보거든."

"하지만…… 경주는 못 해. 도니가 하지 말랬어."

버지니아가 한심하다는 표정을 지었다. "도니 카터는 우리가 할 일을 선택하지 못해. 우린 경주에 나갈 거야."

"하지만—"

"내가 알아서 할게. 하지만 먼저, 저 관을 갖고 경주에 나갈 거야, 라브." 버지니아는 침을 삼키더니 눈길을 돌리고는 부드럽게 다시 말했다. "나머지는 내가 알아서 해. 그다음에." 버지니아가 고개를 저었다. "경주는 언제 시작해?"

"해가 지고 조금 뒤에."

"그럼 서둘러야지."

33

"와." 애너벨이 시냇가에 감추어놓은 괴짜 별종호를 내려다보며 말했다.

"그러게." 콜트도 휘파람을 불며 맞장구쳤다. "내가 본 관 중에선 제일 빠르겠다."

"고마워." 버지니아가 말했다. "하지만 칭찬이 아니라 도움이 필요해. 손잡이를 잡아줘, 여러분."

라바니와 콜트는 앞쪽 손잡이를 잡았고 버지니아와 애너벨은 뒤쪽을 잡았다. 배를 위로 들어 올리고 출발하자 잖는 소리와 힘주는 소리가 요란스레 터져 나왔다.

시내를 따라 내려간 뒤 얕은 도랑을 건넜다. 발을 헛디디고 땀을 흘리며 아이들은 숲을 지나 걸었다.

다리에 거의 다다랐을 때 콜트는 라바니를 흘깃거리면서 씩 웃었다.

"그럼…… 너네 진짜 키스했냐?" 콜트가 작게 얼버무렸지만, 충분히 얼버무리지 않은 모양이었다.

"그만해라, 콜트." 버지니아가 으르렁거렸다.

하지만 콜트는 계속 라바니를 봤다.

"로맨틱하진 않았어." 라바니가 얼굴을 붉히며 속삭였다. "실용적이었어."

콜트의 비웃음이 커졌다. "좋은 대답이다, 라브. 언젠가 나도 써먹어야지."

"내가 한 말이 아니야. 네 동생 말이지."

콜트의 표정이 굳었다. "으. 으웩."

아이들은 보트를 도로까지 밀고 당겨 올라갔다. 앞에 보이는 슬러터빌은 완전히 축제 분위기였다. 하늘에는 깃발이 휘날리고 자동차 통행을 막은 곳에선 아이들이 뛰어다니고 짭짤한 고기 냄새가 잔뜩 풍겼다.

아이들은 파티에 도착하자 잠시 구경거리가 됐다. 돌아갈 시간이 없어서 새빨간 관을 들고서 사람들 무리를 곧바로 뚫고 지나갔다. 보는 사람이 여럿이었다. "저기 지금…… **괴짜 별종호**라고 쓴 거야?" 누군가 속삭이는 소리가 들렸다. 래거본드 가족이 사람들 눈에 띌 생각이어서 다행이었다. 그 계획은 확실히 성공이었으니까.

저 앞에 레드강 뗏목 경주가 개최될 물가가 보였다. 들떠서 이리저리 움직이는 아이들 무리가 있었고 강 쪽으로 튀어나온 부두에 온갖 보트가 늘어서 있었다. 겨우 시간 맞추어 완성한 듯 보이는 보트들이었다.

라바니는 손에 클립보드를 들고 목에는 호루라기를 든 여성에게 다가갔다. 슬러터빌 학교(식칼의 발상지!)의 불만투성이 비서이자 경주 감독이 그런칠리 부인인 듯했으니까.

그런칠리 부인이 이야기하던 팀은 보트를 어깨에 메고 물가로 힘껏 옮겼다. 부인은 담배를 한 모금 길게 빨더니 라바니 쪽으로 돌아섰다. 아이들을 훑어본 부인은 담배를 문 채 말했다. "겨우 맞춰 왔구나." 다행이라기보다는 실망한 말투였다. "성이 뭐지?"

라바니가 눈이 휘둥그레져 얼어붙은 채 버지니아를 봤다. 당황한 나머지 그제야 깨달았던 것이다.

버지니아가 라바니를 노려봤다. "어려운 질문은 아닌데." 버지니아가 숨죽인 말투로 라바니에게 말했다. "네 성은 포스터야."

"나도 알아!" 라바니가 작게 말했다. "하지만……."

"포스터?" 그런칠리 부인이 쉰 목소리로 서류를 살폈다. "흐음. 포스터란 이름은 등록이 안 됐는데. 친구 이름으로 등록했니?" 부인이 콧구멍으로 흰 연기를 뿜었다.

"등록을 못 했어!" 라바니가 다급하게 버지니아에게 속삭였다. "난—"

"등록을 안 했다고?" 그런칠리 부인이 말했다. "그럼 참가 못 한다, 얘야."

"우…… 우…… 우린 서류를 잃어버렸어요. 하지만 다 적었고……."

그런칠리 부인이 어이없다는 표정을 지었다. "슬픈 사연은 필요 없다. 난…… 어머나, 저거 관이니?"

라바니가 침을 꿀꺽 삼켰다. "전엔 관이었죠." 버지니아의 안색이 질렸다. "하지만 지금은 보트예요."

"허." 그런칠리 부인이 무표정하게 말했다. "저런 건 처음이군." 부인의 얼굴은 애초에 전혀 상냥하지도 않았지만 더욱 심술궂어졌다.

"선생님. 서류를 잃어버려서 죄송해요." 버지니아가 엄숙한 얼굴에 불쌍한 강아지 눈을 하고 부인을 보며 말했다. "하지만 정말 제대로 적었으니까 혹시—"

"서류 없으면 경주는 못 나간다." 그런칠리 부인이 퉁명스레 딱 잘라 말했다. 그리고 폐 속 가득 연기를 빨았다. "나도 도와주고 싶구나, 얘야."

버지니아가 눈을 가늘게 떴다. "거짓말."

"버지니아!" 라바니가 속삭였다.

그런칠리 부인의 눈도 곧바로 가늘어졌다. "뭐라고?"

"종이 한 장일 뿐이잖아요." 버지니아가 퉁명스러운 목소리로 말했다. 서류가 세상을 돌아가게 한다는 사실을 잊은 모양이었다.

"잘 들어라, 얘야." 그런칠리 부인이 으르렁거리듯 말했다. 부인은 담배를 손에 들고 버지니아 쪽을 가리켰다. "그건 종이 한 장이 아니야. 법적 요건이라고. 넌 관심 없겠지만, 토미 윌리스란 아이가 이십 년 전 바로 그 자리에 서서 바로 이 경주에 참가해 보트에서 떨어졌는데 수영을 못 해서 죽었다. 사흘 뒤 스멜터빌에서 시체를 찾았지. 그 애 엄마가 허락한 적 없다면서 난리를 쳤다. 경주를 완전히 중단할 뻔했지." 부인이 담배를 길게 빨더니 씁쓸한 연기를 내뿜었다. "그리고 얘야. 난 또 토미 윌리스 같은 골칫거리를 감당할 기분이 아니다."

버지니아가 눈을 깜빡였다. 그리고 라바니를 곁눈질했다. "와, 그거 우울한 얘기다, 그렇지?"

"감사합니다, 선생님." 라바니가 말하고 버지니아의 옷자락을 당겼다. "귀찮게 해서 죄송해요."

그런칠리 부인은 버지니아를 노려보며 마지막으로 한 번 더 연기를 내뿜었다. "참가자 앞으로!" 부인이 외치더니 뒤도 안 돌아보고 강 쪽으로 걸어갔다.

"라브!" 버지니아가 뚱한 목소리로 내뱉듯이 말했다. "그냥 포기할 순 없어! 우린—"

"보트 잡아." 라바니가 콜트와 버지니아와 애너벨을 돌아보며 말했다. "빨리."

라바니가 아이들을 이끌고 경주를 보러 하류 쪽으로 걸어가는 사람들 무리를 등지고서 왼쪽 상류로 향했다. 강을 따라 산책길이 있어서 라바니는 최대한 빠르게 걸어갈 수 있었다. 라바니에게 좋은 생각이 있었다. 긴장됐다. 혼자라면 꿈도 꾸지 않았을 일이었다. 하지만 라바니는 동료를 생각해야 했다.

"경주는 저쪽 같은데, 개구리 마스터." 콜트가 말했다.

"우린 서류가 없어." 라바니는 걸음을 늦추지 않고서 힘겹게 대답했다. "하지만 보트는 있고 강도 있어. 경주에 참가 못 한다고 강에서 배도 못 탈 건 없지. 우리만의 출발점만 있으면 돼."

아이들은 오래되어 무너져 가는 부두로 향하는 흙길로 접어들었다. 여기저기가 썩고 판자가 빠진 부두는 강 쪽으로 향해 10미터 정도 뻗어 나가다가 라바니와 아버지가 여름날 오후 몇 번 어색하게 낚시를 하며 보낸 작은 오두막에서 끝이 났다.

라바니는 등록한 선수들이 서 있는 진짜 부두 쪽을 봤다. 아이들이 보트에 타고 있었다. 웃고 소리 지르고 물을 튀기는 소리가 들렸고, 적어도 보트 하나는 이미 뒤집혔다. 클립보드를 든 부인이 그들 사이를 바삐 오가며 명령을 내질렀다. 라바니는 부인이 자신들 쪽으로 시선을 돌리지 않기를 기도했다.

"가자!"

아이들이 부두를 향해 나아갔다. 헉헉거리며 보트를 강 상류 쪽, 오두막 뒤에 내려놓았다. 라바니는 오두막의 갈라진 벽 사이로 내다봤다. 진짜 경주에서 30미터밖에 떨어지지 않은 위치였다.

"물에 띄우자. 잘 맞춰서 해야 해."

아이들은 괴짜 별종호를 강에 텀벙 내려놓았다. 배는 출발할 준비가 된 듯 물 위에 떴다. 라바니가 노를 잡고서 버지니아에게 건넸다.

"너 수영할 줄 알지, 라브?" 버지니아가 물었다.

"그럼."

"좋았어. 나도 토미 윌리스 같은 골칫거리를 감당할 기분은 아니거든."

오두막 반대편에서 한 남자가 확성기에 대고 외치는 소리가 들렸다. 매년 경주는 시장의 연설과 함께 시작됐다.

"타." 라바니가 긴장되어 배가 뒤틀리는 느낌으로 말했다. "이제 곧 시작이야." 라바니와 콜트가 괴짜 별종호를 붙잡고 있는 사이 버지니아가 조심스레 탔다. 버지니아가 앞쪽에 자리를 잡고 노를 들었다. 라바니가 양쪽을 꽉 잡고 한 발을 살짝 넣었다. 관이 출렁거리자 심장이 뛰었다. 그곳 강은 깊었다. 바닥이 보이지 않을 만큼.

하류 쪽에서는 출발선에서 다른 참가자들이 법석을 떠는 소리가 들렸다. 도니도 그중 하나였다. 구경하러 모여든 사람의 환호와 목소리가 들렸다. 도시 전체가 모인 듯했다. 라바니는 관에 한 발을 넣고 얼어붙었다.

한 영혼이 바라던 것과 마주한 순간, 뛰어오를 용기가 없어질 때가 있다. 익숙한 상태에서 가능성을 향해 뛰어오르는 건 굉장한 일이다.

라바니는 있는 힘껏 두려움을 눌렀다. 두려움을 누르려고 애써 미소를 지었다. 모든 언젠가가 줄을 지어 겹치더니 그날이 되었고, 라바니는 바로 거기 있었다.

라바니는 나머지 한 발을 보트에 넣었다. 보트가 흔들리고, 좀 더 가라앉더니, 자리를 잡는 것이 느껴졌다. 그다음 무릎을 꿇고 부두에 놓아둔 노를 들었다.

애너벨이 입술을 잘근거리며 인상을 쓰고 있었다. 콜트는 의심쩍은 표정으로 보트를 봤다.

"몸을 숙이거나 하지 마. 틀림없이 뒤집힐 거야."

멀리서 확성기 목소리가 높아지고 커졌다. 결전의 순간이 왔다.

"가야 해." 라바니가 말했다. "밀어줘, 콜트."

콜트는 기우뚱거리는 관을 한 번 더 보더니 씩 웃으며 어깨를 으쓱였다. "알았어. 뭐, 그래, R. I. P.*다, 애들아. 편히 경주하기를 Race in Peace."

콜트가 살짝 밀자 배가 부두에서 미끄러져 나갔다.

"네가 왼쪽을 저어. 난 오른쪽을 저을게." 버지니아가 외쳤다. "그렇게 균형을 잡자."

몇 번 노를 젓고 나자 익숙해졌다. 두어 번 뒤집힐 뻔했지만, 노를 저을 때마다 균형이 잡히고 박자도 맞았다. 오두막 모퉁이를 돌아 강 중앙으로 접어들 무렵엔 배가 매끄럽게 나아가고 있었다.

콜트와 애너벨이 부두 끝으로 나와 속도를 높이는 둘을 향해 환호했다.

"이겨라, 동생!"

아이들이 노를 깊이 힘차게 젓자 물이 출렁이며 물보라를 일으

---

* Rest in Peace, '편히 쉬시기를'이란 뜻으로 고인의 명복을 빌 때 쓰는 문구.

278

컸다. 하늘은 대포 불꽃처럼 분홍색과 자주색 구름으로 물들었다. 하지만 가장자리는 어두웠다. 온 세상이 잘 익은 복숭앗빛에서 짙은 자둣빛으로 어두워지고 있었다. 라바니 포스터와 금빛 머리 소녀는 다가오는 밤을 향해, 전투를 향해 보트를 몰고 있었다.

그들 앞 다른 보트는 모두 출발선 밧줄을 잡고 모여 있었다. 온갖 쓰레기와 잡동사니를 뒤섞은 모습이었다. 판자와 매트, 술통과 욕조, 통나무와 타이어, 밧줄 등. 하지만 관은 없었다.

끄트머리, 부두 바로 옆에 도니와 스티비가 타이어 튜브로 만든 뗏목에 타고 있었다.

그들 모두 라바니와 버지니아, 괴짜 별종호를 등지고 있었다. 라바니는 모인 사람들, 메가폰을 든 시장, 클립보드를 든 담배 선생님을 훑어봤다. 아무도 라바니 쪽은 보지 않았다.

"경주 준비됐나?" 시장이 외쳤다. 보트를 붙잡은 아이들이 고함을 질렀다. 버지니아와 라바니는 더 세게 노를 저었다. 괴짜 별종호는 나무로 만든 어뢰처럼 물살을 가르고 있었다. 이제 20미터 정도 남았다.

"제자리에!"

참가팀들은 온몸을 긴장시키고 노를 들고 출발할 준비를 했다. 10미터.

시장이 신호용 피스톨을 하늘로 치켜들었다.

라바니는 노를 젓는 사이사이 지켜봤고, 그런칠리 부인이 고개를 돌렸다. 바로 그들 쪽으로. 부인의 눈이 커졌다. 화가 난 표정이었다.

5미터.

그런칠리 부인의 입이 열렸다. 파울을 외칠 거라고 라바니는 확신했다. 하지만 부인이 무슨 말을 하려 했든, 탕 하는 총소리에 묻혀버렸다.

그들이 다른 보트 뒤에 다가서는 순간, 출발선이 풀렸다.

환호성과 함께 보트들은 고함치는 소리와 텀벙거리는 소리, 노젓는 소리와 웃음소리 속으로 밀려 나갔고, 버지니아와 라바니와 괴짜 별종호도 그 한가운데 있었다.

34

경주는 서로 밀치고, 비명을 지르고, 물에 흠뻑 젖어 일으키는 난리 법석이었다.

보트들은 부딪치고 흔들리며 서로를 밀어냈다. 뒤얽힌 노와 흔들어대는 팔과 물보라로 정신이 없었다.

"어어, 조심해." 버지니아가 앞으로 향하는 다른 보트에 경고했지만, 그들 잘못이 아니었다. 그 애들은 합판을 대충 이어 붙인 채 꿇어앉아 있었고 시작한 지 이십 초 만에 해체되는 중이었다. 거기 탄 아이 하나가 애원하는 눈빛으로 라바니를 봤다. 물이 이미 발목까지 차올라 있었다. 라바니가 학교에서 아는 아이였다. 나름대로

착한 아이였다.

"가라앉고 있어!" 아이가 떨리는 목소리로 속삭였다.

"수영할 줄 알아?" 라바니가 물었다.

아이는 고개를 끄덕였다. 그 애가 괴짜 별종호로 손을 뻗었다.

하지만 라바니는 알고 있었다. 인생은 힘겹다는 걸…… 그리고 자기 관 안에는 자리가 없다는 걸. 라바니는 미안한 표정을 짓고 노를 내밀어 침몰하는 배를 밀어냈다. 배가 서서히 가라앉자 그 애는 황당해하며 입을 떡 벌렸다.

괴짜 별종호는 성공작이었다. 날렵한 유선형의 배는 둔한 배들을 매끄럽게 지나쳤다. 둘은 아이들 대부분을 제치고 선두 무리에 들어갔다.

강가에 모인 사람들은 산책로를 따라오고 있었다. 부모들이 응원하고 어린 동생들은 달리며 환호했다. 몇몇 아이는 작은 폭죽에 불을 붙여 들고 있었다. 라바니도 예전에는 그들 속에서 신나는 경주를 구경했다. 하지만 이번에는 젖어서 물을 뚝뚝 흘리며 경주에 참가하고 있었다. 언젠가는 그러리라고 꿈꿨던 모습 그대로.

"가라, 괴짜 별종호! 가라!" 콜트가 외치는 소리가 강물 위로 울려 퍼졌다.

"와아, 버지니아! 와아, 라브!" 애너벨의 목소리였다. 라바니에게도 응원하는 사람이 있었다. 라바니에게도. 그래서 더 열심히 노를 저었다.

둘은 왼쪽으로 부드럽게 꺾이는 강굽이에 다가가고 있었다. 그곳을 돌고 나면 결승선이 보였다. 라바니는 고개를 숙이고 노를 더 깊이 저으며, 화끈거리는 근육을 무시하고 온 힘을 다해 앞으로 나아갔다.

라바니는 경쟁자들을 곁눈질하고는 아드레날린이 솟는 것을 느꼈다. 둘은 거의 모든 아이보다 한참 앞섰다. 그들과 비슷한 위치에는 보트가 두 대뿐이었는데, 둘 다 왼쪽에 있었다.

하나는 도니와 스티비였다. 당연했다. 그들은 앞을 바라보며 얼굴을 붉히면서 힘차게 노를 젓고 있었다. 라바니는 이를 악물었다. 노를 더 깊이 밀어 넣었다. 더 세게 당겼다.

버지니아가 뭐라고 외쳤지만 첨벙거리고 헉헉거리느라 들리지 않았다.

"뭐?"

버지니아가 고개를 돌렸다. "보트를 돌려! 방향을 바꿔야 해, 라브!"

라바니가 고개를 들었다. 버지니아 말이 옳았다. 강은 도는데 그들은 돌지 않았다. 강둑을 안고 다른 보트들처럼 곡선을 따르는 대신, 강 중앙으로 직진하고 있었다. 괴짜 별종호는 멀리 벗어나고 있었지만 다른 보트들은 결승선에 다가갔다.

라바니는 노 젓기를 멈추고 보트 오른쪽 물속으로 노를 밀어 넣었다. 물살에 휩쓸리는 노를 더 세게 쥐고서 양팔에 힘을 주자 괴짜 별종호의 앞이 돌기 시작했다. 버지니아도 있는 힘껏 노를 저었고, 그 덕분에 보트가 왼쪽으로 돌면서 방향을 제대로 잡아 강을 가로질러 다른 보트들 쪽으로 다가갔다. 라바니가 방향 틀기를 멈추고 다시 노를 저었고 그들은 앞으로 밀고 나갔다.

라바니의 얼굴에 함박웃음이 번졌다.

살다 보면 엉뚱한 방향으로 나아가는 것이 종종 행운이 될 수 있다. 그들이 강 중앙으로 흘러 들어간 게 바로 그 행운이었다. 그쪽의 강물이 더 빨랐던 것이다. 강가의 배들은 거의 움직이지 않는 물을 헤치고 나아가느라 애쓰고 있었다. 반면 괴짜 별종호는 빠른 물살을 타고 대각선으로 나아가 곧바로 선두에 섰다.

"더 빨리!" 버지니아가 외쳤지만 그럴 필요가 없었다. 라바니의 심장은 노래하고, 빈약한 근육은 단단해지고, 폐는 헐떡이고 있었다…… 버지니아와 마찬가지로. 그들의 보트는 강을 똑바로 가로질러 도니 앞에 섰고 1등으로 강굽이를 돌았다.

라바니는 도니를 빠르게 지나치면서도 그 애가 자신들을 알아보는 순간을 봤다. 도니의 눈이 휘둥그레지더니 다시 험악해졌다. 턱에 힘을 주고 팔을 두 배로 놀리기 시작했다. 온몸이 발로 걷어찬 말벌집 같았다. 도니는 라바니와 눈이 마주치자 고개를 저으며 으르렁거렸다. 네가 감히.

라바니는 그저 더 힘차게 노를 저으며 추한 꼴로 자신들을 노려보는 도니를 지나쳤다.

100미터 앞에 결승선인 부두가 보였다.

보트들이 결승점을 향해 나아가자 강가를 따라 달리던 사람들이 더 크게 환호했다.

어딘가에서 누군가가 폭죽을 터뜨렸다. 폭죽이 하늘로 솟아올라 펑펑 터지면서 연이어 소리를 냈다. 불꽃이 터지고 반짝였다. 빨강, 파랑, 하얀색이 수면에 만화경같이 반사됐다. 100만 개의 전기 반딧불처럼.

한 순간, 라바니에게 그것은 현실이 아닌 듯했다. 그 순간. 그 삶이.

하지만 곧 현실로 느껴졌다. 실제로 그랬으니까. 라바니의 얼굴에 환한 미소가 떠올랐다.

라바니는 흠뻑 젖었고 보트 안에는 물이 튀어 무릎까지 차올랐다. 근육은 불붙은 듯했고 폐는 필사적으로 움직였으며 심장은 허리케인 같았다.

"속도를…… 줄이지…… 마!" 라바니가 헉헉거리며 외쳤다.

"절……대……로!" 버지니아가 대답했다.

결승점이 70미터 남았다. 라바니가 뒤를 돌아봤다. 도니와 스티비는 5미터 뒤에 있었고 노를 저을 때마다 멀어지고 있었다. 승리감이 온몸에 퍼졌다.

라바니는 노를 더 열심히 저었다. 아니, 그러려고 했다. 갑자기 힘이 들었다. 버지니아 역시 분투하고 있었다. 진흙탕 강물이 아니라 당밀을 헤치고 노를 젓는 기분이었다. 두 배로 열심히 노를 저었지만, 속도가 절반밖에 나지 않았다. 라바니가 균형을 잡으려고 몸을 움직이자 무릎에서 물이 찰박거렸다.

라바니는 노를 젓다 말고 굳어버렸다. 아래를 내려다봤다.

방금 전 도니를 지나쳤을 때, 관 바닥에 물이 조금 고여 있었다. 물이 튀고 노를 젓느라 그런 줄 알았다. 하지만 지금 보니 물이 3센티는 차올라 있었다. 5센티일 수도 있었다.

"저기, 버지니아?" 라바니가 침착한 목소리로 말하려고 했다. "우린 내려갈 거야."

"농담해?" 버지니아가 노를 더 깊이 찌르며 신음했다. "우리가 1.5킬로는 앞섰다고!"

"아냐! 정말로 가라앉고 있어. 구멍이 있나 봐. 침몰이야!"

심장과 마찬가지로, 관도 빠르게 달리면서 동시에 가라앉을 수 있는 모양이었다.

버지니아가 노를 위로 들고서 우뚝 멈췄다. 고개를 숙였다. 그 애는 라바니가 해서는 안 되는 말을 중얼거렸다.

"웃긴 얘기 해줄까, 라브." 버지니아의 목소리에서 이상한 긴장감이 느껴졌다. "나 수영 못 해."

"너…… 뭐라고?"

버지니아는 근엄한 한쪽 눈으로 라바니를 돌아봤다. "토미 윌리스 사건을 겪게 해서 미안." 불안한 듯 침을 삼킨 버지니아는 어깨를 으쓱였다. "하지만 물에 빠져 죽는다 해도 난 이미 관 속이잖아. 시간은 아끼겠네." 버지니아는 결승선을 다시 바라봤다. 어깨를 흔들었다. 노를 다시 물에 넣었다. "좋아. 넌 물을 퍼내. 나는 노를 저을게."

그리고 버지니아는 노를 젓기 시작했다. 맹렬히. 강을 따라 직진

하여 결승선을 향해.

라바니는 일 초 동안 버지니아를 봤다.

그리고 기어들어 가는 소리로 말했다. "너 미쳤어?" 그들과 결승선 사이에는 50미터나 되는 깊은 물이 가로막고 있었다. 강둑까지는 20미터였다. "강가로 가야 해!"

"우린…… 이…… 경주를…… 마칠 거야." 버지니아가 힘들여 말하고는 한쪽 눈으로만 돌아봤다. "부탁이니까 물을 퍼내. 내가 안 죽게."

라바니는 잠시 입술을 잘근거리다가 노를 보트 안에 내려놓고 손을 모아 있는 힘껏 물을 퍼내기 시작했다. 등 뒤에서 경쟁자들이 다가오며 헉헉거리고 첨벙거리는 소리가 들렸다.

최대한 빠르게 물을 퍼내긴 했지만, 라바니는 이길 수 없는 싸움이란 걸 알고 있었다.

시야 가장자리에서 빠른 움직임이 보였다.

도니 카터. 그리고 스티비. 둘은 악마처럼 노를 저어 그들과 거의 나란히 다가왔다. 왼쪽으로 1.5미터 거리였다. 힘을 쓰느라 도니의 얼굴은 구겨졌지만 여전히 라바니에게 의기양양한 비웃음을 날렸다. 버지니아도 그 애들을 보고 어떻게든 속력을 높였다.

도니의 보트 앞쪽이 라바니 옆으로 다가왔다. 그리고 앞질렀다. 스티비가 앞에서 마구 노를 젓고 있었다. 스티비는 조금씩 다가오더니 곧 라바니를 지나쳤다.

"노를 저어, 라브!" 버지니아가 외쳤다.

"그렇지만…… 물이…… 우린—"

"노를 저어! 어서!"

라바니는 아주 가까이 다가온 안전한 강가를 보고 여전히 40미터 떨어진 부두를 본 뒤, 보트 안에 차오른 물을 다시 내려다봤다. 이제 7센티가 넘었다. 배 속이 뒤틀렸다.

"포기해라, 얼간아!"

너무나 익숙한 목소리가 첨벙거리고 헉헉거리고 환호하는 소리 사이로 들려왔다. 도니가 옆에 서더니 라바니를 지나치고 있었다. 하늘에서 터진 폭죽이 잘난 체하는 듯한 도니의 웃는 얼굴에 으스스한 붉은빛을 비추었다. 도니의 눈빛이 모든 것을 말했다. 이렇게 될 줄 알았다고. 물론 그랬다. 도니는 우승. 라바니는 침몰. 늘 그랬으니까.

라바니가 노를 꽉 쥐었다.

노를 물속에 밀어 넣고 세게 당긴 뒤, 휘둘러 다시 밀어 넣고 당겼다. 괴짜 별종호에 속도가 붙었다. 다시. 또다시. 또다시.

언젠가는. 라바니는 노가 물에서 나올 때마다 속삭였다. 언젠가는. 언젠가는. 언젠가는.

꾸준히 따라붙던 도니의 속도가 느려졌다. 그러더니 멈췄다. 두 팀이 막상막하였다.

라바니는 양팔을 던져 넣었다. 어깨와 심장, 영혼을. 자신의 전부를.

언젠가는. 언젠가는. 언젠가는.

라바니는 손에 더 힘을 줬다. 입술로 외쳤다.

오늘이야. 오늘이야. 오늘.

"더 빨리, 스티비! 힘내!" 도니가 이를 악물고 외쳤고, 그 목소리에서 작지만 또렷하게 놀란 기색이 느껴졌다.

라바니와 버지니아의 노가 한 순간 박자를 맞추며 움직였고 그러자 그들의 보트가 앞으로 튀어나갔다.

둘은 함께할 때 더 잘했다.

"함께!" 라바니가 노를 저으며 속삭였다. "우리가…… 동시에…… 저으면…… 더…… 빨라!" 그리고 라바니는 도니가 알아차리지 못할 만큼 작게 외쳤다. "하나! 둘! 하나! 둘!"

한 번에 3센티, 그리고 5센티, 그리고 7센티. 그들은 다시 도니를 앞서기 시작했다.

부두에서 기다리는 사람들이 고함을 치고 환호하고 휘파람을 불었다. 손에 땀을 쥐게 하는 경주였다. 부두까지는 20미터가 남았다. 도니가 스티비에게 더 빨리 노를 저으라고 짖어댔지만 상관없었다.

이대로라면 라바니와 버지니아는 우승이었다. 모든 사람 앞에서, 라바니는 동지와 함께 도니 카터를 이길 참이었다. 라바니의 영혼에서 무모하고 신나는 노래가 터져 나왔다.

"야아!" 라바니는 노를 깊이 밀어 넣고 세게 당기며 외쳤다. 미친 듯이 고함을 질렀다. 그 소리는 가슴 깊은 곳에서 나왔지만, 사실은 라바니의 영혼에서, 심장에서, 그 애가 한 번도 말하지 못한 모든 것에서, 그 애 영혼이 원하는 것이 될 수 없었던 모든 순간에서 나온 것이었다.

그리고 라바니는 노를 저었다. 그리고 노를 저었다. 또 저었다.

하지만 그 순간 스티비가 옆을 지나쳤다. 그래도 라바니는 노를 저었다.

하지만 도니도 옆에 다가왔다. 그래도 라바니는 노를 저었다.

무릎에 찬 물이 15센티 깊이가 됐다. 보트에 거의 다 차올랐다. 강물이 가장자리에 찰랑찰랑했고, 안으로 넘쳐 들어오기도 했다.

라바니와 버지니아는 영웅답게 싸웠다.

그러나 그 모든 것이 소용없을 때가 있다. 한 영혼이 폭죽처럼 밝게 빛나고 매처럼 맹렬하게 싸운다 할지라도 여전히 패배할 때가 있다. 열심히 노력하지 않아서가 아니다. 그저, 세상에는 그런 일이 있기 때문이다.

10미터를 남긴 지점에서 그들은 거의 물에 잠겼다. 그래도 노를 젓고, 젓고, 또 저었다. 라바니는 버지니아가 단 일 초도, 한 순간도, 잠시도 포기하거나 속도를 줄이는 것을 보지 못했다. 라바니도 마찬가지였다.

도니와 스티비의 보트가 부두에 닿았다. 환호성이 솟았다. 그들은 신이 나서 양손을 들었다.

라바니와 버지니아는 졌다. 물론 그랬다. 라바니의 심장은 강바닥의 진흙 속으로 가라앉았다.

라바니는 어쩌면, 그 여자아이와 그 보트를 타고 하는 그 경주가 자신의 언젠가일 거라고 믿었다. 그리고 언젠가는 강력한 말이었다. 하지만 불행히도, 그럼에도 불구하고도 그런 말이었다.

미친 듯이 노를 저어도 괴짜 별종호는 전진의 꿈을 모조리 포기했다. 꾸루룩 소리를 내며 기우뚱거렸다. 이제 물 위로는 양옆이 아주 조금만 보였다.

라바니는 항복했다. 노 젓기를 멈추고 몸을 앞으로 숙이고 숨을 몰아쉬었다. 부두와 환호하는 사람들과 축하하는 악당들은 아직도 8미터 앞에 있었다. 버지니아도 멈추고 몸을 비틀어 라바니를 봤다. 눈이 휘둥그레진 채.

"이제 어떻게 하지?" 라바니는 지치고 상심하고 풀이 죽어서 물었다.

버지니아는 입을 벌리고 숨을 크게 들이쉬고 있었다.

"음. 이제 네가 내 목숨을 구해야 할 것 같아."

둘이 앉아 있던 괴짜 별종호에서 커다란 방울이 솟아올랐고, 용감무쌍하던 관은 더 이상 버티지 못했다. 관은 계속 가라앉아 시커먼 물속으로 사라졌다.

라바니는 버지니아에게 다가갔다.

수영을 못 하는 사람들은 갑자기 깊은 물에 빠지게 되면 버둥거리며 비명을 지르는 법이다. 하지만 버지니아 디어링은 버둥거리며 비명을 지르는 성격이 아니었다. 관이 가라앉자 그 애는 아무 소리도 내지 않고 함께 가라앉았다. 솔직히, 그건 꽤 오싹한 짓이었다. 라바니가 다가갔을 때, 버지니아는 코만 물 밖으로 내놓고 있었다. 라바니가 버지니아의 겨드랑이에 팔을 감았을 때, 둘의 머리는 모두 수면 아래로 가라앉았다.

조용했다, 그 아래는. 사람들의 소음이 멀리서 웅웅거리며 흐릿해졌다. 저 멀리 다른 팀들이 노를 밀어 넣는 소리, 배에 노가 쿵쿵 부딪치는 소리가 들렸다. 라바니는 가라앉으며 위를 올려다봤다. 수면 위의 세상은 반짝이는 별 같은 폭죽으로 가득했다. 수면에서 불빛이 춤추는 광경은 아름다울 수도 있었다. 물에 가라앉지 않았다면 말이다.

라바니는 개구리처럼 발차기를 하고 한 팔을 저어 기다리고 있는 세상을 향해 올라갔다. 둘은 함께 수면 위로 올라가 공기를 마셨다. 공기에서는 강물과 화약과 솜사탕 맛이 났다.

라바니는 발차기를 하고 또 하고 또 했다. 하지만 젖은 버지니아는 무거웠다. 둘은 물 위로 코를 내놓을 수 있었다. 하지만 겨우 그리고 가끔뿐이었다. 둘은 허우적거리며 컥컥거렸다.

뒤에서 풍덩 소리가 났고 또 났다. 라바니 귓가에서 숨소리가 들리더니 팔들이 버지니아를 떼어 갔다.

"어이, 동생." 콜트가 헉헉거리며 말했다. "내가 잡았어, 개구리 마스터."

라바니는 부두 쪽으로 휙 돌았다. 두 번째 풍덩 소리는 콜트와 함께 자신들을 구하러 뛰어든 애너벨이었다. 고마운 행동일지 모르지만 큰 도움은 되지 못했다. 그 애도 알고 보니 수영을 할 줄 몰랐던 것이다.

여러모로 언니와 다른 애너벨은 곧바로 버둥거리며 고함을 지르기 시작했다. 사실 그건 매우 당연한 행동이었다.

세 번째 풍덩 소리가 들렸다. 리 친이 애너벨 옆에 뛰어들었다. 그는 곧 애너벨을 잡고 부두 쪽으로 끌고 나왔다. 젖은 옷이 걸리적거려도 라바니 역시 그 뒤를 따랐다. 콜트와 버지니아가 뒤따라 나왔다.

그들은 하나씩, 사람들이 내미는 손을 잡고 부두로 올라섰다. 걱정스러운 말투로 묻는 이들도 있었고 경주를 잘했다고 등을 두드리는 이들도 있었다. 다른 보트가 결승선에 다가가자 사람들의 시선이 그쪽을 향했다.

라바니와 버지니아와 콜트와 애너벨은 부두 반대편으로 기어가 흠뻑 젖은 채 헉헉거리며 드러누웠다.

"다들 괜찮아?" 친 씨가 엎드린 채 아이들에게 다가가 물었다. 모두 숨이 가빠 고개만 끄덕였다.

"살려주셔서 감사합니다." 애너벨은 바보 같은 장난이라도 친 것처럼 신이 나서 말했다.

친 씨가 웃었다. "그래, 뭐, 얼마든지 구해야 주지. 하지만 수영 배우기 전까지는 다시 강물에 뛰어들지 않겠다고 약속하면 공짜 컵케이크를 하나 주마."

애너벨이 활짝 웃었다. "좋아요."

네 아이는 헉헉대며 부두에 누워 있었다.

"있잖아." 헐떡이는 사이 콜트가 말했다. "모든 상황을 감안했을 때, 꽤 잘된 거 같아."

"응." 버지니아도 맞장구쳤다. 그 애는 라바니 쪽으로 턱짓을 하더니 작게 웃었다. "잘했어, 별종."

라바니가 버지니아를 봤다.

"그렇지만…… 그렇지만 **졌잖아.**" 라바니가 말했고, 현실을 마주한 영혼이 슬픈 한숨을 지었다.

버지니아가 라바니를 향해 의심적은 표정으로 한쪽 눈을 감았다. "헛소리. 먼저 들어간 사람이 항상 이기는 건 아니라고, 라브. 우린 지금 물에 뜨는 관을 타고 불꽃놀이를 보면서 강을 내려왔잖아. 게다가 빠져 죽지도 않았어." 버지니아는 코를 훌쩍이더니 이마에서 물기를 닦아냈다. "그게 이긴 게 아니면 뭐가 이긴 거니, 동지."

라바니는 그 말을 듣고 눈을 깜빡였다. 그리고 미소를 지었다. 커다란 진짜 미소를. 그 애 말이 사실이었기 때문이다. 물론 사실이었다.

"음." 라바니가 말했다. "정확히 말하면, **침몰하는 관이었어.**"

버지니아가 코웃음을 쳤다. "그럼 더 멋지지."

"너희들 정말 **잘했다!**" 따뜻한 목소리에 라바니가 돌아보니 사람들 틈바구니에서 어머니와 아버지가 나왔다. "대단한 경주였어! 그리고 너희 보트는 정말…… 어…… 탁월하더라!" 어머니가 라바니를 끌어안더니 버지니아에게도 똑같이 했다.

"좋은 시합이었다, 아들." 라바니의 아버지가 중얼거렸다. 그리고 말없이 라바니의 눈을 들여다보며 말했다. "잘했어."

"고마워요, 아빠." 라바니가 말했다.

"그래, 우린 길거리 축제를 돌아보려는데, 너희들도 함께 가겠니." 포스터 부인이 말했다.

"감사합니다, 아주머니. 하지만 집에 가봐야 할 것 같아요. 부모님이 기다리시거든요." 콜트가 말했다. 그리고 애너벨의 손을 잡더니 결승선에 모인 사람들 사이를 지나 걸어갔다.

하지만 버지니아는 남아 있었다. 그 애는 라바니에게 다가가 엄숙한 표정으로 눈을 들여다봤다.

"구해줘서 고마워." 목소리가 너무나 작아서 라바니만 들을 수 있었다. "넌 훌륭한 동지야."

"너도." 라바니가 속삭였다. "그럼 혹시…… 이제 친구가 될 수 있을까?"

버지니아가 눈살을 찌푸리더니 한쪽 눈썹을 짓궂게 들어 올렸다. 폭죽이 터지고 그 불빛이 그 애 눈동자 속에서 반짝이다 사라졌다.

"이렇게 말하면 실망할지 모르겠지만, 별종아. 우린 한참 전부터 친구 사이였어. 제일 친한 친구. 어휴."

라바니가 씩 웃었다. "미안."

"거짓말."

그러더니 버지니아가 라바니를 놀라게 했다. 다가오더니 라바니를 꼭 껴안은 것이다.

"안녕, 라바니." 버지니아가 진지하고 조용하게 라바니의 귀에 대고 말했다.

"안녕." 라바니가 부끄러워하며 말했다. 따지고 보면 주위에 사람이 많았고 그중엔 부모님도 있었으니까. 버지니아가 라바니를 놓아주었다. "내일 신문 돌릴래?" 라바니가 헛기침을 하며 물었다. 버지니아가 라바니를 보더니 작게 웃었다.

"그러자."

35

라바니는 어머니, 아버지와 함께 축제를 돌아다니며 처음 느끼는 행복을 경험했다. 부모님 사이에 서서 부모님의 대화를 건성으로 들었다. 옷은 강물에 젖은 채였다. 심장은 경주 덕분에 여전히 노래하고 있었다. 그리고 버지니아의 말 덕분에. 그리고 아버지의 말 덕분에.

버지니아가 전에 했던 질문이 떠올랐고 라바니는 그때 한 대답을 기억했다. 그리고 만약 순간 버지니아가 그걸 물었다면 대답은 달랐을 것이다. 응. 여기가 바로 내가 있어야 할 곳 같아. 라바니는 혼자 미소를 지었다. 그날에 온 걸 환영해. 넌 이미 도착했어. 라바니는 이것이 이 이야기 완벽한 결말이라고 생각했다. 친구를 찾는 외로운 영혼의 이야기. 선택을 하고 가족을 찾고 비밀을 나누고 비밀을 지키는 이야기의. 이 이야기는 불꽃놀이와 깔깔거리는 웃음과 포옹으로 끝나야 한다.

하지만 그것이 끝이 아니었다. 전혀 아니었다. 때로는 한 영혼이 찾은 것을 끝내 잃어버리기도 한다.

모든 것이 바뀔 때가 있다. 그 순간이 크고 요란하고 극적일 때도 있다. 하지만 그런 순간이 조용히, 평범한 모습으로 찾아올 때도 있다.

라바니는 가게 진열장을 보려고 멈춘 부모님보다 앞서 걸었고, 모든 것이 바뀌는 순간은 이렇게 시작됐다. 두 아이가 라바니를 지나쳐 달려갔다. 그중 한 아이가 말했다. "야, 저것 봐! 아이스크림 트럭이다!"

그렇다. 전혀 이상한 점은 없었다.

하지만 라바니의 눈길이 아이가 가리키는 손가락을 따라갔다. 따지고 보면 라바니도 아이스크림을 좋아했으니까. 누군들 아이스크림을 싫어할까?

라바니는 트럭을 보았고, 옆면에 아이스크림을 뚝뚝 흘리는 콘이 그려져 있었다.

그리고 운전석에 앉은 남자를 봤다. 창문이 내려가 있었다. 남자는 피부가 매우 하얬다. 그리고 매우 짧은 머리. 그리고 매우 가지런한 치아. 그리고 매우 깨끗한 안경을 썼다.

그 남자는 창밖으로 호텐스 월런바크와 대화 중이었다.

"크로워드 씨 댁이요? 그럼요, 어딘지 알죠." 호텐스가 말했다. 라바니의 피가 한겨울 카커스 개울물보다 더 차갑게 식었다.

우릴 찾는 사람들이 있어. 늑대. 라바니는 전에 한 번, 그 크로워드 씨네서 사는 아이에게서 그런 말을 들었다. 그리고 아이스크림 트럭에 탄 낯선 남자가 그런 사람임을 직감했다.

안 돼요! 라바니는 호텐스에게 외치고 싶었다. 말하지 말아요!

하지만 그럴 기회가 없었다.

"오팔 로드에 있어요. 저쪽으로 쭉 가면 나오죠." 호텐스가 길을 가리키며 말했다. "다리를 건넌 뒤 첫 번째 길에서 좌회전하세요. 왼쪽에는 집이 한 채뿐이라 금방 찾을 수 있어요!"

라바니의 심장이 떨렸다. 입이 딱 벌어졌다. 갈라졌다가 흘러 나가는 사람들 속에서, 강물 속의 돌처럼 보도에 꼼짝 못 하고 서 있었다.

"그렇지만 아서 크로워드는 거기 안 살아요." 호텐스가 말했다. "그 사람을 찾는 거 아닌가요?"

"네," 남자가 말했다. "그 사람은," 남자가 덧붙였다. "아닙니다."

창백한 남자는 그 말을 하자마자, 냉혹한 두 눈으로 꼼짝 못 하고 입을 딱 벌린 채 자신을 쳐다보는 라바니를 봤다. 남자는 고개를 갸우뚱했다. 아주 조금. 들판에서 토끼를 본 독수리처럼. 카페 야외석에 매달아 놓은 전등 불빛이 남자의 안경에 반사됐다.

라바니의 마음은 캐묻는 듯한 남자의 눈길에 졸아들었다.

마음이 비명을 질렀지만 발은 콘크리트에 뿌리를 내린 듯 꼼짝 못 했다.

하지만 새로운 목소리가 라바니의 충격을 깨뜨렸고, 라바니는 낯선 사람의 시선에서 벗어날 수 있었다. 익숙하지만, 반갑지 않은 목소리.

"그렇죠. 제가 알아요. 엄마도 없고 아빠도 없고 어른도 없이 사는 애들. 도망친 애들이에요. 그 집에 숨어 사는 수배자들."

그 말을 듣자마자 라바니와 낯선 사람의 고개가 그쪽으로 휙 돌아갔다.

도니 카터였다. 당연히 그랬다. 그 애가 카페에서 나오더니 눈을 번득이며 퀴글리 보안관에게 열심히 말하고 있었다.

도니가 고개를 들고 라바니를 봤다. 추한 승리감에 입술이 비틀렸다. 도니가 뭉툭한 손끝으로 라바니를 가리켰다.

"그리고 저놈이 걔들을 감춰줬어요!"

퀴글리 보안관의 어리둥절한 얼굴이 라바니에게로 향했다. 낯선 사람도 마찬가지였다.

한순간이었다. 라바니는 당황해서 얼어붙은 채 서 있었다. 낯선 사람은 사냥감을 쫓는 고양이같이 눈도 깜빡이지 않고 소리 없이 긴장하고 있었다. 보안관은 눈을 가늘게 뜨더니 라바니를 부르려고 입을 벌리고 있었다.

그거참, 굉장한 삼각형이었다. 하나는 발톱을 세우고, 하나는 부리를 열고, 하나는 먹잇감이었다.

그 괴롭기 짝이 없는 순간, 라바니는 여러 가지를 원했다. 사라지고 싶었다. 달아나서 숨고 싶었다. 울음을 터뜨리고 싶었다. 다 털어놓고 자백하고 싶었다. 라바니는 그 무엇보다도, 어머니에게 달려가고 싶었다.

그런 것이 잘못은 아니다. 모든 영혼은, 아무리 나이가 들어도, 어머니에게 달려가고 싶을 때가 있다.

하지만 이야기와 그것을 만드는 영혼에겐 선택권이 있다. 그리고 겁에 질린 라바니는 동지이기도 했다. 그렇다, 그리고 친구이기도 했다. 그래서 선택을 했다.

라바니는 돌아섰다. 그리고 달렸다.

하지만 숨기 위해서가 아니었다.

위험을 알리기 위해서였다.

3부
언제나 그리고 영원히

36

라바니는 사람들 틈새로 내달렸다.

그날 두 번째 경주였다. 그리고 이번에는 이겨야 했다.

라바니는 부모님 곁을 지나 질주했지만, 어머니의 놀란 목소리를 듣기 전까지는 그걸 깨닫지도 못했다.

"라바니! 어디로 가는……."

"급해요!" 라바니는 그대로 달리며 어깨 너머로 외쳤다. "설사요!" 수십 명이 고개를 돌렸다. 사람들 속에서 누군가가 "설사요!"라고 외치면 종종 그렇게 된다. 하지만 라바니는 속도를 늦추지도 신경을 쓰지도 않았다.

라바니는 사람들 무리에서 벗어나 더 빠른 속도로 집을 향해 달려갔다. 스키니스터 스트리트를 지나는 두 발이 보도를 때렸다. 등 뒤에서 자동차 시동 소리를 들은 듯했다. 아이스크림 트럭의 시동일 거라는 확신에 두려워졌다. 이미 있는 힘껏 달리고 있었지만, 라바니는 앓는 소리를 내며 속도를 더 올렸다.

도축 공장이 앞에 버티고 서더니 뒤로 사라졌다. 다리를 건너자 등 뒤 도로에서 두 개의 전조등이 내비쳤다. 라바니는 옆으로 피하면서 나무와 덤불에 부딪혔다. 며칠 전 쫓기다가 자전거를 타고 그렇게 쓰러진 뒤에는 이름 모를 아이들이 구해주었다. 이제는 그 아이들이 쫓기고 있었다……. 그리고 라바니가 구해줄 차례였다.

라바니는 달빛에 희미하게 보이는 길을 따라 지그재그로 달렸다. 눈물이 차올라 앞을 가렸지만 달리는 속도를 늦추지 않았다. 눈물이 뺨에 흘렀다. 잠시 혹은 며칠 동안 라바니도 그들과 하나였기 때문에. 잠시 혹은 며칠 동안 외롭지 않았기 때문에. 잠시 혹은 며칠 동안 친구가 생겼기 때문에. 그리고 친구가 되었기 때문에.

그러나 캄캄한 숲속을 달리던 라바니는 그 모든 것이 끝이라고 생각했다. 제때 도착하지 못하면 친구는 붙잡혀 떠날 것이다. 제때 도착한다면 친구는 떠난 뒤 돌아오지 않을 것이다.

어느 쪽이든 라바니는 질 수밖에 없었다.

라바니는 달리며 울었다. 개울도 함께 울었고, 숲은 주위에서 라바니를 끌어안아 주었으며, 새들은 나무 위에서 슬퍼했다. 집이 보이자 라바니는 뒷마당으로 달려가 현관 계단을 뛰어 올라갔다.

"문 열어!" 라바니가 쉰 목소리로 외쳤다. "문 열어! 나야, 라브! 문 열어줘!"

문을 쾅쾅 두드리던 라바니의 주먹이 허공을 때렸다. 라바니는 헉헉거리며 멈췄다. 문이 열렸다.

래거본드 가족 모두 어두운 부엌에 서서 소리 없이 라바니를 보고 있었다.

라바니는 입을 열고 외치려고, 사냥꾼들이 그쪽으로 오고 있다고 경고하려고 했다. 하지만 목구멍에서 말이 나오지 않았다. 너무나 두려운 것을 보고 말았기 때문이다.

버지니아가 어깨에 멘 파라솔.

아이들이 저마다 옆에 둔 짐 가방.

원래대로라면 라바니는 이렇게 외칠 셈이었다. "당장 떠나야 해!"

하지만 다른 말이, 속삭임처럼 나왔다.

"떠나는 거야?"

"그래." 트리스탄이 말했다. 그 애가 전화기 옆에 서 있었다.

"하지만…… 하지만……" 달리느라 숨을 헐떡이며 라바니가 말을 더듬었다. "어…… 어떻게 알았어?"

"내가 알렸어." 버지니아가 말했다.

"네가 알렸어야지." 트리스탄이 말했다. 엄격한 얼굴에 단호한 말투였다. "도니 같은 애가 우리 비밀을 알고 있는데 여기서 지낼 순 없어."

그제야 라바니는 깨달았다. 아이들은 도니가 아는 것을 알고 있었다. 하지만 당장 닥친 위험은 알지 못했다.

"아니, 그게 아니야. 떠나야 하는 건 맞아. 하지만 지금 당장이야.

시내에 누가 있어. 남자. 너희들을 찾고 있어. 여기가 어딘지 알아. 여기로 오고 있어."

래거본드 가족이 속닥거렸다. 애너벨이 입을 막고 콜트에게 기대자 콜트가 애너벨의 어깨를 감싸고 꼭 안았다.

"어떤 남자야?" 트리스탄이 묻는 목소리는 차갑지 않았다. 바짝 긴장하고 있었다.

"나…… 나도 몰라. 트럭을 타고 있었어. 안경을 쓰고."

트리스탄이 침을 삼켰다. "아이스크림 트럭?"

"응."

트리스탄이 눈을 깜빡였다. "그자다."

트리스탄은 수화기를 들더니 귀에 붙였다.

"시간 없어!" 라바니가 소리 죽여 외쳤다. "그 사람이 여기 먼저 도착할 거야!"

트리스탄이 고개를 저었다.

"그래도 차는 필요해. 다른 곳에서 탈 거야. 아마 교회에서." 트리스탄은 반짝이는 검은 눈동자로 라바니를 응시했다. "하지만 네가 거기로 안내해야 해."

37

사냥꾼은 필요한 때는 매우 빠르게 움직일 수 있었다. 하지만 거의 서두르지 않았다.

보도에서 입을 딱 벌리고 눈을 휘둥그레 뜬 남자아이를 봤을 때, 사냥꾼은 곧바로 알아차렸다. 다른 덩치 큰 남자아이가 요란하게 등장해 손가락질을 하며 모든 것을 밝히기 전에도. 사냥이 끝났다는 감이 올 때가 있다. 눈을 휘둥그레 뜬 아이는 사냥감의 모습을 하고 있었다. 상어 주위로 피 한 방울을 떨어뜨릴 때처럼, 사냥꾼은 그 애에게서 두려움의 냄새를 맡을 수 있었다.

그 애가 달려갔다. 그리고 사냥꾼은 미소를 지었다.

"고맙," 사냥꾼이 길을 알려준 여자에게 말했다. "습니다."

사냥꾼은 시동키를 돌렸다. 그리고 트럭을 세운 곳에서 서서히 움직였다. 축제를 즐기는 사람들을 놀라게 하지 않으려고. 길을 따라 덜컹덜컹 트럭을 몰았다. 침착하게.

사냥꾼은 시내 축제의 불빛과 소음에서 벗어나 스키니스터 스트리트를 지나갔다. 커다랗게 버티고 있는 건물을 지나치며 시선이 잠깐 그쪽에 머물렀다. 간판에 '스키니스터 고급육'이라고 적혀 있었다. 사냥꾼은 눈살을 찌푸렸다. 사냥꾼은 채식주의자였다. 어쩌면 우스운 일이었다.

저 앞에서 그 소년이 도로에서 벗어나 숲으로 들어가는 모습이 겨우 보였다. "흐음." 사냥꾼이 말했다. 숲속 길로 가는 건 영리한 행동이었다. 소년에겐. 그렇다고 달라질 건 없지만. 그래도 영리했다. 사냥꾼은 미소를 지었다. 아이들이 영리하면 훨씬 더 재미있어졌다. 따지고 보면, 그는 단순히 잡는 **사람**이 아니었으니까. 그는 사냥꾼이었다.

사냥꾼은 소년이 길에서 벗어난 지점을 천천히 지나갔다. 겨우 보일 듯 말 듯한 오솔길을 확인했다. 계속 트럭을 몰았다.

사냥꾼은 오팔 로드로 접어드는 지점에서 트럭의 속도를 늦췄다. 거리를 살폈다. 불 꺼진 고요한 집 두 채가 보였다. 막다른 길이었다. 군침이 돌았다.

사냥꾼은 오팔 로드 한가운데, 표지판과 전신주 사이에 트럭을 가로로 세워 도로를 완전히 막았다. 그가 허락하기 전엔 아무도 오팔 로드에서 나갈 수도, 혹은 달아날 수도 없었다. 크로워드가 살던 집에 트럭이 다가와 설 수도 없었다. 그날 밤만큼은.

시동이 꺼졌다. 소리 없이 문이 열렸다. 사냥꾼은 늘 경첩에 기름칠을 잘해두었다. 닫힐 때도 거의 소리가 나지 않았다. 그는 등에 커다란 회색 배낭을 짊어졌다. 안에는 그가 넣어둔 다양한 도구와 장치 이외에 서류도 들어 있었다. 결국, 서류가 세상을 돌아가게 하니까. 머도사 부인이 서명한 보호감독 서류는 거기 적힌 일곱 아이를 잡아 복귀시킬 권한을 사냥꾼에게 부여했다.

사냥꾼은 트럭 앞으로 조용히 걸어가 보닛을 열었다. 지나가는 자동차 운전자가 있더라도, 비록 그 사람이 간섭하기 좋아하는 경찰관이라 해도 그의 트럭을 보고 고장이 나서 운전자가 도움을 청하러 갔다고 여길 것이다.

사냥꾼은 그다음에야 사냥감에게 다가갈 준비를 마쳤다. 하지만 곧바로 움직이지는 않았다. 대신 위로 올라갔다. 한 발은 트럭의 뒤쪽 범퍼에 대고 두 손은 지붕에 얹고서 트럭 위로 소리 없이 뛰어 올라갔다. 어깨 너머로 손을 뻗은 그는 배낭에서 펜치를 꺼냈다. 그리고 전신주를 향해 몸을 굽혔다. 그는 전신주에 손이 닿을 만큼 가까이 차를 세워두었다. 물론 그랬다. 사냥꾼은, 따지고 보면, 모든 것을 염두에 두었으니까.

그는 오팔 로드의 두 집에서 나오는 전화선을 찾았다. 그리고 펜치를 쥔 손을 뻗었다.

38

"할 수 있겠어?" 트리스탄이 라바니에게 물었다. "들키지 않고 교회에 우릴 데려갈 수 있겠어? 널 믿어도 될까?"

"응." 라바니는 곧바로 숲을 가로지르는 길과 뒷마당, 공터를 머릿속에 떠올리며 대답했다.

트리스탄이 끄덕이더니 전화번호를 누르기 시작했다.

트리스탄이 전화를 거는 사이 라바니는 버지니아를 봤다. 그 애도 마주 보고 있었다. 둘은 말이 없었다. 웃지도, 찡그리지도, 윙크하지도, 눈썹을 치켜올리지도 않았다. 그저 거기 서서 서로의 눈을 들여다보고 있었다. 아무 말 없이도 아주 많은 이야기를 할 때가 있다. 고마워라든가 미안해라든가 안녕 따위. 그 밖에 다른 것도. 어쨌든 말로 할 수 없는 것들이리라. 두 영혼이 서로를 발견하고 두 영혼이 서로를 잃을 때면 나누어야 할 말이 많이 생긴다.

"여보세요?" 트리스탄이 말했다. 전화기를 톡톡 두드렸다. "여보세요?"

라바니를 포함한 일곱 아이가 전화기 쪽으로 고개를 돌렸다.

트리스탄이 아이들을 둘러봤다. 트리스탄의 눈 흰자위가 어두운 주방 안에서 반짝였다.

"전화선이 끊어졌어. 가야겠다. 뒷문으로. 어서."

39

땅으로 내려온 사냥꾼은 펜치를 주머니에 밀어 넣고 걷기 시작했다. 하지만 오팔 로드를 걷지는 않았다. 그렇다. 그는 사냥 경험이 많았다. 그리고 이 사냥감을 잘 알았다. 그들은 전에도 달아난 적이 있었다. 그리고 그에게 잡힌 적도 있었다. 눈을 휘둥그레 떴던 마른 남자아이 때문에, 아이들은 이미 그가 오는 것을 알고 있을 것이다. 그 애들은 영리하니 현관문으로 나오지 않을 터였다. 그래서 사냥꾼은 차를 몰고 온 길, 스키니스터 스트리트를 되짚어 걸어갔다. 다리 바로 앞에서 도로에서 벗어나 겁에 질린 아이가 바로 직전에 따라갔던 작은 오솔길을 따라갔다. 어둠이 주위에서 몰려들었다. 그의 발은 소리 없이 솔잎을 밟았고 귀는 어떤 소리도 놓치지 않았다. 두 팔과 손가락, 심장을 긴장시키고 준비 태세를 갖췄다. 던지고. 잡고. 낚아챌 준비를.

　사냥할 준비를.

　사냥꾼은 즐거웠다.

　매우.

40

　"다 틀렸어." 트리스탄이 말했다. 목소리가 달라졌다. 날이 서 있는 건 새로울 게 없었지만 다른 느낌도 있었다. 불안 그리고 두려움.

　"무슨 말이야?" 라바니가 물었다.

　"그 애, 도니가 우리 비밀을 안 지 며칠 됐잖아. 그리고 저…… 사냥꾼이 우릴 찾아 시내에 와 있고." 트리스탄은 조심스레 속삭여 뒷문 쪽의 가족이 듣지 못하도록 했다. "그런데도 마법이 내게 알려주지 않았어. 떠나라고 하지 않았어. 지금도. 문 앞에 늑대가 와 있는데, 기사도 오지 않고…… 마법이 달아나라고 하지도 않아."

　"그럼…… 그건 무슨 뜻인데?" 라바니가 물었다.

　트리스탄이 떨리는 소리로 숨을 들이쉬었다가 내쉬었다. "아마…… 아마도 마법이 깨진 것 같아."

　라바니는 자신이 마법을 믿은 적이 있는지 알 수 없었다. 버지니아는 거짓말을 알아보는 재주가 있는 것 같았고 벤저민은 확실히 위장이 약했지만 그렇다고 반드시 마법처럼 느껴지진 않았다. 하지만 트리스탄의 말에, 그 목소리에 라바니는 충격을 받았다.

치아가 가지런한 남자가 오고 있었다. 마법이 있다면 도움이 될 것 같았다.

하지만 그렇다 해도, 라바니는 제때 와서 그 애들에게 알렸다. 그리고 트리스탄은 준비를 마친 상태였다. 라바니는 어둠 속 지름길을 알고 있었다. "어쩌면 지금은 우리가 마법이 되어야 할지도 모르겠어."

트리스탄이 눈을 가늘게 떴다. 그리고 고개를 끄덕였다. "가자."

다른 래거본드 아이들은 뒷마당에서 초조한 표정으로 모여 기다리고 있었다.

"계획이 뭔데?" 베스가 물었다. 모두 트리스탄을 봤다. 트리스탄도 멍한 표정으로 아이들을 봤다. 어쩌면 마법의 말을 듣고 있었는지도 모른다. 어쩌면 듣지 못했거나.

"도로로 가면 안 돼." 라바니가 말했다. "숲을 질러가는 길을 알아. 시내로 갈 거야. 전화기를 찾고. 그다음에 교회로 가." 라바니가 래거본드 가족의 얼굴을 하나씩 봤다. 두려움 그리고 의심이 느껴졌다.

"무서워." 애너벨이 말했다. 애너벨은 콜트의 손을 꼭 잡고 있었다. 라바니는 위로하는 말을, 용기를 주는 말을 하고 싶었다. 하지만 가장 위로가 되고 용기를 주는 말은 진실일 때가 있다.

"나도." 라바니가 말했다. 그리고 애너벨을 향해 미소를 지었다.

행복한 미소가 아니었다. 미소는 여러 가지를 말할 수 있다. 이 미소는 모두 다 잘될 거야라고 말하지 않았다. 내가 함께할게라고만 말했다. 그리고 참 많은 경우에, 다른 영혼은 사실 그것만 알면 충분하다.

애너벨이 작게 미소를 지었다. 떨리는 미소이자 금방 사라지는 미소였지만 **알았어**라고 말했다.

애너벨이 콜트를 올려다봤다. "나 안아줄 거야?"

"물론이지, 아기야." 콜트가 손을 뻗어 애너벨을 안아 올렸다.

"길이 멀어." 라바니가 중얼거렸다. "그러면 늦어질—"

콜트가 애너벨을 안고 목에 애너벨의 팔을 두른 채 일어났다. "안아달라고 하면 안아줄 거야." 콜트가 말했다. "앞장서, 개구리 마스터."

라바니는 허리를 숙이고 서로를 붙잡고 있는 애너벨과 콜트의 가방을 들었다.

콜트는 언젠가 훌륭한 양치기가 될 것 같았다.

라바니는 버지니아를 봤다. 달라진 모습이었다. 라바니가 그것을 깨닫는 데는 잠깐 시간이 걸렸다.

버지니아 디어링이 두려워하는 것처럼 보였다.

묘지 달빛 속에서도, 도니를 마주하고서도, 수영을 못 하면서 가라앉는 배에 앉아서도 두려운 표정을 짓지 않은 아이였다. 하지만 그때 어깨에 파라솔을 메고 짐 가방을 든 버지니아는 두려워 보였다. 그래도 라바니는 영혼 깊은 곳에서부터 알고 있었다. 버지니아는 잡히는 것이 아니라 가족을 잃는 것을 두려워한다는 걸.

음. 라바니는 속으로 생각했다. 그럼 잃지 않게 해주면 돼.

그리고 라바니는 마음을 다잡는 심호흡을 하고서 아이들을 이끌고 숲으로 들어갔다. 별빛과 달빛을 등지고서.

아이들은 버지니아와 라바니가 괴짜 별종호를 감춰둔 덤불을 살그머니 지나쳤다. 시내 가장자리를 따라 내려가면서 라바니는 가장 쉽고 빠른 길을 택했다. 아이스크림 트럭에 탄 낯선 사람이 그 순간 집에 들이닥친다 해도, 아이들은 몇 분 앞설 수 있었다. 그리고 그 사람이 아이들이 간 길을 짐작하고 따라온다 해도, 라바니는 그 숲속에서 더 빨리 움직일 수 있다고 자신했다.

자신감은 한 영혼을 밀고 나가는 불빛일 때가 있다. 하지만 자신감이 눈을 가릴 때도 있다.

"좋아." 라바니가 래거본드 가족에게 속삭였다. "저 앞에서 시내를 건널 거야."

애너벨이 놀란 소리를 냈다.

"괜찮아." 라바니가 말했다. "깊지 않아."

"아니." 애너벨이 말했다. "망안경을 두고 왔어!"

"너무 늦었어." 트리스탄이 말했다. "우린— 애너벨!" 정말로 너무 늦어버렸다. 애너벨이 돌아서서 나무 사이로, 집을 향해 달려간 것이다. 트리스탄은 적절히 부적절한 말을 내뱉었다. 그리고 말했다. "콜트, 가서 데려와. 우린 천천히 갈게. 빨리 따라와."

콜트는 한마디 대꾸도 없이 애너벨을 따라 달렸다.

트리스탄은 고개를 젓고 입술을 잘근거리며 코로 숨을 내쉬었다. "전부 다 틀렸어." 다시 낮게 혼잣말을 했다. 트리스탄의 검은 눈이 라바니의 눈을 찾았다. "가. 따라갈게. 어서."

라바니는 돌아서서 다시 걷기 시작했다. 시내가 바로 앞이었다.

무언가를 미처 알기 전에, 어떻게 아는지도 모르면서 깨닫게 되는 희한한 때가 있다.

숲을 가로질러 한 열 발자국 정도 걷고 난 뒤, 라바니는 어떻게 아는지도 모르는 채, 끔찍한 실수를 저질렀음을 깨달았다.

라바니는 멈췄다. 다른 아이들도 뒤에서 걸음을 멈추고서 기다렸다.

나무 사이에 정적이 흘렀다.

팔에 소름이 돋았다.

으스스한 정적이라고 설명할 수도 있겠지만, 수식어를 붙일 필요가 없었다. 숲속에 정말로 정적이 흐른다면 으스스한 정적이 아닐 수 없으니까. 귀를 기울이면, 그리고 아무 일이 없다면, 숲에서는 항상 소리가 들린다. 날갯짓, 발자국 소리, 작고 조용한 생명체가 쪼르르 뛰어가는 소리. 하지만 어둠 속에서 얼어붙어 있는 지금, 라바니의 귀에는 진짜 정적이 들렸다.

숲에는 진짜 정적이 존재하지 않는다.

물론, 사냥꾼이 거기 있는 게 아니라면 말이다.

라바니는 래거본드 가족에게로 고개를 돌렸다.

밤하늘을 가로질러 무엇인가가 휙 날아갔다. 새처럼. 하지만 새는 아니었다.

줄 뒤에 있던 벤저민과 위니가 비명을 지르며 쓰러졌다. 아이들은, 설마하니, 그물 같은 것에 뒤얽힌 채 버둥거렸다.

트리스탄이 돌아서서 그 애들에게 두 발자국 다가갔다. 거기까지였다.

또 한 번 휘익 소리가 났다.

트리스탄은 발목이 꽉 감긴 채 신음 소리를 내며 굴렀다.

베스가 튀어 나갔다. 그리고 트리스탄처럼 다리가 묶인 채 쓰러졌다.

버지니아가 라바니를 향해 한 발자국 움직였다. 또 한 번, 어둠을 가르며 포획의 소리가 들려왔다. 버지니아가 라바니 발치의 흙과 솔잎에 쓰러졌다.

버지니아가 그물 구멍 사이로 라바니를 올려다보며 헉헉거렸다. "도망쳐!"

라바니는 숨도 심장도 멎은 듯 버지니아를 내려다봤다.

"달아나!" 버지니아가 간절한 눈빛으로 필사적으로 외쳤다.

라바니는 고개를 저었다. "널 두고는 안 가."

버지니아가 손을 뻗었다. 아니, 그러려고 했다. 하지만 그물에 막혔다.

라바니가 버지니아를 향해 팔을 뻗었다.

어둠 속에서 또 하나의 손이 달빛 속으로 뻗어 나왔다. 매우 창백하고 매우 조심스러운 손이었다.

작게 달칵 소리가 났고 수갑의 차가운 금속이 라바니의 손목에 감겼다.

"잡았," 매우 차갑고 매우 차분한 목소리가 말했다. "다."

41

사냥꾼은 마지막 아이, 다른 아이들을 이끌던 아이에겐 그물을 쓸 필요가 없으리라 짐작했다. 사냥꾼은 마지막에 남는 아이 두엇은 다른 아이들이 잡히고 묶이면 오로지 의리 때문에 자기를 지킨다는 걸 알고 있었다. 편리했다.

빠르게, 매끄럽게, 솜씨 좋게 그는 소년의 손목에 수갑을 채웠다. 그리고 빠르고 소리 없는 발걸음으로 줄을 따라 내려갔다. 순식간에 모든 아이가 그물과 올가미에서 벗어났지만 더 튼튼한 수갑에 묶였다. 가장 큰 소년, 지난번에 사냥꾼을 속인 아이는 분해서 으르렁거리며 발길질을 하려고 했지만 사냥꾼은 놀라지도 신경 쓰지도 않았고 전혀 예상치 못한 것도 아니었다. 그는 큰 아이의 발목도 족쇄로 채웠다.

그는 아이들을 일으켰다. 찡그렸다. 하나가 모자랐다.

상관없었다. 나머지도 나타나게 되어 있었다. 아니, 필요하다면 사냥을 완수하기 위해 돌아가는 것도 전혀 상관없었다. 디저트라고나 할까. 기대할 일이 있는 것이 중요하다.

사냥꾼은 줄 앞으로 다시 갔다.

배낭에서 서류를 꺼냈다. 겁에 질린 아이들이 볼 수 있도록 서류를 달빛 속에 들었다. 타자로 친 글자와 구불거리는 서명, 빛나는 인장이 보였다. 서류는 매우 공식적으로 보였고 실제로도 그랬다.

"너희는," 사냥꾼이 말했다. "내," 그가 계속했다. "보호하에," 그리고 덧붙였다. "있다." 사냥꾼이 말을 마쳤다.

그리고 그는 아이들을 걷게 했다. 아이들은 사정하지도, 징징거리지도, 흐느끼지도 않았다. 아이들을 전부 묶을 필요도, 그렇게 바짝 붙어 감시할 필요도 없었다. 아이들은 달아나지 않을 터였다.

이 아이들은 서로를 버리지 않는다.

사냥은 끝났다.

42

수갑을 차고 밤중에 숲속을 걷는 건 유쾌하지 않다.

라바니는 손이 앞으로 묶인 채로 발을 끌며 걸었다.

울지 않으려고 노력했다. 그리고 대체로 성공했다.

속이 뒤집혔다. 손에서 수도꼭지가 새듯 땀이 뚝뚝 흘렀다.

라바니는 겁에 질려 지내는 날이 참 많았지만, 그 남자와 함께 수갑을 차고 걷던 때만큼 겁에 질린 적은 없었다. 라바니는 자기 자신 때문에 겁이 났다. 하지만 그보다 더, 친구 때문에, 친구의 가족 때문에 겁이 났다.

그러나 사람은 한 번에 여러 가지 일을 할 수 있다.

발을 헛디디고 다리에 힘이 빠지는 와중에도, 라바니는 머리를 굴렸다.

래거본드 가족을 도와야만 했다. 친구들을 도와야만 했다.

라바니는 두려워도 마음을 단단히 먹었다. 그리고 마음을 단단히 먹는 건 좋은 일이었다.

라바니는 부모님, 보안관, 호텐스, 심지어 스키니스터 씨도 떠올려봤다. 그러나 그들에게 연락을 한다 해도 무슨 도움을 받을 수 있을까? 래거본드 가족은, 사실 달아난 아이들이었다. 그 애들을 잡으러 온 사람에겐 서류가 있었다. 서류는 세상을 돌아가게 한다.

라바니 포스터는 무슨 도움을 줄 수 있을까?

좋은 수를 내보려고, 친구들을 돕기 위해 뭐라도 해보려고 안간힘을 쓰는 동안, 라바니는 결코 해서는 안 되는 일 한 가지를 알 수 있었다. 아무것도 안 하는 것. 그리고 아무것도 안 하지 않으려는 것이야말로 큰 결심이었다.

아이들은 숲을 가로질러 터벅터벅 걸어갔다. 어둠을 가로질러, 밤을 가로질러.

그러다 곧 도로에 다다랐다.

저 앞, 가로등 아래에 보닛을 열고 있는 아이스크림 트럭이 보였다.

곧 아이들은 거기 타게 된다. 곧 차를 타고 떠나게 된다.

라바니는 한 걸음 옮길 때마다 가슴이 저려왔다. 트럭이 점점 가까워졌다. 트럭에 닿으면 모든 희망이 사라질 것 같았다.

라바니는 눈물을 글썽이며 트럭을 노려봤다. 그 트럭이 싫었다. 친구를 빼앗아 갈 트럭이. 요란하게 살아나 요란하게 달려 나갈 트럭이.

라바니는 숨이 턱 막혔다.

눈썹이 쑥 올라갔다.

라바니에게 놀라운 것이 떠올랐다. 어떤 아이디어였다.

라바니는 손가락의 긴장을 풀었다.

그리고 두려움이 용기를 쫓아내기 전, 라바니는 달렸다.

43

소년이 줄에서 벗어나 달리기 시작했을 때, 사냥꾼은 당황하지 않았다.

소년은 수갑을 차고 있었다. 멀리 가지 못할 터였다. 게다가 도로를 따라 트럭 쪽으로 달려갔다. 숲속으로 숨지도 않았다.

사냥꾼은 팔을 뒤로 젖혔다. 만약에 대비해 올가미 하나를 쥐고 있었다. 그는 소년의 이동 방향을 잠시 지켜본 뒤 팔을 휘둘러 올가미를 던졌다. 올가미가 공중을 가르며 획 날았다. 올가미가 발목을 감싸자 소년은 트럭 바로 앞 아스팔트에 주욱 미끄러지며 쓰러졌다.

하지만 소년은 쉽게 포기하지 않았다. 손발이 묶였는데도 트럭 밑에서 버둥거리며 용을 쓰면서 벗어나려고 했다.

사냥꾼은 발걸음을 재촉하지도 않았다. 마찬가지로 달아나려고 하는 아이가 있는지 지켜봤다. 아이들은 그러지 않았다. 소용없다는 걸 알았으니까. 아이들은 절망에 빠져 바닥만 내려다보거나 성난 눈으로 사냥꾼을 쏘아봤다.

사냥꾼이 트럭에 다다르자, 소년은 트럭 밑으로 완전히 들어가 있었다. 사냥꾼은 무릎을 꿇고 아이의 발목을 붙잡았다. 그는 아이를 트럭 밑에서 세게 흔들거나 힘주어 당기지 않았다. 그러면 아이가 다칠 텐데 굳이 그럴 필요는 없었다. 그렇다. 그는 아이의 마른 두 다리를 한 손으로 잡고 단호하면서도 부드럽게 달빛 속으로 끄집어냈다.

굴러서 바로 누워 있던 아이는 겁에 질린 눈을 깜빡이며 사냥꾼을 올려다봤다. 수갑을 찬 두 손을 꽉 쥐어 가슴 위에 올리고서.

"좋은," 사냥꾼이 말했다. "시도였군."

사냥꾼이 트럭 뒷문을 열어 아이스크림은 전혀 없는 내부를 드러냈다.

"안으로," 사냥꾼이 말했다. "들어," 그리고 덧붙였다. "가라."

"걔는 놔줘." 트리스탄이 라바니 쪽으로 턱짓하며 부루퉁한 목소리로 말했다. "쟨 아니야. 친구일 뿐이야."

"상관," 사냥꾼이 말했다. "없다." 그리고 정말로 상관하지 않았다. 그건 그가 하는 일이 아니었다. 아이들이 뒤섞일 때가 있었다. 거짓말을 하는 일도 있었다. 그런 건 그의 관심사가 아니었다. 그는 아이들을 전부 데려갈 생각이었다. 그러고 나면 머도사 부인이 알아서 처리할 테니까.

그리고 아이들은 하나씩 안으로 들어갔다.

양옆에 놓인 벤치에 우울한 표정으로 모두 앉았다.

사냥꾼이 문을 잡더니 닫으려고 하는데 제일 큰 여자아이가 말했다.

"부탁이에요." 그 애가 말했다. "잠깐만."

사냥꾼은 그 애가 부탁이에요라고 말한 것에 개의치 않았고 잠깐만 기다려달라고 한 것에도 개의치 않았다. 사냥꾼이 사냥감의 부탁을 들어주는 일은 드물다. 하지만, 그는 그 아이가 사라진 아이 위치를 알려줄지 모른다고 생각했다.

"우린 아무도 해치지 않고 살아요." 소녀가 말했다. "그저 함께 지내고 싶을 뿐이에요. 그게 전부예요. 우린 가족이에요. 그런데 우릴 데려가시면 헤어질 거예요. 우릴 떼어놓을 거예요. 제발 부탁합니다. 이러지 말아주세요. 이러시면 우리는 온 세상에서 중요한 단 하나를 잃게 될 거예요. 서로를 말이에요."

소녀의 말이 끝나자 텅 빈 트럭에서 금속성 메아리가 울리며 침묵이 흘렀다.

사냥꾼은 그 애를 향해 눈을 깜빡였다. 아이들의 애원하는 간절하고 눈물 젖은 얼굴을 하나씩 봤다.

"흑," 사냥꾼이 말했다. "흑."

어떤 영혼에게는 영혼이 없을 때가 있다.

사냥꾼이 트럭 문을 닫았다. 손잡이에 자물쇠를 채우고 잠갔다. 확실히 잠겼는지 당겨보았다.

그는 트럭을 돌아 앞으로 가서 보닛을 닫고 운전석에 올랐다.

얇고 창백한 입술을 꾹 다물었다.

사냥이 너무 쉬워서 실망스러울 지경이었다.

하지만 실망할 필요는 없었다.

44

라바니는 트럭 뒤 버지니아 옆에 앉았다. 둘의 어깨가 맞닿고 수갑 찬 손은 무릎에 올린 채로. 버지니아는 평소보다 더 심각한 표정으로 아래를 내려다보고 있었다.

"괜찮을 거야." 라바니가 중얼거렸다.

버지니아가 입꼬리를 늘어뜨리고 침울한 표정으로 라바니를 봤다. "나도 괜찮으리란 건 알아, 라브. 우릴 죽이진 않을 거야. 고아원에 도로 넣을 뿐이지. 그러면…… 괜찮을 거야." 버지니아는 한숨을 쉬며 어깨를 들썩였다. "하지만 저기서 잠시 사는 동안은, 거의…… 환상이었는데."

"괜찮을 거야." 라바니가 다시 말했다.

"다 끝났어, 라브." 트리스탄이 말했다. 성난 목소리가 아니었다. 그저 지친 목소리였다. 담요를 낙하산으로 쓸 수 없는 까닭을 아이에게 설명하는 어른처럼. "넌 괜찮을 거야. 당연히 넌 보내줄 거야. 적어도 콜트와 애너벨은 달아났어. 네가 그 애들을 감춰줘야 해, 라브. 그리고 잘 들어…… 널 풀어주면 네가 가서 『언제나 그리고 영원히』를 가져다줘야 해. 집에 감춰뒀으니—"

"아니, 잘 들어." 라바니가 목소리를 조금만 높이고 말했다. 낯설고 무서운 사람이 듣지 않도록. "기회가 있다고 생각해—"

"오, 라바니." 베스가 트럭 옆쪽 벽에 머리를 대고 한숨을 내쉬었다. "넌 이해를 못 하는구나. 우린 수갑을 차고 무슨 수를 쓰더라도 우릴 잡아가려는 트럭에 갇혀 있는데. 이보다 나빠질 순 없는 상황이야. 진짜 큰일이라고."

어두운 트럭 안에서 구역질 소리가 들렸다. 그리고 기침 소리가. 그리고 철썩 소리. 그리고 냄새.

놀랍게도 상황이 더 나빠졌다.

"벤저민!" 몇 명이 외쳤다.

"뭐? 암호를 말했잖아!"

트럭에 시동이 걸리며 아이들이 앉은 벤치가 흔들렸다. 트럭이 덜컹 움직이기 시작했다. 트럭 뒤에는 창문이 없었지만 라바니는 오팔 로드 막다른 골목을 돌아 스키니스터 스트리트로 나가는 중임을 알 수 있었다.

라바니는 앉아서 귀를 기울였다. 기다렸다.

트럭이 교차로에서 다시 섰다. 그리고 방향을 바꿔 스키니스터 스트리트로 접어들더니 시내로 다시 향했다. 남자가 기어를 바꾸고 속도를 올리자 엔진이 떨며 부르릉거렸다.

라바니는 앉아서 귀를 기울였다. 기다렸다.

다리에 다가갈 거라고 짐작했다. 그리고 다리를 건널 거라고. 도축장 쪽으로 향한다고. 거의 다 왔다고.

라바니는 앉아서 귀를 기울였다. 기다렸다.

그리고 그 소리를 들었다.

엔진 소리가 조금씩 바뀌더니 부르릉에서 위잉으로 변했다. 그 소리가 점점 높아져 거의 비명이 됐다. 냄새가 코에 닿았다. 뜨거운 금속 그리고 거의 타는 냄새.

갑자기 트럭이 속력을 낮췄다. 재빨리 길가에 서더니 멈췄다. 운전자가 시동을 끄자 달칵하고 정적이 흘렀다.

"무슨 일이야?" 위니가 물었다.

어둠 속에서 라바니가 미소를 지었다.

라바니는 주먹을 내밀더니 손을 펼쳤다.

손에 쥐고 있던 기름 묻은 금속 플러그를 내보였다.

"내가 뭐랬어." 라바니가 말했다.

45

시동을 끈 사냥꾼은 무슨 일인지 이미 파악을 마쳤다.

계기판에서 '오일 확인'을 알리는 불이 들어왔을 때, 즉 스키니 스터 스트리트로 접어들기 직전에 사냥꾼은 무슨 일인가 싶어 인상을 썼다. 트럭에는 오일이 충분했으니까. 사냥꾼은 자동차 관리를 매우 꼼꼼하게 하는 사람이었다.

하지만 엔진이 저항하며 소리를 내기 시작하자, 그는 몇 초 만에 무슨 일인지 알아냈다. 소년이 트럭을 향해 무의미해 보이는 탈출을 시도했던 것이 떠올랐다. 그 애가 엎드려 밑으로 기어 들어가더니 사냥꾼이 당기자 바로 누워 있던 것도.

사냥꾼이 눈을 가늘게 떴다.

"매우," 고요한 트럭 운전석에서 사냥꾼이 혼잣말로 중얼거렸다. "영리하군."

사냥꾼은 여러 가지 면모를 지녔지만, 머뭇거리는 사람은 아니었다. 그는 한숨을 쉬지도, 운전대를 주먹으로 치지도, 욕설을 내뱉지도 않았다. 그게 다 무슨 소용이란 말인가? 문제가 생겼지만 문제를 풀 때 사냥꾼의 두뇌는 그 순간 차 앞에 버티고 있는 도축 공장만큼이나 무시무시하게 효율적이고 효과적이었다.

1.5킬로도 안 되는 거리, 아이들이 숨어 있던 집 건너편에 또 다른 집이 있었다. 차고와 트럭이 있는 집이었다. 그 차고와 트럭에 필요한 모든 것이 있을 거라고 사냥꾼은 확신했다.

사냥꾼은 트럭에서 내려 문을 닫고 방금 트럭을 몰아 온 길을 꾸준하고 느긋한 걸음으로 걸어갔다. 트럭 뒤를 지나가며 안에 갇힌 아이들에게 이렇게 말했다.

"곧," 그가 말했다. "돌아," 그리고 말했다. "오겠다."

46

"어떻게 한 거야?" 버지니아가 물었다. 버지니아는 라바니가 쥔 작은 뚜껑을 봤지만 무슨 의미인지는 알지 못했다.

"연료를 빼냈어." 트리스탄이 하얀 치아를 드러내고 웃으면서 대신 대답했다.

라바니가 고개를 끄덕였다.

오래전, 라바니의 아버지가 자동차와 자동차 고치는 법을 가르쳐주려고 했었다. 아버지는 물론 좋은 의도로 시작했지만 두 사람 모두에게 어색하고 괴로운 오후였다. 신발끈도 겨우 묶는 라바니는 기계치였다. 겨우 배운 것은 자동차 연료 교환의 첫 두 단계뿐이었다.

엔진에 대해 라바니가 기억하는 것은 거의 그것뿐이었다. 하지만 알고 보니 엔진에 대해서 라바니가 알아야 하는 것은 그것뿐이기도 했다. 적어도 그 순간에는 그랬다. 이야기가 선택 없이 전개될 수 없듯이 엔진은 연료 없이 돌아갈 수 없다는 것을 알았으니까.

"대단해, 라브!" 위니가 환호했다.

"잘했어." 베스도 웃었다.

라바니가 아이들을 보며 미소 지었다.

"그럼…… 이제 어쩌지?" 트리스탄이 물었다.

"무슨 말이야?" 라바니가 계속 웃으며 물었다.

"음…… 다음 차례는? 어떻게 달아날 거야?"

라바니의 미소가 사라졌다. 희망에 부푼 얼굴들을 돌아봤다. "아. 그게. 다음은 사실 생각해 두지 않았는데."

다섯 명의 얼굴에 떠오른 희망이 사라졌다.

"음." 버지니아가 높낮이 없이 말했다. "적어도 벤저민이 토해 놓은 것과 더 오래 함께할 수 있겠네."

"첫 단계로는 좋았어." 베스가 말하더니 라바니를 격려하며 고개를 끄덕였다. "이제 계속 생각하면 돼."

"맞아." 트리스탄도 맞장구쳤다. "전엔 졌지만 지금은 막힌 것뿐이야. 진 것보다는 막힌 게 낫지."

트리스탄은 일어나 트럭 문을 흔들었다. 덜컹거리긴 했지만 꿈쩍하지 않았다. 버지니아가 벤치에 올라서서 좁은 창문을 통해 트럭 운전석을 들여다봤다. 하지만 창은 닫혀 있었고 어쨌든 아이들이 지나가기엔 너무 작았다. 라바니는 엎드려서, 벤저민이 도로 내놓은 저녁 식사를 조심스레 피하며, 트럭 양쪽 벤치 아래를 더듬었다. 제거할 패널이나 환기구, 뭐든지, 뭐라도 없을까? 하지만 손에 닿는 것은 매끈하고 견고한 금속뿐이었다.

베스도 어둠 속에서 손끝으로 바닥을 더듬었다.

라바니는 찾기를 포기하고 벤치에 털썩 앉았다. 트리스탄이 이를 악물고 문에서 돌아섰다.

"갇혀서 꼼짝 못 해." 트리스탄이 말했다.

"갇혀서 꼼짝 못 해." 버지니아도 맞장구쳤다.

"갇혀서 꼼짝 못 해." 라바니가 한숨을 쉬었다.

"거기 갇혀 있어?" 애너벨이 물었다.

아이들 모두 서로를 보며 눈을 깜빡였다.

애너벨의 목소리는 당연히, 트럭 밖에서 속삭인 것이었다.

"형이랑 누나야?" 콜트의 목소리가 물었다. "동생들? 개구리 마스터?"

"우리 여기 있어." 트리스탄이 말했다. "하지만 너흰 달아나야지. 숨어."

"물론이지. 하지만 모두 같이 가면 좋겠어." 콜트가 대답했다. 자물쇠를 흔드는 소리가 들렸다. 처음에는 가볍게, 다음에는 세게. "하지만 그 아저씨가 문단속을 잘한 것 같네."

"우린 잡혔어." 베스가 말했다. "하지만 너흰 아니잖아. 가, 콜트. 애너벨을 데리고."

"잠깐." 애너벨의 목소리가 들렸다. "내가 해볼게."

"그거 고맙지만, 아가." 콜트가 낮은 소리로 대답했다. "쇠가 꽤 단단하구나."

"잠깐만! 그런…… 느낌이 들어."

"시간 없어!" 트리스탄이 문틈으로 다급하게 말했다. "숲에 가서 숨어. 라브가 풀려나면 너희를 찾을 거야. 그러면—"

"조용해!" 애너벨이 잘라 말했다. "나 집중하고 있잖아!"

"잘 들어, 동생아." 트리스탄이 겨우 침착하게 말했다. "싸워야 할 때가 있고 도망쳐야 할 때가 있어. 그리고 지금은—"

트리스탄의 말이 뚝 하는 소리에 잘렸고, 달칵하고 철그렁하더니 트럭 문이 끼익 열렸다.

애너벨이 달빛 아래에 활짝 웃으며 서 있었다. 손에 머리핀을 들고서.

"그거 알아?" 애너벨이 말했다. "내 능력을 알게 된 것 같아!"

47

"와, 그거 쓸모 있다, 동생아." 콜트가 애너벨의 어깨를 토닥이며 말했다.

"수갑도, 얼른." 트리스탄이 말했고 아이들은 트럭 문 앞에 손목을 내밀고 줄지어 섰다. "지금은 하나만 풀어줘." 트리스탄이 말했다. "움직여야 해." 애너벨은 집중하느라 혀를 내밀고 머리핀을 마술처럼 빠르게 휘두르며 아이들의 수갑 한쪽을 달칵달칵 열었다.

콜트가 트럭 뒤를 들여다보며 입술을 핥았다.

"잠깐…… 저기 아이스크림은 없어?" 콜트가 물었다.

"아쉽지만 없어, 오빠." 버지니아가 대답했다.

"젠장. 초콜릿 아이스크림이 있길 바랐는데." 콜트가 킁킁거리더니 눈을 가늘게 떴다. "윽. 누가 암호를 말했어?"

"어, 잠깐만." 위니가 길 쪽을 가리키며 말했다. "저것 봐!"

아이들이 위니의 손끝을 따라 그를 봤다. 매우 고른 치아와 매우 차가운 목소리와 매우 정확히 던지는 팔을 가진 사람. 그들 쪽으로 달려오고 있었다. 오일 통을 서너 개 품에 안고 어색하게 달렸지만 그래도 달리는 건 마찬가지였다. 그리고 겨우 200미터 거리에 있었다.

"이쪽이야! 도움을 구할 수 있어!" 라바니가 멀리 시내 불빛 쪽으로 몇 걸음 걸어가며 말했다.

"아니." 트리스탄이 빠르게 말했다. "법은 저 사람 편이야. 우린 도망쳐야 해." 트리스탄이 주위를 둘러봤다. 한쪽에는 시내가 있었다. 반대쪽에는 사냥꾼이 있었다. 그들 옆에는 도축장이 버티고 있었다. 그리고 반대편은 숲이었다. "숲으로 돌아가."

베스와 위니와 벤저민은 나무들 속으로 뛰어들었다. 콜트는 애너벨의 빈손을 잡고 그쪽으로 당겼다.

트리스탄, 버지니아, 라바니는 숲에서 기다리는 아이들을 따라 내달렸다. 아이들은 모두 함께 뒤얽혀 나뭇가지 아래에서 고개를 숙이고 쓰러진 통나무를 뛰어 건넜다.

"더 빨리!" 트리스탄은 발을 헛디딘 벤저민을 일으켜 세우고 버지니아를 잡아 통나무를 뛰어넘도록 도와주며 외쳤다. 나무뿌리를 밟는 소리와 나뭇가지가 잘리는 소리가 들렸다.

"숨어야 해." 라바니가 헉헉거리며 트리스탄에게 속삭였다. "저 사람보다 빨리 달릴 순 없어."

트리스탄은 으르렁거렸지만 라바니 말이 옳다는 것을 알았다.

"저기!" 트리스탄이 앞에 보이는 빽빽한 덤불을 가리키며 말했다. "모두 저기로 들어가! 최대한 조용히!"

아이들은 헉헉거리면서도 살금살금 걸어 잡목림으로 기어 들어갔다.

아이들은 거기 웅크리고서 나뭇가지와 잎사귀 사이를 몰래 내다봤다.

차차 가쁜 숨이 진정됐다. 주위의 숲이 고요해졌다.

"소리가 들려." 벤저민이 속삭였다. 그리고 모두 그 소리를 들었다. 빠르고 조심스러운 발걸음이 관목을 스치며 그들 쪽으로 다가오는 소리.

버지니아의 손이 라바니의 손을 찾아 꼭 잡았다. 라바니는 고개를 끄덕이고는 버지니아의 손을 마주 잡았다.

버지니아의 눈이 라바니의 이마에 닿았다. 아무 말도 하지 않았지만 라바니는 그 애의 눈길이 닿은 데가 간질거려 얼굴을 찌푸렸다.

"거미야?" 소리 없이 입으로만 말했다. 버지니아가 고개를 끄덕였다.

라바니는 속에서 치밀어 오르는 당혹감을 꾹 눌렀다. 천천히, 어렵사리 손을 이마로 들어 올렸다. 다리가 여덟 개 달린 녀석을 쳐냈다. 그리고 숨을 내쉬었다.

"잘했어." 버지니아가 속삭였다.

"쉬잇." 콜트가 숨 쉬듯이 말했다. "보인다."

아이들은 모두 얼어붙은 채 콜트의 시선 쪽을 봤다.

정말로, 거기 그가 있었다.

배낭을 메고. 오일 깡통을 버리고. 소리 없이 나무 사이를 걸으면서 밤중의 숲을 눈으로 훑고 있었다. 한 손에 올가미를 들고서. 30미터쯤, 혹은 그보다 가까운 위치에. 그들 쪽으로 다가오고 있었다.

아이들은 더욱 낮게 웅크렸다.

기회가 있었다. 그가 가는 길은 아이들이 숨은 곳과 일직선으로 닿아 있지 않았고, 어두웠으며, 아이들은 모두 잘 숨어 있었다. 그가 아이들을 보지 못하고 지나갈 수도 있었다.

하지만 그래도 이런 상황에는, 특히 그런 적을 상대로 할 때는, 슬프게도 늘 '하지만 그래도'가 있었다. 하지만 그래도, 달칵하는 작은 소리와 함께 아이들의 희망이 사라졌다.

그 사람의 손에서 손전등이 켜졌다. 하얗고 밝은 빛이었고, 그 빛은 소 살코기를 가르는 도축장의 칼날처럼 어둠을 갈랐다.

오직 시간문제였다.

줄지어 숨은 아이들 끝에서 트리스탄이 자신의 귀가 베스의 귀에 닿도록 몸을 기울였다. "달아날 준비 해." 트리스탄이 중얼거리고 베스를 살짝 밀었다. 베스가 옆의 아이에게 다가갔다. "달아날 준비

해." 베스도 그렇게 말하고 살짝 밀었다. 줄을 따라 아이들 사이에 경고가 전달됐고 버지니아에게 닿았다.

버지니아는 그 메시지를 받고 라바니의 귀에 입술을 댔다.

"달아날 준비 해." 버지니아가 말하고 팔꿈치로 라바니를 눌렀다. 라바니는 끄덕인 뒤 옆에 있던 뜨뜻한 몸뚱이에게 다가갔다. 그리고 살짝 밀었다.

"달아날 준비 해." 라바니는 다가오는 위협에서 눈을 떼지 않은 채 말했다.

따뜻한 숨결이 라바니의 얼굴에 닿았다. 머리카락이 헝클어질 정도였다.

그러자 뭔가 크고 부드럽고 축축한 것이 라바니의 얼굴을 온통 문질렀다.

알고 보니, 혓바닥이었다. 매우 큰 혓바닥. 농장 냄새가 뚜렷한.

라바니는 방금 자신을 핥은 것이 누군지 돌아봤다.

라바니가 눈을 깜빡였다. 그리고 미소를 지었다.

"럭키." 라바니가 말했다. 럭키의 콧구멍에서 라바니의 얼굴 쪽으로 축축한 숨이 흘러나왔다. "안 죽었구나." 라바니가 한 말은 당연하긴 했지만 사실이기도 했고 상당히 적절하기도 했다. 그 애 아버지는 달아난 소가 없다고 했지만…… 그건 어쩌면 럭키가 달아난 것을 모른 탓이었을 것이다. 럭키가 지난 며칠간 숲속의 평화와 자유를 누리며 살았다고 생각하니 라바니의 미소가 더 커졌다.

하지만 나뭇가지 부러지는 소리에 라바니는 당면한 현실로 돌아갔다.

손전등 불빛이 조금 더 멀리 뻗어 나오더니 멈췄다.

그 불빛에 벤저민과 위니는 웅크린 채 조각상처럼 꼼짝하지 않았다.

"잡았," 손전등을 든 남자가 침착하게 말했다. "다."

위니가 돌멩이를 들고서 팔을 뒤로 젖혔다. 던지기만 하면 그 돌은 명중하리라는 것을 알았다. 하지만 라바니는 그 돌이 그들을 쫓는 괴물을 막기에는 너무 작다는 것도 알았다.

좀 더 큰 것이 필요했다.

라바니는 럭키를 봤다.

럭키의 두 눈은 그들을 노려보는 남자를 보고 있었다. 커다란 소머리가 (어둠 속에 도사린) 남자와 (두려움에 질려 웅크린) 라바니를 번갈아 봤다.

럭키는 사람들을 상대한 적이 있었다. 큰 몸뚱이에 도구를 든 어른 남자…… 눈앞의 숲속에 선 남자와 같은 남자들. 그들은 럭키를 찔렀고, 고함을 질렀고, 거칠게 트럭에 태웠고, 친구들을 괴롭혀 무시무시한 소리가 들려오는 큰 건물에 밀어 넣었고, 친구들은 그 후로 친구들은 돌아오지 못했다. 그리고 럭키는 이 조용한 아이도 상대했었다…… 콧잔등을 부드럽게 쓰다듬어 주고 눈을 들여다보고 상냥한 목소리로 말해주고 자유로 이끌어줬던 아이를.

이야기는 여러 가지 선택으로 이루어진다. 소가 선택을 하는 때가 명확하지 않을 수는 있다. 하지만 럭키가 남자와 아이 중에서 선택해야 한다면, 아이를 선택할 것임은 분명하다.

럭키는 목구멍 깊이에서 울리는 소리를 냈다.

그 순간까지 라바니는 소가 으르렁거릴 수 있다는 걸 몰랐다. 어쩌면 소는 으르렁거리지 못할 것이다. 어쩌면 라바니의 상상일 수도 있었다. 어쩌면 마법일 수도 있었다.

"저 사람을 잡아." 라바니가 친구의 크고 둥그런 눈을 바라보며 말했다.

럭키가 눈을 가늘게 떴다.

어느 모로 보나 소는 별로 똑똑한 동물이 아니다. 사실, 소는 똑똑하지 않은 것으로 유명하다. 하지만 지력은 성품과 무관하고, 선한 성품과는 확실히 무관하다.

럭키는 친구였고, 좋은 친구였다.

그리고 한 영혼이 다른 영혼에게 필요한 것을 그냥 아는 때가 있다. 어떻게 아는지는 중요하지 않다.

럭키는 한 차례 단호하게 콧바람을 내보냈다.

그리고 달려갔다.

럭키는 매우 컸다. 매우 갈색이었다. 매우 요란했다. 럭키는 트럭처럼 덤불과 관목과 가지를 가로질러 어둠 속의 남자를 향해 돌진했다.

라바니의 머릿속에 한 가지 생각이 럭키처럼 요란하게 불쑥 떠올랐다. 하필이면, 스티비 퓰러에게서 얻은 영감이었다.

"곰이다!" 라바니가 외쳤다. "우왓 곰이다!"

48

갑자기 곰의 습격을 당한 사냥꾼은 거의 바지를 적실 뻔했다. 사실, 거의 적실 뻔했다보다는 조금 적셨다가 더 정확한 표현이다. 실제로, 찔끔 흘렸다. 그토록 많은 사냥을 했지만, 사냥꾼이 바지를 조금 적시거나 거의 적실 뻔한 적은 없었다.

사냥꾼은 깜짝 놀라 허둥거리며 뒷걸음질 치다가 손전등을 놓쳤다. 세상이 어두워지기 전 그는 자신을 향해 돌진하는 거대한 곰의 몸뚱이와 갈색 털을 겨우 볼 수 있었다. 그런 크기와 색의 곰이라면, 불곰일 수밖에 없었다.

"그아아아아!" 사냥꾼이 말했다. "아아아!" 사냥꾼은 발을 헛디디고 쓰러져 한두 번 구르더니 잠시 기어가다가 흙바닥에서 발을 허우적거리고 나무에 머리를 부딪쳤다. 땅을 긁으면서 몸을 일으켰다가 다시 발을 헛디뎌 통나무에 미끄러져 가시가 무성한 블랙베리 덤불에 쓰러졌고, 그대로 뚫고 지나가 덩굴에 얽힌 몸을 풀어낸 뒤 절뚝절뚝 달아났다.

사냥꾼이 사냥감이 되었다.

사냥꾼은 달갑지 않았다.

겁에 질려 후다다다 달려가는 소리가 들렸다. 나뭇가지에 얼굴을 맞고, 뿌리에 발이 걸리고, 가시에 손이 긁혔다. 그는 곰을 따돌렸는지 알지 못한 채, 한참 뒤 헉헉거리면서 피를 흘리는 모습으로 도로의 트럭 옆에 나타났다. 등 뒤에서 곰 소리는 들리지 않았지만 모험을 할 생각은 없어 트럭 운전석에 올라타고는 문을 닫았다.

49

라바니와 아이들은 럭키가 내는 어마어마한 소리를 들었고, 남자의 추격은 점점 더 멀어졌다.

위니가 쳐든 손을 천천히 내렸다.

콜트가 목청을 가다듬었다. "아까 그거…… 소였어?"

"응." 라바니가 말했다. "내…… 친구야."

"헐. 그렇군."

"희한한 일이네." 버지니아의 말이 옳았다. 소가 구해주는 것은 상당히 희한한 일이었다. 터무니없는 일까지는 아니더라도. 다음은 뭐지? 염소가 구해주려나?

하지만 그저 터무니없는 일은 아니었다. 따지고 보면, 이야기는 선택으로 이루어지니까. 그리고 얼마 전 라바니는 다른 영혼을 풀어주는, 너그럽지만 어리석은 선택을 했으니까. 한 영혼이 올바른 이유로 올바른 일을 하기로 선택한다면, 거의 언제나 결국에는 좋은 일이 찾아오게 되어 있다.

숲이 고요해졌다. 영혼 없는 고아 사냥꾼의 소리도, 용감무쌍한 소곰의 소리도 들리지 않았다.

"우리가 해냈어." 베스가 말했다.

"라브가 해냈어." 애너벨이 말했다.

"아냐." 트리스탄이 말했다. "라브가 시간은 벌어줬지. 하지만 저자는 포기하지 않아." 트리스탄의 말이 매우, 매우 옳았다. "전화기를 찾아야 해. 빨리."

라바니가 아이들을 이끌고 숲을 지나 시내로 향했다. 숲가를 따라 살금살금 걸으며 나무 사이로 밖을 내다보던 라바니는 무언가를 보고 멈췄다.

도축장.

라바니는 도축장 안에 무엇이 있는지 알았다. 피와 뼈와 내장과 칼과 승강기와 도축총과 고기 갈고리와 악몽이었다. 하지만 사무실도 있었다. 전화기가 있는 사무실.

라바니는 어둠 속에 버티고 있는 도축장을 봤다. 쉭쉭도 음머도 쿵도 들리지 않았다. 그래도 도축장은 절대 가고 싶지 않은 곳이었다. 라바니는 침을 꿀꺽 삼켰다.

한 영혼이 최악의 악몽 속으로 들어가려면 영웅의 마음가짐이 필요하다. 라바니가 영웅이 될 수 있을까?

음. 라바니는 생각했다. 소가 곰이 될 수 있다면…….

"날 따라와." 라바니가 말하고는 숲에서 튀어 나가 도축장 쪽으로 향하는 공터를 내달렸다.

50

라바니는 얼마 전 럭키를 구해주었던 (그리고 그 보답으로 도움을 받은) 목초지 울타리를 기어올랐다. 나머지 아이들도 뒤따랐다. 라바니는 몸을 숙이고서 도축장 옆쪽을 따라 도축실 문 쪽으로 달려갔다.

"애너벨." 라바니가 부르자 애너벨이 달려 나갔고 라바니는 자물쇠를 가리켰다. 애너벨은 곧장 자물쇠를 따기 시작했다.

잠시 후 자물쇠가 달칵 열리더니 툭 떨어졌다. 트리스탄이 문을 열어젖혔다.

애너벨이 재빨리 안으로 들어가고 나머지 아이들도 뒤따랐다. 라바니는 마지막으로 숲과 목초지, 도로를 확인했다. 전부 고요히 달빛을 받으며 어둠에 휩싸여 있었다.

사냥꾼의 기척은 없었다. 아스팔트에 닿는 타이어 소리도 들려오지 않았다. 라바니는 최대한 빨리, 그리고 소리 없이 문을 꼭 닫았다.

등 뒤의 어둠 속에서 겁에 질린 래거본드 가족들의 숨소리가 들렸다.

주위 공기에서는 불행히도 익숙한 동물 내장 냄새가 났다.

라바니의 눈이 도축장 어둠에 적응하기 시작했다. 거의 3층 위 좁은 창문으로 도축실과 끔찍한 기계, 모여 선 아이들이 겨우 보일 만큼 달빛이 흘러들었다.

트리스탄이 문으로 다가오더니 라바니 쪽으로 어깨를 붙였다. 그리고 문에 귀를 댔다.

"안전한 것 같아." 트리스탄이 속삭였다.

라바니가 고개를 끄덕였다.

갑자기 문이 열리면서 두 아이에게 쾅 부딪혔다. 라바니는 비명을 질렀다. 뒤로 물러서려 했지만 문이 발끝에 걸려서 꼼짝달싹할 수 없었다.

열린 틈으로 팔 한쪽이 쑥 들어왔다. 여기저기 찢어지고 기름으로 얼룩진 소매 끝으로, 매우 하얗고 긁힌 상처가 있는 손에 들린 그물이 보였다.

결국, 안전하지 못했던 것이다.

"아아아악!" 라바니가 소리를 질렀다.

문 반대편 남자가 끙 소리를 내며 문을 밀었다. 남자의 팔이 그물을 떨어뜨리더니 문과 공기와 라바니의 옷을 움켜쥐려고 했다.

라바니는 양손으로 그 끔찍한 팔을 쳐냈다. 실타래로 장난치는 고양이처럼 그 손을 때리며 고함을 질렀다.

아이들의 비명이 도축장 안에 울려 퍼졌다.

공포와 고통 속에서도 라바니는, 전적으로 우연히, 자신이 해냈음을 깨달았다. 아니, 문에 걸린 발이 해냈음을. 좋든 싫든 라바니는 추격자를 막아냈다. 라바니가 겨우 서서 비명을 지르는 동안, 래거본드 가족은 전화를 걸 수 있었다.

"가!" 라바니가 비명을 지르는 사이사이 외쳤다. 래거본드 가족

은 라바니와 덜컹이는 문과 버둥거리는 팔을 보고 입을 딱 벌린 채
서 있었다. 아무도 움직이지 않았다. 아이들은 라바니를 기다렸다.
라바니는 아이들이 가야 하는 방향에 있는 벽을 가리켰다. 노란 선
을 따라 전화기가 있는 사무실을 향해 가라고. "따라갈게!" 라바니
는 뒤따라가겠다는 뜻으로 덧붙였다.

애너벨 앞에 있던 콜트가 움직였다.

"사다리로 올라가래!" 콜트가 틀린 말을 외쳤다. "가, 베스!"

사다리가 있는 모양이었다.

라바니가 아니라고 외치기도 전에, 베스가 사다리를 기어올랐
다. 벤저민이 뒤따랐다. 애너벨과 콜트도.

"아냐!" 라바니가 다시 소리 질렀다.

"걱정 마!" 위니가 앞으로 나서며 외쳤다. "버리고 가지 않을게,
라바니!"

라바니의 비명을 오해하긴 했지만, 의리 있는 대답이었다.

위니에겐 별다른 선택지가 없었다. 무언가를 던지기에는 너무
가까이 있었고, 손에 쥔 것도 없었다.

한 영혼이 가진 것만으로 해내야 할 때가 있다.

위니는 그 팔을 향해 이를 드러내고 뛰어들었다.

위니는 아기 송곳니를 그 손목 바로 아래 살에다 박아 넣었다.
깊숙이. 그 팔에 연결된 남자와 달리, 위니는 채식주의자가 아니
었다.

문 반대편에서 라바니와 놀라우리만큼 비슷한 비명이 들려왔

다. 잠시, 두 비명이 화음을 이룰 뻔했다.

위니가 으르렁거리면서 강아지처럼 머리를 흔들어댔다.

마지막으로 쉰 목소리로 비명을 지르며 팔이 위니의 입에서 떨어져 문틈을 빠져나갔다.

서너 차례 뒷걸음질 치는 소리와 **쿵** 소리가 들렸다.

위니는 문을 밀어 라바니의 발에서 떼어냈다.

라바니는 헉헉거리며 거기 서 있었다. 트리스탄은 이미 아이들을 따라 사다리를 오른 뒤였다. 라바니와 위니, 버지니아만 그 층에 남아 있었다.

"우리도 가자." 버지니아가 말했다.

51

사냥꾼은 도축장 바깥의 깊고 질척한 진흙에 뻗어 숨을 몰아쉬었다.

그는 팔을 확인했다. 움푹 들어간 지독한 송곳니 자국을 더듬거렸다.

깨문 강도와 치아 간격으로 봐서 오소리라고 확신했다. 그날의 사냥에선 예상보다 다양한 동물을 상대해야 했다.

그리고 사냥꾼은 조심스레 쿵쿵거리면서, 자신이 깔고 누운 것이 사실 진흙이 아님을 매우 확신하게 됐다.

소의 배설물 거름.

사냥꾼은 소 거름을 견딜 수 없었다. 게다가 그날 밤에는 이미 견딜 만큼 견뎠다.

사냥꾼은 몸을 일으켰다.

옷에서 거름을 닦을 생각도 안 했다.

사냥꾼은 웃지도 으르렁거리지도 않았다.

입술이 치아를 살짝 드러내긴 했지만, 자기도 모르는 새 일으킨 경련에 가까웠다.

사냥꾼은 언제나 평정을 유지하는 것을 큰 자랑으로 여겼다. 하지만 아마도 자제력을 잃기 시작한 것 같았다. 그는 소 거름에 발목까지 푹 빠진 채 잠시 서서 평정을 되찾고자 노력했다. 실패했다. 사실 그는 평정을 살짝 상실했다. 이해할 수 있는 일이었다. 누구나 언젠가는 그렇게 되니까.

그래서 얼굴에는 경련이 일고 팔은 쑤시고 손에서는 피가 나고 옷에서는 냄새를 풍기면서 이를 악물고 문 쪽으로 걸어갔다.

52

라바니가 사다리를 반쯤 올라가는데 문이 다시 벌컥 열렸다.

솔직히 라바니는 애초에 사다리를 왜 올라가는지도 알 수 없었다. 라바니가 알기로 도축장 천장에는 전화기도 없었으니까.

하지만 한 영혼이 겁을 먹으면 생각을 제대로 못 할 때가 있다. 그냥 움직일 뿐.

"빨리!" 라바니는 얼굴 앞에서 가로대를 오르는 버지니아의 발에 대고 숨죽여 외쳤다.

등 뒤에서 낯선 사람이 천천히 확고한 걸음걸이로 어두운 도축장에 들어섰다.

라바니는 타타타타 미친 듯 올라가는 소리가 나는 왼쪽으로 머리를 돌렸다.

사냥꾼은 뛰었다.

그러더니 곧바로 콘크리트 바닥에 고꾸라졌다.

그가 앓는 소리를 내더니 발치를 내려다봤다. 다름 아닌 자신이 거기 떨어뜨렸던 그물에 두 발이 얽혀 있었다. 사냥꾼이 콧구멍을 벌름거렸다. 평정을 조금 더 상실했다.

라바니는 통로에 올라서자 재빨리 걸어 좀 더 멀리 모인 아이들에게 다가갔다. "가!" 라바니가 헉헉거리며 말했다. 하지만 아이들은 가지 않았다. 그 순간 라바니는 이유를 깨달았다. 그건 통로보다는 연단에 가까웠다. 작은 연단. 안전 난간으로 사방이 에워싸여 있었다. 막다른 골목. 유일한 출구는 사냥꾼이 서 있는 사다리 아래뿐이었다.

아이들은 통에 든 물고기 꼴이었다. 아니, 도축장에 갇힌 소 꼴에 더 가까웠다.

"여긴 왜 올라가라고 했어, 라브?" 버지니아가 탈출 계획을 한

심하게 여기는 말투로 물었다.

"난…… 그렇게 말한 게……." 라바니가 헐떡거리며 더듬었다. 하지만 그때 그것이 보였다. 머리 위 벽에서부터 도축장 전체를 가로지르는 강철 전선이었다. 라바니는 그것이 낮에는 어떤 무시무시한 용도로 사용되는지 알지 못했고 관심도 없었다. 그 전선이 스키니스터의 사무실로 들어가는 문 위에서 바로 끝났기 때문이다. "저기! 저걸 타고 내려갈 수 있어!"

트리스탄이 라바니가 가리키는 손끝을 봤다. "어떻게?"

"수갑으로!" 콜트가 외쳤다. "수갑을 위로 감아!"

뒤쪽 아래에서 사냥꾼이 그물에서 벗어나 일어났다.

트리스탄이 수갑 찬 손을 들어 달랑거리는 수갑을 강철 전선 위로 던져 올리더니 다른 손으로 수갑의 빈 쪽 끝을 잡았다. "애너벨." 트리스탄이 말했다. "목에." 애너벨이 뛰어올라 트리스탄의 목을 꼭 끌어안자 트리스탄이 뛰어올라 미끄러져 내려갔다. 전선을 따라 속도를 올리며 주욱 미끄러져 내려가자 수갑 사슬이 위잉 소리를 냈다.

"와." 콜트가 말했다. "정말로 될 줄은 몰랐네."

등 뒤에서 사다리 가로대를 밟는 부츠 소리가 울렸다.

콜트가 벤저민을 난간 위에 올린 뒤 전선에 수갑을 걸도록 도와줬다.

"합석할까, 동생아?" 콜트가 물었다.

"나야 좋지."

콜트는 벤저민의 수갑 사슬을 잡고 함께 휘익 내려갔다.

베스가 그다음, 그리고 위니, 버지니아가 내려갔다. 라바니의 심장이 쿵쿵 뛸 때마다 사냥꾼의 힘주는 소리와 발걸음 소리가 가까워졌다.

버지니아는 라바니의 도움을 받아 난간 위에 올려선 다음 수갑을 걸고 다른 손으로 그 끝을 잡았다. 연단이 라바니의 발밑에서 진동했고, 쿵쿵 걷는 발걸음이 다가오는 소리가 또렷이 들렸다.

라바니는 버지니아를 살짝 밀고 난간 위에 올라섰다. 전선 위에 수갑을 걸었다. 끝을 잡았다. 콘크리트 바닥이 얼마나 까마득히 아래에 있는지 보고 거의 기절할 뻔했다. 그 높이에서 보면 도축장은 사람도 잡을 만했다. 하지만 망설일 시간이 없었다. 라바니는 눈을 꼭 감고 난간에서 발을 구르고 전선을 따라 미끄러졌……는데 그만 멈춰버렸다.

거기, 너무 단단한 바닥에서 너무 멀리, 너무 높은 위치에. 라바니는 어쩐 일인지 꼼짝할 수 없었다. 돌아보니 영문을 알 수 있었다. 바로 그 낯선 사람, 매우 더러워진 그 사람이 연단 난간에서 몸을 뻗어 라바니의 오른쪽 신발 끈을 잡고 있었다.

"으아아!" 라바니가 절규했다.

그 사람은 낚시에 걸린 물고기처럼 라바니를 끌어당겼다. 다른 손으로 라바니의 종아리를 잡았다.

라바니는 양손으로 수갑을 붙잡았고 오른쪽 발은 괴물에게 잡혀서 꼼짝 못 했다. 왼쪽 발만 자유로웠다. 라바니는 왼쪽 무릎을 가슴까지 들고 다리를 스프링처럼 감았다.

남자는 그것을 봤다. 미치광이 같은 두 눈이 더 커졌다.

"겁도," 남자가 신음했다. "없이," 남자가 부글거렸다. "감히." 남자가 말을 맺었다.

라바니는 감히 저질렀다.

라바니의 발이 도축장의 도축총처럼 튀어 나갔다. 신발이 미친 듯이 벌름거리는 남자의 코에 닿았다.

발꿈치 하나면 충분할 때가 있다.

뼈가 뚝 부러지는 끔찍한 소리가 났다. 피가 솟구쳤다. 신음 소리가 났다.

라바니는 벗어났다.

라바니가 어둠 속을 빠르게 가로지르는 사이, 달빛이 아래층의 도축 기계와 칼날을 비췄다.

53

콘크리트 바닥으로 곤두박질치던 사냥꾼은 잠시 자신의 죽음에 대해 생각했다.

그는 매우 세게 떨어질 것이고 생명을 잃을지도 모른다고 각오했다.

하지만 어딘가 물렁한 곳에 떨어졌다. 아니, **물렁하다기보다는 축**

축한 곳에.

축축한이 기분 좋은 형용사인 경우는 드물다. 특히나 도축장에
서는.

사냥꾼은 주위를 둘러봤다. 엎드려 있었다. 네 개의 벽이 아늑하
게 에워싸고 있었다.

바닥의 축축한 것이 무엇인지 너무 어두워서 보이지 않았다. 하
지만 구역질이 나지 않을 만큼 어둡지는 않았다. 그래서 구역질을
했다.

주위의 벽 바깥이 보였다면, 사냥꾼은 '허파 양동이'라고 적힌
것을 봤을 것이다. 하지만 그건 사실 정확한 이름이 아니었다. 쓰
레기통에 가까웠다.

사냥꾼은 알지 못했지만, 스키니스터 고급육 도축 공장에서는
죽은 동물의 허파를 다른 장기와 따로 모았다. 허파를 따로 모으는
자세한 까닭은 유쾌하지도 중요하지도 않다.

중요한 건 허파가 매우 물렁하며 그날 도축장이 휴일에 앞서 일
찍 문을 닫는 바람에 허파 양동이를 비우지 않았다는 사실이다.

운 좋은 사냥꾼.

사냥꾼은 허파 양동이에 감사해야 했을 것이다. 하지만 그러지
않았다.

허파는 냄새를 맡지 않는다. 코가 냄새를 맡지. 하지만 허파에서
는 냄새가 난다.

사냥꾼은 여전히 웩웩거리면서 가장 가까운 벽 쪽으로 꿈틀꿈

틀 다가가 기어오른 뒤 바닥에 떨어졌다.

"어억." 사냥꾼이 말했다. "우웨엑."

그는 콘크리트 바닥을 기어 지나가며 미끈거리는 허파의 즙 자국을 남겼다. 앓는 소리를 내며 일어섰다. 매우 발달된 집중력을 이용해 구역질을 억누르고 흐느낌 비슷한 소리를 냈다. 그는 이를 악물고 눈을 가늘게 떠 결연한 포식자의 표정을 지으려고 했지만 얼굴이 경련을 일으켜서 그러기가 어려웠다. 그는 이제 막 대소변 가리는 훈련을 받고 밖으로 나가고 싶어 하는 강아지에 가까운 꼴이었다.

사냥꾼에게는 좋고 나쁜 여러 가지 면이 있었다. 그리고 그중 하나는 강한 의지였다. 매우.

사냥꾼은 용감하게 위장의 내용물을 억누른 채 걷기 시작했다.

54

애너벨이 사무실 문 열쇠를 따는 중에 라바니는 또다시 그 사람이 다가오는 것을 봤다.

라바니는 숲속에서 사냥꾼의 매우 차갑고 매우 침착하며 매우 무자비한 얼굴을 보고 그 얼굴이 더 무서워질 수는 없으리라 생각했었다. 하지만 긁힌 얼굴에 소 피를 뒤집어쓴 채 꿈틀거리는 걸 보니, 자기 생각이 틀렸음을 깨달았다. 매우.

라바니는 문 앞에서 허리를 숙인 애너벨을 봤다. 시시각각 다가오는 남자를 다시 봤다. 그 순간 문이 열린다 해도, 그들은 제때 들어가지 못할 것이다.

"얼른." 벤저민이 말했다. "내 수갑 좀 풀어줘." 벤저민이 수갑을 찬 손목을 애너벨에게 내밀었다.

"나중에." 트리스탄이 말했다. "애너벨은—"

"랭커스터 락업." 벤저민의 말을 라바니는 알 수 없었지만 트리스탄은 알아듣는 듯했다.

"아. 알았어." 트리스탄이 추적자를 보며 말했다. "조심해."

철그렁, 달칵 소리가 나더니 벤저민이 어둠 속으로 쪼르르 달려갔다.

남자는 아이들에게서 열다섯 발자국쯤 떨어진 곳, 소리 없는 도축 기계 두 대 사이에 섰다.

남자는 어깨에서 배낭을 내려 그물을 꺼내고는 바닥에 내려놨다.

"마지막," 남자가 말했다. "기회다."

"조심해요." 버지니아가 남자의 발을 가리키며 말했다.

"좋은," 남자가 말했다. "시도로군." 아이들이 흔히 쓰는 속임수였다.

하지만 그 아이들은 흔한 아이들이 아니었다.

남자의 발에서 두 번 달칵 소리가 났다. 남자가 내려다보자 벤저민이 달려들어 배낭을 부여잡은 채 굴러서 피했다. 남자는 벤저민을 잡으려고 몸을 날렸다.

하지만 꿈쩍도 하지 않았다.

그는 발치를 내려다봤다.

그의 수갑이 반짝였다. 한쪽 끝이 발목에 감겨 있었다. 한쪽은 옆에 있던 매우 무겁고 매우 끔찍한 도축용 기계의 강철 다리에 감겨 있었다.

열쇠는 그의 배낭에 있었다.

사냥꾼은 어두운 숲과 퀴퀴한 차고와 곰 공격과 소 거름과 차마 말할 수 없는 내장이 든 통을 거치며 쫓아온 아이들을 올려다봤다.

"네놈들이." 남자가 으르렁거렸다.

"이겼지." 버지니아가 그 대신 말했다. 그가 하려던 말은 아니었지만.

벤저민은 문 앞에 선 아이들에게로 돌아왔다.

"잘했어, 동생." 콜트가 말했다. 벤저민이 어깨를 으쓱였다.

"저 사람 가슴에 붙은 건 뭐야?" 베스가 물었다.

남자는 고개를 천천히 숙여 내려다봤다.

그의 가슴에 붙은 것은 사실, 허파였다. 사냥꾼은 자기 허파로 숨을 크게 들이쉬었다. 소의 허파가 번득였다. 그 순간 남자는 위장과의 긴 싸움에서 졌다.

"어억." 남자가 말했다. "우웩." 남자가 계속하더니 "워러럭"으로 끝맺었다. 그는 허리를 숙였고 허파가 천천히 그의 작업복에서 떨어져 그가 게워 올린 토사물에 철퍽 떨어졌다.

"아." 벤저민이 말했다. "누가 암호 말했어?"

"아니." 일곱 명의 목소리가 곧바로 대답했다.

"누가 저녁으로 옥수수를 먹은 모양이네." 콜트가 말했다. 사실이었다.

"입 다물어, 콜트." 서너 명이 말했다.

남자는 허리를 세웠다. 더러워진 소매로 턱을 닦았다. 그는 돌아서서 자신이 묶인 괴물 같은 장비를 붙잡았다. 그리고 온몸을 젖혀서 당겼다.

꿍—끼이이이익!

기계가 움직였다. 아주 조금. 0.5센티미터 정도. 멀리는 못 갔다.

하지만 바닥에 난 홈을 향해 0.5센티미터였다. 원래 '피 홈통'이라고 부르는 것이지만, 그건 중요하지 않았다. 중요한 것은, 기계 다리가 피 홈통에 닿으면 수갑을 뺄 수 있다는 사실이다.

"와." 베스가 말했다. "이제 슬슬 지겨워지네."

"거의 감동적인걸." 버지니아가 말했다.

등 뒤에서 신이 난 목소리가 들렸다. "됐다!"

애너벨이 미소를 지으며 문손잡이에서 허리를 폈다.

"앞장서, 개구리 마스터." 애너벨이 말했다.

55

스키니스터 씨는 도축장에서 야근하기를 좋아하지 않았다. 솔직히 말하면, 스키니스터 씨는 도축장에서 일하는 것 자체를 좋아하지 않았다.

하지만 적어도 도축장에서 야근할 때면 평화롭고 조용한 건 기대할 수 있었다. 어차피 도축장에 불쑥 찾아오는 사람은 거의 없으니까.

그러므로 라바니가 도축실 문을 통해 사무실로 뛰어 들어왔을 때, 그는 당연히 놀랐다.

그가 책상 의자에서 비명을 지르며 벌떡 일어나는 바람에 전축의 바늘이 끼이익 소리를 내며 홈에서 벗어났다. 저도 모르는 사이에 소년 열쇠공과 토하는 포식자의 소리를 가려주던 모차르트가 조용해졌다. 스키니스터 씨는 벌어진 입만큼이나 눈을 크게 뜨고는 가슴을 움켜쥐었다.

"스키니스터 씨!" 라바니가 외쳤다. "여기서 뭐 하세요?"

스키니스터 씨는 서너 번 숨을 몰아쉬었다. "심장마비를 일으키고 있다. 거의 말이야. 너야말로 여기서 뭘 하니?" 매우 당연한 질문이었다.

라바니가 앞으로 나왔다. 그 애 뒤의 문으로 일곱 아이가 더 몰려 들어왔다.

스키니스터 씨가 빠르게 깜빡이는 눈으로 아이들을 봤다. 그는 버지니아를 알아보고 미소를 지으려고 했다. 콜트도 알아봤다.

"로스트비프." 스키니스터 씨가 콜트에게 끄덕이며 아는 척을 했다.

"완두콩수프." 콜트가 대답했다.

"그래서…… 여기서 뭐 하는 거지?" 스키니스터 씨가 다시금 물었다.

"음. 수갑을 든 미친 사람을 피해서 도망치고 있어요." 라바니가 엄지로 도축실을 가리키며 대답했다.

"정말이니?"

"네."

스키니스터 씨는 아주 잠시 라바니를 바라봤다. 그는 몇 년 동안 라바니를 알고 지냈지만 거짓말하는 것은 보지 못했다. 이러니 항상 사실을 말하는 것이 현명하다. 명백한 사실이지만 너무나 터무니없는 이야기를 다른 영혼이 믿어주어야 할 때가 올 수도 있으니까.

문틈으로 매우 무거운 도축 기계가 피 홈통을 향해 0.5센티미터 더 가까이 끌려가는 소리가 들려왔다.

끙―끼이이이익! 도축장에 늘 울려 퍼지는 쉭―음머―쿵 소리만큼이나 오싹한 소리였다.

"음, 그럼 문을 잠그는 게 좋겠구나." 스키니스터 씨가 말했다. 트리스탄이 문을 당겨 닫고는 잠갔다.

"그자가 너희를 해치려고 하니?" 스키니스터 씨가 물었다. 여덟 명의 머리가 끄덕였다.

"우리한테 수갑을 채웠어요." 위니가 손목을 들어 보이면서 말했다.

"숲속에서 우릴 뒤쫓아 왔어요." 벤저민이 덧붙였다.

"우리한테 그물을 던졌어요." 베스가 말했다.

"우릴 트럭에 가뒀어요." 애너벨이 말했다.

"아이스크림이 있다고 거짓말했어요." 콜트가 내뱉듯이 말했다. 다른 래거본드 아이들이 모두 콜트를 봤다. "뭐, 그렇긴 하잖아." 콜트가 부루퉁한 표정으로 중얼거렸다. "말로 한 건 아니지만, 암시한 거지."

스키니스터 씨는 충분히 들었다고 판단했다. 스키니스터 씨는 도축 공장을 소유한 사람이지만 폭력과는 거리가 멀었다. 그는 아이들에게 수갑을 채우는 사람을 좋아하지 않았고 아이들을 트럭에 던져 넣는 사람을 좋아하지 않았으며 아이스크림이 있다고 거짓말하는 사람은 **혐오**했다.

스키니스터 씨가 책상 위의 전화기에 손을 뻗었다. "보안관에게 신고하마."

"안 돼요!" 몇 명이 동시에 외쳤다.

"왜 그러니?"

"저희도 경찰에게서 달아나는 중이니까요." 콜트가 말했다.

"음, 정확히 아직은 아니죠. 하지만 신고하시면 그렇게 될 거예요." 버지니아가 덧붙였다.

스키니스터 씨가 아이들을 봤다. "법을 어겼니?"

"아뇨." 라바니가 말했다.

스키니스터 씨는 아이들의 수갑을 노려봤다.

"그런데……."

"이야기가 길어요." 벤저민이 말했다.

"긴 비밀 이야기예요." 애너벨이 속삭였다.

"전화기만 빌리면 돼요." 트리스탄이 한 걸음 나서며 말했다.

스키니스터 씨는 전화기에서 손을 떼지 않았다. "이유를 알기 전엔 빌려줄 수 없다. 너희들에게 안 좋은 일이 생기면 나 자신을 용서할 수 없을 거야."

트리스탄이 머리를 쓸어 넘겼다. 라바니를 봤다. "넌 책에 이름을 올렸지." 트리스탄이 중얼거렸다. "그리고 저분을 알고. 믿어도 되는 분이야?"

라바니는 침을 삼켰다. 스키니스터 씨를, 그와 나눴던 대화를, 그의 부드러운 음성과 상냥한 말과 자기 직업에 대해 품은 슬픔을 떠올렸다. 스키니스터 씨는 분명 동물을 많이 죽였다. 하지만 늑대는 아니었다.

꿍—끼이이이익!

"응." 라바니가 대답했다. "믿을 수 있는 분이야. 믿어야 할 거 같아."

그래서 아이들은 그를 믿었다. 래거본드 가족은 숨죽인 소리로 서둘러, 차례로 돌아가면서 도축장 사장에게 비밀을 털어놓았다. 아이들은 부모를 잃고 혼자 남아 고아원에 갔다가 한밤중에 탈출해 숨은 이야기를 했다…… 하지만 아이들의 이야기는 대부분 가족에 관한 것이었다. 그들의 가족. 부모는 없지만 그럼에도 분명한 가족. 스키니스터 씨의 눈에 때때로 눈물이 글썽였다. 그의 얼굴에는 계속 놀란 표정이 떠올랐다.

아이들이 이야기를 마치자 잠시 침묵이 흘렀다. 그들의 이야기, 그들의 비밀이 사무실 안에 울렸다.

"이제 아시겠죠." 라바니가 말했다. "얘들은 범죄자가 아니에요. 얘들은…… 얘들은…….."

"어린 양이구나." 스키니스터 씨가 나직이 말했다. 라바니가 고개를 끄덕였다. 라바니는 둥지를 찾는 새일 뿐이라고 말하려고 했지만, 다른 영혼은 같은 것을 가리켜 다른 방법으로 말할 때가 있는 법이다.

"그리고 저 문 밖에는……" 라바니가 남자가 있는 곳을 가리키며 말했다.

"도살장이 있고." 스키니스터 씨가 목멘 소리로 말하자 라바니는 다시 끄덕였다. 사냥꾼이라고 말할 생각이었지만.

꿍―끼이이이익!

스키니스터 씨는 책상 주위에 모여 있는 겁에 질린 가족을 휘둥그레진 눈으로 쳐다봤다.

이야기는 여러 가지 선택으로 이루어진다. 스키니스터 씨는 한 가지 선택을 했다.

그는 책상 위의 전화기를 밀어주었다.

"전화를 하거라." 스키니스터 씨가 말했다.

일곱 쌍의 어깨가 안도감에 들썩였다. 하지만 라바니의 어깨는 그러지 않았다.

일곱 명의 입이 고마움에 미소를 지었다. 하지만 라바니의 입은 그러지 않았다.

트리스탄이 수화기를 들었다. 그것을 귀에 댔다. 통화 버튼을 누르려고 손가락을 뻗었다.

"잠깐만." 라바니가 말했다. 트리스탄이 라바니 쪽을 봤다.

쿵—끼이이이익!

"시간이 없어." 트리스탄이 말했다. "우린 가야 하고—"

"안 가도 된다면?" 라바니가 말을 막았다. "계속 지내면?"

56

여덟 쌍의 눈이 라바니를 응시했다.

"들어봐, 라브." 베스가 부드럽게 말했다. "작별하기가 어려운 거 알아. 너랑 버지니아는—"

"아니, 그거 때문이 아니야." 라바니는 한쪽 눈썹을 치켜올리고 자신을 보는 버지니아를 마주 봤다. "음, 맞아. 그거 때문만은 아니야. 하지만…… 이제 숨지 않아도 된다면 어떨까?"

"들어봐, 라브." 트리스탄이 다시 말했다. "넌 착한 아이야. 하지만—"

"아니, 내 말을 들어봐." 라바니가 말을 잘랐다. 트리스탄이 놀란 표정을 지었다. "마법이 떠나라고 말하지 않았다고 그랬잖아. 그리고 아직도 말하지 않았지?"

트리스탄이 찡그리며 말했다. "그건, 그러니까, 내 생각엔—"

"그런 걸로 알게. 그리고 콜트." 라바니가 콜트를 향해 말했다. "다리 위에서 계속 도망치며 숨는 게 지겹다고 했지?" 라바니는 벤저민과 위니에게 말했다. "내가 너희 비밀을 알게 된 날 밤, 너희 둘 다 계속 여기 살고 싶다고, 여기가 좋다고 했고." 라바니는 애너벨에게 말했다. "그리고 넌 이곳이 완벽하다고 했어. 지금까지 산 곳 중에서 가장 좋다고." 애너벨이 미소를 지었다. 라바니가 베스에게 말했다. "그리고……." 라바니가 이맛살을 구기며 말끝을 흐렸다. "음, 누나하곤 별로 이야기를 안 했어. 하지만 누나도 여기서 지낼 수 있다면 지낼 거라고 생각해." 끝으로 라바니는 버지니아에게 말했다.

"그리고 너는," 라바니가 목소리를 낮추며 말했다. "여기가 너한테 어울리는 곳 같다고 했지. 네가 있어야 할 곳처럼 느껴지는 곳은 여기가 처음이라고……." 라바니가 말을 멈췄다. 살짝 숨을 들이쉬었다. "난생처음." 라바니는 침을 삼켰다. "나도 네가 여기 어울리는 것 같아, 버지니아. 넌 친구를 가질 자격이 있어. 보트 경주랑 축제에 나가고, 피아노 수업을 받을 자격도 있고. 너한텐 가족이 있잖아. 훌륭한 가족. 하지만 집도 가질 자격이 있어. 난 알아."

버지니아의 눈에 눈물이 글썽였을 수 있다. 그 애 턱이 아주 조금 떨렸을 수 있다. 그게 아니면 사무실의 조명이 어두워서 착각한 것일 수도 있다.

"우리가 여기 살고 싶은 건 중요하지 않아." 등 뒤에서 트리스탄이 지친 목소리로 말했다. "우린 발각됐어. 그렇다면 달아나야 해. 우린 래거본드야. 늘 그렇게 살았어."

라바니는 버지니아에게서 눈을 떼지 않은 채, 트리스탄에게 들릴 만큼 크게 말했다.

"항상 예전처럼 살라는 법은 없어." 라바니의 친구가 그렇게 말한 적이 있었다. 그 친구 말이 옳았다. 라바니의 말도 옳았다. "그리고 어떻게 하면 여기서 살 수 있을지 알 것 같아. 안전하게 그리고 함께."

그리고 라바니는 계획을 내놓았다. 어쩌면 계획이 아니라 아이디어였다. 라바니의 머리와 가슴속에서 며칠째 서서히 자라난 아이디어였다.

래거본드 가족은 말없이 들었다. 어쩌면 그 애들은 새와 비슷했다. 어둠 속에 함께 갇혀 있었으니까. 그리고 어쩌면 라바니는 창문을 열어주려는 것이었다. 이따금, 문밖에서 차츰 다가오는 괴물 소리에 라바니의 말이 끊겼다.

"그러니까 이게." 라바니가 말했다. "이게 너희들이 여기서 지낼 방법이야. 아마도 말이야."

트리스탄은 여전히 입을 꾹 다물고 있었다. 눈을 가늘게 떴다. 고개를 저었다. "고⋯⋯마운 말이긴 해, 라브. 하지만 우린—"

"그렇게 해야 할 거 같아." 트리스탄의 말을 자른 건 애너벨의 작은 목소리였다.

"그래?" 콜트가 애너벨을 보면서 물었다. 애너벨이 고개를 끄덕였다.

"나는 래거본드 가족인 게 좋아." 애너벨이 말했다. "하지만 도망치는 건 지겨워. 무서운 것도 지겨워." 애너벨의 목소리가 조금 떨렸다.

"알지." 콜트가 나지막이 말하며 애너벨의 손을 잡았다. 콜트가 애너벨을 잠시 동안 바라보더니 트리스탄에게로 눈길을 돌렸다. "그럼 나도 그렇게 해야 할 것 같아, 형."

위니가 벤저민의 귀에 대고 소곤거렸다. 벤저민이 고개를 끄덕이더니 위니의 귀에 다시 뭐라고 소곤거렸다.

"여기서 살아야 할 것 같아." 둘이 함께 말했다.

모두 베스를 살폈다. 베스는 입을 꼭 다물고 있었다. 고개를 저었다.

"글쎄다." 베스가 트리스탄에게 말했다. 한숨을 내쉬었다. "하지만 알아보긴 해야 할 것 같아."

"나도 찬성이다." 또 한 사람이 말했다. 아이들은 모두 스키니스터 씨를 봤다.

"아저씨에겐 투표권이 없어요." 애너벨이 작게 말했다.

"아. 미안하다."

버지니아만 입을 다물고 있었다. 집중해서 생각할 때면 늘 그러듯이 미간을 찡그리고 특유의 걱정스러운 표정을 짓고 있었다.

"네가 여기서 살았으면 좋겠어, 버지니아." 라바니가 나직이 말했다.

"그렇지." 버지니아가 대답했다.

"하지만 떠나기로 결정한다면, 그것도 괜찮아."

버지니아는 진지한 얼굴로 라바니를 봤다. 그러더니 입꼬리가 올라갔다.

"거짓말." 버지니아가 말했다. 버지니아는 라바니를 보면서 목소리를 높여 모두에게 말했다. "여기서 지내야 할 것 같아."

트리스탄은 그때까지도 수화기를 들고 있었다. 턱에 힘을 주고, 이맛살을 찡그리고, 입을 꾹 다물고서. 하지만 화난 표정은 아니었다. 두려운 표정이었다.

"래거본드라고 꼭 해서 도망쳐야 하는 건 아니야." 버지니아가 부드러운 목소리로 말했다. "함께 사는 거지. 오빠가 그렇게 말했잖아."

"하지만 『언제나 그리고 영원히』는?" 트리스탄이 말했다. "거기에 우리는 방랑하고 구조할 것이다. 언제나 그리고 영원히…… 라고 적혀 있는데."

"그게 다가 아니잖아, 오빠." 베스가 중얼거렸다. "뒤에 더 있어."

"우리는 방랑하고 구조할 것이다. 언제나 그리고 영원히." 콜트가 암기하는 대로 말했다. "우리의 자리를 찾을 때까지."

트리스탄이 침을 꿀꺽 삼켰다. 눈물이 고인 눈을 깜빡였다. 그러더니 트리스탄은 아이들과 한 명씩 눈을 맞췄다.

"언젠가는 살 곳을 찾고 싶었잖아." 버지니아가 말했다. "그날에 온 걸 환영해, 오빠. 이미 찾은 걸지도 몰라."

트리스탄이 눈을 가늘게 떴다. 그리고 잠시 먼 곳을 응시했다. 그러더니 라바니에게 눈길을 돌렸다.

"들려." 트리스탄이 쉰 목소리로 말했다.

"마법이?" 라바니가 물었다. 트리스탄이 끄덕였다. "어떻게 할래?" 트리스탄은 눈을 깜빡이고 한숨을 내쉬었다.

트리스탄이 수화기를 내려놓았다.

"좋아. 그럼 어떻게 해야 하지?" 트리스탄이 물었다. 문틈으로 또 한 번 꿍—끼이이이익! 소리가 들려왔다. "서둘러야 해."

"전화를 걸어야 해." 라바니가 말했다. "그리고…… 아저씨가 좀 도와주셔야 해요." 라바니는 스키니스터 씨를 향해 덧붙였다.

스키니스터 씨가 의심쩍은 표정으로 라바니를 봤다.

"가축을 죽여서 잘라야 하는 일이니?"

"아뇨." 라바니가 재빨리 말했다. "그런 건 아니에요. 도축장 사장님의 도움은 필요 없어요. 지역 판사님으로서의 도움이 필요해요." 그리고 라바니는 스키니스터 판사에게서 받아야 하는 도움이 무엇인지 설명했다.

"흐음." 스키니스터 씨가 말했다. "그거…… 흥미롭구나. 딱히 불법은 아니라고 생각한다. 그리고 딱히 불법이 아닌 일이라면…… 애매하게 합법이 될 것 같은데?"

"좋은 것 같아요." 라바니가 말했다.

"그렇지만······." 스키니스터 씨가 말끝을 흐렸다.

"그렇지만 뭔데요?" 버지니아가 물었다.

"정말 복잡한 서류 작업이 필요할 거다."

콜트가 허리를 쭉 펴자 모두 주목했다. 콜트는 라바니를 흘깃 보더니 한 발자국 성큼 나섰다. 그러고는 주인공 같은 표정으로 목청을 가다듬었다.

"맡겨만 주시죠, 친구." 콜트가 말했다.

라바니가 씩 웃었다.

그날 다리 위에서 콜트가 한 말은 옳았다.

굉장히 믿음직하게 들리는 말이었다.

57

콜트가 전문가처럼 스키니스터 판사의 서류 캐비닛에서 공식 서류와 문서를 뒤지는 동안, 라바니는 전화를 걸었다.

기이한 통화였다. 설명할 게 많았다. 하지만 그럴 시간이 없었다.

다행히 통화 상대는 라바니를 믿었다.

그래서 몇 분 뒤에 라바니의 어머니와 아버지가 도축장 문을 두드렸다.

라바니의 부모님은 일곱 아이와 외동아들, 스키니스터 씨를 둘러봤다.

"그래." 라바니의 어머니가 말했다. "우리가 왔다. 이제 설명 좀 해보렴."

도축실에서 끙—끼이이이익! 소리가 들려왔다. 째깍거리는 시곗바늘 소리 같지만, 훨씬 더 사악한 소리였다. 라바니에겐 또다시 길게 설명할 시간이 없었다.

"이 애들에게는 부모님이 없어요." 라바니가 모여 있는 래거본드 아이들을 가리키며 말했다.

"무슨 소리니?" 라바니 어머니가 이맛살을 찌푸리며 대답했다. "저 애들 어머니와 이야기도 했는걸."

"그건 저였어요, 포스터 부인." 베스가 오싹할 만큼 놀라운 어른 목소리로 말했다. 그리고 목청을 가다듬었다. "정말이에요." 베스가 평소 목소리로 말했다.

"하지만 저 애들 아버지가……."

"모두 저였어요, 이웃 여러분!" 콜트가 스키니스터 씨의 법률 서류를 정리하면서 무뚝뚝하게 손을 내저으며 외쳤다.

"아이들끼리 살고 있는데 문제가 생겼어요. 큰 문제가. 아주 나쁜 사람이 저 애들을 쫓고 있어요."

라바니의 어머니가 눈을 깜빡였다. 전혀 못 믿겠다는 표정이 아니라, 약간의 의심이 서린 표정이었다.

라바니가 도축실 문으로 다가가 잠긴 문을 활짝 열어젖혔다.

피와 진흙투성이 남자가 도축장의 어둠에 반쯤 가려진 채 문틈 사이로 보였다. 그는 일그러진 얼굴로 두 눈을 번득이며 콧구멍을 벌름거리면서 힘을 주다 멈췄다. 그는 그들을 향해 으르렁거리면서 죽음의 기계를 더욱 세게 당겼다. 끙—끼이이이익!

"어머나." 라바니의 어머니가 말했다. 라바니가 문을 쾅 닫았다.

"얘들은 아무 잘못도 없어요." 라바니가 말했다. "가족일 뿐이에요. 그리고 가정이 필요해요." 라바니가 숨을 크게 들이쉬었다. 그리고 어머니 눈을 들여다봤다. "우리가 되어줄 수 있을지도 모른다고 했어요."

포스터 부인 이마에 주름이 졌다. "그럼……?"

라바니가 고개를 끄덕였다.

포스터 부인이 얼굴을 찡그렸다.

버지니아가 나섰다. 진지한 눈으로 포스터 부인을 봤다. "죄송해요." 버지니아가 말했다. "거짓말을 해서. 그리고 너무 큰 부탁인 것도 알아요. 저희를 원하지 않는다고 하셔도 괜찮아요."

포스터 부인이 고개를 저었다. 라바니의 심장이 쿵 떨어졌다. 부인이 부드럽지만 단호한 목소리로 말했다.

"라바니 포스터, 이 아이들에게 우리랑 같이 살 수 있다고 한 거니?"

라바니의 심장이 더욱 아래로 떨어졌다. 아이들은 마지막 쿠키를 먹거나, 아기 고양이를 데려오거나, 일곱 명의 아이를 입양할 때 부모님에게 먼저 물어야 한다. 하지만 그럴 시간이 없을 때가 있다.

라바니가 딸꾹질을 했다. "네, 어머니."

라바니의 어머니가 잠시 말없이 아들을 바라봤다.

그리고 미소를 지었다.

"착하구나." 라바니의 어머니가 말했다. 라바니는 안도감에 참고 있던 숨을 내쉬었다. 버지니아가 라바니를 보며 진지한 얼굴에 미소를 지었다. 아주 조금. 라바니도 마주 웃었다. "물론 의논도 하고 생각해 볼 시간이 필요하겠지만—"

"시간이 없어요." 라바니가 말을 잘랐다.

"저 사람은 별로 참을성이 없어요." 벤저민이 도축실 쪽을 가리키며 말했다.

"그리고 저희를 데려갈 법적인 권한을 다 갖고 있어요." 베스가 덧붙였다. "아마 보상금을 받을 거예요."

라바니의 어머니가 침을 삼켰다.

포스터 부인이 남편을 보자 포스터 씨가 고개를 끄덕였고, 라바니에게 시선을 돌리자 라바니도 끄덕였다. 부인이 스키니스터 씨에게 말했다. "어디에 서명할까요?"

"제가 찾아냈어요, 포스터 아주머니." 콜트가 책상에 자리를 만들어 서류를 착착 정리해 놓으며 말했다. 콜트가 스키니스터 씨에게 말했다. "그럼, 판사님, 이 세 개의 서류에 서명을 한 다음, 여기 첨부하면 될 거예요."

스키니스터 씨가 맨 위의 서류를 가만히 읽었다.

"어…… 하지만 이 서류는—"

"잘 들어보세요." 콜트가 재빨리 말을 잘랐다. "이 서류는 사실 필요한 서류가 아니지만, 이 순서대로 정리하면 필요한 서류를 구할 때까지 법률에 의해 일시적으로 서류상 적법성을 부여받을 수 있어요."

"그런가?"

"대충 그래요. 이건 마치……." 콜트는 얼굴을 찡그리더니 버지니아와 라바니에게 씩 웃어 보였다. "관으로 보트를 만드는 것과 비슷하죠. 강 하류로 필요한 만큼은 떠내려갈 수 있어요." 콜트가 포스터 부부에게 다시 사무적인 표정으로 말했다.

"자, 두 분이 이 서류에 기입하고 서명해 주셔야 해요. 최대한 보기 좋게 써주세요."

포스터 부인이 서류를 훑어봤다.

"이건 주택 증축 허가서로구나."

콜트가 인내심이 다한 듯 한숨을 내쉬었다. "네, 그건 저도 알아요. 하지만 자세히 보시면 추가적인 건축과 보수, 개선을 포함하죠. 그게 저희들이에요. 제 동생은 예외일 수 있지만요." 콜트가 버지니아의 발길질을 피했다.

펜으로 글씨를 쓰며 서류 내용을 나직이 읽는 소리가 들렸다. 콜트는 포스터 부부가 작성하는 서류를 살피며 그들이 놓친 부분을 가리킨 뒤, 보란 듯이 서류 하나를 더 꺼냈다.

"자." 콜트가 연극을 하듯 말했다. "마지막 서류입니다. 여긴 세 분의 서명이 다 필요해요."

포스터 부인이 서류 위로 펜을 들었다. 잠시 멈추더니 콜트와 아이들을 올려다봤다.

"그럼 여기 서명하면 내가 너희들을 전부 다 법적으로 입양하는 거니?"

"그런 셈이죠." 콜트가 어깨를 으쓱였다.

포스터 부인이 라바니를 마주 봤다.

"난 늘 대가족을 원했지. 언젠가." 부인이 미소를 지으며 말했다. 그리고 서류에 구불구불, 당당하게 서명을 적었다.

애너벨이 환호했다.

위니와 벤저민이 손바닥을 쳤다.

라바니는 버지니아를 봤다. 버지니아는 웃지 않았지만 눈이 빛나고 있었다. 두려운 표정이었지만 희망도 느껴졌다.

"음." 포스터 부인이 서류를 콜트에게 밀어주고 아이들을 향해 눈을 들며 말했다. "세상에. 난—"

"어." 콜트가 부인의 말을 막고는 인상을 찌푸리며 서류를 넘겼다. "이런."

"왜 그래?" 트리스탄이 물었다.

"음, 아직 끝난 게 아니야. 서명이 하나 더 필요한 거 같아."

"알았어." 베스가 말했다. "누구 서명?"

닫힌 문 아래로 또 한 번 꿍—끼이이이익! 소리가 들려왔다.

"저 사람." 콜트가 도축실 쪽으로 고갯짓하며 말했다.

58

공업용 뼈 분쇄기의 강철 다리가 마침내 피 홈통 위로 끌려오고 사냥꾼이 수갑을 빼내어 자유로워지자, 그는 등을 젖히고 잠시 앉아서 숨을 골랐다.

사냥꾼은 자신을 추스르려고 했지만, 추스를 것이 그다지 남지 않았다. 그 무렵 그는 평정을 크게 잃은 상태였다.

사냥꾼은 콘크리트 바닥에 수갑을 질질 끌며 아이들이 들어간 문을 향해 걸었다. 그리고 전혀 예상하지 못한 광경 속으로 들어섰다.

아이들이 활짝 웃으며 모여 있었던 것이다. 도망치지도, 숨지도, 애원하지도, 곰이나 오소리를 내몰지도 않았다. 어른 남자와 여자가 아이들과 함께 서서 웃고 있었다. 사냥꾼은 걸음을 멈췄다.

"들어와요, 어서!" 우람한 몸집의 콧수염 난 남자가 불렀다. 남자는 검은 가운과 흰 가발을 쓰고 있었다. "식에 딱 맞춰 오셨구려!"

"내," 사냥꾼이 식식거렸다. "가?"

"그렇소! 들어와요!"

사냥꾼은 눈을 껌뻑이며 돌아봤다. 아이들과 어른 두 사람, 명랑한 판사 이외에 두 명이 더 있었다. 그중 한 명인 경찰관이 사냥꾼을 향해 한 걸음 나섰다.

"안녕하십니까, 선생님." 경찰관이 강한 아일랜드 억양으로 말했다. "제때 와서 다행입니다. 자, 앉으시죠." 경찰관이 책상 옆의 의자를 가리키며 말했다.

사냥꾼이 좀 더 평정심을 유지했더라면 경찰관의 제복 바느질이 꼼꼼하지 못하다는 걸 눈치챘을 것이다. 그리고 제복에 꽂힌 은색 별 배지에 '경찰서'가 아니라 '소품부'라고 적힌 것도. 사실, 제복은 그곳 고등학교 연극부에서 가져온 것이었다. 그리고 제복을 입은 사람은 법을 집행하는 경찰관이 아니라 연기에 열정을 품은 그곳 카페 사장이었다. 그는 평생 가장 기이한 전화를 받고는 달려오느라 숨이 가빴다. 하지만 사냥꾼은 그것도 눈치채지 못했다.

사냥꾼은 자리에 앉았다.

아이 하나가 옆으로 비켜섰다.

"안녕하세요." 그 아이가 고개를 끄덕이며 말하더니 사냥꾼을 위아래로 훑어보고 목소리를 낮췄다. "미안해요. 음…… 전부 다요." 사냥꾼의 눈이 움찔거렸다. 아이는 혀를 차더니 책상에 놓인 서류를 조금 더 가까이 당겼다. "그럼. 여기 서명만 해주시면 돼요." 그 아이가 사냥꾼에게 펜을 내밀었다.

사냥꾼이 펜을 봤다. "왜?" 사냥꾼이 말했다. 당연한 질문이었다.

"그런 질문을 하다니 우습군요!" 그곳에 있던 또 한 사람이 앞으로 튀어나오며 대답했다. 곱슬머리에 눈이 반짝이는, 카메라를 쥔 여자였다. "호텐스 윌런바크라고 합니다. 《슬러터빌 스펙테이터》 편집장이죠. 선생님이 역사적인 순간에 중요한 역할을 해줄 참나입니다!" 호텐스는 사냥꾼을 향해서 활짝 웃었다. 사냥꾼은 마주 웃지 않았다. "이 아이들이 최근 고아원에서 탈출한 걸 알고 있습니까?"

"네." 사냥꾼이 매우 진실하게 대답했다.

"왜 탈출했는지 아십니까?"

사냥꾼은 여전히 눈을 움찔거리며 대답 없이 여자를 봤다. 아이들이 탈출한 까닭에 관심은커녕, 의문을 품어본 적도 없었다.

"음, 제가 이유를 말씀드리죠!" 여자가 외쳤다. 그러더니 차근차근 이야기했다.

대단한 이야기였다.

이동 서커스 공연, 곡예사와 동물 조련사 가족, 사악한 서커스 감독의 극적인 납치, 절망으로 끝나가는 몇 년간의 수색이 다 들어간 이야기였다. 하지만 바로 그날 밤, 기적적인 재회로 눈물바다가 되었다. 아이들의 어머니(곡예사)와 아버지(인간 대포알)가 축제에 공연을 하러 왔다가 마침내 사랑하는 자녀들을 발견한 것이었다. 자신들을 내내 찾던 아이들을.

"그래서 여기 모인 겁니다." 여자가 멋들어지게 이야기를 마쳤다. "아이들의 어머니, 아름다운 아스토리아, 그리고 아버지 인간 대포 인디고!"

여자와 남자가 손을 살짝 흔들었다.

"드디어 가족이 상봉한 것이죠!" 기자가 환한 미소를 지었다. "이건 1면 기사감이에요! 그리고 선생님이 바로 여기 서류에 서명만 해주시면 정식으로 인정됩니다."

사냥꾼은 사람들의 얼굴을 번갈아 봤다.

사실 거의 타당한 이야기였다. 사냥꾼은 잠가놓은 트럭에서 달아난 아이들을 떠올렸다. 수갑에서 벗어난 아이들. 전선을 타고 도축장을 가로질러 달아나던 아이들을 떠올렸다. 그곳에 온 뒤로 자신을 공격한 동물들도 떠올렸다. 그가 들은 이야기는 사실 거의, 그날 밤을 가장 타당하게 설명해 줬다. 다만, 그가 서명을 해야 하는 이유만 빼고서 말이다.

"왜," 사냥꾼이 물었다. "내가?"

그 순간, 전화벨이 울렸다.

판사가 전화를 받았다. "아, 안녕하세요, 머도사 부인. 전화해 주셔서 감사합니다. 네, 바로 여기 계십니다." 그리고 판사는 수화기를 사냥꾼에게 넘겼다. 사냥꾼은 전보다 더 강하게 눈을 움찔거리며 수화기를 귀에 댔다.

"안녕하세요." 머도사 부인의 목소리가 수화기를 통해 들려왔다. "착오가 있어서 미안해요. 수고가 많았는데 이렇게 돼서 몹시 안됐군요. 하지만 그 서류에 서명을 하고 가엾은 아이들을 원래 부모에게 돌려보내야겠어요. 그럼 이만."

사냥꾼은 머도사 부인의 목소리를 아주 잘 알았고, 그 목소리는 분명 부인의 것이었다.

하지만 사냥꾼은 평정을 크게 잃은 탓에, 사무실에 모인 아이 중에 제일 나이 많은 여자아이가 없다는 사실을 알아차리지 못했다. 하지만 놓친 사항은 중요한 경우가 많다. 매우 중요한 경우가.

소년이 펜을 더 가까이 내밀었다.

그것은 사냥꾼이 머릿속에 그리던 결말이 아니었다. 사실, 어떤 황당한 꿈속에서도 이런 결말은 상상한 적이 없었다. 그가 황당한 꿈을 꾸는 유형의 사람이라 할지라도(그런 유형은 아니었다).

사냥꾼은 그 서류에 서명하고 싶지 않았다. 단단히, 그러나 법적으로 구속한 아이들을 가득 채운 아이스크림 트럭을 몰고 떠나고 싶었다.

하지만 사람이 언제나 원하는 것을 얻지는 못한다.

사냥꾼은 펜을 받았다.

서류 쪽으로 허리를 숙였다.

정식 서류 같았고 판사의 서명이 있었다.

사냥꾼은 한쪽 어깨를 으쓱였다. 이상한 느낌이었다. 전에 어깨를 으쓱인 적이 있는지는 알 수 없었다.

사냥꾼은 서류에 서명했다.

"웃어요!" 기자가 구석에서 무릎을 꿇더니 카메라를 들이대며 말했다.

사냥꾼 주위의 모두가 미소를 지었다. 사냥꾼은 미소 짓지 않았다. 눈부신 플래시가 터졌다.

그 누구도, 억울한 고아원 원장조차도, 그 서명이 위조된 것이라거나, 법적대리인이 아이들의 양육권을 받아 간 게 아니라고 말할 수 없게 됐다.

"좋아요. 자, 그럼 가보세요." 경찰관이 서둘러 말하며 사냥꾼을 마구 일으켜 세웠다. "쇼가 끝났으니 구경할 거 없어요. 출발할 시간이에요."

사냥꾼은 배낭을 받았다. 수갑을 풀어 돌려받았다. 그러고 나서 지친 머릿속에 몇 가지 남은 생각을 정리하기도 전에 밖으로 나갔고 등 뒤에서 문이 닫혔다.

몇 분 뒤, 사냥꾼은 룸미러를 통해 슬러터빌의 불빛이 멀어지는 것을 봤다. 그는 떠나게 되어 매우 기뻤다. 다시는 돌아가지 않겠다고 매우 확고히 마음먹었다.

"속이," 사냥꾼이 매우 진심으로 말했다. "후련하군."

59

아이들이 떠나지 않은 밤, 슬러터빌에서는 많은 사람이 깨어 있었다. 불꽃놀이가 있었으니까. 그리고 보트 경주도. 그리고 일종의 자동차 추격과 업무방해 행위, 소의 구출, 도축장에서의 한 판 승부, 수상쩍은 통화, 극적인 서류 작업이 있었으니까. 이런 일이 생기면 사람들은 잠들지 못하는 법이다.

그리고 그 결과 (친구가 된) 두 영혼이 작별하지 않게 됐다. 그리고 한 가족이 가정을 찾게 됐다. 모든 새가 둥지를 갖게 됐다.

비록 아무도 예상하지는 못했지만, 그 두 영혼과 한 가족은 삶과 저마다의 이야기를 바꾼 것만이 아니었다. 따지고 보면, 이야기는 서로 겹치게 되니까. 실제로 슬러터빌 전체가 크고 작게 변했다. 어느 날 밤 찾아와 어느 날 밤 떠나지 않기로 한 그 가족 때문이었다.

그래서 몇 주 뒤, 그 사건의 한가운데 있던 두 영혼은 얼마 전과 매우 달라진 소도시에서 신문 배달을 마쳤다.

아이들이 끝에서 두 번째로 배달하는 곳은 프레드 카페였는데, 그곳은 카페가 아니게 되었고 프레드의 소유도 아니게 되었다. 새로운 이름이 새로운 간판에 적혀 문 위에 걸렸다. **특별한 집.** 그 간판은 새 주인이 직접 쓴 것이었다. 그녀는 뛰어난 화가였고 아름다운 피아노 연주자였으며 훌륭한 어머니였다. 특별한 집의 음식은 대체로 채식이었고 아주 맛있었다. 아침 식사 때만 여는 곳이었다. 주인이 오후와 저녁 시간은 가족과 함께 지내기를 바랐기 때문이다. 아이가 여덟이나 되었으니까.

"좋은 아침이구나, 얘들아." 아이들이 테이블에 신문을 올려놓자 부인이 말했다. 아이들은 저마다 포옹을 받았고, 저마다 포옹했다. 포옹은 그런 점에서 좋다. 포옹을 하면, 반드시 돌려받게 된다. 우정처럼.

"오늘 아침에 프레드에게서 편지를 받았어." 라바니의 어머니가 말했다.

"어떻게 지낸대요?"

"잘 지낸다는구나. 아직 식당에서 일한대. 할리우드는 성공하기 힘든 곳이야. 하지만 치약 광고에서 작은 역할을 받았대. 치은염에 걸린 프랑스 해적 목소리를 맡았다나?"

"믿을 수가 없군!" 퀴글리 보안관이 자기 테이블에서 외쳤다.

"잘 어울리는 거 같은데요." 버지니아가 어깨를 으쓱이면서 말했다.

"뭐? 아니! 오늘 신문 말이야! 스키니스터가 불에 구운 마리나라 소스를 개발 중이라니? 상상이 되나!"

솔직히 말하면, 보안관은 별로 변하지 않았다.

마지막 배달지는 브레드 앤드 버터 빵집이었다. 아이들이 안에 들어서자 세 가지보다 훨씬 다양한 빵 냄새가 그들을 맞이했다. 평소에 만들던 빵 이외에 진열장에는 세 가지 쿠키와 세 가지 컵케이크도 들어 있었다.

"아하!" 친 씨가 아이들을 보더니 카운터 뒤에서 외쳤다. "보고 싶은 두 사람이 왔구나…… 최고의 시식 전문가!" 친 씨가 네모난 진갈색 빵을 냅킨에 싸서 들고 나왔다. "이것 좀 먹어보렴. 최신작이야. '불타는 퍼지'라고 부를 거야. 고추를 구워 넣은 다크 초콜릿 브라우니지."

버지니아는 라바니를 곁눈질로 봤다. "달콤하고…… 매콤한 맛이요?" 버지니아가 물었다.

하지만 친 씨는 활짝 웃으며 고개를 끄덕일 뿐이었다.

버지니아가 조심스레 한 입 베어 물더니 브라우니를 라바니에게 건넸고, 라바니도 그렇게 했다. 둘이 우물거렸다. 둘이 인상을 썼다.

"어떠니?" 친 씨가 물었다.

"놀랍네요." 버지니아가 한입 가득 우물거리며 말했다. 라바니에게서 브라우니를 넘겨받아 한 입 더 먹었다.

"예상 못 한 맛이에요." 라바니가 브라우니에 다시 손을 뻗으며 말했다.

"그리고……?" 친 씨가 두 아이를 번갈아 봤다.

"그리고," 라바니가 브라우니를 삼켰다. 그리고 미소를 지었다. "맛있어요."

"정말 맛있어요." 버지니아도 입술에서 케이크 가루를 닦으며 말했다. "많이 만들어요."

친 씨는 씩 웃더니 양손을 비볐다. 새로운 빵뿐 아니라 쿠키와 컵케이크까지 만들자니 일이 많았다. 다행히 장사가 굉장히 잘됐다. 그리고 다행히 친 씨는 새 일손을 고용했다.

"들었지? 히트작이다! 두 배로 만들 거야!" 친 씨가 등 뒤로 외쳤다.

트리스탄이 반죽을 하다가 고개를 들었다. "알겠습니다." 트리스탄이 대답하며 라바니와 버지니아에게 윙크를 했다. "안녕, 동생들아."

아이들이 빈 배달 가방을 돌려놓으려고 신문사 사무실에 들렀을 때, 호텐스 월런바크는 책상에 앉아 손가락이 보이지 않을 정도로 빠르게 타자를 치고 있었다.

"이번 건 무슨 내용이에요?" 라바니가 물었다.

"음, 보석 도둑이랑 다리가 셋인 말, 난파선이 나오는 얘기야."

"재미있겠네요." 버지니아가 말했다. "무슨 일이 일어나는 건데요?"

호텐스가 눈을 찡긋했다. "읽어보면 알 거다."

"다음 호에 나오나요?" 윌런바크 씨는 《미궁과 혼란의 이야기》라는 잡지에 단편소설을 싣고 있었다.

"아니." 윌런바크 씨가 눈을 반짝이며 말했다. "이 이야기는 좀 더 길어질 것 같아. 아니, 훨씬 길어질 것 같아."

라바니가 씩 웃었다. "장편소설인가요?"

호텐스도 마주 웃었다. "다 써봐야 알겠어. 내일 보자, 얘들아."

두 친구는 불타는 퍼지의 달콤한 매운맛에 입 안이 기분 좋게 얼얼한 상태로 집까지 걸어갔다. 새들이 가을 노래를 지저귀고 있었다. 시간이, 언제나 그렇듯이 세상을 다음 계절로 보내놓았기 때문이다.

아이들은 곧 스키니스터 도축장 자리를 지나갔다. 그곳은 여전히 스키니스터의 공장이었지만, 도축장이 아니었다. '스키니스터 고급육' 간판은 내려가고 '스키니스터 최상품 소스'라는 새 간판으로 바뀌었다.

라바니의 아버지는 여전히 거기서 일하고 여전히 붉은색 얼룩이 가득한 앞치마를 하고 퇴근했다…… 하지만 그 얼룩은 피가 아니라 토마토즙이었다. 사실, 아버지는 승진도 했다. 알고 보니, 계산을 잘하고 조립 솜씨가 좋은 직원만 있다면 대형 도축장은 소스 공장으로 개조할 수 있었다. 우연히도 두 가지 모두 포스터 씨가 잘하는 일이었다. 뼈에서 고기를 잘라내는 기계는 양파를 다지는 기계로 재조립할 수 있었다. 돼지기름을 졸여 만드는 통은 알프레도 소스를 뭉근히 끓이기에 딱 맞았다. 그리고 소고기를 말려 육포로 만드는 기계는 토마토를 구워 마리나라로 만들도록 손을 볼 수 있었다. 그 무엇도, 사람도, 이야기도, 공업용 도축 기계조차도 변함없이 그대로 있을 필요는 없다.

건물은 여전히 쉭쉭거리고 쿵쿵거리는 소리로 뒤흔들렸지만 절망에 빠진 음머 소리는 들리지 않았다. 라바니는 그곳을 지나치며 눈길을 돌리지 않았다. 대신, 고개를 쭉 뽑고 스키니스터 씨를 향해 손을 흔들었다. 그는 사형 선고를 받은 소를 가두는 우리에서 스키니스터 최상품 소스에 들어갈 토마토와 양파, 마늘을 재배하는 밭으로 변한 곳에 나와 있었다. 운명의 날을 맞은 동물을 끊임없이 가둬둔 세월 동안 그곳은 매우 비옥해졌다. 스키니스터 씨도 손을 마주 흔들었다. 그는 휘파람을 불고 있었다. 거의 늘 그러는 것 같았다.

아이들은 다리를 건너다가 잠시 걸음을 멈추고 흐르는 강물을 내려다봤다. 강가에는 아무도 없었다. 괴물이 숨어 있지 않았다. 물론 도니는 여전히 그곳에 있었다. 그리고 마주칠 때마다 여전히 불쾌했다. 바로 전날만 해도, 도니는 학교에서 라바니가 앉아 있던 의자를 발로 찼다. 하지만 버지니아가 곁에서 편을 들었다.

아이들은 집이 있는 길로 접어들 때 걸음을 멈췄다. 마주 보는 두 집을 봤다. 두 집에는 네 개의 층이 있고 관을 보관하는 지하실까지 세면 다섯 층이긴 하지만, 실은 두 곳의 집에 전부 열 개의 이야기가 있었다. 열 개의 이야기는 다시 하나로 합쳐질 것이다.

그중 한 집에서는 앞마당에서 소 한 마리가 풀을 뜯고 있었다. 이마에 클로버 표시가 있는 소였다. 친구이기도 하지만, 집 지키는 소이기도 했다. 위험이 닥치면 그 소가 모두를 안전하게 지켜줄 거라고 믿었다.

라바니는 집 지키는 소가 있는 집에 살았다. 라바니는 여전히 어머니, 아버지와 그 집에서 살았지만 누이 둘도 함께 살았다. 욕실에서 자기 차례가 되기를 한참 기다려야 했지만 그럴 가치가 있었다. 라바니가 욕실을 같이 쓰는 누이들은 여전히 버지니아와 애너벨이라는 이름을 썼다. 그 애들이 태어날 때 받은 이름은 아니었지만, 계속 쓰고 싶어 한 이름이었다. 이름을 정식으로 바꾸는 데는 서류 작업이 꽤 많이 필요했다.

하지만 다행히, 그 애들에게는 그런 일에 매우 능숙한 오빠가 있었다. 그 애는 길 건너, 다른 누이와 다른 두 형제와 함께 살았다. 한 집에 모두 살 공간이 충분하지 않아서 두 가족을 하나로 바꾼 것처럼, 두 집을 한 집으로 바꾼 것이다. 포스터 씨가 승진하고 포스터 부인이 '특별한 집'을 운영한 덕분에, 라바니와 버지니아가 신문 배달을 하고 트리스탄이 브레드 앤드 버터 빵집에서 일한 덕분에 모두 크로워드 씨네라고 부르던 집의 월세를 낼 수 있게 됐다.

하지만 떨어져 산다 해도 그들은 늘 한 가족으로서, 저녁 식사를 함께했다. 그리고 포스터 부인은 매일 저녁 길을 건너가 원하는 아이들의 잠자리를 봐주고 잘 자라고 키스해 줬다. 새들은 모두 둥지를 가졌다.

서로 만나 이룬 가족도 태어나 얻은 가족만큼 아름답다. 어쩌면 더 아름다울 수도 있다. 따지고 보면 이야기란 선택에 관한 것이고 가족이 되기로 선택하는 것은 그 무엇보다 아름다운 이야기다.

버지니아는 하나의 가정이 된 두 집을 보며 한숨을 쉬었다. "와. 누가 알았겠어. 처음 온 날, 우리가 서로 쳐다봤을 때 이렇게 될 줄? 남매가 되다니."

"그럼, 음…… 키스한 건 좀 이상하다, 그렇지?"

버지니아가 어깨를 으쓱였다. "우리가 키스한 건 전에도 이상했어." 그러더니 고개를 저었다. "그렇지만 좀 우습기도 해. 그렇지?"

"뭐가?"

"모든 거. 이렇게 된 거. 모든 게…… 너무 좋잖아. 너무 행복하고. 이렇게 행복한 결말이라니. 모두에게 말이야."

"음, 세상에 가장 필요한 건 행복한 결말뿐일 수도 있지. 그리고 행복한 결말이 찾아오기도 해. 가끔은. 어떤 사람들에게는. 우리라고 안 될 게 뭐야? 최소한 지금은 우리도 행복한 결말을 가질 자격이 있잖아?"

"좋은 생각이야, 라브." 버지니아가 말했다. "하지만 틀렸어. 이건 바보 같은 결말이야. 그건 확실해. 하지만 좋은 소식이 있어." 버지니아가 한쪽 눈썹을 치켜올렸다. "이건 사실 이야기의 결말이 아니야. 시작이지. 그리고 이야기에 행복한 시작은 있을 수 있잖아."

라바니와 버지니아는 시내 쪽을 돌아봤다. 도로 위, 다리 바로 전에 새로운 환영 표지판이 있었다. 카페를 운영하고 그들의 어머니가 된 사람이 그린 것이었다. 표지판의 글자 주위에 소나무, 흐르는 물, 불꽃놀이가 알록달록 그려져 있었다. 그리고 새도 여럿 그려져 있었다.

하지만 그 표지판에 '슬러터빌에 오신 것을 환영합니다'라고 적혀 있진 않았다. 도시 이름도 바뀌었던 것이다. 거기에는 더 많은 서류 작업이 필요했지만, 거의 마법 같은 솜씨로 해결했다.

"슬러터빌에 살던 시절이 그리울 거야." 라바니가 생각에 잠겨 말했다.

버지니아가 돌아서서 라바니를 봤다.

"거짓말." 버지니아가 작게 웃으며 말했다. 라바니도 마주 웃었다. 버지니아는 라바니의 어깨에 팔을 두르고 꼭 잡았다. 라바니도 그렇게 했다. 둘은 서서 표지판에 명랑한 필기체로 적은 도시의 새 이름을 봤다.

'섬데이*에 오신 것을 환영합니다.' 표지판엔 이렇게 적혀 있었다. '당신은 이미 도착했습니다.'

---

* '언젠가'라는 뜻.

감사의 글

이 책을 만드는 데 어마어마한 작업과 노력, 애정이 들어갔는데 그중 제 것은 아주 조금뿐입니다.

인내와 지혜, 부드러운 손길로 이 책에 꼭 필요한 모습을 선사해준 크리스티안에게 감사합니다. 제가 떠올리고 생각한 이 이야기는 두서없이 우왕좌왕하는 양 떼였다면, 크리스티안은 완벽한 양치기가 되어주었습니다.

배턴을 건네받아 최고의 방향으로 달려준 브라이언에게 감사합니다. 훌륭한 통찰력과 관심, 지성을 보태준 것에 감사합니다. 그밖에도 많은 도움을 받았어요.

맥밀란/홀트 출판사의 모든 좋은 분께 감사합니다. 한 분, 한 분의 도움이 이 책을 읽을 가치가 있게 만드는 데 꼭 필요했어요. 카리나 라이컨, 알렉시 이스코프, 헤일리 조지워크, 제시카 화이트. 특히 이 책을 참 아름답게 만들어준 맬러리 그릭과 맷 로컬러에게 감사드립니다.

원래의 가족 여러분, 어머니, 아버지, 에린에게 감사합니다. 우리는 이곳저곳으로 늘 옮겨 다녔지만 늘 함께였죠. 지금도 함께라서 진심으로 기뻐요.

내 가족, 캐런, 이바, 엘라, 클레어에게 감사합니다. 항상 저를 응원하고, 제 엉망인 초안을 보고도 너무나 친절하게 말해주었죠. 여러분 없이는 해낼 수 없었고, 그러고 싶지도 않았어요. 그리고 이제 책으로 볼 수 있으니, 화면에서 떨어지도록!

내가 선택한 가족에게도 감사합니다. 당신이 어떤 사람인지 알고 있지. 당신을 선택한 데는 이유가 있어. 나를 다시 선택해 줘서 고마워.

저를 지지하고 제 책을 어린 독자들에게 건네주신 모든 선생님과 도서관 사서 여러분께 감사를 전합니다. 훌륭한 독립 서점 여러분 모두에게도 마찬가지예요……. 여러분이 사는 곳에 가게 되면 만나요!

그리고 어린 독자 여러분에게. 여러분이 책을 들고 읽지 않으면 아무런 의미가 없죠. 그러니 여러분이 어떤 사람이든, 어디에 살든, 이 책(혹은 어떤 책이든!)을 어떻게 접하게 됐든, 정말 감사합니다. 재미있게 읽었길 바랄게요.

이 감사의 글에 실려야 한다고 생각하지만 이름이 없다면, 제 잘못이에요. 감사합니다. 제가 정신이 없어 빠뜨린 것을 감사하지 않아서라고 오해하지 말아 주세요.

옮긴이 이나경

이화여자대학교 물리학과를 졸업하고 서울대학교 영문학과에서 르네상스 로맨스를 연구해 박사학위를 받았다. 현재 전문 번역가로 활동하고 있다. 옮긴 책으로는 제시 버튼의 『뮤즈』, 제프리 디버의 『XO』, 조조 모예스의 『애프터 유』, 스티븐 킹의 『샤이닝』, N. K. 제미신의 『검은 미래의 달까지 얼마나 걸릴까』 등 다수가 있다.

미드나잇 칠드런

초판 1쇄 발행 2023년 10월 30일
초판 2쇄 발행 2024년 6월 3일

지은이 댄 거마인하트
옮긴이 이나경
펴낸이 김선식

부사장 김은영
콘텐츠사업본부장 임보윤
책임편집 김정택 **디자인** 권예진 **책임마케터** 이고은
콘텐츠사업10팀장 김정택 **콘텐츠사업10팀** 이슬
마케팅본부장 권장규 **마케팅2팀** 이고은, 배한진, 양지환 **채널2팀** 권오권
미디어홍보본부장 정명찬 **브랜드관리팀** 안지혜, 오수미, 김은지, 이소영
뉴미디어팀 김민정, 이지은, 홍수경, 서가을
크리에이티브팀 임유나, 박지수, 변승주, 김화정, 장세진, 박장미, 박주현
지식교양팀 이수인, 염아라, 석찬미, 김혜원, 백지은
편집관리팀 조세현, 김호주, 백설희 **저작권팀** 한승빈, 이슬, 윤제희
재무관리팀 하미선, 윤이경, 김재경, 이보람, 임혜정
인사총무팀 강미숙, 지석배, 김혜진, 황종원
제작관리팀 이소현, 김소영, 김진경, 최완규, 이지우, 박예찬
물류관리팀 김형기, 김선민, 주정훈, 김선진, 한유현, 전태연, 양문현, 이민운

펴낸곳 다산북스 **출판등록** 2005년 12월 23일 제313-2005-00277호
주소 경기도 파주시 회동길 490 **전화** 02-704-1724 **팩스** 02-703-2219
이메일 dasanbooks@dasanbooks.com **홈페이지** dasan.group **블로그** blog.naver.com/dasan_books

종이 아이피피 **인쇄** 민언프린텍 **후가공** 제이오엘앤피 **제본** 다온바인텍

ISBN 979-11-306-4695-4 (43840)

다산북스(DASANBOOKS)는 독자 여러분의 책에 관한 아이디어와 원고 투고를 기쁜 마음으로 기다리고 있습니다. 책 출간을 원하는 아이디어가 있으신 분은 다산북스 홈페이지 '원고투고'란으로 간단한 개요와 취지, 연락처 등을 보내주세요. 머뭇거리지 말고 문을 두드리세요.